ⓒ손홍주

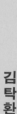

김탁환

1968년 진해에서 태어나 서울대학교 국어국문학과와 동 대학원을 졸업했다. 대하소설 『불멸의 이순신』, 『압록강』을 비롯해 장편소설 『혜초』, 『리심, 파리의 조선 궁녀』, 『방각본 살인 사건』, 『열녀문의 비밀』, 『열하광인』, 『허균, 최후의 19일』, 『나, 황진이』, 『서러워라, 잊혀진다는 것은』, 『목격자들』, 『조선 마술사』, 『거짓말이다』, 『대장 김창수』 등을 발표했다. 소설집 『진해 벚꽃』, 『아름다운 그이는 사람이어라』, 산문집 『엄마의 골목』, 『그래서 그는 바다로 갔다』 등이 있다.

서러워라, 잊혀진다는 것은

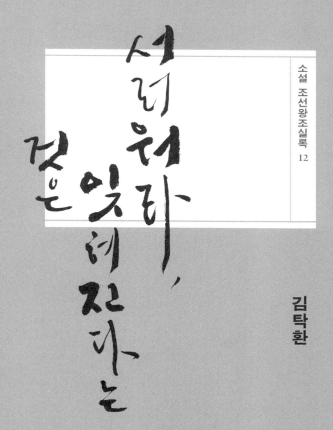

서러워라, 잊히다는 것은

소설 조선왕조실록

12

김탁환

민음사

한 여자 돌 속에 묻혀 있었네
그 여자 사랑에 나도 돌 속에 들어갔네
어느 여름 비 많이 오고
그 여자 울면서 돌 속에서 떠나갔네
떠나가는 그 여자 해와 달이 끌어 주었네
남해 금산 푸른 하늘가에 나 혼자 있네
남해 금산 푸른 바닷물속에 나 혼자 잠기네

— 이성복, 「남해 금산」

차례

송희복 │ 문학평론가 · 진주교대 국어교육과 교수

1 │ 납치

이제 만일 진수의 『삼국지(三國志)』나 사마광의 『자치통감(資治通鑑)』을 대본으로 삼아 사람들을 모아 놓고 이야기 해 준다고 해도 눈물을 흘리는 사람은 없을 것이다. 이것이 통속 소설이 지어지는 이유이다.

— 김만중, 『서포만필(西浦漫筆)』

인왕산을 넘은 늦가을 바람이 차고 매섭게 도성을 휘감았다.

얼음 알갱이들이 후드득후드득 소리를 내며 초교를 거쳐 이교로 떨어졌다. 들닭별(野雞星)을 가리며 종묘에 이른 먹구름이 목멱산으로 어깨를 돌릴 즈음 굳게 잠긴 좌포청의 쪽문이 열렸다. 더그레 차림의 여섯 사내가 주위를 살피며 거리로 나섰다. 멀리서 순라의 딱따기 소리가 들려왔지만 사내들은 방향을 바꾸거나 몸을 숨기지 않았다. 순라가 어디를 살피고 어디로 사라질 것인가를 아는 듯했다. 사내들은 싸락눈보다도 먼저 파자교를 건너고 비파동과 성명방을 지나서 필동에 닿았다. 어둠을 가르는 규칙적이면서도 경쾌한 발걸음은 오랜 훈련의 결과였다. 얇고 넓적한 돌이 깔린 고샅(좁은 골목)을 파고들자 효자와 열녀를 앞세운 문패가 횡으로 걸린 솟을대문이 나왔다. 사내들은 그 문에 등을 비빈 후 호랑이 아가리처럼 어둡고 을씨년스러운 솔숲으로 들어섰다. 두억시니(사납고 못된 장난으로 사람을 못살게 구는 귀신)가 돌아다닌다는 풍문 때문에 대낮에도 인적이 드문 숲이다.

"가만!"

망막한 어둠을 밟아 대던 걸음이 멈추었다.

빛을 찾은 것이다.

외딴 곳에 머무르는 사람에게는 그 나름의 곡절이 있기 마련이다. 죄를 짓고 숨어든 악한일 수도 있고, 못된 병으로 쫓겨난 환자일 수도 있으며, 홀로 숨어 도를 닦는 걸승이거나 장군신의 말씀을 듣기 위해 거처를 옮긴 무당일 수도 있다. 도성의 변두리에는 언제나 부랑자들이 숨어 살았지만 좌우 포도청에서 그들을 단속하는 경우는 드물었다. 수상쩍은 이들을 모두 잡아들이고 허름한 움막이나 초가를 짓뭉개도 은신처는 멸종을 모르는 바퀴벌레처럼 생겨나고 또 생겨났다. 그들은 밝음보다 어두움을, 중심보다 변두리를, 깨끗함보다 더러움을, 행복보다 불행을 친근하게 여기는 족속이었다. 도성 안의 치안을 책임지는 포도청이 덮어 두면 거론되지 않을 문제를 스스로 긁어 댈 까닭이 없었다.

조선의 수도 한양은 평안하며, 또 평안하여야만 했다.

500년은 족히 묵은 소나무가 앞뒤에 서고 성난 남근처럼 솟은 쌍바위가 좌우를 가린 곳에 작은 움막이 웅크리고 있었다. 종사관(從事官, 포도청의 종6품 벼슬) 박운동(朴雲動)이 머리통만 한 주먹을 바람개비처럼 휘휘 돌리자 황매우(黃梅雨)가 검은 눈동자를 내렸다가 올렸다.

함께 은신처를 급습하고 죄인을 생포한 것이 100여 차례였다. 기침 소리만 듣고도 상대가 원하는 바를 알 수 있었다. 의형제까지 맺은 두 사람의 돈독한 정을 좌우 포도청에서 모르는 사람은 없었다.

황매우가 한 걸음 물러서서 전체를 조망하는 신중하고 몽상가적인 품성의 소유자라면, 박운동은 큰 키와 떡 벌어진 어깨로 상대를 압도하려 드는 쾌남아였다. 황매우가 표창이나 단검을 즐기고 박운동이 장검을 능란하게 다루는 것도 기질의 차이에서 비롯된 것이다. 이런 차이가 묘하게 조화를 이루어 그들이 함께 하는 일에는 실수가 없었다. 중궁전의 밀명을 도맡은 것도 완벽하고 깔끔한 일 처리 때문이다. 박운동이 두 살 아래였지만 이마에 깊게 팬 주름 탓에 황매우보다도 대여섯 살은 더 나이 들어 보였다.

막 도착한 싸락눈이 이마를 때렸다. 박운동이 다시 주먹을 돌리자 나머지 포졸들이 일제히 흩어져 집을 에워쌌다.

황매우는 곁으로 선 소나무에 등을 붙인 채 왼손으로 오른 가슴을 가볍게 토닥거렸다. 그 속에는 오늘 포박해야 하는 죄인 모독(冒瀆)의 초상이 담겨 있었다.

거짓 이름이겠지. 매설가(賣說家, 소설가)치고 본명을 쓰는 놈은 없으니까. 그래도 모독이라는 필명은 지독하군. 어떻게 이런 이름을 쓸 생각을 했을꼬. 자신의 소설로 세상을 모독하겠다는 소린가?

눈을 감고 죄인의 얼굴을 떠올렸다. 크고 날카로운 눈, 넓은 이마, 두꺼운 입술, 짙은 눈썹, 움푹 팬 볼. 머리는 청산의 봉우리 같고 손은 하얀 빗물 방울 같다며 제갈공명 뺨치는 미남이라는 풍문이 돌았다. 황매우가 소매에서 나무 단검 하나를 뽑아 들었다.

대역죄인임에 틀림없어. 그렇지 않고서야 좌포장(左捕將, 좌포청의 포도대장. 종2품)께서 직접 나서실 리가 없지. 2년 전 사사(賜死, 사약을 내려 죽임)된 우암(尤庵, 송시열의 호)의 잔당인가? 아직도 도성 안에 감고당(感古堂, 인현 왕후가 폐위된 후 머무르던 안국동 집)을 비호하는 무리가 남아 있단 말인가? 어리석은 놈들!

갑자기 방문이 열렸다. 황매우는 매미처럼 나무에 들러붙었다. 죽여도 좋다는 명령만 받았다면 이렇게 여럿이 몰려와서 때를 기다리지는 않았으리라. 가슴에 단검을 꽂고

목을 잘라 수급을 취하는 데는 혼자서도 충분했다. 좌포장 장희재는 손가락 하나도 꺾지 말라고 신신당부를 했다. 강보에 쌓인 핏덩이를 안듯 조심조심! 명심하게!

"에잇, 첫눈치곤."

매설가 모독이 양팔을 쭉 뻗어 기지개를 켠 후 낮게 읊조렸다. 싸락눈이 더러운 세상을 하얗게 덮은 것이 아니라 더욱 질척거리게 만들었던 것이다. 모독은 양 손바닥으로 어깨를 감싸 어루만지며 다시 방으로 들어갔다. 바람살을 맞은 등불이 휘청 흔들렸다.

황매우는 소나무를 돌아서 쌍바위에 등을 댄 후 움집으로 천천히 다가섰다. 호리호리한 몸매와 가벼운 걸음은 눈 위를 달리더라도 발자국을 남기지 않을 것 같았다. 서안을 마주 대하고 앉은 모독의 긴 그림자가 윗목까지 드리웠다. 고저장단을 곁들인 중얼거림이 새어 나왔다.

"치원이 과거에 급제하여 고국으로 돌아오는 길에 시를 지어 읊었다. '뜬세상 영화는 꿈속의 꿈이요/ 흰 구름 깊은 곳이 편히 살기 좋도다.〔浮世榮華夢中夢/ 白雲深處好安身〕'"

『수이전(殊異傳)』에 실린 「최치원(崔致遠)」의 마지막 대목이다.

제법이군!

황매우가 왼 어깨를 으쓱 들어 올렸다. 소설이라고 이름

13

붙여진 서책이라면 대부분 읽었다고 자부하는 그였다. 박운동으로부터 소설과 현실을 구분하지 못한다는 놀림까지 당할 정도였다. 요즈음 매설가들은 대국의 연의 소설만 즐겨 읽고 변용하는 경우가 잦았다. 그런데 저 모독이라는 젊은 매설가는 신라 말 최치원과 이승을 떠난 두 여인의 사랑 이야기를 살펴 읽고 있는 것이다.

모독은 책장을 앞으로 넘겨 두 여인이 최치원과의 이별을 아쉬워하는 대목을 더욱 흐린 목소리로 읊조렸다. 얕은 한숨까지 군데군데 섞여 드는 것이 이별을 슬퍼하는 여인의 음성과 닮았다.

"언제나 대낮이 부끄러워 청춘을 헛되이 던져 버리고 다만 하룻밤의 즐거움을 맞이했다가 이제부터 천년의 한으로 들어가게 됩니다. 처음으로 같은 이불 속의 즐거움을 누렸다가 급하게도 기약 없는 파경의 슬픔을 탄식하게 되었습니다."

실연이라도 당한 걸까?

삶의 허무를 논하고 긴 이별을 아쉬워하기에는 모독의 나이가 너무 어렸다. 큰 상처를 입지 않고는 저런 애절함이 묻어 나오지 않을 듯했다.

모독은 긴 한숨을 토한 다음 서책을 덮어 서안 아래에 내려놓았다. 다른 서책을 골라 간지를 끼운 곳을 폈다. 지난밤 읽다가 중도에 그만둔 대목이었다.

이번에도 남녀의 사랑과 헤어짐을 다룬 전기(傳奇)일까?

황매우는 귀를 더욱 가까이 댔다. 맺고 끊는 솜씨가 소리로 빌어먹는 광대를 능가할 정도였다.

"어느 날 조녀가 난향으로 하여금 남 부인에게 죽 한 그릇을 보내며 심 씨의 명이라 하고 전하기를/ '너 다시 들어오지 못할 것이니 알아 결정하라' 하거늘/ 남 부인이 죽빛이 청황(靑黃)함을 보고 탄식하며 말하기를/ '구차하게 사는 것이 죽는 것보다 못하다' 하고 먹고 쓰러지니/ 난향이 보고 들어가 조녀에게 고하니/ 조녀 대희하여 난향을 시켜 발로 싸고 심복 막충을 불러 백금을 주며/ '네 이 발을 지고 가서 강중(江中)에 넣고 말을 내지 말라' 하거늘/ 막충이 그 발을 지고 원북(園北) 소문(小門)으로 나가니 밤이 삼경이라/ 수백 보를 가다가 정신이 혼미하여 산곡(山谷) 중에서 돌다가 지척을 분별치 못하더라."

『창선감의록(彰善感義錄)』!

황매우의 두 눈이 번뜩였다. 장희재의 명을 받아 한 달에 한 번씩 중궁(中宮, 중전이 거처하는 궁궐)으로 패관기서를 넣던 그도 지난 10월 보름에야 겨우 청학동의 기인 졸수재(拙修齋, 조성기의 호)가 지었다는 그 소설을 구해 바쳤던 것이다. 『창선감의록』을 읽는 사람은 지위 고하를 막론하고 무조건 잡아들이라는 밀명이 내린 것이 바로 어제 아침이었다. 소설의 내용이 중전을 저주하고 감고당을 동정한다는 이유에서였다.

참으로 천안(天眼)을 지니셨음이야. 좌포장께서는 저자가 이런 음침한 곳에서 『창선감의록』을 가까이하고 있음을 어찌 아셨을까? 서책이란 서책은 모조리 가져오라 명하신 까닭도 이제야 알겠어. 서둘러야겠군.

"누, 누구요?"

모독이 엉덩이를 뗄 틈도 없이 나무 단검이 명치에 닿았다. 뒤따라 들어온 박운동과 포졸들이 순식간에 그를 묶고 벽에 쌓여 있던 서책을 보자기에 담았다.

그들은 정선방의 좌포청으로 가지 않고 목멱산의 언덕길을 따라 생민동과 묵사동을 거쳐 쌍리동으로 향했다. 좌포장의 은밀한 거처가 쌍리동에 있다는 풍문이 돌았지만 그 집을 아는 사람은 없었다. 앞장을 선 박운동이 참나무 네댓 그루가 하늘 높이 뻗은 길모퉁이에서 호흡을 고르는가 싶더니 번갈아 나무를 차 올라 공중제비로 홀쩍 벽을 넘었다. 신미년(辛未年, 1691년) 10월 23일 정야(丁夜, 새벽 1~3시)의 일이었다.

2 │ 신문(訊問)

옛날에 어떤 남자가 종로의 담배 가게에서 어떤 사람이 패사(稗史) 읽는 것을 듣다가 영웅이 가장 실의(失意)하는 대목에 이르러 갑자기 눈을 부릅뜨고 입에 거품을 물고서는 담배 써는 칼로 패사 읽는 사람을 찔러 죽였다.

— 이덕무, 『은애전(銀愛傳)』

옆구리를 찌르며 뒷목까지 올라오는 냉기 때문에 눈을 떴다. 빛이 없었다. 결박당한 손목과 발목이 끊어질 듯 아렸다. 방바닥에 얼굴을 비벼 보았지만 두 겹 세 겹 눈을 가린 천을 벗길 수는 없었다. 두 뺨이 화끈거렸다. 울고 싶었지만 눈물이 나오지 않았고 고함을 치려 했지만 재갈이 혀를 짓눌렀다. 고인 침들이 목 대신 턱으로 흘러내렸다. 안 속곳 하나만이 겨우 아랫배를 가렸다. 등도 배도 추위에 꽁꽁 얼어붙었다. 가슴으로 바닥을 밀며 이 낯선 공간이 어디인가를 가늠하려고 애썼다. 아무것도 몸에 닿지 않았다. 말그대로 텅 빈 방이다.

등이 가려웠다. 처음에 그것은 고통이라기보다 작은 불편에 가까웠지만, 가려움을 해결할 길이 없다는 사실이 그를 조급하게 만들었다.

개미일까 벼룩일까? 그도 아니면 이름도 들어 보지 못한 흉측한 벌레?

이렇게 손도 못 쓰고 당한 적은 없었다. 이제 나는 벌레만도 못한 놈이 된 것이다. 그들은 일부러 나를 이런 몰골로 가두었으리라. 인간 대접을 하지 않겠으니 순순히 복종하라는, 벼룩이나 이를 잡듯 쥐도 새도 모르게 목숨을 앗을 수도 있다는 경고인 것이다. 불편은 점점 고통으로 바뀌었다. 그 고통을 줄이려고 몸을 비틀기라도 하면 지금까지 멀쩡했던 살갗이 아픔을 호소했다. 신경이 오로지 등으로만 쏠렸다. 몸부림을 시작한 자리도 끝난 자리도 알 수 없었다. 이곳으로 끌려온 이유를 모르는 것처럼.

고개를 들었다. 침은 이제 앞가슴으로 흘렀다. 역한 기운이 콧구멍으로 스멀스멀 올라왔다. 명치가 아리고 옆구리가 근지러웠다. 손톱으로 벅벅 긁고 싶었다. 이마로라도 가려운 부위를 문지르려고 새우처럼 허리를 굽혔지만 닿지 않았다. 풍랑을 만난 배처럼 몸을 좌우로 흔들어 뒤집었다. 가슴과 배마저 벌레들의 놀이터가 된 것이다. 구르고 또 구르며 온몸을 비벼 댔다. 몽둥이찜질을 당하거나 비명이라도 지르고 죽는 편이 낫다는 생각까지 들었다.

지금까지 남에게 원한을 산 적은 없었다. 매설(賣說, 소설을 지어 팖)을 위해 흥정을 벌일 때도 언제나 조금 손해 보는 쪽을 택했고 언쟁이 붙을 만한 곳에는 아예 가지 않았다. 열흘에 한두 번 술잔을 기울였으나 달을 벗 삼아 홀로 취하는 경우가 대부분이었다.

한 달 전, 늙은 호랑이의 최후를 전(傳)의 형식을 빌려 짧게 풀어 쓴 적이 있다. 제목은 간명하게 '와호전(臥虎傳)'이라고 붙였다.

10년 동안 흰머리산(白頭山)의 왕으로 군림한 호랑이도 흐르는 세월 앞에서는 어쩔 수 없었다. 양지바른 자작나무 아래에서 조용히 죽음을 맞이하려는 순간 죽음의 냄새를 맡은 벌레들이 모여들었다. 그들은 기력이 다한 호랑이의 가쁜 숨소리를 들으며 살점을 조금씩 뜯어냈다. 고통을 참지 못한 호랑이가 고개를 들고 허으응 울음을 울어도 공격을 멈추지 않았다. 앞발만 쓸 수 있다면 단번에 짓밟겠건만 땀과 침과 피가 뒤범벅이 된 백수의 왕은 비참한 최후를 감내할 수밖에 없었다. 하늘에서 날벼락이 떨어지거나 언덕에서 바위가 굴러 단숨에 생명줄이 끊어지기를 빌었지만 그런 행복은 찾아들지 않았다.

천하를 호령하는 권세를 쥐더라도 선정을 펴지 못하면 벌레만도 못한 민초들에 의해 죽임을 당할 수도 있다는 이야기! 모독은 그 교훈을 실감 나게 전하기 위해 벌레가 기어 다니는 호랑이의 몸을 진저리가 날 만큼 자세히 더듬었다. 그런데 바로 지금 자신이 그 끔찍한 이야기의 주인공이 된 것이다. 호랑이의 고통을 완벽하게 담았다고 자부했지만 그것은 어리석은 매설가의 착각이었다.

글로 옮길 수 없는 아픔이여!

이 방에서 나가면 벌레들이 모여드는 대목부터 고쳐야겠다. 아니 아예 없애 버리자. 그럴 수 없는 건 그리지 않는 것이 옳다. 아직 세책방(貰冊房, 소설을 비롯한 서책을 사고 팔거나 빌려주던 가게)에 넘기지 않았으니 지금 태워 버리면 늙은 호랑이의 이야기는 처음부터 세상에 존재하지 않은 것이 된다.

찬 바람이 쑥 밀려들었다. 문이 열린 것이다.

모독은 놀란 거북처럼 바닥에 배를 댄 채 꼼짝도 하지 않았다. 다시 침묵이 흘렀다. 엄지발가락이 가렵기 시작했다. 어깨에 힘을 잔뜩 넣으며 참으려고 애썼다. 검지와 중지를 거쳐 발가락 열 개가 바늘로 쑤시듯 아렸다. 무릎을 비틀어 바닥에 쿵쿵 소리가 나도록 발등을 찧었다.

"너희 매설가들은 소설에 담긴 기기묘묘한 사건들을 직접 겪었다고 자랑한다지? 헌데 너는 이렇게 작은 이야기도 허풍으로 지어낸 듯하구나. 너 같은 놈들이 아무렇게나 갈겨 댄 글 때문에 민심이 흔들리고 천하의 밝은 기운이 사라지는 거야."

흰머리산 호랑이의 최후를 읽고 상황을 그대로 재현했다는 말인가? 무엇 때문에? 그건 단지 소설일 뿐이다.

걸걸하고 끝이 갈라지는 목소리가 계속 뒤통수를 때렸다.

"그러고도 매설을 하러 가면 턱없이 값을 올리지. 도둑고양이를 그려 놓고 흰머리산 호랑이를 그렸다고 떠벌리는 꼴이라니. 『수이전』에 나오는 호랑이의 애절한 사랑을 설마 모르지는 않겠지? 처녀 호랑이는 호랑이 굴로 찾아든 김현을 구하기 위해 오빠 호랑이들에게 거짓말을 해. 또한 성으로 들어가서 사람들을 해치다가 김현의 칼에 스스로 목을 들이밀지. 김현을 진정으로 흠모했던 거야. 요즈음 매설가들은 심금을 울리는 이야기를 왜 짓지 못하는 걸까? 열다섯 권에 달하는 『소현성록(蘇賢聖錄)』 같은 대작을 쓰고 큰소리를 친다면 그 재주와 노고를 인정하겠지만, 세책방에서 헛된 이름을 높이는 놈치고 앞뒤가 딱딱 들어맞는 소설을 쓰는 녀석이 없어. 이야기로 밥벌이를 하려면 제대로 해야지. 무엇이 옳고 그른가 정도는 가려야 하고 어디에서 웃고 울어야 하는가 정도는 예상한 다음 이야기를 이끌어야 되지 않겠어? 당나라 적 이야기라고 해 놓구선 송나라 사람이 튀어나오고 신라 시대 이야기라고 해 놓구선 고려 말에 만들어진 읍성을 앉힌 글에 돈을 내라고? 평소에 품고 싶은 과부를 여주인공으로 밀어 올리고 연적인 사내들을 모조리 악한으로 만들어 죽이는 그렇고 그런 이야기를 단지 돈을 더 벌기 위해 열 권 이상 지루하게 끄는 수법을 내가 모를 줄 알아?"

돈만 밝히고 이야기를 엉성하게 늘이는 매설가가 있는 것은 사실이다. 그렇지만 나는 다르다. 나는 한 번도 분권(分券, 책을 나눔)을 위해 허무맹랑하고 야한 이야기를 곡주에 물 타듯 섞은 적도 없고 시대 배경과 인물을 고증하지 않고 등장시킨 적도 없다. 그런 놈들을 잡아들일 계획이었다면 완전히 사람을 잘못 고른 것이다. 몸으로라도 항변하기 위해 고개를 드는 순간 사내의 오른발이 뒷목을 꽉 눌렀다. 숨결이 닿을 만큼 목소리가 가까워졌다.

"두 달 전 신문(新門, 서대문) 안 오관동에서 일어난 일을 잊지는 않았겠지? 금향(錦香)이라는 기생이 돈을 받고 쉰 명도 넘는 아낙들에게 소설을 읽어 주다 벌어진 사건 말이야. 계모가 전처 자식을 구박하는 대목을 듣고 분개한 아낙이 칼로 금향을 찔러 죽였지. 네가 지은 『구봉기연(九逢奇緣)』 때문에 일어난 일이야. 너 때문에 한 사람은 죽고 또 한 사람은 살인자가 되었단 말이다."

모독도 그 사건을 알고 있었다. 서린방 우포청에서 이틀 밤낮으로 조사를 받았던 것이다. 그러나 매설가인 자신에게 살인의 책임을 돌릴 수는 없다. 소설을 읽고 즐기는 것은 어디까지나 독자의 몫이다. 무죄 방면으로 끝난 사건을 다시 추궁하려고 나를 잡아들였단 말인가. 법적으로 잘못이 없음에도 불구하고 도의적인 차원에서 금향의 홀어미에게 비단을 열 필이나 주었다. 정말 그 일 때문이라면 억울하고 또 억울하다.

"졸수재의 문하 중에 매설가로 나선 이가 있다더니 바로 너였구나. 네 스승 졸수재가 무슨 억하심정으로 『창선감의록』과 같은 흉측한 소설을 지었는지 알아내라는 엄명이 계셨느니라. 뒤늦게 들어온 악한 첩이 착한 처를 몰아내고 한 가문을 풍비박산 낸다는 이따위 이야기를 지은 이유가 도대체 무엇이냐? 제 목숨 하나도 건사하기 힘든 시절에 감히 소설로 중궁전을 농락하려 들다니, 그런 글을 쓰고도 무사할 줄 알았더냐? 요서은장률(妖書隱藏律, 불온서적을 몰래 숨긴 죄)로 다스려도 넌 살아남을 수 없다. 누구누구가 그 소설을 짓는 데 동참했고 또 누구누구에게 그 소설을 팔기로 했는지 낱낱이 아뢰어라. 허면 특별히 목숨만은 살려 주지."

스승인 졸수재께서 심혈을 기울여 『창선감의록』을 지은 것은 사실이다. 그러나 그 작품은 중궁전을 농락하기 위해 지은 것이 아니다. 선을 밝히고〔彰善〕 의에 감동하기〔感義〕 위해 지어졌을 따름이다. 처와 첩의 갈등을 다룬 이야기가 세책방에서 인기를 끌고 있는 것은 삼척동자도 안다. 어떤 여자가 들어오느냐에 가문이 흥하기도 하고 망하기도 하는 것은 당연한 이치다. 그래도 『창선감의록』에 문제가 있다면 스승께서 살아 계셨을 때 따졌어야 한다. 이미 북망산으로 떠나신 분의 속내를 어찌 알 수가 있겠는가. 제자라는 이유로 스승의 죄를 대신 받으라는 것인가. 있을 수 없는 일이다.

다시 문이 열렸다. 목을 누르던 발이 떨어지자 모독은 연거푸 재채기를 해 댔다. 부드러운 음성이 그 사이로 스며들었다.

"풀어라!"

빛 망울이 눈꺼풀을 파고들었다. 검은 천을 왼팔에 두른 종사관 박운동의 얼굴이 둘로 넷으로 열여섯으로 퍼져 나갔다. 재갈을 벗겨 낸 후에도 혀가 제대로 돌지 않았다. 엉덩이를 밀어 벽에 등을 대고 앉았다. 더 이상 살점을 뜯기는 호랑이가 되기 싫었다. 좌포장 장희재가 헛기침을 뱉으며 앞으로 나섰다. 당상관의 장수에게나 어울리는 옥빛 융복과 오른뺨에 깊게 팬 보조개가 눈에 띄었다. 사설을 잔뜩 늘어놓으며 모독을 협박하던 박운동은 비껴 서서 허리를 숙인 채 하명을 기다렸다. 장희재가 모독의 두 눈을 똑바로 응시하며 짧게 물었다.

"서포에게 무슨 밀명을 받았느냐?"

모독의 오른 눈자위가 가늘게 떨렸다. 침착하자! 저들의 정체도 모르는데 무턱대고 속마음을 보일 수는 없다. 놀란 표정을 감추고 시치미를 뗐다.

"서포라니요? 조선 팔도에 서포가 어디 한두 군데입니까? 서쪽 바다로 배가 나드는 곳이면 어디나 서포지요."

"이노옴! 어느 안전이라고……."

박운동이 나서려 하자 장희재가 손을 들어 만류했다. 뺨은 여전히 웃음을 머금었지만 눈은 더욱 날카로웠다.

"매설가답게 제법 말을 재미있게 벌여 놓는구나. 잘 들거라. 네가 서포와의 관계를 토설하지 않더라도 상관없다. 어차피 서포는 사약을 받을 테고 그보다 먼저 너는 산 채로 목멱산 자락에 묻힐 테니까. 그냥 그렇게 역당(逆黨, 역적의 무리)을 쓸어버리는 건 영 재미가 없어서, 또 네가 매설가라기에 이야깃거리라도 하나 만들까 하고 왔던 게다. 다시 묻겠다. 지금부터 즉답을 않으면 그것으로 끝이다."

장희재는 주먹코를 킁킁거리며 방금 뱉은 자신의 말을 음미하듯 눈을 지그시 감았다가 떴다. 모독은 죽음이란 불청객이 바로 코앞에 다가섰음을 실감했다. 이놈들은 정말 눈 하나 꿈쩍 않고 나를 산 채로 묻을 것이다. 허나 내가 서포 대감으로부터 무슨 밀명을 받았다는 말인가? 역당들을 쓸어버린다? 저놈들의 입맛에 맞도록 이야기를 꾸몄다가는 정말 역당으로 몰려 목숨을 잃을 것이다. 진퇴양난이로다. 장희재는 소매에서 서찰 한 장을 끄집어냈다. 겉봉을 벗기니 화전(花箋, 시나 편지 등을 쓰는 좋은 종이) 한 장이 나왔다.

"우리는 너의 전부를 알고 있다. 설마 이 서찰을 잊은 건 아니겠지?"

노도로 내려오라는 김만중의 초대에 응하는 답신이었다. 북풍이 매서워지기 전에 찾아뵙고 그동안 지은 소설 몇 편을 보여 드리고 싶은 마음 간절합니다. 이렇게 마무리를 지어 보름 전에 노도로 보낸 서찰이 장희재의 소매에서 나온 것이다. 놀라운 일이 아닐 수 없었다.

『서주연의(西周演義)』 첫 권에 끼워 둔 서포 대감이 보낸 서찰을 함께 검토한다면 우리가 3년 남짓 내왕이 없었고 따라서 무엇인가를 도모할 사이가 아님을 알 것이다. 그런데도 저들은 대감과 나를 묶어 역당에 떨어뜨리려고 한다.

"소생의 서찰이옵니다."

"누구에게 말인가?"

"서, 서포!"

"조선 팔도에 서포가 어디 한두 군데인가?"

장희재가 뼈 있는 농담을 했다.

"노도에 있는 서포이옵니다."

"노도에 있는 서포라! 남해의 그 작은 섬에도 서포 남포 북포 동포가 있나 보지?"

침묵이 흘렀다. 어디까지 아는 것일까? 장희재가 웃음을 거두고 질문을 이어 갔다.

"언제부터 서포와 친하게 지냈는가?"

"친하게 지낸 적 없사옵니다."

"친하게 지낸 적이 없다?"

그 말은 사실이었다. 김만중은 모독을 친자식처럼 아꼈으나 모독은 김만중이 늘 부담스러웠다.

"언제 서포를 만났느냐?"

"3년 전이옵니다."

"3년 전이라면, 서포가 평안도 선천으로 원찬(遠竄, 멀리 유배함)되었을 때를 이름이더냐?"

"그러하옵니다. 그 여름에 처음 인사를 나누었사옵니다."

"그 험한 곳까지 서포를 찾아간 이유가 무엇이냐?"

"압록강 유람을 가다가 잠시 들른 것이옵니다."

"압록으로 가는 길이었다면 평양에서 박천을 거쳐 태천과 삭주를 지나 의주나 창성에 닿는 것이 보통이다. 헌데너는 가산, 정주, 곽산을 지나야만 닿을 수 있는 선천으로 갔어. 압록강 유람이 목적이 아니라 서포를 만나러 갔던 것이 아닌가?"

"……."

북삼도(北三道, 평안도·함경도·황해도)의 크고 작은 길을 손바닥 위에 올려놓은 것처럼 척척 훑었으므로 변명을 하기가 힘들었다.

도대체 이놈들의 정체는 무엇일까? 얼마나 대단한 놈들이기에 감히 서포 대감을 역당으로 몰고 북삼도 사정까지 훤히 꿰뚫고 있는 것일까? 저 뒤쪽 사내의 더그레 차림을 보니 좌포청이나 우포청에서 나온 듯한데, 허면 포도청 감옥에 나를 가두어야 옳지 않은가? 정식으로 죄를 따지지도 않고 이렇듯 좁은 골방에서 사람을 죽이겠다고 협박하는 것은 법도에 맞지 않다. 당신네는 누구요, 이렇게 따져 물을 형편도 아니다. 연의 소설에서는 주인공이 정신적 육체적 고통 속에서 자신의 신념을 멋지게 지켜 낸다. 그러나 나는 소설의 빛나는 주인공이 아니라 보잘것없는 매설가일 뿐이다. 눈부신 영광을 위해 어두운 질곡을 감내할 능력도 꿈도 없다.

"서포를 왜 만났느냐?"

졸수재의 권유에 따라 『구운몽(九雲夢)』을 읽지만 않았더라면 첩첩산중으로 찾아가는 일은 없었으리라. 『구운몽』도 『창선감의록』처럼 벌써 저들에 의해 흉악한 소설로 낙인찍

혔는지 모른다.

임진왜란과 병자호란 이후 쏟아져 들어온 연의 소설은 조정의 당상관들 사이에서도 널리 읽혔다. 공식 석상에서는 비판하면서도 숨어서는 그 재미를 만끽하였던 것이다. 소설을 멀리하는 것이 군왕과 사대부의 도리지만 나라에서 어떤 소설을 금하여 불태우는 경우는 매우 드물었다. 소설이 유통되는 것을 알면서도 묵살하는 것이 관례였다.

채수의 『설공찬전(薛公瓚傳)』처럼 지은이가 파직되고 서책이 불태워진 경우도 있지만, 반정(反正)으로 왕위에 오른 중종 시절이 아니었다면 채수의 소설도 유야무야 흘러갔으리라. 화와 복이 윤회한다는 논설이야 석씨가 늘 하는 말이고 저승 여행 역시 옛이야기에서 단골로 등장하는 소재가 아닌가. 이승에서 임금 노릇을 하였더라도 반역자는 지옥으로 들어간다는 표현이 지나치긴 했다. 중종반정이란 무엇인가. 용상의 주인이었던 연산군을 끌어내린 사건이 아닌가. 연산군의 입장에서 보면 중종과 그를 따른 공신은 모두 반역자였다. 물론 채수가 반정을 비판하기 위해 이 대목을 끌어들인 것은 아니다. 채수 자신이 삼등 공신에 책록된 마당에 제 얼굴에 침 뱉는 짓을 할 까닭이 없다. 삼사의 언관들은 오해의 소지를 만드는 것 자체를 용서할 수 없다고 했다. 교수형에 처하자는 상소와 진언이 줄을 이었지만 중종은 서책을 불태우고 채수를 면직하는 선에서 사건을 매듭지었다. 그 후로도 『홍길동전(洪吉童傳)』처럼 도적의 두령이 주인공인 소설이 등장하였지만 채수의 소설만큼 논란이 일지는 않았다. 근 200여 년 만에 다시 몇몇 소설을 지목하여 그 불온함을 따지기 시작한 것이다.

"억!"

옆구리가 끊어질 듯이 아파서 숨을 쉴 수 없었다. 박운동의 주먹이 옆구리를 때린 것이다. 모독은 방바닥에 턱을 찧으며 앞으로 꼬꾸라졌다. 장희재가 발아래에 서책 한 권을 던졌다.

『구운몽심고(九雲夢深考)』!

온몸이 사시나무 떨듯 부들부들 떨렸다. 3년 전 김만중과 나눈 대화와 『구운몽』에 대한 감상을 정리한 서책이었다. 장희재가 불길한 웃음을 흘렸다.

"흐흐! 날 너무 우습게 보는군. 그런 얄팍한 거짓부렁에 넘어갈 줄 알았나? 서포와 보낸 행복한 시절이 기억나지 않는다면 내 도와주지. 3년 전엔 꽤 용감했더군. 상상할 수 없을 만큼 말이야."

장희재와 박운동이 나간 후에도 한참을 숨죽여 기다렸다. 이윽고 사위가 조용해지자 모독은 묶인 두 발을 개구리처럼 쭉 밀었다. 턱수염이 피로 물들고 어깨와 가슴에도 시퍼런 멍이 생겼다. 이마로 서책을 고정한 후 뺨으로 책장을 넘기려 했지만 반쯤 넘어가던 책장은 번번이 제자리로 돌아왔다. 이번에는 종이에 침을 묻혀 앞니로 물고 뺨으로 밀어 넘겼다. 선천의 높고 아름다운 풍광이 가슴을 비집고 들어왔다. 그날의 벅찬 대화를 추억하기 위해서는 곱사등이 스승과의 만남을 먼저 짚어야 한다.

3 | 곱사등이 스승

내 선조 졸수공(拙修公, 조성기) 행장에 이르기를 대부인은 고금 사적
을 두루 꿰뚫고 있는 분이다. 연세가 많아지셔서 누워서 소설 듣기를 좋
아하셨으며, 이것으로 잠을 막고 근심을 풀 거리로 삼으셨다. 그래서 공
이 소설 몇 편을 만들어 드렸다. 세상에 전하는 『창선감의록』, 『장승상전
(長丞相傳)』이 그것들이다.

— 조재삼, 『송남잡지(松南雜識)』

사랑이란 감정을 유치하다며 무시하는 매설가도 있다.

사내들만의 담대한 이야기로 소설의 전부를 채우겠다는
것이다. 후궁은 기껏해야 베갯머리송사의 수단이며 청춘
남녀의 풋풋한 만남도 사내의 영웅다움을 극대화하기 위한
포석일 뿐이다. 그런 매설가들이 가장 좋아하는 장면은 천
하의 주인 자리를 놓고 힘과 힘이 부딪치는 큰 싸움[大戰]
이다. 유비와 손권이 연합하여 조조에 맞섰던 적벽의 큰 싸
움이 그중 최고로 꼽힌다.

붓놀림에 피바람이 인다. 장검이 하늘을 가르면 1000명
의 목이 달아나고 화공(火攻)이 바람을 등지면 1만 명이 통
구이가 된다. 핏빛 강물이 석 달 열흘을 흘러내렸다는 후일
담도 너무나 평범해서 여운을 남기지 못할 지경이다. 과장

과 허풍에 맛을 들인 매설가는 큰 것, 참혹한 것, 그리하여 더욱 허황된 것만을 찾아 나선다. 이런 소설에 깊이 빠진 독자 역시 간드러진 연애 이야기가 조금 길게 이어진다 싶으면 어서 전투 장면으로 넘어가라고 독촉한다.

그 반대편에는 사랑에 최고의 가치를 두고 만남과 이별, 그리고 재회의 과정을 담담하게 그리는 매설가들이 있다. 치국(治國)과 평천하(平天下)를 위해서는 반드시 제가(齊家)가 필요하다는 논리도 흔히 제시된다.

연모의 정이란 식거나 흩어지기 마련이다. 한 남자가 여러 여자를 거치기도 하고 한 여자가 여러 남자를 사모하기도 한다. 조선에서는 아직 한 여자가 여러 남자와 운우지락을 나누는 소설은 나오지 않았다. 어을우동이나 황진이가 뭇 사내와 어울린 일화가 입에서 입으로 전해지기도 하고 부분부분 글로 옮겨지기도 했지만 본격적인 소설은 없다. 눈치 없는 매설가가 그녀들의 삶을 다루려고 한다면 당장 끌려가서 삼강오륜을 어지럽힌 죄로 치도곤을 당하리라. 모독 역시 몇 번이고 그녀들의 삶, 특히 시서화(詩書畫)와 음률에 능하고 팔도를 유람하였을 뿐만 아니라 서경덕의 문인(門人)으로 허엽, 박순 등과 사귀었던 황진이의 삶을 다루고 싶었다. '당신, 황진이'라는 제목을 정하고 소세양*과 시로 화답하는 장면까지 썼지만 결국 붓을 놓고 말았다.

황진이에 관한 소설을 쓴다는 풍문만으로도 좌포청의 포졸들이 움직였던 것이다.

한 남자가 여러 여자와 만나고 헤어지는 소설은 많다. 『구운몽』을 보라. 소설 앞뒤에 불문(佛門)의 깨달음이 덧씌워져 있지만 결국 여덟 여자와 한 남자의 사랑 이야기이지 않은가. 이런 소설을 지었다고 김만중이 곤혹을 치렀다는 소식은 듣지 못하였다. 여자라면 목숨을 끊을 일이지만 남자에게는 여유요 능력이며 영웅다움의 징표였다.

모독은 여섯 권짜리 『춘추연의(春秋演義)』에서부터 매설가의 삶을 시작했다. 겨우 열세 살에 춘추 시대 영웅호걸을 소설에 담은 것이다. 역사적 사건들을 큰 무리 없이 얼키설키 엮었지만 이 작품은 실패작이다. 시인 중에는 이백** 같은 천재가 있지만 소설, 더군다나 분량이 방대하고 등장인물이 많으며 삶에 대한 성찰과 전망이 담긴 연의 소설의 매설가 중에는 천재란 없다. 섬세한 감수성을 뽐낼 수는 있어도 삶을 총체적으로 헤아리는 시야는 연륜이 쌓여야 생기는 법이다.

---

*소세양(蘇世讓, 1486~1562). 호는 양곡(陽谷). 조선 전기의 문신. 시를 짓는 능력이 뛰어나며, 황진이와 교우했다고 알려져 있다.
**이백(李白, 701~706). 중국의 시인. 두보와 함께 중국 역사상 가장 위대한 시인으로 꼽힌다.

『춘추연의』의 작품성이 당시 세책방에서 돌려 읽던 연의소설보다 뒤떨어진 것은 결코 아니다. 모독의 다른 작품에 비한다면 구성이 엉성하고 등장인물의 성격이 선명하지 못하다는 뜻이다. 솜털도 벗어지지 않을 나이였지만 모독에게서 이야기꾼의 가능성을 발견한 세책방 주인들이 뭉칫돈을 들고 찾아왔다. 가난에 지쳐 있던 모독으로서는 놓치기 아까운 기회였다. 그러나 그는 고개를 저었다. 과거 급제를 위해 글공부에 매진해야 한다는 이유에서였다. 그때까지도 모독은 등용문에 올라 쇠미한 가문을 일으키겠다는 꿈을 키우고 있었다. 소설을 좋아하는 홀어머니를 위해 잠시 손재주를 부렸고 꼭 사고 싶은 서책이 있어 그 소설을 세책방에 팔기는 했으나 두 번 다시 소설 따위는 짓지 않겠노라 다짐까지 했다.

곡강연(曲江宴. 당나라 시절 서생이 과거에 급제하면 곡강이란 곳에서 잔치를 베풀었음. 곡강연에 참석한다는 것은 곧 과거에 급제한다는 뜻임)에 참석하겠다는 호언은 다음 해에 무너지고 말았다. 과거에 응시하는 것조차 불가능했다. 홀어머니가 눈물로 털어놓은 가문의 비밀은 그가 평생 짊어지고 가야 할 멍에였다.

병자호란에서 강화도의 참패는 강도검찰사 김경징이 참형을 당할 만큼 국가적인 치욕이었다. 전쟁의 상흔이 세월의 강에 씻겨 내려간 뒤에도 청군에 포로로 잡힌 사람들 중에서 간자 노릇을 한 사람이 여럿 있다는 상소가 올라왔다. 김상용처럼 손자의 손을 잡고 자폭하여 그 이름을 청사에 빛낸 인물도 있지만 청군에 작은 도움이라도 준 혐의가 있는 사람은 역도의 오명을 벗을 수 없었다. 뒤늦게 명단을 파악하라는 어명이 내렸다.

병자년(丙子年, 1636년)에 강화도로 피난을 간 할아버지 우두장(禹斗長)은 적군의 길잡이 역할을 했다는 누명을 썼다. 우두장의 잘못이라면 청군에 사로잡혔을 때 자결하지 못한 것뿐이다. 우두장이 정말 청군에 협조하였다면 이름을 감추고 숨었으리라. 그러나 그는 떳떳하게 의금부로 나아가 청군에 포로가 된 사연과 비참했던 포로 생활을 자세히 진술했다. 아무도 그처럼 솔직하게 고백한 이는 없었다. 근거 없는 풍문이 그의 공초에 덧붙었고 강화도 함락을 도운 죄인이 아니냐는 의혹이 제기되었다. 청렴하고 맑은 선비였던 우두장은 자신에게 덧씌워진 죄의 무게를 감당하지 못한 채 시름시름 앓다가 죽었다.

그의 아들 우잠(禹暫)은 이름을 절속(絶俗)으로 고치고 두류산 골짜기로 숨어들었다. 속세와 인연을 끊고 불제자처럼 살기 위함이었다. 그는 세상과 인연을 끊었지만 세상은 그와의 악연을 잊지 않았다. 화전을 가꾸며 농사꾼으로 살아가던 그를 의금부 관원이 찾아낸 것이다. 세상과의 절연을 강조해도 그들은 믿지 않았다. 이름을 바꾼 것도 이상했고 화전을 일구는 것도 의심을 샀다. 남원 관아로 끌려가서 때마침 하삼도(下三道, 충청도·전라도·경상)를 휩쓸던 도적 떼와의 내응을 추궁당하자 그는 울분을 참지 못하고 피를 토한 채 죽고 말았다. 아내 박 씨가 겨우 첫돌이 지난 모독을 품에 안고 밤길에 두류산을 몰래 빠져나와 상경한 것도 이 때문이었다.

박 씨는 글공부에 열중하는 모독의 등 뒤에서 남몰래 눈물을 훔쳤다. 하나뿐인 아들이 할아버지와 아버지의 전철을 밟지 않을까 불안했던 것이다. 아들이 지은 소설을 받고 유달리 기뻐한 것도 청운의 길에서 피 흘리기보다 차라리 매설가의 삶이 낫다고 여긴 까닭이다.

모독은 아버지의 존함을 우절속이라 적고 시장(試場, 과거 시험장)으로 나아갔다. 그러나 우두장의 얼굴을 기억하는 늙은 시관(試官, 시험관)이 할아버지를 꼭 닮은 모독을 발견하고 의금옥에 가두었다. 모독은 엉덩이의 살점이 떨어져 나갈 만큼 곤장을 맞은 후에야 겨우 집으로 돌아올 수 있었다. 엎친 데 덮친 격으로 병간호를 하던 박 씨까지 과로로 쓰러졌다. 모독은 청운의 길을 접는 슬픔을 달랠 틈도 없이 주린 배를 채우고 약값을 마련하기 위해 붓을 들어야만 했다.

그로부터 7년 남짓 연의 소설을 지었다.

『춘추연의』의 약점을 보완하고 자신만의 색깔을 내기 위해 그가 택한 것은 삼국과 고려와 조선의 역사에 뜻을 붙이는 작업이었다. 때마침 불어닥친 『정유록(丁酉錄)』의 열풍과 함께 그의 소설도 주목받기 시작했다. 『임진록(壬辰錄)』의 자매편인 『정유록』은 도원수 권율과 삼도수군통제사 이순신의 활약상을 극대화시킨 작품이다. 그 무렵 모독이 발표한 소설이 바로 『필멸(必滅)』이다. 모독은 이순신, 권율과 함께 선무 일등 공신에 오른 원균의 삶을 추적했다. 칠천량 해전에서 비록 크게 패했지만 임진년부터 쌓아 온 원균의 전공은 그 누구와 비교해도 뒤지지 않았다.

『정유록』과 비슷한 기분으로 『필멸』을 읽어 나가던 독자들의 표정은 후반부로 갈수록 점점 어두워졌다. 원균이 이순신과 전공을 다투다가 전라 병사로 쫓겨나고 쥐를 말린 고기로 끼니를 때우며 가슴을 쥐어뜯는 대목에서는 구토를 하는 이도 있었다. 완전무결한 영웅이 아닌 고뇌하는 인간의 모습이 담겨 있었던 것이다. 그 후로도 모독은 『허봉의 마지막 나날』, 『두만강』, 『무릉평전』과 같은 색다른 제목의 소설을 잇달아 발표했다. 폭발적인 인기를 끌지는 않았으나 꾸준히 세책방을 통해 읽혔다. 끼니나 약값 걱정으로부터는 벗어난 것이다. 옳으나 패배하여 비참하게 죽을 수밖에 없는 주인공들에게 매력을 느낀 독자들 중에는 모독을 직접 만나게 해 달라고 세책방 주인을 조르는 이도 있었다. 모독은 결코 모습을 드러내지 않았다. 어떤 이는 그가 환갑을 훨씬 넘긴 노인이라 했고 어떤 이는 결혼도 하지 않고 소설만 쓰는 불혹의 여인이라고 했다. 누구도 그 묵직한 소설의 작가가 이제 스무 살을 갓 넘긴 청년이라고는 상상하지 못했다.

을축년(乙丑年, 1685년) 여름, 지독한 번민이 찾아들었다.

연의 소설에 대한 흥미를 잃은 것이다. 세책방 주인들이 새로운 연의 소설을 지어 달라고 거금을 내밀었지만 모독은 잠시 쉬고 싶다며 거절의 뜻을 분명히 했다. 7년! 7년이나 쉬지 않고 역사의 평원을 달린 것이다.

연의 소설은 그를 더욱 절망과 패배의 나락으로 떨어뜨렸다.

왕후장상의 삶을 세밀하게 옮길수록 자신이 포기했던 청운의 길에 대한 아쉬움이 커졌다. 이야기를 만들 때는 신이 났지만 붓을 놓으면 끝없는 공허가 밀려들었다. 주인공이 부와 명예를 틀어쥘 때마다 과거도 치르지 못하는 자신의 신세가 한심스러웠다. 등장인물을 통한 대리 만족이 아니라 직접 조정에 나아갈 길은 없단 말인가. 이룰 수 없는 꿈이나 그럴듯하게 끼적이며 늙어 가야 한단 말인가.

그때 청학동에서 만난 이가 졸수재 조성기(趙聖期)였다. 모독은 남산을 오르내리는 유산가들로부터 조성기의 아름다운 시를 들은 적이 있었다.

고운 마을의 연하는 한가롭기 그지없어　玉洞烟霞特地閑
흰 구름 끝자락에 작은 집을 새로 엮었네　小齋新構白雲端
동산의 숲에서는 솔바람이 노래하고　圓中萬樹松風響
창밖엔 한 줄기 시내가 졸졸졸 흘러간다　窓外一條溪水潺
황정경을 읽는 밤 도기 짙게 서리고　夜讀黃庭多道氣
새벽에 영약을 아침밥 대신 먹는다　曉嘗靈藥代朝餐
숲이 깊어 절로 속세 사람들과 끊어졌으니　林深自與鹿人絶
율리 사립문은 온종일 닫혀 있다네　栗里柴扉盡日關

―「청학동(青鶴洞)」

모독은 밤이 새도록 술잔을 비우며 고민을 털어놓았다. 조성기는 쉼 없이 눈을 끔벅거렸고 가끔씩 탁한 기침을 토했으며 다리가 저려 오는지 같은 자세를 오래 유지하지 못했다. 몸이 아파 서책을 읽는 시간을 줄인다는 소문이 거짓은 아닌 듯했다. 소설에 관한 대화를 나눌 때는 상대의 얼굴을 뚫어져라 노려보며 말 한마디도 함부로 흘려보내는 법이 없었다. 상대의 약점을 연이은 질문으로 날카롭게 찔러 대는 특이한 화법을 구사했다.

"자넨 어린 나이에 너무 하늘을 날아다녔구먼. 나 같은 곱사등이는 밤하늘을 우러르는 데도 여간 힘이 드는 게 아니라네. 아, 그렇다고 자네 소설이 허황되다는 건 아니야. 하늘을 나는 소설들치곤 놀랍게 땅바닥을 기기도 하더군. 헌데 말일세. 자네 소설을 읽다 보면 그런 생각이 들어. 자네 나름대로 삶에 밀착하기 위해 갖은 노력을 다하였겠지만 삶이란 것이 과연 그렇게 벌처럼 붕붕 날거나 땅개처럼 바닥을 기는 걸까? 물론 범속한 사람은 상상도 못 하는 경지를 그리는 게 쉽지는 않을 걸세. 허나 지나치게 삶에 집착하는 건 아닌가? 집착이 클수록 오히려 그 삶은 자네로부터 멀어진다네. 결말이 같더라도 좀 더 편하게 갈 순 없나? 두 발로 걸어 다니는 사람도 그려 보라 이 말일세. 나같으면 천하를 쥐고 흔드는 인물을 따르지 않고 집안에서 벌어지는 크고 작은 사건만으로 이야길 하나 만들어 보겠네. 꼭 넓고 깊어야만 제대로 뜻을 세우는 건 아니잖은가? 남자와 여자, 남편과 아내, 부모와 자식의 이야기만으로도 충분히 세상 고민을 다 담을 수 있으이. 아니 그런가?"

모독이 졸수재에게 소설 짓는 법을 배웠다고 여기는 사람도 있으리라. 그러나 7년이나 연의 소설을 지은 모독의 이야기 만드는 솜씨는 어느 정도 경지에 올라 있었다. 오히려 조성기보다도 호흡이 길고 많은 인물을 품었다.

"소생이 짓는 소설은 언제나 별전(別傳)이라는 생각이 듭니다. 외곽을 건드릴 뿐 정작 중심의 문제는 건드리지 못하는…… 세상의 참된 도(道)와 곧바로 맞닿아 있는 본전(本傳)의 글쓰기는 소설에서 불가능한 건가요? 그것이 불가능하다면 무엇을 위해 별전 쓰기를 계속해야 하는지요?"

"맑고 단정하며 곧고 강한 글도 아름답긴 하지. 허나 소설은 자네 말대로 별전이기 때문에 오히려 도에 다가설 수 있는 거라네. 다양하고 부드러우며 멀리 둘러 가기를 주저하지 않는, 산만하고 복잡하고 때론 한없이 지루하기까지 한 글쓰기이기에 세상의 온갖 고민을 건드릴 수 있는 법이야. 소설이 제 분수를 잊고 본전의 자리, 그러니까 대설(大說)의 자리를 탐한다면 그 순간 바로 망나니의 칼날이 들이칠 걸세. 답답한가? 부끄러운가? 참게. 급할수록 더 낮고 어지럽게 비틀거리며 돌아가야 하네. 누가 자네의 소설을 쓰레기라고 하면 어찌하겠는가?"

"따져 물어야지요."

"따져 물어도 안 되면? 싸울 텐가?"

"……"

"싸우지 말게. 소설은 원래 그렇듯 하찮은 것이라네. 멸시와 천대를 받으며 긴긴 목숨을 이어 왔지. 쓰레기라고 하거든 오히려 웃으며 감사하게."

"웃으며…… 감사하라구요?"

"그렇지. 소설을 그렇게 하찮게 보아 주시니 감사합니다. 이렇게 하란 말일세. 소설이 속되고 속된 진흙투성이 세상을 닮은 것은 사실이니까. 세상이 하찮고 더러운데 소설만 높고 고고하다면 오히려 그게 욕일 테지. 쓰레기가 아니라고 우길 것이 아니라 쓰레기다, 허나 우리는 이 진흙탕에서 연꽃을 피울 거다. 무엇을 통해? 더럽고 투박하고 허황된 이 거리의 말을 통해! 알겠나?"

"허나 소설이 세상을 닮아 비천하다고 해도 매설가인 소생에게는 더없이 소중한 것이 또한 소설입니다."

"하하하. 아네. 내가 왜 그걸 모르겠는가. 허나 그렇다고 그런 생각을 떠벌리며 싸우고 다닐 텐가? 소설에 대한 열정과 흠모는 가슴에 품게. 화를 내는 대신에 더욱 차고 날카로운 눈으로 세상을 보라 이 말이야. 알겠는가?"

조성기는 그에게 소설 짓는 모습을 보이지 않았다. 하루에 절반은 신음 소리를 내며 비스듬히 누워 지냈고 나머지 절반은 바람벽을 가득 채우고도 남는 서책들을 읽었다. 그의 서재에서 소설을 찾기는 힘들었다. 즐겨 읽는 소설이 무엇이냐고 여쭈었더니 직접 필사한 『주생전(周生傳)』을 내보였다.

"교산(蛟山, 허균의 호)과 석주(石洲, 권필의 호)는 둘도 없는 친구였지. 탁월한 문재를 지닌 것도 흡사하고 비참한 최후도 비슷하다네. 허나 소설을 짓는 품은 무척 달랐던 것 같으이. 교산이 날카로운 창이라면 석주는 깃발이라고나 할까. 잠잠히 숨죽이고 지내다가도 바람을 만나면 온몸을 흔들며 춤을 추는 깃발! 기쁨의 춤이든 슬픔의 춤이든 석주를 당할 자가 없지. 『주생전』에는 석주의 품성이 잘 나타나 있다네. 시는 아름답고 제문은 눈물겨우며 이야기는 유장하고 주생을 사랑한 두 여인의 마음은 참으로 지극하지. 천천히 읽도록 하게. 소설에 담긴 시는 모두 외우는 것이 좋을 듯허이. 자네도 이젠 천하를 움직이는 글이 아니라 한 사람의 마음을 흔드는 글부터 지어야 할 테니까."

스승은 오히려 글을 쓰는 법보다 글을 쓰지 않는 법을 가르쳤다. 한 달에 한두 번 신문 근처 세책방을 돌고 와서는 그동안 나온 소설들의 약점을 짚어 나갔다. 빠르게 눈대중으로 훑었을 텐데도 그의 지적은 한 치의 오차도 없었다.

"『낙천등룡(落天登龍)』의 지은이는 공부가 짧은 게지. 당나라의 혼인 풍습을 명나라에 갖다 붙이면 되나? 태산을 석 달 만에 넘었다는 것도 말이 안 돼. 아무리 산행에 서투른 아이들이라고 해도 닷새면 족하지. 산이 높다는 소문만 듣고 지레 겁을 먹은 거야. 가 보진 못하더라도 그 산에 올라갔다 온 이들에게 물어는 보고 써야지. 아무도 모르겠지 하고 함부로 휘갈겨 버리는 건 제 무덤을 파는 꼴이라고. 『이씨양웅쌍린기(李氏兩雄雙麟記)』는 또 어떤가? 여주인공을 비참하게 만들고 싶어도 네 번이나 겁간하는 건 너무 심한 일이야. 그런 못된 짓을 하고도 뉘우치기만 하면 영웅이 되고 기린아가 된다? 자네 같으면 그걸 받아들일 수 있겠어? 물론 인물의 처음과 끝을 완전히 다르게 만들려는 시도는 훌륭해. 하지만 그것도 타당한 근거가 있어야지. 『위경천전(韋敬天傳)』의 결말에도 억지가 묻어 있더군. 우여곡절 끝에 결혼에 성공한 위경천과 소숙방을 떼어 놓기 위해 임진년의 왜란을 끌어들이니 말이야. 위경천이 아버지를 따라 조선으로 가야만 했다면 처음부터 위경천과 그 아버지의 돈독한 관계에 대한 설명이 있어야 해. 바로 이런 미숙함 때문에 『위경천전』이 과연 석주의 작품인가 아닌가에 대한 논란이 일고 있는 게야. 일부러 지어낸 슬픔은 결코 독자를 감동시킬 수 없지. 알겠는가?"

모독의 소설을 직접 거론한 적은 없지만 몇몇 소설에 대한 평가에는 모독의 작품이 지닌 한계와 오류에 대한 지적도 숨어 있었다. 조성기는 모독의 소설 대부분을 읽고도 제자가 스스로 깨우칠 때까지 기다리는 듯했다.

"『삼국지연의(三國志演義)』를 다시 읽게. 이야기를 따라가지 말고 나관중이 유비와 손권과 조조의 진영을 어떤 식으로 오가는지 살피란 말일세. 수많은 인물들이 명멸하지만 크게 보면 셋 중 하나일 뿐이지. 독자들도 그걸 알기에 안심하고 낯선 인물과 새로운 사건을 만나는 것이고.『수호전(水滸傳)』은 또 어떤가? 우리가 상상할 수 있는 온갖 종류의 인간들이 등장한다네. 108명의 주인공이 전혀 헷갈리지가 않아. 인물을 내세울 때도 결코 주저하는 법이 없지. 고이를 예로 들어 보세. 고이는 떠돌이 건달이며 고씨 집안에서 두 번째로 내질러진 자식이기에 이(二)란 이름을 얻었고 공차는 솜씨가 뛰어나 구(毬)란 별명을 얻었으며 남을 등치거나 개평을 뜯거나 구전을 얻어먹으며 젊은 날을 보낸다네. 여기까지만 따라 읽어도 고이가 얼마나 한심한 작자인가를 알게 돼. 구차하게 고이의 생김새나 말투나 의복을 살필 필요도 없다 이 말이지. 자네도 이렇게 인물의 핵심으로 곧장 들어가게.『서유기(西遊記)』로부터도 많은 걸 배울 수 있네. 어제이자 내일이고 현실이자 꿈인 일들이 벌어지거든. 인물에 진드기처럼 들어붙는 것도 좋지만 때론 훨훨훨 새처럼 나는 것도 필요하지. 권두운을 타고 말일세."

쉬운 주문이 아니었다. 이 세상에서 가장 기이한 세 작품을 탐구하는 데는 3년도 부족했다. 읽으면 읽을수록 붓을 꺾고 싶었다.

조성기가 묵직한 소설 한 권을 내민 것은 개나리와 진달래가 다투어 피던 초봄 저녁이었다.

"읽어 보게. 세책방에서 어렵게 구한 거야. 일찍이 조선에서 이만한 소설은 없었네. 최고야 최고!"

칭찬에 인색한 스승이 아니던가. 모독은 다섯 번째 읽던 『서유기』를 서안에서 내리고 그 소설의 첫 장을 넘겼다.

『구운몽』!

제목부터 예사롭지 않았다. 지금까지 나온 장편 소설 중에서 '연의(演義)'나 '전(傳)', '록(錄)'이나 '기(記)'는 있었지만 '몽(夢)'은 그저 한문으로 쓰인 짧은 소설에서만 보던 제목이다. 그런데 그 '몽'으로 장편을 쓴 것이다.

"누가 이 소설을 지었는지요?"

조성기는 굽은 등이 흔들릴 만큼 크게 웃었다.

"하하하! 먼저 읽어 보기나 하게. 지은이를 일러 주면 자넨 아마 놀라 까무러칠 걸세. 다 읽은 후에 다시 이야기하세."

그 밤의 충격을 어떻게 설명해야 할까. 도끼로 뒤통수를 내리찍는 기분이었다. 천하의 명산을 설명하는 첫대목부터 대가의 풍모가 묻어 나왔다.

천하에 이름난 산이 다섯 있으니 동쪽의 태산, 서쪽의 화산, 가운데의 숭산, 북쪽의 항산, 남쪽의 형산이 그것이니 이를 일컬어 오악이라 한다. 오악 중에는 형산이 세상에서 가장 멀리 떨어져 있는데, 그 남쪽에 구의산이 있고 북쪽에 동정호가 있으며 소상강(瀟湘江)이 삼면을 두르고 있다. 형산의 일흔두 봉우리 가운데 오직 다섯 봉우리가 가장 높으니 축융봉, 자개봉, 천주봉, 석음봉, 연화봉이 그것이다. 항상 구름 속에 묻혀 있어 청명한 날이 아니면 이곳을 볼 수가 없었다.

불가적 삶과 유가적 삶이 한데 어우러졌을 뿐 아니라 성진의 고뇌와 양소유의 쾌락, 여덟 선녀의 개성과 미모가 치우침 없이 유려하게 담겨 있었다. 물론 이 소설은 『삼국지연의』처럼 파란만장하지도 않고 『수호전』처럼 영웅호걸들이 모여 대의를 도모하지도 않으며 『서유기』처럼 인간 세상을 비웃는 요괴들이 등장하지도 않지만 세 작품의 장점이 고루 실려 있었다. 작지만 크고, 즐거움이 넘치지만 삶의 고통이 묻어나며, 꿈이 현실 같고 현실이 꿈 같은 상황을 묘사하고 있는 것이다.

모독은 해가 뜨기도 전에 스승의 방문 앞을 서성거렸다. 조성기는 아침상을 물릴 때까지 그 소설의 지은이를 가르쳐 주지 않았다. 한양에서 이름 높은 매설가들을 지목했으나 번번이 놀림만 당했다.

"그치는 여자를 몰라. 어떻게 여덟 명과의 사랑 이야기를 쓸 수 있겠어?"

"그치는 오로지 공맹의 도리만 강조하는걸. 성불하는 성진을 그릴 턱이 없지."

"그치는 문장이 거칠고 저속해. 발가락으로 그려도 그보다는 낫겠다. 이렇듯 탁월한 문장 앞에 그 부족한 이름을 갖다 대지 말게."

조성기는 숭늉까지 한 사발 마신 다음에야 제자의 궁금증을 풀어 주었다.

"지은이를 일러 주면 어떻게 할 작정인가?"

"만나야지요."

"그치가 한양에 없는데도?"

"배움을 구하는데 어찌 멀고 가까움을 가리겠습니까?"

"도적 떼가 우글거리는 북삼도인데도 가겠는가?"

"압록강 너머에 있다 해도 건너가서 뵙겠습니다. 누굽니까?"

조성기가 싱글벙글 웃었다.

"그냥 가르쳐 줄 순 없지. 그 소설을 얻느라 비단을 세 필이나 주었느니!"

가난한 스승의 살림에서 비단 세 필은 대단한 지출이었다.

"값을 치르겠사옵니다."

"값이라!"

"그렇습니다. 얼마면 되겠는지요?"

그동안 모독은 소설을 팔아서 꽤 많은 돈을 모았다. 비단 열 필, 아니 스무 필을 내더라도 지은이를 알고 싶었다. 조성기가 어깨를 들썩이며 웃어 젖혔다.

"비단 100필을 가져와 보게. 이건 돈으로 바꿀 이름이 아니야."

"허면……."

모독의 얼굴이 창백해졌다. 조성기가 입을 열지 않으면 『구운몽』의 매설가를 영원히 알 수 없는 것이다.

"내 그 이름을 돈 한 푼 받지 않고 가르쳐 주지. 다만 한 가지 약조를 하게."

"말씀하시지요."

"이토록 뛰어난 소설을 어떻게 쓸 수 있었는가를 소상히 살펴 올 수 있겠는가?"

조성기도 『구운몽』처럼 탁월한 작품이 탄생한 경위를 알고 싶은 것이다.

"소생이 모두 알아 오겠습니다. 이제 가르쳐 주십시오. 누굽니까?"

조성기는 숨을 깊이 들이마셨다가 천천히 뱉은 다음 짧

게 답했다.

"광성부원군(光城府院君, 김만기)의 제(弟)라네."

김만기의 아우!

"허면 선천에 귀양 가 있는……."

조성기가 고개를 끄덕였다.

"자네도 아는구먼. 어려서부터 글솜씨로 이름이 높았고 대제학까지 지낸 김만중 바로 그 어른일세."

"하온데 어찌 그런 분이……."

"소설을 지었는가 이 말이지? 나도 그 점이 궁금허이. 자네가 선천에 가서 직접 여쭈어 보도록 하게. 고문(古文)과 당송의 시를 즐기던 당신께서 어찌하여 하찮은 이야기를 짓게 되었는가 하고 말일세. 알겠는가?"

4 | 구운몽심고

소설에 『구운몽』이라는 것이 있는데 서포가 지은 것이다. 주제는 공명과 부귀가 일장춘몽에 귀착한다는 것으로 대부인의 근심을 위로하고 풀고자 한 것이다.

— 이재, 『삼관기(三官記)』

모독의 『구운몽심고』는 제목 그대로 『구운몽』에 대한 이런저런 생각을 정리한 서책이다. 『구운몽』에서 뛰어난 문장이나 탁월한 장면을 발췌하고 짧은 평을 더하는 방식을 취하고 있다. 말미에 무진년(戊辰年, 1688년) 여름 평안도 선천에서 김만중과 나눈 대화를 꼼꼼히 옮긴 글이 있어 이채롭다. 이 글은 김만중이 지은 『첨화령기(瞻華嶺記)』로부터 시작하는데 선천의 풍광을 모독 자신의 문체로 살피기보다 김만중의 글에 의지하는 편이 낫다고 판단한 듯하다.

휘갈긴 글씨 또한 매우 특이하다. 차분히 마음을 가라앉히고 쓴 다른 글에 비해 흘러가는 시간을 잠시라도 붙잡기 위해 안간힘을 쓴 흔적이 역력하다.

모독은 이 글에서 감탄과 칭찬을 감추고 『구운몽』의 약점들을 맹렬하게 물고 늘어진다. 김만중으로부터 더 많은 창작의 비밀을 끌어내기 위해 일부러 물음의 날을 세운 듯하다. 김만중도 그런 모독의 마음을 헤아렸는지 솔직하게 이 젊은 매설가의 고민을 어루만져 주고 있다.

모독을 김만중의 문하로 인정하거나 더 나아가 의발(衣鉢, 스승이 제자에게 주는 가사와 바리때. 의발을 전한다는 것은 곧 스승이 제자에게 법통을 전한다는 뜻임)을 전해 받았다고 하는 근거도 『구운몽심고』에서 비롯된다. 특히 그 글 마지막에 나오는 "자네는 아홉 구름(九雲)뿐만 아니라 열 번째 구름(十雲)까지도 그릴 수 있으이. 더욱 정진하게."라는 김만중의 언급은 자주 인용되고 있다. 혹자는 이 부분을 포함하여 『구운몽심고』 자체를 위작(僞作)으로 보기도 하지만 모독과 김만중의 만남 자체를 부인할 근거는 아직까지 발견되지 않고 있다. 자, 이제 김만중이 이름을 지어 붙인 첨화령에서부터 두 사람의 첫 만남을 살펴보도록 하자.

첨화령은 선천부 동쪽 20리에 있는데, 옛날에는 이름이 없었으나 그것을 이름한 것은 나에게서 비롯된다. 내가 정묘년(丁卯年, 1687년) 가을에 죄를 얻어 선천으로 귀양 가면서 이 고개를 경유하게 되었는데, 홀연 세 개의 봉우리가 깎아 만든 듯한 것이 구름 가에 솟아나 있는 것을 보고는 말몰이꾼을 돌아보면서 "이것이 한양의 화산(華山, 삼각산)이 아니냐? 어떻게 여기에 와 있단 말이냐?"라고 물었다. 초동이 있다가 듣고 웃으면서 "손님이 잘못이십니다. 이것은 우리 고을의 이른바 신미도(身彌島)라는 것입니다."라고 하였다. 내가 눈을 씻고 자세히 살펴보니, 펑퍼짐하면서도 가팔라 한가운데 있으면서 제일 높은 것은 영락없는 화산의 백운대이고, 좌우에서 곁하고 있으며 정정(亭亭)하게 뾰족이 서 있으면서 조금도 뒤지지 않는 것은 영락없는 인수봉, 노적봉이다. 또 단애(丹崖)와 취벽(翠壁)이 겹치고 늘어서서 마치 운금(雲錦)을 펼치고 사마(駟馬)에 채찍질하고 있는 듯한 것은 문수령과 부아령이다. 내가 그때서야 그게 진실로 그렇지 않다는 것은 알았지만 의심하지 않을 수 없었다. 아아! 내가 도성을 떠나 여기에 올 때에 나를 전송하던 사람들은 모두 근교에서 돌아가고 오직 화산의 취색(翠色)만이 사람을 쫓아와서 의의(依依)하게 떠나지를 않았으니 대개 100리가 되어도 그만두지 않았다. 나도 역시 때때로 말을 멈추고 고개를 돌려 바라보면서 태행산과 종남산에 대한 것과 같은 그리움을 부쳤다. 그러다가 송도를 지나치면서 화산은 더 이상 볼 수가 없었고, 살수(薩水) 서쪽으로는 산천이 소조(蕭條)하여 돌연 변새(邊塞)의 기상이 있고 객회(客懷)의 혐오스러움이 있게 되었으니, 비단 양관

(陽關)을 지나치면 술잔 권할 고인(故人)이 없으리라는 탄식에 그치는 것이 아니었다. 그러다가 이제 여기에서 이 산을 볼 수 있게 되니 내가 어찌 정(情)이 없겠는가? 고인의 말에 "현산(峴山)을 고개 돌려 바라보매 마치 고향을 떠나는 사람 같아라." 하였고, "도성을 떠난 지 오래된 자는 고향 사람 같은 이를 보면 기뻐한다." 하였으니, 이것이 어찌 인정이 아니냐? 마침내 두자미(杜子美, 두보)의 시어(두보의 시 「협중람물(峽中覽物)」의 "무협이 홀연 화악을 바라보는 듯하고/ 촉강이 되려 황하를 보는듯하네〔巫峽忽如瞻華岳/ 蜀江猶似見黃河〕"에서 첨화(瞻華)를 따왔다는 뜻임)를 따서 이 고개를 첨화라고 이름 짓고, 언젠가 여지(輿地, 지리)를 기록하는 사람이 있기를 기다리련다. 나보다 뒤에 여기에 오는 자는 반드시 이 글에서 느낌이 있을 것이다. 정묘년 계추(季秋)에 서포거사(西浦居士)가 쓰다.

처음에 대감은 나를 만나 주지 않았다. 나라에 큰 죄를 짓고 벌을 받는 처지에 가르침을 베푸는 것이 이치에 어긋난다는 것이다. 송도를 지날 때부터 대감이 나와의 만남 자체를 거절할 수도 있으리라 예상했다. 약간 쑥스럽기는 했지만 준비한 대로 밀고 나갔다.

"대감! 소생은 모독이라 합니다."

"……."

즉답이 없었다. 나는 조금 더 큰 소리로 직업을 밝혔다.

"매설가 모독입니다."

방문이 열렸다. 대감의 날카로운 턱이 먼저 눈에 띄었다.

"자네가 정말 모독인가? 『두만강』과 『필멸』을 지은 모독
이 확실한가?"

"그러합니다. 소생이 그것들을 지었습니다."

"어여 들게."

대감의 모친이 일찍이 패관기서를 좋아하신다는 것을
전해 들은 적이 있다. 효자로 이름 높은 대감이니까 다양한
소설을 구해 드렸으리라. 대감이 지은 『구운몽』도 『삼국지
연의』와 같은 연의 소설을 비롯하여 『옥교리(玉嬌梨)』, 『호
구전(好逑傳)』, 『평산냉연(平山冷然)』 같은 재자가인(才子佳
人) 소설 등을 참조한 흔적이 역력했다. 문형(文衡, 온 나라의
학문을 바르게 평가하는 저울이라는 뜻. 대제학의 별칭)을 지낸 당
대의 학자가 내 이름을 기억해 주는 것이 놀랍고 고마웠다.
그러나 방으로 들어갔다고 해서 곧바로 마음을 연 대화가
시작된 것은 아니다. 대감은 혹시 내가 소의(昭儀, 정2품의 후
궁) 장 씨의 간자는 아닐까 의심했다.

"자네가 선천엔 웬일인가? 듣자 하니 이야기 짓기를 멈
추고 금강과 두류로 유산을 떠났다던데?"

대감은 내가 잠시 절필한 사실까지 알고 있었다. 청학동으로 들어가면서 세책방 주인들을 따돌리기 위해 한양을 떠났다고 헛소문을 퍼트렸던 것이다.

"한양에 머물러 있었습니다. 청학동에 숨어 그동안 지은 이야기들의 잘못을 살폈지요. 스승께서 일일이 큰 가르침을 주셨습니다."

"청학동? 누가 자넬 가르친단 말인가?"

"호는 졸수재이옵고 함자는 조 자, 성 자, 기 자입니다."

"졸수재 조성기라!"

대감은 고개를 갸웃거렸다.

"그이가 과거에는 급제를 했던가?"

"아니옵니다."

"그이가 지은 소설이 있는가?"

"지으신 것은 있는 듯합니다만 아직 세책방으로 나오지는 않았고 소생도 보지 못하였습니다."

"나이는?"

"대감보다 한 해 늦게 나셨습니다."

"하면 쉰하나란 말인가?"

"그렇습니다."

대감은 잠시 헛기침을 토했다. 한여름인데도 차갑고 습한 기운이 당신의 몸을 떠나지 않은 듯했다. 여름 감기가 더 무서운 법이라고 하지 않는가.

"자네처럼 오랫동안 소설을 지은 사람이 단 한 권의 소설도 세상에 내보이지 않은 늙은이의 문하로 들어갔다는 게 믿기지 않는구먼. 허면 그 졸수재란 스승에게 배운 것이 무엇인가?"

"쓰지 않는 법을 배웠습니다."

대감의 두 눈이 커졌다.

"스승은 무엇을 쓸 것인가보다 무엇을 쓰지 않을 것인가를 먼저 살피라고 하셨습니다. 쓰고 싶은 욕망이 차고 넘치면 감당할 수 없는 글까지도 짓게 된다고 하셨지요. 그렇게 함부로 덤볐다가는 좋은 소설을 지을 수 없고 몸까지 상한다고 하셨습니다. 지우고 지우고 또 지워 가다 보면 쓸 것을 만나게 된다고 늘 강조하셨습니다."

"그래서 자네는 쓸 만한 것을 만났는가?"

"아직 아닙니다. 허나 쓰지 않을 것들을 많이 정해 두었으니 다음에는 정말 멋진 소설을 지을 것도 같습니다."

대감은 비로소 고개를 끄덕였다.

"좋은 스승으로부터 가르침을 받은 것 같군. 그렇지 않아도 자네가 그동안 너무 많은 이야기를 쉬지 않고 써내는 것 같아 걱정했다네. 물이 철철 흘러넘치는 우물도 쉴 없이 퍼내면 결국 마르고 말지. 유람을 다니든 청학동에 숨든 자넨 쉴 필요가 있었어. 일찍이 주자는 이런 가르침을 주셨다네. '활을 배울 때는 그 법에 맞도록 배워야 한다. 아무렇게나 마구 쏘다가는 장차 그 방법을 배우려고 해도 그럴 수 없다. 나는 옛날 거문고를 배울 때 마구 타다가 좀 알고 난 뒤에 법을 따르려고 했으나 원래가 그러하지 못하여 그 뒤에는 배우려고 해도 소용없었다.' 헌데 자네의 스승은 소설을 얼마나 읽었는가?"

"조선은 물론 대국의 작품들까지 살피지 않은 것이 없습니다. 소생도 소설이라면 한문, 언문 가리지 않고 두루 섭렵했다고 자부합니다만 스승은 소생이 처음 듣는 서책들까지 읽으셨습니다. 또한 한번 읽은 소설은 줄거리는 물론이고 인물의 움직임과 배경까지 꼼꼼히 기억하십니다. 특히 연작(連作) 소설인 경우 같은 매설가에 의해 후속작이 지어졌는가 아니면 다른 매설가에 의해 소설이 나왔는가를 밝혀내시기도 합니다. 소생 역시 어린 시절 좋아했던 『사생기(四生記)』에 이어 『오멸기(五滅記)』를 썼는데, 스승은 두 작품이 서로 다른 매설가에 의해 지어졌고 뒤 작품의 지은이가 바로 소생이라는 것을 맞히셨습니다."

"그 정도인가? 그와 같은 기인이 청학동에 숨어 있었단 말이지? 꼭 한번 만나고 싶구먼."

"스승께서도 대감을 뵙고 싶어 하십니다. 곧 기회가 오겠지요."

대감이 허리를 약간 숙이며 내 눈을 똑바로 들여다보았다. 목소리를 낮추어 물었다.

"허면 졸수재가 자넬 이곳에 보냈는가?"

나는 잠시 머뭇거렸다. 스승이 『구운몽』을 보여 준 것은 이곳으로 나를 보내기 위함이었는지도 모른다.

"그, 그렇습니다."

"만나고 싶다면 본인이 직접 올 일이지 왜 자넬 보낸단 말인가? 또 날 만나서 무얼 얻겠다고?"

나는 스승의 굽은 등을 떠올린 후 답했다.

"몸이 불편하셔서 북삼도까지 오실 수 없습니다."

"병을 앓고 있는가?"

"그러합니다."

나는 굽은 등에 대해서는 밝히지 않았다. 스승에 대한 인상을 나쁘게 만들 필요가 없었다.

"소생이 온 것은 소설에 대해 여쭙기 위함입니다."

"소설이라니? 소설에 관한 이야기라면 세책방을 돌아야지 이 먼 곳까지 올 이유가 있는가? 헛걸음을 했구먼. 나는 소설에 대해 아는 바가 없네. 그저 어머님 등 뒤로 몇 편 훔쳐보았을 따름이야."

"아홉 개의 구름에 대한 이야기를 읽었습니다."

서안 위에 놓인 대감의 두 손이 부들부들 떨렸다. 놀람과 분노를 억누르고 있는 것이다.

"자네가 정말 그 소설을 읽었나?"

"그러하옵니다. 밤을 꼬박 새워 성진과 양소유의 삶을 좇았습니다."

"어떻게 그 소설을 손에 넣을 수 있었지? 어머님과 조카들을 위해 은밀히 두 질을 한양으로 보냈을 뿐이야."

"자세한 사정은 모릅니다. 스승은 세책방을 통해 어렵게 구하였다고 하셨습니다. 훗날 그 사정은 직접 들으시는 편이 낫겠습니다."

"누구누구가 그 소설을 읽었는가?"

"스승과 소생입니다."

"둘뿐인가?"

"그렇습니다."

대감은 당신의 소설이 세책방에 나도는 것을 꺼리는 눈치였다. 소의 장 씨의 무리가 대감의 목숨을 노리고 있음은 널리 알려진 일이다. 『구운몽』에 소의 장 씨를 비난하는 부분은 없지만 문형을 지낸 그가 소설을 지었다는 사실 하나만으로도 구설수에 오르고 지탄받을 일이다.

"하나만 약조해 주게."

"말씀하시지요."

"내가 다시 한양으로 돌아갈 때까지 그 소설을 세책방에 돌리지 않았으면 하네. 나는 다만 적적하게 지내시는 어머님을 위해 붓을 놀렸을 따름이야. 이 일로 허튼소리를 듣고 싶지는 않으이."

"명심하겠습니다."

대감께 화가 미치는 것은 나로서도 큰 손해다. 『구운몽』을 능가하는 다음 작품을 읽는 시기가 그만큼 늦어질 테니까.

"자, 그럼 자네가 원하는 걸 물어보게. 자네가 읽은 아홉 개의 구름에 관한 소설은 내가 쓴 것이 분명하네."

"『구운몽』을 짓는 데 얼마나 걸리셨는지요?"

"하룻밤 사이에 지었지."

대감은 턱수염을 쓸면서 입으로만 웃었다. 하룻밤에 다 지었다! 대감의 답을 마음속으로 되뇌었다. 나도 꽤 빨리 소설을 쓰는 편이지만 이렇게 인물이 복잡하고 이야기가 다채로운 작품을 하룻밤 만에 짓는 것은 불가능하다. 열흘 아니 한 달은 족히 걸리리라. 그런데도 대감은 왜 하룻밤에 지었다고 답하는 것일까? 재주를 뽐내기 위해? 아니다. 대감은 나처럼 재주를 탐할 분이 아니다. 결국 나는 내 식대로 그 답을 이해했다.

"100년 인생이 하룻밤 꿈과 같으니 소설 한 편을 하룻밤에 지었다고 해도 지나친 말씀은 아니지요."

"허어 자넨 벌써 '몽(夢)'의 의미를 알고 있군그래. 헌데 그 깨달음은 자네의 삶 속에서 얻은 것인가 아니면 소설 속에서 끄집어낸 것인가?"

나는 대답을 피했다. 대감의 물음에 끌려다니기 시작하면 품었던 의문을 풀 수 없을 것 같았기 때문이다.

"대감! 대감은 불제자이십니까?"

"아닐세. 조선의 대제학을 지낸 내가 어찌 불제자일 수 있겠나?"

"허면 『구운몽』의 처음과 끝에 성진을 앉혀 놓은 것은 어인 연유입니까? 석씨의 가르침을 깨우치기 위해 성진이 양소유로 환생하고 다시 성진으로 돌아온다는 것은 곧 공맹의 도리보다 석씨의 가르침이 더 높은 곳에 있음을 드러낸 것이 아니겠습니까?"

"아닐세. 난 결코 석씨가 공맹보다 높이 있다고 보지 않네. 그런 오해를 받은 것도 사실이네만 어디까지나 나는 공맹의 도를 따르는 학인이야."

"허면 성진을 앞뒤에 앉힌 것은 양소유의 삶을 드러내기 위한 방편입니까?"

"아닐세. 양소유의 삶이 중요하듯 성진의 삶도 중요한 게지. 난 양소유를 위해 성진을 이용한 것이 아니야."

"허면 무엇입니까? 석씨의 도리를 추구한 것도 아니요

유가의 가르침을 따른 것도 아니라면, 대감께서는 이 소설에서 무엇을 바란 것입니까?"

대감은 허리를 뒤로 젖히며 오른손으로 이마를 짚었다. 이렇게 직설적으로 밀어붙일 생각은 아니었다. 대가의 가르침을 헤아리기 위해서는 단어와 단어 사이를 느릿느릿 살피며 시야를 넓힐 필요가 있었다. 그러나 대감이 내 질문을 반박하는 것으로 일관했으므로 나도 모르게 날을 세운 것이다. 목소리가 큰 만큼 침묵의 어색함도 짙었다. 이윽고 대감은 차분하게 질문의 근거를 무너뜨리기 시작했다.

"소설을 꽤 많이 쓰고 읽은 자네가 그런 질문을 하다니 당황스럽군. 사서(四書)라면 공맹의 도리가 담겼을 테고, 『화엄경(華嚴經)』이나 『금강경(金剛經)』이라면 석씨의 가르침이 들어 있을 테지. 난 불가의 가르침을 한 단어로 말할 수도 있네. 그건 바로 진공묘유(眞空妙有)야. 진공이란 차 있는 것이 비어 있는 것과 다름이 없고, 묘유란 비어 있는 것이 차 있는 것과 다름이 없는 거라네. 허나 진공묘유를 위해 이 소설을 쓰진 않았으이. 어디까지나 이건 소설이 아닌가? 소설에 그런 가르침이 담기지 말란 법도 없지만 꼭 그런 가르침을 담아야 하는 것도 아니라네. 자넨 성현의 가르침을 지키며 학인의 길을 걷고 있네만 하루 종일 공맹의 도리만을 외지는 않아. 때로는 노장에 걸음이 가 닿을 때도 있고 석씨와 웃음이 통할 수도 있지. 그때마다 배울 바가 아니라며 물러나는 건 얼마나 우스운 일인가. 내가 굳이 소설을 지은 것은 넉넉한 품이 좋아서였네. 양소유가 성진이고 성진이 양소유라면 굳이 그 둘을 갈라 내 편 네 편으로 삼을 것이 무엇이란 말인가. 맹자는 노자를 배척하지 않았으이. 일찍이 정자(程子)도 예의에 투철하지 못한 사람은 장자를 깊이 있게 보아야 한다고 말씀하셨다네. 그래도 꼭 답을 하라면 나는 공맹의 가르침이나 석씨의 도리보다도 성진이자 양소유인 한 인간의 고뇌가 소중하다고 보네. 그 많은 성현의 가르침도 따지고 보면 인간을 돕기 위한 방편일 따름일세. 자넨 어떤가? 자네는 소설을 지을 때 이건 누구의 가르침입네 이건 누구의 도리입네 미리 생각하는가?"

이번에도 나는 대답을 피했다. 가르침을 미리 상정하는 매설가가 있기도 하지만 나는 아니다.

"팔선녀에 대하여 한 말씀 여쭙고 싶습니다. 대감께서는 여덟 여자가 한 남자와 조화롭게 살 수 있다고 보십니까?"

"숫자는 문제가 아닐세. 서로에 대한 애정이 중요한 거야."

"남녀의 정(情)이 변화무쌍하다고 해도 하나와 여덟의 이야기는 과한 느낌을 지울 수 없습니다. 그건 그렇다 해도 선녀들끼리의 정은 어찌 설명하시려는지요?"

"선녀들끼리의 정이라니?"

"계섬월과 적경홍을 예로 들어 보겠습니다. 둘은 단순한 우정을 넘어 연모하는 사이가 아닙니까? 계섬월이 먼저 양소유와 운우지락을 나눈 다음 적경홍을 끌어들인 것은 혼인하지 않고 함께 살자는 암묵적인 밀약을 깨뜨린 간계에 의해서지요. 양소유는 적경홍을 계섬월로 착각하여 동침합니다. 이렇듯 두 여인을 하나로 두는 것은 둘의 정이 너무나도 깊어 그 몸까지 비슷해졌음을 뜻하는 것이 아닌지요?"

대감은 잠시 고개를 숙였다. 『구운몽』에서 적경홍과 계섬월이 등장하는 장면을 하나씩 짚는 듯했다. 이윽고 다시 내 눈을 들여다보며 답했다.

"대식(對食, 동성애)은 아닐세. 허나 자네처럼 볼 수도 있겠군. 양소유의 상대를 여덟 명이나 둔 것은 여자의 마음이 그만큼 복잡 미묘하기 때문이야. 나로서는 어느 것 하나도 놓치고 싶지 않았네. 물론 한 여자에게 여덟 가지 모습을 부여할 수도 있겠지. 허나 그리되면 더욱 이해하기 어려웠을 걸세. 자네 말처럼 여덟 여자는 서로 대결하기보다 친구처럼 돕고 의지하며 정을 나누는 단계로까지 나아갔던 모양이네. 자네에겐 그것이 거추장스러워 보였는지 모르겠으나 내게는 오히려 부족하다네. 결혼은 했는가?"

"아직입니다."

더 나은 소설을 짓기 위해 빛나는 20대를 고스란히 바친 것이다.

"그러니 팔선녀를 이해하지 못할밖에. 계속 소설을 쓰고 싶은가?"

나는 그 물음을 이해하지 못했다. 대감이 스스로 답을 내렸다.

"그렇다면 결혼부터 하게. 그래야 여자에 관해 제대로 쓸 수 있다네. 종이 위의 여자가 아니라 손으로 만질 수 있고 품에 안을 수 있는 내 사람을 찾으라 이 말일세. 『영영전(英英傳)』이나 『운영전(雲英傳)』은 읽어 보았겠지? 영영이나 운영 같은 궁녀와의 사랑을 위해 목숨을 거는 게 바로 사내 일세. 양소유 같은 사내를 위해 목숨을 거는 것이 또한 여자일 테고. 영영과 김생처럼 그 사랑이 행복으로 끝나든지, 운영와 김 진사처럼 끔찍한 불행으로 끝나든지 그건 나중 문제야. 키보다 높은 궁궐 담을 넘을 만큼 가슴 절절한 사랑을 하는 것이 급선무네. 돌아가거든 당장 정인(情人)부터 구하게. 소설은 그다음에 지어도 늦지 않아."

대감의 답이 과연 내게 합당한가 생각해 보았다. 혼자 사는 것이 자랑은 아니지만 아내를 맞아들인다고 소설이 나아질 것 같지는 않았다. 혹시 팔선녀에 대한 물음을 회피하기 위해 내 처지를 이용한 것은 아닐까? 질문을 더 하려는

데 대감이 휘휘 손을 내저으며 일어섰다.

"오늘은 이 정도만 하세. 내 말보다도 소설에 대한 자네의 느낌을 믿도록 해. 이백을 만나 시에 관한 이야기를 아무리 많이 듣는다 해도 그의 시 한 편에 미치지 못하는 것을. 그래도 굳이 헛된 말을 몇 마디 한 것은 내 앞에 앉은 이가 바로 자네 모독이기 때문이야. 자네는 아홉 구름만 아니라 열 번째 구름까지도 그릴 수 있으이. 더욱 정진하게."

5 | 역당

무고(誣告)한 죄인 김영하를 처형하였다. 김영하는 장단 사람으로, 스스로 의술을 안다고 일컬어 요망하고 무례하였다. 조정의 의논이 늘 한편 사람을 무함하여 죽이려는 것을 보고 망령되게 분수에 넘치는 일을 바라는 마음을 품어 무변(武弁, 무과 출신의 벼슬아치)인 서임, 송덕숭과 서로 왕래하며 늘 "발바닥에 검은 사마귀가 있으니 귀하기가 1품에 이를 것이다."라고 뽐내어 말하였다. 또 "시기를 놓친 재상이 은을 모아 장사(壯士)를 몰래 길러서 불궤를 꾀한다." 하고, 김수항이 죽지 않고 그 아들, 조카가 김만중과 함께 모의를 주장하는데, 이입신의 아들 이경선과 박빈, 이광한 등의 아들이 그 일에 참여하였고, 남구만, 서문중이 서빙고에서 죽산 부사 최숙 및 철원 부사와 만나 외응하기로 약속하였다고까지 하였다. 또 "산승 보인에게서 들었다."라고도 하고, "풍덕의 상한(常漢)인 차가, 오금은 장사이며 조사석, 남용익도 의심스러운 꼬투리가 있다."라고도 하였다. 서임, 송덕숭이 포도대장 장희재에게 고하였는데, 장희재가 듣고 기뻐서 곧 임금에게 들어가 고하니 드디어 국청(鞫廳)을 설치하였다. 김영하의 공초는 변환(變幻)이 많아서 말이 되지 않았으나, 그때 사람들은 오히려 나직(羅織)하고자 하여 끌어들인 사람들 가운데에서 차가, 오금, 보인, 이경선 등을 잡아들이기를 먼저 청하였으나, 그런 사람이 없기도 하고 그런 이름이 아니기도 하므로 임금이 매우 허망하다고 생각하여 파기하려는 뜻을 여러 번 보였다. 국청에서 마지 못하여 김영하를 신문하여 무고죄를 승복시켜 참형에 처하고 법대로 가산을 적몰하였으며, 서임, 송덕숭은 망언을 경솔히 믿은 죄로 도배(徒配)하였으나, 장희재에게는 문책이 없었다.

—『숙종실록』 17년(1691년) 11월 25일조

돈화문 앞에서 쌍호흉배를 고친 포도대장 장희재는 매봉우리를 올려다보며 긴 한숨을 내쉬었다. 그의 얼굴은 금천교를 지나 진선문과 숙장문을 통과하는 동안에도 굳어 있었다. 중전 장 씨의 하나뿐인 오라비이자 장차 보위에 오를 왕세자의 외숙부이니 천하가 그의 손에 들어갔다는 풍문도 과장이 아니었다. 그의 눈 밖에 나면 정승 판서도 자리보전이 힘들었다. 언제나 웃음을 잃지 않고 덕담을 건네며 말끝마다 성은에 감읍하던 그였다. 왼쪽으로 발걸음을 돌려 연영문을 지났다.

선정전에서 밤을 지새우셨단 말이지?

유별난 일이다. 대조전이나 후궁의 처소를 찾지 않더라도 선정전에서 새벽을 맞는 경우는 거의 없었다. 숙직 승지 권흠이 성후(聖候, 왕의 건강)를 걱정하며 희정당으로 침소를 옮기실 것을 거듭 간하였으나 물리쳤고, 날이 채 밝기도 전에 좌포도대장 장희재의 입궐을 명한 것이다. 전에도 새벽이나 늦은 밤에 입궐하라는 어명을 받은 적은 있었다. 그러나 그때는 편전(便殿, 왕이 정사를 보는 곳으로 여기서는 선정전을 가리킴)이 아니라 누이의 처소인 경우가 대부분이었고, 독대가 아니라 누이의 맑은 웃음과 함께였다. 선정전에서 만나겠다는 것은 처남 매부라는 사사로운 관계를 접고 왕과 신하로 만날 일이 있다는 뜻이다. 선정문 밖을 서성거리던 권흠이 그를 발견하고 종종걸음으로 달려왔다.

"어서 드십시오. 전하께서 기다리고 계시옵니다."

장희재가 걸음을 멈추고 물었다.

"지난밤 성노(聖怒, 왕의 노여움)를 살 특별한 일이라도 있었소?"

"아니옵니다. 계축일(癸丑日, 3일) 관북(關北, 마천령 이북 지방, 함경도)에 천둥이 치고 해일이 일어난 것와 을묘일(乙卯日, 5일)에 햇무리가 진 것, 경신일(庚申日, 10일)에 달무리가 목성을 두른 것을 걱정하셨으나 크게 성심(聖心, 왕의 마음)을 흔든 일은 없었습니다."

"허면 왜 편전에서 밤을 보내신 것이오? 오랑캐가 변경을 어지럽히거나 역심을 품은 무리를 발견한 때 외엔 이런 일이 없지 않았소?"

"소생도 그 까닭을 모르겠습니다. 주강(晝講, 낮에 왕이 참여하는 경연)을 위해 서책을 살피는 것도 아니시고, 나랏일을 보느라 지친 성궁(聖躬, 왕의 몸)을 보호하기 위해 어주(御酒)를 드신 것도 아니십니다. 용안(龍眼, 왕의 눈)을 지그시 감으시고 꼼짝도 않으셨습니다. 혹 잠드셨나 싶어 한 걸음 다가서기라도 하면 어수(御手, 왕의 손)을 흔드시어 다가오지 못하게 하셨습니다. 곧 성교(聖敎, 왕의 말씀)가 있으시겠지요."

역시 그 일 때문인가?

장희재는 선정전의 청기와 지붕을 바라보며 어금니를

꽉 물었다.

더 이상 피할 수 없겠군. 잠시 물러나 쉬라시면 북삼도 유람이라도 다녀오자. 서너 달 정도는 도성을 비워도 괜찮겠지. 포도청과 의금부 곳곳에 내 사람을 심어 두었으니 의주에서 압록강을 바라보면서도 조정 안팎의 흐름을 살필 수 있을 것이야. 서포를 비롯한 몇 놈만 더 없애면 그야말로 태평성대를 열 수 있는데 그 일을 마치지 못하는 것이 안타까울 뿐이다. 우암의 그늘이 이렇게 깊을 줄이야. 하지만 곧 바닥이 드러나겠지. 열 명을 잡아들여서 안 되면 100명을 잡아들이고 100명을 잡아들여서 안 되면 1000명을 잡아들이는 거다. 어차피 이 나라는 나 장희재가 원하는 대로 흘러갈 테니까.

"포도대장 장희재 입시이옵니다."

대전 내관의 낭랑한 목소리가 선정전 주위의 침묵을 깼다.

"들라 하라."

숙종은 장희재가 예를 갖추는 동안 왼팔로 이마를 가린 채 눈을 뜨지 않았다. 지난밤의 피로가 한순간에 몰려온 듯했다. 장희재는 고개를 숙이고 하문을 기다렸다. 아침 수라를 받기도 전에 불러들였다면 화급하게 의논할 일이 있는 것이다.

"역당의 움직임은 찾았는가?"

"아직 확인하지 못하였나이다."

갑인년(甲寅年, 1674년), 열네 살에 용상의 주인이 된 후 17년이 지났다. 조정의 대소사를 주관하며 신료들의 잘잘못을 엄중히 가려 물을 만큼 연륜이 쌓였다. 작년(1690년) 10월 중전 민 씨를 폐위시키고 희빈 장 씨를 대조전의 새 주인으로 올리겠다고 했을 때는 대신들의 반대가 만만치 않았다. 나이 어린 왕이었다면 연일 올라오는 상소와 간언을 물리치지 못하고 어명을 바꾸었으리라. 그러나 이립(而立, 서른 살)을 넘긴 왕은 두 눈을 부릅뜨고 의정부와 육조의 늙은 대신들을 몰아붙였다.

"왕세자(장희빈이 낳은 왕자 윤(昀), 훗날의 경종)를 생산한 몸이니라. 어찌 희빈에게 중전이 될 자격이 없다 하는고?"

기사년(己巳年, 1689년) 3월에 율곡 이이와 우계 성혼을 문묘에서 출향하고 6월에 우암 송시열을 사사할 때부터 예견된 일이다. 남인이든 서인이든 신하에게 의지하여 용상을 지키겠다는 생각을 버리고 독자 행보를 시작한 것이다. 입의 혀처럼 총애하는 신하에게도 속내를 드러내는 법이 없었다. 권세를 주는 만큼 감시를 붙였고 가까이 다가서면 멀리 내쫓기를 주저하지 않았다. 당대 최고의 학자이자 정치가로 추앙받던 우암도 죽였는데 그 누구를 죽이지 못할까. 장희재는 진작부터 숙종의 결심을 읽고 있었다. 평판을 의

식하며 호인(好人)처럼 다닌 것도 눈 밖에 나지 않으려는
몸조심이었다. 중전 장 씨의 부탁이 아니었다면 이런 일을
꾸미지도 않았을 것이다.

"서포를 죽여야 합니다. 서포가 중전인 나를 조롱하는
소설을 짓고 있다지 않습니까? 이 겨울이 가기 전에 반드
시 사사해야 합니다. 아시겠습니까?"

소설 따위가 무슨 힘이 있겠느냐며 좋은 말로 달랬으나
소용없었다. 얼마나 많은 아녀자들이 언문 소설을 읽는 줄
아느냐고 면박만 당했다.

『숙향전(淑香傳)』이나 『한강현전(韓康賢傳)』 같은 소설을
사들이는 게 아니었어. 허황된 잡설만 가까이하시니 급히
할 일과 여유를 두고 어루만질 일을 가리지 못하시는 게다.
도대체 소설 따위가 무엇이라고 그리 애지중지하시는지.

"김만중이 일을 꾸몄다면 그와 내통한 역당이 도성에 있
어야 하지 않느냐? 김영하가 역당이라고 지목한 차가, 오금
등은 어디 있느냐?"

명의(名醫)를 자처하는 김영하의 고변을 접한 지도 벌써
한 달이 흘렀다. 김만중과 남구만 등이 역모를 꾸몄다는 주
장이 사실이라면 서인의 싹을 완전히 뭉개 버린 후 안국동
의 폐비에게 사약도 내릴 수 있다. 기쁜 마음에 서둘러 탑
전에 아뢰었으나 숙종의 반응은 뜻밖이었다.

"남해에 있는 김만중이 무슨 힘이 있어서 역모를 꾸민단 말이냐? 김영하의 말만 듣고 그들을 벌할 수 없으니 철저히 조사하여 역당을 잡아들이도록 하라."

한 달 동안 이 잡듯이 도성을 훑었으나 역모의 흔적은 없었다. 김영하가 역당이라고 지목한 보인이라는 중과 차가와 오금 등은 행방이 묘연했다. 보름 전에 은밀히 좌포청으로 김영하를 불러들여 엄히 추궁하니 보인, 차가, 오금은 자신이 모두 꾸며 낸 이름이라고 했다. 고변 자체가 무고(誣告)였던 것이다. 그러나 여기서 물러설 수는 없었다. 이 일을 사실대로 아뢰면 김영하의 목이 달아나는 것은 물론이고 물증도 없이 무고를 방조한 장희재도 무사하지 못할 것이다. 추국청(推鞫廳, 어명에 따라 죄인을 심문하는 임시 기관)을 설치하고 김만중과 남구만의 지인과 제자들을 잡아들인 것은 김영하의 고변대로 사건을 짜맞추기 위해서였다. 차디찬 의금옥에 갇혔다가 추관(推官, 죄인을 신문하는 관원)들 앞에서 곤과 장을 맞고 압슬을 당하면 없는 죄도 눈덩이처럼 부풀기 마련이다.

"곧 찾아낼 것이옵니다. 신에게 조금만 더 말미를 주시오소서. 좌우 포도청과 의금부의 관원들을 모두 풀어서라도 반드시 역당을 색출하여 잡아들일 것이옵니다."

"그만두거라."

숙종이 실눈을 뜨고 오른 주먹을 쥐며 하명했다. 장희재
는 제 귀를 의심했다. 역당을 잡아들이는 일을 그만두라는
것은 추국 자체를 그치겠다는 뜻이다. 그렇게 되면 이 일을
준비하고 추진한 자신에게 비난의 화살이 날아들 수밖에
없다.

"이 나라 종묘사직을 뿌리째 뒤흔들려는 흉악한 무리이
옵니다. 신이 목숨을 걸고……."

"좌포장은 목숨을 그리 쉽게 버리느냐? 그만두라는 과
인의 명을 어기고서라도 죄 없는 이들을 잡아들이겠다는
것이냐?"

"저, 전하!"

장희재는 더 이상 변명을 못 하고 숙종의 오른 주먹만
쳐다보았다. 서늘한 공포가 등줄기를 타고 내렸다.

"지난밤 김영하가 이실직고를 했느니라. 김만중이든 남
구만이든 역모를 꾀한 적이 없다고 말이다. 구중궁궐에 들
어 의술을 뽐내기 위해 좌포청을 이용했다는데, 좌포장은
그것도 모르고 목숨을 걸겠다는 것인가?"

"전하! 모든 것이 신의 잘못이옵니다. 신을 죽여 주시오
소서."

장희재의 이마가 바닥에 닿았다. 추국청에서 김영하가
토하는 말은 좌포장인 그에게 우선 보고하도록 엄명을 내

렸다. 그런데 지난밤 김영하가 토설한 내용이 그보다 먼저 탑전에 닿은 것이다.

전하께서 나까지 감시하셨던 말인가?

수족처럼 부리는 좌포장까지 미행을 붙여 동정을 살펴 왔다고 생각하니 불쾌감보다 두려움이 앞섰다. 관직을 버 리고 멀리 함경도나 평안도로 귀양을 가라 해도 꼼짝없이 떠날 수밖에 없는 상황이었다. 숙종의 목소리가 작아졌다.

"가까이 다가앉으라!"

장희재가 세 걸음 앞으로 다가섰다.

"더 가까이!"

귓속말을 주고받을 만큼 가까운 거리였다. 숙종이 장희 재를 뚫어지게 쳐다본 후 속삭이듯 말했다.

"다음부턴 일 처리를 제대로 하거라. 빌미를 주어선 아 니 된다 이 말이다. 알겠느냐?"

"명심 또 명심하겠사옵니다."

장희재는 안도의 한숨을 쉬었다. 삭탈관직을 당하지는 않을 것 같았다. 전하께서도 우암의 잔당을 쓸어버리는 데 동의하신다. 다만 근본도 모르는 김영하 같은 잡술객으로 큰일을 도모할 수는 없다는 경고였다.

"남해의 바람이 어떠한지 궁금하구나."

김만중의 근황을 살피고 오라는 뜻이다.

"오늘 중으로 사람을 보내도록 하겠사옵니다."

숙종은 지난밤 내내 김영하의 옥사를 어떻게 처리할 것인가 고심했다. 장희재에게 힘을 실어 줘서 김영하의 주장대로 우암의 잔당을 칠 것인가 아니면 김영하를 무고죄로 참한 뒤 사건을 덮을 것인가? 김영하가 추관 앞에서도 자신의 뜻을 굽히지 않았다면 김만중과 남구만에게 사약을 내렸을지도 모른다. 그러나 그는 벌겋게 달아오른 인두만 보고도 까무러칠 만큼 나약한 위인이었다. 그런 자를 믿고 역모를 만들 수는 없는 일이다. 김영하의 입을 막고 그를 장희재에게 소개한 서임과 송덕숭을 멀리 내쳐 사건을 마무리하기로 마음을 정했다. 그리고 만약을 대비하여 김만중을 비롯한 우암의 잔당들을 감시하기로 한 것이다. 이 모든 것은 장희재에 의해 은밀히 이루어져야 할 일이다.

선정전을 나온 장희재는 허리를 주욱 펴고 하늘을 올려다보았다.

참으로 하해(河海)와 같은 성은이 아닌가. 김영하의 일은 뜻대로 마무리 지을 수 없게 되었으나 전하의 성의(聖意, 왕의 생각)를 알았으니 그것만으로도 큰 성과지. 서포가 쓰고 있다는 소설만 내 손에 들어오면 오늘 일은 전화위복이 되고도 남는다. 하늘이 장희재를 굽어살피시는구나.

선정문과 연영문을 나와 왼편으로 길을 잡았다. 서양문

을 지나 곧 연양문에 닿은 후 주위를 살피며 별감방(別監房)에 이르렀다. 인기척을 느낀 박운동이 문을 열고 나왔다.

"준비는 마쳤는가?"

"예!"

박운동이 읍을 한 다음 고개를 돌렸다.

"나오게."

관복을 입은 사내가 단호흉배에 그려진 호랑이의 이마를 양손으로 가린 채 마당으로 내려섰다. 매설가 모독이었다. 턱과 볼이 지나치게 붉고 걸을 때마다 오른발을 약간씩 절룩거렸다. 20일 전에 입은 상처가 아물지 않은 것이다. 장희재가 다짐을 받듯 노려보며 말했다.

"먼저 입을 여는 일이 있어서는 아니 될 것이야. 혹시 하문을 하시더라도 내가 눈짓을 하기 전에는 답을 올리지 말게. 함부로 세 치 혀를 놀렸다가는 오늘이 제삿날이 될 것이야. 알겠는가?"

"예, 예!"

모독은 사모가 벗겨질 만큼 넙죽 허리를 굽히며 답했다.

"그렇다고 지나치게 겁을 먹거나 몸을 떨어서도 아니 된다. 열흘 동안 연습한 대로만 하면 큰 문제는 없을 것이야. 자 그럼 고개를 들지 말고 내 발만 보고 따르게."

장희재가 성큼성큼 앞서 걸어 나가자 모독은 허리를 반

쯤 숙인 채 뒤를 따랐다. 두 사람은 신료들의 출입이 드문 청판문과 방현문, 근영문, 홍경문, 함광문을 통해 대조전으로 들어섰다. 앞을 막거나 아는 체를 하는 이는 없었다. 모독은 월대(月臺)로 올라서다가 하마터면 발을 헛디뎌 쓰러질 뻔했다. 구중궁궐의 가장 깊은 곳, 당상관도 함부로 드나들 수 없는 곳이 바로 중전의 처소인 대조전이다. 장희재는 걸음을 멈추고 고개를 돌려 모독을 노려보았다. 실수를 용납하지 않겠다는 눈빛이었다. 월대를 지나 툇마루의 문을 열고 들어서자 넓은 대청마루가 나왔다. 장희재가 서쪽 온돌방 앞을 지키고 선 중궁전 상궁에게 손을 들어 보이니 조용히 문이 열렸다. 촌각을 다툴 만큼 화급하거나 남의 눈을 피해 처리할 일이 생기면 이렇듯 고하지 않고 출입을 하기로 약조를 했던 것이다. 장희재가 고개를 돌려 나지막이 모독에게 속삭였다.

"잠깐 밖에서 기다리게!"

6 | 매매

이 두 가지(궁중에서 읽히던 중국 소설과 방각되어 널리 통용되던 방각
본 소설)의 중간을 타고 나간 것에 아마 경성에만 있는 듯한 세책이란 것
이 있으니, 곧 대소 장단을 물론하고 무릇 대중의 흥미를 끌 만한 소설 종
류를 등사하여 삼사십 장씩 한 권을 만들어 많은 것은 수백 권 한 질, 적
은 것은 두세 권 한 질로 하여 한두 푼의 세전을 받고 빌려주어서 보고는
돌려보내고, 돌아온 것을 또 다른 사람에게 빌려주는 조직으로 한창 성시
에는 그 종류가 수백 종 누천 권을 초과하였습니다. 수십 년 전까지도
서울 향목동이란 데 — 시방 황금정(黃金町, 지금의 을지로 일정목(一丁目)
사잇골 — 에 세책집 하나가 남아 있었는데, 우리가 조만간 없어질 것을 생각
하고 그 목록만이라도 적어 두려 하여 세책 목록을 베껴 둔 일이 있는데, 이
때에도 실제로 세주던 것이 총 120종, 3221책(내에 동종이 13종, 491책)을 산
(算)하였습니다. 이 중에는 『윤하정삼문취록(尹河鄭三門聚錄)』 186권, 『임
화정연(林花鄭延)』 139권, 『명주보월빙(明珠寶月聘)』 117권, 『명문정의(明
門貞義)』 116권처럼 꽤 장편인 것도 적지 아니합니다.

— 최남선, 「조선의 가정 문학」

장희재는 모독을 세워 둔 채 혼자 방으로 들어섰다. 그가
예의를 갖추는 동안 중전은 미간을 잔뜩 찌푸린 채 서안만
내려다보았다. 장희재는 평소처럼 다가앉으려 했다. 그의
엉덩이가 바닥에 닿기도 전에 불호령이 떨어졌다.

"대체 일을 어찌하는 겁니까? 김영하 따위의 고변으로 역신들을 몰아낼 수 있다고 생각하다니요? 저들이 누굽니까? 효종 대왕 시절에는 북벌의 명분으로 조정 공론을 틀어쥐었고 현종 대왕 시절에는 예론을 빙자하여 용상의 주인까지 낮추어 살피는 불충을 저질렀어요. 그렇게 반백 년 동안 뿌리를 내린 자들을 얄팍한 잔꾀로 물리칠 수 있다고 정녕 믿으셨습니까? 도끼로 제 발등을 찍을 뻔했어요."

장희재는 순순히 잘못을 시인했다. 삭탈관직을 당하지 않은 데는 중전의 도움이 컸음을 알고 있었다.

"그동안 마마께서 우암의 잔당에게 당하신 고초를 생각하니 울분이 하늘에 닿아 마음이 급해졌사옵니다. 하루라도 빨리 저 간악한 무리를 엄벌에 처하여 편안한 세상을 열고 싶었사옵니다. 다시는 이런 실수를 범하지 않겠사오니 한 번만 너그러이 용서해 주시오소서."

"용서하고 아니 하고의 문제가 아니지요. 언제 비수가 날아올지 모릅니다. 조심해야지요. 그건 그렇고 남해를 살피는 일은 어찌 되었습니까? 서포에게 의심을 사지 않을 간자(間者, 간첩)를 구했다는 것이 사실인지요?"

"그러하옵니다. 마마! 서포가 노도로 내려와 달라고 먼저 서찰을 보냈다 하더이다."

"서포가 먼저 서찰을 보냈다? 그런 자가 순순히 우리 편

82

이 되어 준단 말입니까? 혹시 우리를 속이려고 서인이나 감고당에서 들여보낸 간자는 아닌지요?"

장희재가 가슴을 쭉 펴고 큰소리를 쳤다.

"아니옵니다. 신을 믿어 주시오소서. 틀림없이 서포의 음흉한 속내를 샅샅이 살펴 고할 것이옵니다."

중전은 미덥지 않은 모양이었다. 행실을 조심하고 또 조심하라고 여러 차례 일렀지만 장희재의 지나친 허풍과 앞뒤 가릴 줄 모르는 탐욕에 대한 나쁜 풍문이 그녀의 귀에까지 심심치 않게 들려왔던 것이다. 중전의 표정을 살피던 장희재가 조심스럽게 물었다.

"만나 보시겠사옵니까?"

중전이 고개를 끄덕였다. 장희재가 문밖에 선 모독을 불렀다.

"들라!"

모독이 딱딱하게 굳은 얼굴로 들어섰다. 예의를 갖춘 후에도 고개를 숙인 채 양손을 떨었다. 중전이 고개를 설레설레 저었다.

저렇게 담이 약해서야 어찌 서포의 소설을 가져온단 말인가. 서포는 대나무보다도 더 꼿꼿하고 강직한 위인이다. 후궁 장 씨는 중궁전의 주인이 될 자격이 없다고 용안을 우러르며 두 눈 똑바로 뜨고 아뢰지 않는가. 장 씨를 택하시려거든 사계(沙溪, 김장생의 호)와 우암의 학풍을 이어받은 대소 신료들을 모조리 내치라고 했을 때 전하께서도 쉽게 그를 책망하지 못하셨다. 도대체 무얼 믿고 저런 겁쟁이를 데려온 것인가.

눈치 빠른 장희재가 중전의 불만을 읽어 냈다. 모독이 담대한 위인은 아니라는 사실을 그 역시 진작부터 알고 있었다. 그러나 불을 불로 맞서면 더 큰 불이 일어날 뿐이다.

"이름이 무엇인가?"

"모독이옵니다."

모독? 중전의 표정이 달라졌다. 장희재가 끼어들었다.

"제법 이름이 알려진 매설가이옵니다. 마마께서도 이 사람의 소설을 두세 작품은 읽으셨으리라 사료되옵니다."

매설가 모독!

중전은 궁인으로 뽑혀 들어오기 직전 그와의 만남을 또렷이 기억하고 있었다.

육조거리 아래 서학동의 세책방이었지!

숙부인 역관 장현의 집에서 더부살이를 하던 시절, 그녀의 유일한 위안거리는 언문 소설이었다. 밥값을 하라는 숙부의 구박을 묵묵히 견딜 수 있었던 것도 호롱불 아래에서 소설을 읽는 밤이 있었기 때문이다. 그녀는 쌀을 아껴 세책방을 찾을 만큼 소설에 푹 빠져 있었다. 하루에 한 끼만 먹으며 한 달을 꼬박 모은 쌀로 서학동의 세책방을 찾았을 때의 일이다.

송나라를 배경으로 강웅, 강민수 부자의 인생 역정을 그린 『강씨이대록(姜氏二代錄)』을 빌리기 위해 쌀자루를 내려놓았다. 생쥐 수염인 주인은 그녀를 위아래로 훑어보더니 이 값으로는 두 권밖에 못 빌려준다고 했다. 지난달에는 분명히 쌀 한 말에 『강씨이대록』을 전부 빌릴 수 있다고 하지 않았느냐고 따졌지만 주인은 그사이 값이 올랐다고 간단히 대꾸했다. 인기가 오르는 만큼 책을 빌리는 값도 뛰기 마련이라며 면박까지 주었다. 두 눈에서 눈물이 주르륵 흘러내렸다. 나머지 세 권을 빌리려면 또 매일 두 끼를 굶으며 한 달 동안 쌀을 모아야 하는 것이다.

"그럼 두 권이라도 주세요."

주인은 다시 말을 바꾸었다.

"1권과 2권은 건덕방 김 참의 댁에서 빌려 갔다. 3권부터 보련?"

소설을 어떻게 중간부터 읽을 수 있단 말인가. 그녀의 시선이 책장에 가지런히 놓인 소설 쪽으로 향했다. 그중에서 한 묶음을 꺼내 들었다.

"이것도 『강씨이대록』인데요?"

주인이 그녀의 손에서 서책을 빼앗으며 큰소리를 쳤다.

"이건 『강씨이대록』을 지은 매설가 모독의 친필 소설이다. 이걸 보려면 적어도 쌀 닷 말은 내야 해. 그것도 이틀 안에 되돌려 주어야 하고."

세책방에서 유통되는 소설은 가게에서 고용한 필사꾼들이 매설가의 친필 초고를 베낀 것이 대부분이다. 매설가의 친필 소설은 귀한 만큼 두세 배 값이 더 나갔다.

걸음이 떨어지지 않았다. 한 걸음 내딛은 후 뒤돌아보고 또 한 걸음 내딛은 후 뒤돌아보았다. 한 달이나 가슴 졸이며 이날을 기다렸건만 빈손으로 돌아가는 처지가 원망스러웠다. 돈만 있다면 세책방의 소설을 모조리 빌릴 텐데. 돈만 있다면 매설가를 아예 집으로 청하여 먹이 채 마르지도 않은 소설을 아침저녁으로 음미할 텐데.

긴 한숨을 토하며 저녁밥을 짓기 위해 돌아서는 순간 낯선 목소리가 그녀를 불러 세웠다.

"이보시게."

제법 값이 나가는 흑립(黑笠, 갓)에 은빛 두루마기 차림의 청년은 언뜻 보아도 평범한 사람 같지 않았다. 짙은 눈썹 아래 날카로운 눈과 약간 팬 볼이 무척 섬세한 사람처럼 느껴졌다. 열다섯을 겨우 넘겼을까. 미소에는 어린 티가 묻어났지만 목소리는 낮고 의젓했다.

"소녀를 부르셨사옵니까?"

장옥정은 오른쪽으로 비껴 서며 시선을 내렸다. 내외를 하면서도 사내와의 대화를 피할 마음은 없는 것이다. 빙그레 웃으며 다가온 그는 손에 든 붉은 보자기를 내밀었다. 장옥정은 보자기를 받지 않고 여드름 돋은 그의 볼을 흘끔 살피며 물었다.

"이것이 무엇인지요?"

"『강씨이대록』이오. 어여 받으오."

장옥정의 두 눈이 커졌다.

"왜 이걸 제게 주시는 것인지요?"

"이 소설을 빌리려고 왔던 게 아니었고? 선물이오. 가져가오."

그제야 장옥정은 세책방의 책장 왼편에 서 있던 사내를 기억해 냈다. 허나 저 사람이 왜 이 서책을 내게 준단 말인가? 쌀 스무 말은 주어야 살 수 있는 작품을 내게 선물로 줄 이유가 없지 않은가?

"고마운 말씀이오나 소녀는 이 물건을 받을 수 없사옵니다."

"받을 수 없다?"

"처음 뵙는 분으로부터 이렇게 비싼 선물을 받는 것은 예가 아니옵니다."

사내는 목젖이 보일 만큼 턱을 들고 웃음을 터뜨렸다. 티

없이 맑은 미소가 싱그럽기까지 했다.

"비싼 게 아니오. 나 역시 그냥 가져왔으니까."

생쥐 수염인 깐깐한 주인의 허락을 받고 이 작품을 가져올 정도라면 혹시? 그녀의 예감이 맞아떨어졌다.

"내가 바로 모독이오. 다음에 짓는 소설을 가장 먼저 생쥐 영감에게 주기로 하고 가져왔소. 이제 받아 주겠소? 내 팔이 부끄럽소이다."

모독은 두 팔을 떠는 시늉을 했다. 그래도 장옥정은 끝까지 궁금한 것을 따져 물었다.

"『강씨이대록』을 직접 지으신 분을 만나다니 광영이옵니다. 하오나 그렇다고 해도 어찌 소녀가 이 서책을 그냥 가져갈 수 있겠는지요? 자고로 물건을 주고받을 때는 서로 그 값이 어울려야 하는 법이옵니다. 소녀는 이 서책과 맞먹을 만큼 돌려 드릴 것이 없사옵니다."

"물건을 주고받는다? 매매를 하자 이 말씀인가? 아니오. 내 아무리 이야기를 팔아서 먹고사는 몸이지만 팔고 살 수 없는 것이 있음을 잊지는 않았소. 보아하니 끼니를 줄여 가며 쌀을 모아 온 것 같은데. 그 정도로 소설을 좋아한다면 이걸 가질 자격이 충분하오."

그래도 장옥정을 싫다고 버텼다. 모독은 혀를 끌끌 차며 뜻밖의 제안을 했다.

"허면 좋소. 『강씨이대록』은 빌려주는 것으로 합시다. 언제든 책을 빌린 값을 치를 형편이 되면 그때 갚으시오."

"……."

장옥정이 즉답을 미루고 모독의 얼굴을 응시했다.

"왜? 그것으로도 부족하오?"

"아니에요. 돈으로 소녀의 마음을 표시하기에는 턱없이 모자라기에 이러는 겁니다. 다시 만나게 되면 그땐 반드시 오늘의 후의를 갚겠어요. 원하시는 일을 꼭 한 가지 이루어 드리지요."

"내 소원을 들어주겠다고 했소? 그럽시다. 먼 훗날 여유가 생기면 필동으로 모독을 찾아오오."

신유년(辛酉年, 1681년) 8월, 숙종의 총애를 받고 있으면서도 조정 중론에 밀려 출궁당한 장옥정을 위로한 것도 소설이었다. 잠이 오지 않는 밤 성상(聖上, 임금)을 향한 그리움으로 가슴이 뻥 뚫리는 긴긴 시간을 소설로 채워 넣었다.

소설책의 앞뒤 어디에도 지은이의 이름은 없었지만 그녀는 모독의 작품을 구별해 냈다. 문장이 유달리 깔끔하고 이야기의 전개가 흥미진진했던 것이다. 그를 다른 매설가와 구별 짓는 결정적인 요소는 지독한 슬픔과 연민이었다. 적당히 눈물을 뿌리다가 행복한 결말을 맺을 법도 하건만 모독은 끝까지 주인공을 밀어붙였다. 절망다운 절망, 죽음다운 죽음! 주인공은 하늘로 날아오르지 못한 채 바닥에 엎드려 탁한 숨을 뱉었고 겨우 꼭대기에 닿더라도 더 큰 봉우리를 만났다. 을축년에는 필동으로 은밀히 사람을 보냈으나 모독의 흔적은 어디에도 없었다. 살던 집은 이미 남의 소유가 되었고 그와 거래하던 세책방의 주인들도 1년 넘게 그를 만나지 못했다고 했다. 『강씨이대록』의 강웅처럼 태산에서 신선이 되었다는 풍문도 있었고 그의 아들 강민수처럼 과선(戈船)을 타고 해가 지는 바다로 떠나갔다는 소문도 돌았다. 더 이상 작품이 나오지 않는 것으로 보면 글을 쓰지 못할 만큼 중병을 앓거나 목숨을 잃었을 수도 있다. 숙종의 명을 받고 재입궁을 할 때까지 장옥정은 모독의 지난 소설을 찾아 읽으며 세월을 보냈다. 주인공의 불행을 자신의 일로 받아들이며 베개에 얼굴을 묻고 통곡한 적도 여러 번이었다.

살아 있었군. 헌데 저 몰골은 뭔가?

서학동 세책방에서 만났을 때도 마른 얼굴이었지만 저렇듯 참담하지는 않았다. 귀밑에는 시퍼런 멍 자국이 남았고 턱수염도 끝이 갈라져 제멋대로였다. 무엇보다도 강렬하던 두 눈에 초점이 전혀 없었다.

『구봉기연』의 지은이가 모독이라는 풍문이 거짓은 아니었군그래. 그렇지, 사람을 죽일 정도로 마음을 뒤흔드는 소설을 지을 만한 매설가는 모독뿐이다.

두 달 전 금향이라는 기생이 죽은 사연을 전해 듣고 『구봉기연』을 구해 거듭 읽었다. 지금 서안 위에 놓인 서책이 바로 그 작품이다.

"매설가라면 『구봉기연』을 알겠구나."

모독이 방바닥에 닿았던 이마를 들며 놀란 표정을 지어 보였다.

"어서 아뢰게. 아는가 모르는가?"

장희재가 옆구리를 쿡쿡 찔러 댔다.

"소, 소생이 지은 소설이옵니다."

중전이 『구봉기연』을 장희재를 통해 모독에게 건넸다.

"이것이더냐?"

모독이 떨리는 손으로 한두 장 넘겨 본 다음 답했다.

"그러하옵니다. 소생의 소설이 분명하옵니다."

"허면 이 악첩 풍란은 어찌 되는가? 악첩 풍란이 조강지처 도은을 내쫓는 장면에서 5권이 끝나더구나. 그 후 도은과 풍란의 악연은 어떻게 마무리가 되는가 이 말이다."

"그, 그것은⋯⋯."

모독은 눈을 질끈 감은 채 방바닥에 다시 이마를 갖다 대었다.

"그 소설이 정녕 네 것이라면 결말을 미리 정해 두었을 것이 아니더냐? 네가 지은 소설이 분명한가?"

"그, 그러하옵니다. 이것은 작년 겨울에 소생이 지은 소설이 분명하옵니다."

모독은 또다시 말을 끊었다. 6권부터 8권까지 전개될 풍란과 도은의 삶에 대한 구상은 이미 정리되어 있었다. 그러나 그 생각을 솔직하게 아뢰었다가는 당장 목이 달아날 것 같았다. 눈치를 살피던 장희재가 끼어들었다.

"마마! 아직 거기까지는 생각을 못 하였나 보옵니다. 남해로 가는 길이 멀고 험하니……."

중전의 따가운 시선을 받은 장희재는 말을 맺지도 못하고 물러섰다. 모독의 답을 반드시 듣고 넘어가겠다는 것이다.

"이번 소설은 차, 차, 『창선감의록』과는 정반대로 끝나옵니다."

"『창선감의록』과 정반대라?"

"그, 그러하옵니다. 도은은 길에서 화적 떼를 만나 목숨을 잃고 풍란은 강씨 문중의 안주인으로 평생을 보내옵니다."

결국 모독은 목숨을 이어 가는 쪽을 택했다. 소설 하나 때문에 죽을 필요는 없는 것이다. 위기를 모면한 후 소설의 마무리를 뜻대로 하면 그만이라는 생각도 들었다. 불똥은 엉뚱한 방향으로 튀었다.

"『창선감의록』을 읽어 보았느냐? 누가 너에게 그런 흉측한 서책을 주었단 말이냐?"

스스로 제 무덤을 판 격이다. 중전이 가장 싫어하는 소설을 거명하였으니 쉽게 해결될 것 같지 않았다. 그때 갑자기 모독의 마음 깊은 곳에서 어떤 오기가 생겨났다. 이리저리 변명을 늘어놓느라 우스꽝스러운 꼴을 당하느니 솔직하게 털어놓는 것이 낫지 않을까. 어쩌면 저들은 나보다도 더 나의 지난 시절을 잘 아는지도 모른다.

"스승으로부터 직접 받았사옵니다."

"스승? 허면 네가 졸수재의 문하란 말이더냐?"

"그러하옵니다."

중전의 시선이 다시 장희재에게 향했다. 모독이 졸수재 조성기의 제자라는 사실을 숨겼던 것이다.

이런 자를 어찌 믿고 남해로 보낸다는 말인가요?

장희재도 이번에는 피하지 않고 미소로 답했다.

마마! 허허실실이옵니다. 서포의 소설을 가져오려면 서포가 믿고 안심할 수 있는 상대이어야 하옵니다. 우리 측 사람을 보낸다면 서포는 바다거북처럼 사지를 움츠리고 숨을 것이옵니다. 믿으시오소서. 모독이 결코 거부할 수 없는 미끼를 던져 놓았나이다.

그것이 무엇인가요?

차차 말씀 올리겠나이다. 만에 하나 모독이 배신하더라도 그때 처치하면 그만이옵니다.

"남해에서 할 일을 아느냐?"

"알고 있사옵니다."

"할 수 있겠느냐?"

"할 수 있사옵니다."

열흘이나 되풀이해서 세뇌를 당한 결과였다. 처음에는 자신이 없었지만 자꾸 답을 하다 보니 못 할 것도 없다는 생각이 들었다. 어차피 사약이 내릴 것이라고 하지 않는가. 서포, 그 어른이 비명에 가시기 전에 열 번째 구름을 짓는 길을 배워 두어야 한다. 내가 아니더라도 누군가는 남해로 갈 것이다. 그렇다면 내가 가는 것이 낫다. 나라면 저들의 바람을 충족시키면서 서포, 그 어른의 목숨을 지켜 드릴 수도 있으리라. 내가 가야 한다. 나 외에는 없다.

"그 일만 해 준다면 큰 상을 내리겠다. 소원을 꼭 하나 들어주겠느니라."

중전은 슬쩍 모독의 표정을 살폈다. 모독은 머리를 조아리며 은혜에 감읍할 따름이었다. 아무리 상상력이 풍부한 매설가라고 해도 그 옛날 세책방에서 만났던, 소설을 위해 밥까지 굶던 소녀가 지금의 중전이라는 사실을 알 수는 없었다.

그녀의 입가에 희미한 웃음이 맴돌았다.

소설보다 더 소설 같은 삶이로구나. 내가 중전이 된 것도, 또한 저 사람이 남해로 가는 것도.

"남해에 다녀오자마자 『구봉기연』을 완성시켜야 할 것이야. 알겠느냐?"

"예, 마마! 그리하겠사옵니다."

장희재는 대조전을 나와 돈화문에 이를 때까지 성큼성큼 앞만 보고 걸었다. 신료들을 피하기 위해 선정전과 인정전 뒷담을 지나 옥당을 돌아서 금천교로 내려왔다. 어느새 해가 서산으로 기울고 있었다. 아침과 점심을 건너뛰고 선정전과 대조전을 차례차례 들어갔기에 배가 몹시 고팠다. 돈화문을 나서자 박운동이 달려왔다.

"당장 길을 떠나도록 하게. 한시가 급하이."

"알겠습니다."

장희재를 태운 교자가 정선방의 좌포청 쪽으로 사라지자 박운동이 뒤돌아서서 모독에게 말했다.

"자 어서 서두르게. 해가 지기 전에 숭례문을 빠져나가야 할 것이야."

아무래도 오늘은 하루 종일 굶을 팔자인 모양이다. 모독은 걸음을 떼지 않고 박운동에게 말했다.

"먼저 약조한 것을 주십시오."

"무엇을 말인가? 난 줄 게 없으이."

박운동이 짐짓 너스레를 떨었다.

"궁궐을 다녀오면 주신다고 하지 않았습니까?"

"『구운몽심고』는 이미 주었지 않은가?"

"주십시오. 그걸 주시지 않으면 소생은 도성을 나서지 않을 것입니다."

박운동은 성난 표정을 지었다가 곧 웃어 보였다. 그리고 품에서 서책 한 권을 꺼냈다.

"그렇지 않아도 좌포장께서 내어 주라 하셨네. 헌데 남해의 일을 성사시키기 위해 이 책이 필요하다는 건가? 겨우 다섯 장밖에 쓰지 않았고 그것도 온통 바다와 구름과 어부들 이야기뿐이질 않나? 제목도 참으로 괴이하군. 잊혀진다는 게 무엇이 또 그렇게 서럽다는 것인가? 사랑 이야긴가 보지?"

"주십시오."

모독은 빼앗다시피 박운동의 손에 들린『서러워라, 잊혀진다는 것은』을 품에 안은 후 앞질러 남쪽으로 걸어 내려갔다. 방금 전까지 어깨를 축 늘어뜨린 채 고개를 떨구던 모습은 온데간데없었다. 박운동이 종종걸음을 치며 모독을 불렀다.

"같이 가세, 같이 가. 그 서책이 산삼 뿌리나 된다던가? 축지법을 쓴다 해도 곧이듣겠군."

7 | 재회

북풍이 쏴아 하고 대숲에 불어
오늘 아침 두 조카 생각나게 하네
내 남쪽으로 쫓겨 오면서 너희 마음 괴롭더니
어찌 알았으랴 너희마저 해천의 남쪽인 것을
바람과 물결 하늘에 넘쳐 넘을 수가 없는지
여섯 달 동안 지금까지 편지 한 장 없네
나 이제 풍토병 앓아 날로 어질어질해지니
죽어 떠나면 누가 강변의 뼈를 거두어 주나

北風蕭蕭吹竹林
今朝感我兩阿咸
自我南邊汝心苦
何知汝亦海天南
風濤滔天不可越
六月曾無一書札
我今病瘴日昏昏
死去誰收江邊骨

— 김만중, 「남해적사유고목죽림유감우심작시
(南海謫舍有古木竹林有感于心作詩)」 제2수

진주를 출발한 새벽에는 눈발이 날렸는데 곤양에 닿으
니 겨울 해가 제법 따사롭기까지 했다. 노량의 푸른 물결이
보이기 전에 갈색 말에서 내렸다. 박운동이 건넨 마패 덕분
에 발품을 들이지 않고 천 리 길을 지날 수 있었다.

의심을 사면 안 되지.

이제부턴 각별히 몸조심을 해야 한다. 산림에 의지하여
느릿느릿 한세월 흘려보낸 풍류객 흉내를 낼 필요가 있는
것이다. 선전관이나 타는 말을 끌고 온다면 틀림없이 자초
지종을 캐물으리라. 진주에서 미리 사람을 보냈으니 지금

쯤 노도에서도 나를 맞을 채비를 하겠지. 헌데 정말 그 소설을 훔칠 수 있을까. 내가 좌포장의 제안을 받아들인 것은 목숨을 구걸하기 위함이 아니다. 서포 대감이 또 다른 소설을 쓰고 있는 것이 사실이라면 당연히 그 작품을 읽어 보아야 하지 않겠는가. 그 소설을 살피기 위해서라면 노도 아니라 제주나 울릉까지도 자원해서 갔으리라. 허나 정말 서포 대감이 소설을 짓고 있다면 그 소설을 내가 읽은 후에는 어찌 되는 것일까. 약속대로 나는 그 소설을 좌포장에게 넘기고 부귀와 광영을 얻을 것인가. 세책방 주인들에게 시달림을 당하지 않고 중궁전의 보살핌 속에서 남은 인생 편안하게 작품 활동을 할 것인가. 서포 대감의 목숨이 위태로워진대도?

머리가 지끈거리기 시작했다.

아아! 나중에…… 소설을 읽은 후에 판단하도록 하자. 지금은 소설이 있는지도 모르고, 또 설령 소설이 있다고 해도 그 내용이 좌포장의 추측처럼 중전마마를 음해한 것이 아닐 수도 있다. 추측이 추측을 낳고 있는 형국이 아닌가. 지레 겁을 먹고 하늘이 준 기회를 놓칠 수는 없지. 헌데 중궁전에서…… 중전마마의 그 눈빛은…… 꼭 한 번 가까이에서 본 적이 있는 것만 같다. 기억에는 없지만 벌써 내가 여러 번 소설 속의 여주인공들에게 옮긴 적이 있는 눈망울이었다. 맑고 차가운 듯하면서도 그 밑으로는 불덩이가 이글거리지. 적에게는 한없이 냉정하고 정인에게는 측량할 수 없을 만큼 뜨거운 여자. 천하를 호령하는 여성 영웅의 풍모가 아닌가. 조선에도 그런 여자가 있었군그래……. 정말 어디선가 본 적이 있어. 어디서 보았을까? 어디서 내명부의 으뜸에 오른 그녀를 만났을까? 만난 적이 있긴 한 걸까?

구름이 낮게 내려앉은 남해는 많은 것을 숨긴 섬처럼 보였다. 학 한 마리가 구름 속을 뚫고 날아오르거나 은빛 고기들이 떼를 지어 물살을 거스를 것만 같았다. 육지로 나오거나 섬으로 들어가는 이들은 구름 사이로 얼굴을 보인 해를 가리키며 바다 날씨의 변화무쌍함에 관한 정담을 나누었다.

모독은 10년 전에도 노량의 이 좁은 바닷길을 건넌 적이 있다.

충무공 이순신의 장렬한 최후를 소설에 담고 싶은 욕심 때문이었다. 몇몇 짧은 이야기들이 전해졌지만 도성에 편히 앉아 남쪽에서 들려오는 소문을 짜깁기한 것이 대부분이었다. 직접 가서 눈으로 확인한 후 그날의 고통과 슬픔을 생생하게 되살리고 싶었다.

힘차게 출렁이는 파도처럼 정말 많은 이야기들이 쌓여 있었다. 배후에서 전황을 총괄적으로 살펴야 하는 삼도수

군통제사가 그날은 선봉장처럼 적선을 향해 돌진하였다고 도 했고, 조총에 맞은 것은 새빨간 거짓말이고 서애(西厓) 유성룡이 조정에서 물러났다는 연통을 받고 미리 몸을 숨 겼다고도 했으며, 원균의 혼령이 이순신을 홀려 비운의 죽 음을 맞이하게 되었다는 이야기도 떠돌았다. 100년 가까이 지났건만 바로 어제 일어난 일처럼 생생했다. 그 자세한 풍 광과 사건들을 따르고 있노라면 매설가인 자신이 부끄러 웠다. 이 시대 진정한 매설가들은 노량 앞바다에 모두 모인 듯했다.

"어여 오르소. 아무래도 바람이 심상치 않네예."

늙은 어부가 이물의 조풍돛을 살피며 말했다. 육지와 섬 을 오가는 사람들을 아침저녁으로 실어 나르고 낮에는 거 제까지 고기잡이를 나가는 야거리(解船, 작은 배)의 주인이 었다. 아직 구름은 몰려오지 않았으나 바람이 제법 거세게 돛을 흔드는 것을 보니 밤부터 겨울비가 쏟아질 모양이었 다. 한겨울에도 눈보다 비가 더 많이 내리는 남해 바다였 다. 모독은 뱃삯을 치른 다음 고물 쪽에 자리를 잡고 앉았 다. 미리 배에 올랐던 예닐곱 명의 상민이 눈치를 살피며 이물로 물러났다.

섬들이 두꺼비의 등처럼 오돌오돌 솟아 있었다. 저녁 해 가 조금씩 기울자 붉은 기운이 하늘을 덮었다. 바다는 아지랑이를 내뿜듯 이글이글 흔들렸고 만선(滿船)의 기쁨을 알리는 고함 소리가 때로는 멀리 때로는 가까이 들려왔다. 허기를 채울 한 공기 밥과 추위를 가릴 한 평 방, 그리고 재잘거리는 아이들을 바라보는 부모의 따뜻한 눈길이 차례차례 노을 속으로 사라졌다.

홀로 산다는 것.

그것만큼 서러운 일은 없다. 죽을 때는 모두 혼자라지만 더불어 사는 행복을 놓치고 싶지 않은 것이 인간의 본성이리라. 세책방의 생쥐 영감은 이렇게 모독을 위로했다.

"혼자 몸인 탓에 자네가 그렇게 지독한 소설을 엮어 내는 걸세. 아내도 있고 아이들도 있어 봐. 독기가 사라져 버려."

혼자 사는 매설가도 형편없는 작품을 만들고, 서포 대감처럼 가문을 보살피며 나랏일까지 관여해도 뛰어난 작품을 짓는다. 문제는 이야기를 푸는 실력이지 그 사람이 혼자 사는가 가족과 함께 사는가가 아니다. 서포 대감이 산림에 묻혀 혼자만의 시간을 보내고 싶어 한 것은 사실이다. 그 바람은 번잡한 세상일로부터 벗어나려는 갈망이다. 언제나 혼자일 수밖에 없는 나의 처지와는 다른 것이다. 생쥐 영감은 또 이렇게 제안하기도 했다.

"정 그렇게 식솔을 두고 싶다면 지금이라도 늦지 않았어. 자네 소설을 흠모하는 처녀가 어디 한둘인가? 마음에 드는 이를 하나 품게. 자네가 스스로 고르기 힘들다면 내가 도울 수도 있네."

그런 생각을 해 보지 않은 것도 아니다. 눈 딱 감고 첫날 밤을 치른 뒤 정 붙이고 살면 되는 일이 아닐까. 평생의 반려자인 아내는 내가 매설가인 것도 내 소설이 어떤 것인지도 모르는 편이 낫지 않을까. 내 곁을 스쳐 간 여인들. 그중에서 내 작품에 호감을 갖고 접근한 이들은 소설과 다른 나의 일상을 보고 줄행랑을 놓기 십상이었다. 작품을 구상할 때면 석 달 이상 이곳저곳을 떠돌고, 집필에 들어가면 하루에 한 끼만 먹으며 다른 사람과 인사말도 나누지 않는, 옷을 갈아입지도 않고 손발을 씻지도 않는 괴벽을 견뎌 낼 여인이 없었던 것이다. 소설이 흥미진진하고 복잡할수록 매설가의 삶은 단순하고 재미없다. 소설에 담긴 풍광이 밝고 아름다울수록 매설가의 눈에서는 피눈물이 흐른다는 사실을 어찌 알랴. 식솔을 거느리려면 소설 쓰기를 그만두어야 하는데 소설을 쓰지 않고는 식솔을 먹여 살릴 방도가 없다. 이 나이에 농사꾼이 되는 것도 늦었고 세책방을 내려 해도 돈이 부족하다.

"이상한 일이군. 자네처럼 많은 작품을 써낸 매설가가 세책방을 낼 돈도 없다면 이 땅의 매설가들은 다 어찌 먹고 산단 말인가? 자넨 너무 자신을 감추고 낮추려고만 하는군.

이야기를 팔아 부자가 되는 건 죄가 아닐세. 자네가 밤잠을 설쳐 가며 쏟은 노력의 정당한 대가인 게야."

생쥐 영감까지도 이런 오해를 하고 있으니 내가 빈털터리라는 사실을 그 누가 알아주겠는가. 돈을 많이 번 것은 사실이다. 그 돈의 반만 모았다면 도성 안에 세책방을 다섯 개는 내고도 남으리라. 가난이 미덕이라고 생각하지는 않는다. 가난할수록 좋은 작품이 나온다고 믿는 것도 아니다. 가난은 불편함이며 피곤함이며 죄악이다. 소설 한 편을 완성하려면 적어도 1년이 필요하다. 그동안 집필에 몰두할 수 있는 경제적 여유는 작품의 질을 결정하는 가장 중요한 요소다. 좋은 작품을 쓰고 싶은가? 그럼 우선 1년 동안 먹을 양식을 준비하라.

그렇다고 누구처럼 이야기를 팔자마자 술과 여자로 낮밤을 보낸 것도 아니다. 도박에 끼어들지도 않았다. 특별히 몸이 아파 약값을 쓰지도 않았고 집에 불이 나거나 도적을 만난 적도 없다. 그런데도 나는 늘 가난했고, 다음 매설의 제목을 걸고 미리 돈을 당겨 받지 않으면 한 달을 버티기 힘에 겨웠다.

그 돈, 그 많은 돈은 어디로 가 버렸을까.

굳이 이유를 따지자면 우선 나 스스로가 돈을 모을 욕심이 없었다. 들어오면 들어오나 보다 나가면 나가나 보다 생각했을 따름이다. 소설로 번 돈을 소설에 고스란히 쏟아붓는 경우도 많았다. 한 작품을 끝마치고 나면 보람보다 안타까움이 컸다. 다음에는 더 나은 작품을 만들고 싶었다. 비싼 서책을 구입하고 배경이 될 법한 풍광을 찾아 더 많이 산천을 떠돌았다. 그렇게 몇 달을 보내다 보면 받아 두었던 돈은 주먹 속의 모래처럼 빠져나갔다. 그때라도 주변을 살펴 살림을 챙긴다면 몇 푼이나마 거질 수 있지만 그렇게 하지 않았다. 오히려 그때부터 돈을 더 썼다.

노을을 바라보며 끝없이 생각에 잠기는 바람에 모독은 야거리의 이물로 다가선 거룻배(배와 배, 뭍과 배 사이에 물건이나 사람을 실어 나르는 돛을 달지 않은 작은 배)를 보지 못했다. 더그레 차림의 포졸 둘이 야거리 위에 올라와서 큰 소리로 외쳤다.

"매설가 선새임 계십니꺼?"

대답이 없었다. 모독은 그때까지도 선천에서 나눈 김만중과의 대화를 되새기고 있었다. 키 큰 포졸이 뒤돌아보며 말했다.

"벌써 이꺼정 왔을 턱이 없제."

뒤에 선 뚱뚱보가 고개를 끄덕였다.

"그래, 오늘 밤이나 돼야 노량에 닿을 끼다. 하지만 노도에서 나와 삼봉을 넘어 이꺼정 오신 정성을 생각해서라도 확인은 해 드려야제. 자자, 퍼뜩 돌아가자."

'노도'라는 단어가 귀에 쏙 들어왔다.

"잠깐! 여기 좀 보게나."

껑다리가 목을 길게 빼고 모독의 얼굴을 빤히 쳐다보았다. 흑립을 쓰고 두루마기를 입은 모양새가 양반인 것은 분명하지만 깡마른 얼굴과 구부정한 어깨에서 궁핍의 냄새가 흘러나왔다.

"방금 노도라고 했는가?"

"그래예. 노도라고 했심더. 와예?"

"혹시 노도에 귀양 온……."

뚱뚱보가 손뼉을 치며 환한 웃음을 지어 보였다.

"매설가 선생임이지예? 서포 대감께서 우릴 보내신 겁니더. 헌데 우예 이리 빨리 오신 겁니꺼? 진주에서 이꺼정 아무리 빨리 온다 캐도 오늘 밤꺼정 당도하기 힘들 긴데."

모독은 뚱뚱보의 호기심을 무시했다.

"지금 어디 계신가?"

껑다리가 답했다.

"저어기 안 보이십니꺼? 바닷바람을 맞고 서 계시네예. 석성(石城) 안 객사(客舍)에서 기다리시라 캐도 나오셨네예."

뜻밖이었다. 노도라는 작은 섬에 갇혀 지낸다는 풍문과 달리 남해에서 가장 육지와 가까운 곳까지 나온 것이다. 모독이라는 보잘것없는 매설가를 위해 대제학까지 지낸 김만중이 마중을 나온 것도 예상 못 한 일이며, 포졸들이 그의 명령을 받들어 거룻배를 타고 야거리에 올라선 것도 상상하기 힘들었다.

그였다. 서포, 그 어른이 분명했다.

어둠이 깔리기 시작하여 눈 코 입을 하나씩 뜯어볼 수는 없었지만 갸름한 얼굴선과 좁은 어깨, 힘차게 흔드는 두 팔은 선천에서 익히 보았던 모습 그대로였다. 모독 역시 힘껏 손을 흔들어 보였다. 양반의 체모 따윈 바닷속에 처넣은 후였다. 이윽고 야거리가 섬에 닿자 포졸들이 먼저 내려 길을 만들었다. 모독은 헛기침을 뱉으며 배에서 내렸다. 겨울바다의 차가운 기운이 발바닥을 타고 올라왔다.

"반가우이!"

김만중이 달려와서 두 팔을 맞잡았다. 저 일렁이는 물방울은 정녕 반가움의 눈물인가. 탑전에서도 굽힘 없이 뜻을 펴던 그가 날 반기며 눈물을 쏟다니. 모독 역시 가슴이 뭉클하고 온몸이 떨렸다.

"여기가지 나오시다니요? 소생이 노도로 찾아뵈려고 하였습니다."

김만중이 그의 어깨를 와락 안으며 큰 소리로 웃었다.

"하하하! 이 사람아. 당연히 마중을 나와야지."

"그래도…… 보는 눈도 있고……."

모독이 곁에 선 포졸들을 힐끔 살피며 말끝을 흐렸다.

"반가우이. 자네에게 한번 다녀가라는 서찰을 보냈지만 정말 이렇게 빨리 올 줄은 몰랐네."

모독은 고개를 끄덕이며 김만중의 옷차림을 살폈다. 구멍이 숭숭 뚫린 거친 삼베옷은 겨울바람을 막기에는 너무 얇았다. 밝은 미소를 짓고는 있지만 눈밑의 검은 슬픔을 지우지는 못했다. 작년 1월 어머니를 여읜 탓이다. 유복자에게 어머니란 존재는 세상과 자신을 이어 주는 유일한 문과도 같다. 어머니를 잃었다는 것은 곧 세상과의 단절을 의미했다. 모독의 어머니도 10년 전에 돌아가셨다. 모독은 삼년상을 치른 후에도 오랫동안 두문불출했다. 글 한 자 쓰지 않고 1년을 흘려보내기까지 했다. 지금까지 가치 있다고 믿어 왔던 것들의 가치를 하나도 인정할 수 없었다. 그 끔찍한 체험을 지금 김만중이 하고 있는 것이다. 갑자기 개 짖는 소리가 등 뒤에서 들려왔다. 청삽살개였다.

"우암 대감의 선물이라네. 딴생각 말고 몸 성히 잘 지내다 오라는 뜻으로 이 녀석을 보내셨겠지. 허나 정작 당신께서 먼저 세상을 버리셨으니…… 참으로 안타까운 일이야. 이름이 '파도'라네. 제법 사람 말귀를 알아듣는 편이지."

청삽살개가 인사라도 하듯 다시 짖어 댔다. 모독은 고개를 끄덕이며 조용히 물었다.

"노도에 갇혀 지내신다고 들었습니다만……?"

"남해까지는 나올 수 있다네. 어차피 남해도 육지와 떨어져 있는 섬이니까. 서책을 구하고 한양 소식도 듣고 싶어 한 달에 한두 번은 남해 향교 출입을 하지. 아예 옮겨 와 살라는 이도 있지만 난 노도가 좋으이. 혼자 조용히 생각들을 정리하고 글을 쓸 수 있으니 말일세. 우암 선생께서 생전에 권고하신 대로 『주자대전습유(朱子大全拾遺)』와 『율곡선생별집(栗谷先生別集)』을 산정(刪定)하고 싶지만, 그 일을 하기엔 여력도 없고 서책들을 모아 살피기도 쉽지 않으이."

"허면 여기까지 나오신 건……?"

"날 돕기 위해 천 리 길도 마다 않고 찾아온 사람을 마중하는 건 당연한 일이야."

"소생이 도울 일이 무엇이 있겠습니까?"

김만중이 고개를 저었다.

"아닐세. 자넨 너무 자신을 과소평가하는 게 탈이야. 내가 얼마나 자네의 도움을 바란 줄 아는가? 이젠 됐네. 자네가 왔으니 마지막으로 내 일들을 정리할 수 있을 것 같으이."

"마지막이라니요? 그런 말씀 마십시오."

모독은 김만중의 쓸쓸한 웃음이 마음에 걸렸다. 뺨과 이마에 솟은 검버섯들. 죽음의 기운이 완연했다. 쉰다섯. 결코 짧은 생애가 아니지만 그래도 여기서 끝을 내기에는 아까운 나이다.

아프십니까, 대감? 마지막을 염두에 둘 만큼 많이많이?

"예서 이럴 것이 아니라 어서 객관으로 가세. 내가 쌀알이 둥둥 뜨는 탁주를 내겠네. 자네, 돌미역무침 먹어 보았는가? 맛이 아주 그만이라네."

8 | 백능파

용녀가 왈,

"첩의 더러운 재질을 군자께 허락한 지 오래되었거니와 지금 바로 군자로 모시는 것이 옳지 않은 세 가지 까닭이 있습니다. 하나는 부모께 고하지 못하였으니 한 여자가 낭군을 따름이 이렇듯 구차하여 옳지 못하고, 둘째는 첩이 장차 사람의 몸을 얻어 군자를 섬길 것이니 이제 비늘 돋은 몸으로 잠자리를 모시는 것이 옳지 않고, 셋째는 남해 태자가 항상 사람을 보내어 이곳을 염탐하니 사악한 계교로 한바탕 요란한 일이 벌어질까 합니다. 낭군께서 모름지기 빨리 진중에 돌아가 삼군을 정비하여 큰 공을 이룬 후 개선가를 부르시고 서울로 돌아오시면 첩이 당당히 치마를 잡고 진수(溱水)를 건너 그 뒤를 따르리이다."

상서가 왈,

"낭자의 말이 비록 아름답지만 내 뜻은 그렇지 않소. 낭자가 이곳에 온 것이 절개를 지키기 위한 것이고 또한 그대 부왕이 소유를 따르게 하신 뜻이니 오늘 일을 두고 어찌 부왕의 명이 없다 하리오? 낭자는 신명의 자손이고 신령한 무리라. 사람과 귀신 사이에 서로 출입하지 못할 곳이 없으니 어찌 스스로 비늘을 꺼리오? 소유가 비록 재주가 없으나 천자의 명을 받자와 백만 군사를 거느리고 풍백(風伯, 바람의 신)이 앞을 인도하고 해약(海若, 바다의 신)이 뒤를 지켜 주니 남해 어린아이를 모기같이 여기니 만일 분수를 모른다면 한낱 나의 보검을 더럽게 할 뿐이라. 달이 밝고 바람이 맑으니 좋은 밤을 어찌 허무하게 지내리오?"

마침내 용녀와 같이 잠자리에 나아가니 사랑하는 정이 두텁더라.

— 김만중, 『구운몽』

흰 파도가 어둠을 뚫고 바위를 칠 때마다 섬은 풋잠에서 깨어난 아기처럼 몸을 떨었다. 일찍 둥지를 떠난 갈매기 한 마리가 순식간에 날개를 접고 바위 사이를 빠져나갔다. 아직 그 빛을 잃지 않은 샛별이 벼랑에서 횡으로 뻗은 소나무 가지에 걸렸다.

짓눌려 바싹 마른 풀과 돌무더기가 어지러이 널려 있었다. 곧바로 가면 스무 걸음도 되지 않는 거리지만 그 길을 따르면 100걸음이 넘었다. 그런데도 김만중은 늘 이 길만을 고집했다. 빨리 간다고 무슨 이득이 있으리. 최대한 걸음을 늦추며 시를 생각하고 문을 읊조렸다.

오늘도 백능파(白凌波)는 손으로 입을 가린 채 그 길을 따랐다. 메에에 메에에. 방목하는 염소들의 울음소리가 자꾸 뒤를 돌아보게 만들었다. 그녀를 뒤따르는 것은 검은 그림자뿐이다. 혼자 지내는 것에 익숙한 그녀지만 섬의 고요는 확실히 어떤 기대와 두려움을 불어넣고 있었다.

방 청소는 진작 마쳤고 아침상까지 살펴 두었다. 큰 바람이 두 볼을 할퀴었지만 얼굴을 돌리지 않았다. 두 눈을 더욱 크게 뜨고 바다를 응시했다. 이제 겨우 스무 살을 넘겼을까. 오뚝 솟은 콧날과 작고 도톰한 입술, 귀밑머리 아래 숨은 하얀 목덜미는 이 섬의 비밀처럼 낯설고 신비로웠다. 좁은 방에서 곱고 어여쁘게 자란 난초처럼 애리애리하면서도 비바람을 견디며 높이 솟은 왕죽처럼 날카로운 구석이 있었다. 여자 혼자 몸으로 남해에 들어선 것부터가 파격인 데다가 관기(官妓)가 아니면서도 음률을 알고 시문을 이해하며 사내들의 거친 농담을 척척 받아 내는 모습이 예사롭지 않았다. 비파 솜씨는 산이 피를 토하고 하늘이 눈물을 뿌릴 만큼 훌륭했다. 백능파란 이름 역시 스스로 취한 것이 분명했다. 본명과 나이, 고향을 아는 사람은 없었다. 김만중에게조차 그녀는 하나의 수수께끼였다.

이곳을 드나든 지도 1년이 넘었구나.

처음에 김만중은 죄인의 몸으로 관아의 도움을 받는 것이 당치도 않다며 버텼다. 남해 현령 조상덕은 당상관을 지낸 김만중이 찬물에 손을 담그며 밥을 짓고 빨래를 하는 것을 원치 않았다. 지금은 비록 죄인의 몸이지만 귀양 온 당상관들이 영전하여 도성으로 돌아가는 것은 흔한 일이다. 남해 현령이 한사코 돕겠다고 나서자 김만중은 절충안을 내놓았다. 서책도 구하고 의복도 마련하기 위해 한 달에 한 번 정도 남해 향교로 가니 자신이 집을 비운 사이에 간단한 청소와 빨래를 하는 것은 허락하겠다는 것이다.

백능파가 관아의 동복(童僕, 어린 하인)이 번갈아 하던 일을 맡겠다고 나선 것은 의외였다. 함양, 곤양, 거창, 사천 등 인근 고을 사대부들의 마음을 사로잡았으니 평생 먹고살 재물은 모았을 터인데도 굳이 그 험한 일을 하겠다는 것이다. 백능파가 나서자 경쟁자는 사라졌다. 그녀보다 아름답

고 재주 있는 여자는 없었다. 조상덕이 수고비를 주겠다고
했지만 백능파는 가벼운 웃음과 함께 고개를 저었다.

"돈은 소녀에게도 충분히 있답니다."

작년 겨울 백능파가 김만중을 처음 만난 곳은 노도가 아
니라 금산의 보리암이다. 솔잎차를 앞에 놓고 김만중이 물
었다.

"왜 이곳을 찾았는가?"

그녀의 이름 석 자에 그와의 만남을 염원하는 뜻이 담겨
있었다.

백능파!

『구운몽』의 주인공 성진을 혼돈에 빠뜨린 팔선녀 중 하
나이면서 양소유와 사랑을 나누는 동정 용왕의 딸. 김만중
역시 진작부터 그녀에 대한 소문을 듣고 있었다. 소설 속
백능파처럼 비파의 귀재이고 술이든 시든 문이든 사대부에
뒤지지 않는다고 했다. 그녀의 맑은 눈을 들여다보며 찬찬
히 따져 보았다.

백능파, 이 아이의 목표는 조상덕이 아니라 나 김만중이
다. 내게 접근하기 위해 남해 현령을 디딤돌로 삼은 게지.
장옥정이 보냈을까? 아니다. 장옥정이 일을 꾸몄다면 자객
을 보낼 일이지 저와 같은 갓 스물인 여자는 아니다. 저렇
듯 자신의 이름을 백능파라고 내세우지는 않으리라. 허면

이 아이는 누굴까? 무엇 때문에 백능파로 자처하며 남해에 들어온 것인가?

"소녀를 문하로 받아 주십시오."

백능파 역시 물러서지 않고 가슴에 품은 뜻을 전했다. 김만중은 그녀의 당돌함에 잠시 말을 잊었다. 참으로 고얀 일이로다. 문하라니? 귀양 온 죄인에게 문하가 가당키나 한가? 자리를 박차고 일어서고픈 마음을 눌렀다. 백능파의 꼭 다문 입술에서 어떤 의지를 읽어 냈던 것이다.

"나를 아는가?

이번에는 백능파가 어리둥절한 표정을 지었다. 질문의 숨은 뜻을 읽지 못한 것이다.

"내가 누군 줄 아느냐 이 말일세."

"서포 대감이 아니시옵니까?"

백능파는 차분히 처음부터 짚어 나가기로 마음을 정했다. 섣불리 나섰다가 급소를 차일 수도 있었다.

"서포! 그게 날 가리키는 것임에는 틀림없으이. 허나 나는 서포가 아니라네. 내가 누군 줄 알고 찾아왔는가? 이번에도 답을 못 하면 자넨 노도로 건너오지 못하네."

서포이면서 서포가 아니다. 선문답이 따로 없었다. 불문(佛門)에 남다른 조예가 있다는 풍문이 과장은 아닌 듯했다. 백능파는 한껏 움츠렸던 자세를 활짝 펴기로 마음을 고쳐

먹었다. 어차피 노도에 갈 일이라면 김만중과 너나들이를 할 수 있는 통로가 필요한 것이다. 그녀는 이미 정해 둔 길이 하나 있었다.

"열 번째 구름이 되고 싶어 찾아왔사옵니다."

열 번째 구름!

김만중의 눈빛이 달라졌다. 천천히 솔잎차를 두 모금 삼킨 후 찻잔을 내려놓았다. 한참 동안 눈을 감은 채 침묵했다. 백능파도 먼저 말을 걸지 않았다. 김만중의 미간에서 많은 물음이 피어올랐다. 성진은 이미 아홉 구름의 꿈을 통해 삶의 허망함을 깨닫지 않았던가? 그런데 열 번째 구름이 되고 싶다? 아직 끝나지 않은 깨달음이 있단 말인가? 그 남은 한 가지 깨달음은 무엇을 통하여 어떻게 얻을 수 있단 말인가? 조선에 경번당(景樊堂, 허난설헌의 호) 외에도 번부인(『신선전(神仙傳)』에 남편인 유강과 함께 나옴. 도교와 신선술에 능함)과 같은 인물이 또 있었군. 저 아이는 과연 내게 독이 될 것인가 약이 될 것인가?

"약조를 해 주게."

김만중은 입안의 쓴맛을 감추려고 솔잎차를 삼켰다. 백능파가 천천히 시선을 내렸다. 어떤 조건을 제시하든 받아들일 작정이었다.

"나는 이제 이승에서 그 어떤 사람과도 인연을 맺지 않

115

으려고 한다네. 따라서 자넬 문하로 받아들일 수는 없어. 맺어 두었던 인연의 끈도 하나둘 풀어 버리는 요즈음이지. 노도를 오가며 혹 내게 무엇인가를 얻을 생각이면, 그러니까 나로부터 무엇인가를 배울 생각이면 처음부터 그만두게. 난 무엇인가를 가르칠 만한 능력도 없고 여유도 없네. 죽지 못해 목숨을 이어 가는 늙은이를 돕는다고만 생각하게. 자네와 나 사이에 어떤 소문이 떠도는 날에는 자네는 당장 노도를 나가야 하네. 내 귀에 자네의 이름 석 자가 들려오지 않을 만큼 먼 곳으로 가야 해. 약조할 수 있겠는가?"

"알겠사옵니다. 그리하지요."

백능파가 너무 쉽게 응낙하자 김만중은 눈살을 찌푸렸다. 신뢰할 수 없었다. 갓 스물인 계집이란 한없이 맑고 순수한 듯하다가도 날카로운 발톱을 드러내는 법, 앞뒤 가리지 않고 달려드는 법, 전부가 아니라면 전무라는 식으로 위협하는 법이다. 이 아이도 그렇지 않을까? 선선히 약조를 하고도 곧 마음을 바꾸어 나와의 인연을 꿈꾸는 것은 아닐까? 다시 한번 못을 박았다.

"방을 치우되 내 물건과 서책들은 손을 대면 아니 되네. 부엌의 식기들도 그 자리에 있어야 하고. 남해 현령이 하도 성화를 부려서 자넬 받아들이네만 길어야 한두 달일 거야. 내가 곧 남해 현령을 다시 설득할 테니까."

김만중은 아랫입술을 가볍게 깨물었다. 필요 없는 말까지 뱉은 것이다.

"소녀가 하나만 여쭈어도 될는지요?"

백능파가 그 틈을 비집고 들어왔다.

"말해 보게."

"혹시 벌써 열 번째 구름을 완성하신 것은 아닌지요?"

『구운몽』 외에 또 다른 소설을 지었느냐는 물음이다.

이상한 아이로구나. 어찌 이렇듯 소설에 관심을 둔단 말인가? 어디에 있는 세책방을 통해 『구운몽』을 읽었는가 묻고 싶었지만 다음으로 미루었다.

"한 번 여유를 부릴 수는 있으나 두 번 실수는 용납하지 않겠네. 이미 세상과 인연을 끊기로 마음을 정한 내가 그런 소설을 지을 턱이 있나?"

그것은 김만중의 진심이었다. 말을 아끼고 싶었다. 참선에 든 고승처럼 깨달음을 얻고 싶었다. 조정은 말이 많은 곳이고 또 반드시 말을 해야 하는 곳이다. 하고 싶은 말보다 열 배 스무 배 하기 싫은 말들을 뱉어 내다가 쉰 살을 넘겼다. 이제부터라도 말을 아끼자. 시도 문도 모두 아끼자. 되도록 붓을 들지 말고 종이를 멀리 두자 다짐했던 것이다.

"다행이어요. 열 번째 구름은 꼭 소녀가 되어야 하거든요. 심려 마세요. 노도를 스치는 바람처럼 그 위를 떠가는 구름처럼 있는 듯 없는 듯 왕래할 테니까요. 대감께서 먼저 가르쳐 주시기 전에는 결코 배움을 청하지 않겠어요. 허나 소녀는 대감이 곧 뜻을 바꾸실 것이라고 믿어요. 화담 선생도 여러 번 거절했으나 결국 황진이를 문하로 받아들였으니까요."

그리고 1년이 지났다.

백능파는 세월의 힘을 믿었다. 유배지에서 여색을 가까이한다는 풍문이 두려워서라도 멀리 두려 하겠지. 그러나 하루 이틀 날이 가고 그녀의 정성을 알게 되면 틀림없이 문하로 받아 주리라. 그가 여색을 멀리한다는 소문은 익히 들었지만 소설에 밝은 여자와의 사귐 자체를 싫어하지는 않을 것이다. 누구보다도 여자의 마음을 잘 헤아릴 것이라는 확신도 들었다. 그렇지 않고서야 양소유와 사랑을 나누는 여덟 명의 여자에게 각기 다른 이름과 성격과 언행을 부여할 수 있겠는가. 가면을 벗기고 속 깊은 대화를 나눌 기회를 호시탐탐 노렸다.

꼭 한 번 서포와 밤을 보낸 날이 있긴 했다.

큰 바람이 먹장구름을 몰고 오던 7월의 마지막 밤은 초가지붕에 얹어 놓은 돌들이 굴러떨어질 만큼 하늘과 땅이 요동치고 밤과 낮이 어지러웠다. 고깃배들은 일찌감치 모습을 감추었고 방바닥에 배를 깔고 누운 어부들은 해신(海

神)의 노여움이 하루빨리 잦아들기만을 기다렸다. 큰 파도가 바위와 숲을 때릴 때마다 선잠에서 깨어난 아이들이 길게 울음을 토하기도 했다.

백능파는 노도에서 벌써 나흘 밤을 홀로 보냈다. 닷새 전 『주자어류(朱子語類)』를 돌려주고 한양 소식도 듣기 위해 남해 향교로 나간 김만중이 돌아오지 않은 것이다. 서안 위에는 『주자요어(朱子要語)』가 놓여 있었다. 노도에 오자마자 『주자어류』를 완독하고 요점만 추려 만든 책이다. 그 후에도 2년 남짓 『주자어류』를 가까이 둔 것은 책을 엮음에 잘못이 없는가를 면밀히 검토하기 위함이었다. 주자의 편지를 따로 묶어 『중류일호(中流一壺)』라는 책까지 펴냈으니 주자에 대한 김만중의 흠모가 얼마나 깊었는가를 능히 짐작할 수 있다. 서책을 모두 정리했지만 패관기서는 없었다. 『시경(詩經)』과 『문선(文選)』이 서안 오른편에 놓여 있고, 『예원치언(藝苑卮言)』과 『시수(詩藪)』가 서안 왼편을 차지했다. 김만기와 함께 편찬한 『시선(詩選)』, 이민서와 함께 편찬한 『고시선(古詩選)』과 같은 시선집들도 보였다. 집필 중인 서책이라도 있는가 싶어 책장을 일일이 넘겨 보았지만 헛수고였다.

약속대로라면 오늘 아침 섬을 빠져나갔어야 했다. 청소도 마쳤고 밀린 빨래도 마무리를 지어 의복을 차곡차곡 개

119

어 놓았다. 새벽에 풍랑을 피해 잠시 배를 댄 어부는 큰 파
도가 통째로 섬을 삼킬 것이라고 했다. 아무리 큰 바람이
불어도 그런 일이야 있겠느냐고 반문했더니, 10년 전에도
오늘과 같은 바람이 불어 노도에 살던 다섯 가족을 깊은 바
닷속으로 끌고 갔다는 것이다. 백능파는 배를 타지 않았다.
그렇게 어마어마한 파도라면 직접 부딪혀 보고 싶었다.

대국의 소설을 읽을 때마다 상상을 초월하는 자연의 힘
에 놀라곤 했다. 한양보다 큰 도시를 단숨에 쓸어버리는 황
하의 물줄기, 코앞에 있는 집도 살피지 못할 만큼 지독한
초원의 모래바람, 산 하나를 순식간에 평지로 만들어 버리
는 돌풍, 섬을 통째로 가라앉히는 파도. 주인공은 아슬아슬
하게 위험을 벗어나지만 자연은 맞서 싸울 대상이 아니라
단지 피할 수밖에 없는 두려운 존재였다. 이제 그들 중 하
나를 체험할 기회가 찾아든 것이다. 약속을 어기는 것이 마
음에 걸렸지만 이 집의 주인은 큰 바람이 잦아든 후에야 돌
아올 것 같았다.

용문사의 적사(謫舍, 유배지의 집)에 머무르실 테지.

2년 전 남해 현령은 김만중을 위하여 용문사 근방에 초
가를 마련했다. 김만중은 그곳에서 한 달 남짓 묵은 후 노
도로 거처를 옮겼다. 남해 관아의 배려가 부담스럽기도 했
고 내방객들로부터 벗어나고도 싶었다. 그 후로 이 적사는

김만중이 남해 향교를 오갈 때 잠시 머무르는 임시 거처 노릇을 했다. 오늘처럼 바람이 거센 날이면 틀림없이 오던 길을 멈추고 용문사 법고에 의지하여 출렁이는 바다를 살피리라.

밤이 성큼 다가섰다. 바람 소리가 귀를 찢고 비바람이 흩뿌릴 즈음 김만중의 헛기침 소리가 들려왔다. 방에서 불빛이 새어 나왔던 것이다. 백능파는 뒤적이던 『주자요어』를 덮고 황급히 밖으로 나왔다. 김만중은 백능파의 허둥대는 모습을 도끼눈으로 노려보았다. 어둠만이 가득 차 있어야 할 방에서 여인의 향내가 묻어 나왔다.

"고이헌!"

김만중은 고개를 저으며 방으로 들어섰다. 백능파는 따라 들어가지 못하고 고개를 숙인 채 섬돌 아래 서 있었다. 어깨에서 김이 모락모락 올라왔다. 비를 피하는 것이 급선무였다. 어두컴컴한 부엌으로 걸음을 옮겼다. 아궁이 앞에 쪼그리고 앉아서 밤을 지새울 작정이었다. 소매로 머리와 얼굴의 물기를 닦아 내는 동안에도 신경은 온통 안방으로만 쏠렸다……. 아아! 서안 위에 『주자요어』를 그냥 두고 나왔구나……. 『예원치언』과 『시수』도 펼쳐 놓았어……. 불호령이 떨어질 것이다……. 노도 출입을 금할지도 모른다.

그녀는 딱딱 소리를 내며 타들어 가는 아궁이의 불빛을

쳐다보며 자신의 안일함을 자책했다. 왜 오지 않을 것이라고 단정 지었던가. 아끼던 대숲이 사라질지도 모른다는 걱정으로 큰 바람이 시작되기 전에 돌아가겠다고 생각할 수도 있지 않은가. 미리 말을 넣어 내일 오시라고 여쭐 수도 있었건만.

비바람이 점점 거세어졌다. 부엌문이 달그락거리더니 발아래가 축축해져 왔다. 마당보다 낮은 부엌으로 빗물이 스며들어 고이기 시작한 것이다. 차가운 기운이 발목을 시리게 했다. 엎어 놓은 무쇠솥에 올라서서 발을 동동 구를 지경이었다. 어둡고 춥고 후회스러웠다. 마른 장작도 젖어 버려 더 이상 불꽃을 피울 수 없었다.

어디로 가야 하나?

눈물 한 방울이 저도 모르게 뺨을 타고 흘러내렸다. 여기까지 오는 동안 많은 일들을 겪었다. 여자 혼자 몸으로 살아가기에는 벅찬 세상인 것이다. 권세를 가진 이는 권세로, 돈을 가진 이는 돈으로, 재주를 가진 이는 재주로 그녀의 삶을 쥐려 했다. 그때마다 두 눈을 부릅뜨고 난관을 돌파했다. 여자임을 강조하여 동정을 구하거나 위로를 청하는 법은 없었다. 그런데 오늘은 눈물이 흐른다. 추위 때문이 아니다. 어둠 때문도 아니다. 오르지 못할 나무, 부수지 못할 바위, 외우지 못할 시가 앞에 있는 것이다.

"들어오게."

백능파는 제 귀를 의심했다. 김만중이 그녀를 방으로 부른 것이다. 혹시 잘못 들은 것은 아닐까. 그가 나를 방으로 들일 까닭이 없다. 작년 정월 어머니께서 돌아가시는 망극한 일을 당하시지 않았는가. 몸가짐을 조심하고 내외를 가릴 터인데 이 밤에 단둘이 방에 머무는 것을 허락하신단 말인가.

"들게."

환청이 아니었다. 김만중은 틀림없이 백능파에게 방으로 들어오라고 했다. 그녀는 조용히 방문을 열었다. 김만중이 서안 앞에 다소곳이 앉아서 눈을 지그시 감고 있었다. 예를 갖추어야 한다는 생각이 언뜻 스치고 지나갔다. 두 손을 가지런히 모으고 큰절을 올렸다. 김만중은 들릴 듯 말 듯 이름 하나를 뇌까렸다.

"노힐부득이로다!"

백능파는 그 이름을 알고 있었다. 관음보살이 여인으로 변하여 찾아왔을 때 달달박박은 멀리 물리쳤고 노힐부득은 맞아들였다는 이야기. 그녀가 아이를 낳겠다고 하자 거적때기를 준비하고 몸소 목욕물까지 살핀 노힐부득이 달달박박보다 먼저 득도하여 미륵존상이 되었다는 이야기. 중생을 따르는 것도 보살행의 하나임을 깊이 헤아려 깨우친 결과였다.

"소녀는 지금까지 대감께서 광덕과 같은 분인 줄 알았어요."

김만중이 눈을 뜨고 놀란 표정으로 백능파를 쳐다보았다. 노힐부득과 달달박박의 이야기를 아는가? 그녀는 희미한 미소로 답을 대신했다.

"광덕과 같다?"

그녀는 조금 더 용기를 내어 말꼬리를 잡아챘다.

"10년 동안 아내와 살면서 한 번도 같은 침상에 눕지 않았지요. 몸을 섞지 않았다 이 말씀이어요. 밤마다 몸가짐을 단정히 하고 아미타불을 부르며 염불을 한 광덕처럼 대감도 여색 두 글자를 처음부터 땅속 깊이 묻어 둔 분으로 여겼답니다. 그러니 청소와 빨래를 위해 동복처럼 오가는 것도 탐탁지 않게 여기신 것이 아니겠는지요. 헌데 이렇게 소녀를 방으로 불러 앉히시는 것을 보니 사내든 계집이든 가여이 여기는 마음이 있으신 게지요. 관음보살의 대자대비하심이 대감과 함께 머무는 듯하옵니다."

백능파는 손으로 턱을 가린 채 김만중의 대답을 기다렸다. 광덕을 등에 업고 그동안의 무심을 향한 불만을 담아냈으니 미세한 반응이라도 있으리라 기대했던 것이다. 호탕하게 웃으며 마음을 연다면 환영할 일이고 마음을 더욱 꽁

꽁 닫아건다 해도 실망할 필요는 없다. 그만큼 백능파 자신을 의식하게 된 것이니까.

어떻게 하시겠는지요? 나아오시렵니까, 물러나시렵니까? 어느 쪽이라도 소녀가 이미 덫을 놓고 함정을 파 두었지요.

바람이 더욱 거세어졌다. 대나무가 투두둑 부러지는 소리가 방 안까지 들려왔다. 김만중은 오른손을 들어 천천히 수염을 쓸었다. 이런 날이 꼭 한 번은 올 줄 알았다는 듯이 무표정하게 서안을 내려다보았다. 그리고 천천히 자리에서 일어섰다. 백능파도 깜짝 놀라며 따라 일어섰다.

"나는 노힐부득도 광덕도 아니네. 자네의 어리석음을 깨우쳐 주고 있었을 따름이야. 자넨 이곳에 머무르게. 나는 건넌방으로 갈 터인즉."

"대감!"

백능파가 용기를 내어 앞을 가로막았다. 김만중이 걸음을 멈추었다.

"건넌방은 이미 비가 들이쳐 앉아 있을 수도 없사옵니다. 차라리 소녀가 물러가겠사오니 머물러 계셔요. 이 집의 주인은 대감이십니다."

김만중의 눈가에 웃음이 맴돌다 사라졌다.

"자네 말이 맞네. 이 누추한 곳의 주인이 나이기 때문에 자넬 이 방으로 부른 것이야. 내 집을 찾아온 손님을 어찌비가 들이치는 곳에 둘 수 있단 말인가? 자넨 이 바람이 그치는 내일 아침 돌아가면 그뿐이지만 나는 손님을 잘못 살폈다는 생각을 오랫동안 버리기 힘들 걸세. 그러니 내가 건넌방으로 가는 것이 당연허이."

더 이상 그의 앞을 가로막을 수 없었다. 남자와 여자의 문제에서 주인과 손님의 문제로 방향을 돌려 함정을 빠져나간 것이다. 안방을 벗어난 김만중은 다음 날 오후 백능파가 돌아갈 때까지 보이지 않았다. 밥을 먹으러 오지도 않았고 그녀를 배웅하지도 않았다. 혹시 참혹하게 파헤쳐진 대숲에 있을까 살폈지만 헛수고였다. 다시는 노도를 찾지 말라는 꾸지람을 듣지 않은 것을 다행이라 여기고 남해 관아로 돌아올 수밖에 없었다.

김만중이 밀어낼수록 백능파는 더욱 그에게 끌렸다. 아버지와 딸로 오인될 정도의 나이 차는 아무런 문제도 되지 않았다. 처음에는 그가 지은 아홉 개의 구름에만 마음을 빼앗겼는데, 이제는 그의 말 한마디 손짓 하나하나에 감동을 받았다. 그의 사랑도 얻고 열 번째 구름까지 차지한다면 얼마나 좋을까. 그를 도와 또 하나의 걸작을 완성하는 상상도 자주 했다. 그러나 김만중은 그녀를 늘 차갑게 대했고 조금이라도 다가서려 하면 불호령을 내렸다. 이끌림이 큰 만큼 상처도 깊었다. 노도를 떠나면서 옷고름에 눈물을 닦은 적이 한두 번이 아니었다. 때로는 아버지로 때로는 스승으로 때로는 남편이자 함께 소설을 쓰는 동료로 그를 맞아들일 수만 있다면 그 어떤 희생도 치를 것 같았다. 그러나 그는 바위보다도 단단하고 하늘보다도 높은 곳에 서 있었다. 그녀의 바람은 점점 헛된 망상으로 변해 갔다.

그리고 또 넉 달이 흐른 것이다.

더 이상 시간을 끄는 것은 무의미하다는 생각이 들었다. 오늘은 가슴에 꼭꼭 쌓아 놓았던 이야기를 펼칠 작정이었다. 노도를 다시 밟지 못한다 해도.

곧 사약이 내려온다는 풍문일세. 겨울을 넘기기 힘들 거야.

남해 현령은 분명 김만중에게 사약이 내려올 것이라고 했다. 죽음이란 무엇인가. 모든 것을 없음으로 돌려 버리는 것이 아닌가. 김만중의 건강도 점점 악화되고 있었다. 기침이 잦고 가래에는 피가 섞여 나왔다. 조금만 오래 걸어도 숨이 차올랐으며 온몸에 땀이 흘러 하루에도 서너 차례씩 옷을 갈아입어야만 했다. 그녀는 다급해졌다. 아직 그로부터 아무런 가르침도 받지 못한 것이다. 왜 이럴까? 왜 내가 스승으로 모시고 싶은 분들은 날 문하에 받아 주시지도 않고 또 인연을 맺기도 전에 저 먼 나라로 떠나시는 것일까?

이번에는 정녕 놓칠 수 없음이다. 배움을 얻기 위해 천 리 길을 마다 않고 온 내가 아니냐. 피를 토하는 한이 있더라도 물러서지 않으리.

야거리 한 척이 눈에 들어왔다. 1년 동안 그녀를 실어 나른 낯익은 배였다. 맑은 날에는 바다 건너 포구에 묶인 야거리의 수를 헤아릴 수 있었다. 이 야거리는 돛이 굵고 높아서 특히 눈에 잘 띄었다. 벙어리인 데다가 눈까지 먼 사공 외에 두 사람이 이물 쪽에 나란히 앉아 있었다. 그녀는 고개를 갸웃거렸다. 나이 든 쪽은 김만중이 분명하였지만 젊은 축은 누군지 알 수 없었다. 김만중은 노도의 거처로 언제나 혼자 돌아왔다. 남해 현령조차도 청하는 법이 없었다.

모르긴 해도 대감이 매우 아끼는 사람일 테지. 한양에서 아드님이 오시기라도 한 것인가. 아니야. 그렇다면 벌써 남해 현령에게 소식이 전해졌겠지. 서포 대감뿐만 아니라 그 아들과 조카까지 광산 김씨라면 누구든 미행을 붙이라는 중전의 엄명이 있었다지 않은가. 포도대장 장희재가 하루가 멀다 않고 서포 가문의 안팎을 살펴 중궁전에 아뢴다는 것은 삼척동자도 안다. 그렇다면 저 사내는 누구일까?

백능파는 언덕을 뛰어 내려갔다. 배가 노도에 닿기 전에 몸을 숨기고 내방객을 살필 작정이었다. 야거리는 역풍을 만나 두어 번 원을 돈 다음 겨우 갯바위에 닿았다.

노도로 드는 길은 두 가지다. 어부들이 모여 사는 서쪽 대숲은 내리기에는 용이하지만 서포의 초옥에 닿으려면 비탈길을 한참 걸어야 했다. 방금 야거리가 닿은 갯바위는 초옥과 거리는 가깝지만 매우 가파르고 돌이 많았다. 김만중은 서쪽 대숲보다 갯바위를 더 좋아했다. 남해 향교에서 얻은 서책을 한시라도 빨리 펴 보고 싶은 욕심 때문이었다.

그녀는 비스듬히 뻗은 아름드리 소나무 두 그루 사이에 엎드려 귀를 기울였다. 김만중이 앞장을 서고 사내가 따랐다.

"어떤가? 경치가 그만이지?"

"무릉도원이 따로 없사옵니다."

그들은 덕담을 주고받으며 그녀 쪽으로 걸어 나왔다.

"아아!"

김만중의 몸에 가려 보이지 않던 사내의 얼굴을 확인한 순간 백능파는 자신도 모르게 신음 소리를 냈다. 양손으로 입을 막았지만 바람결에 소리가 실려 나간 뒤였다. 청삽살개 파도가 짖는 것과 동시에 김만중이 걸음을 멈추었다.

"나오게."

한쪽 귀로 흘려버릴 만도 하건만 중전의 감시를 받아 오던 김만중은 작은 조짐도 놓치지 않았다. 백능파는 혹시나 싶어 몸을 낮추고 버텼다.

"소생은 아무 소리도 듣지 못했사옵니다."

그 목소리가 그녀의 가슴에 비수처럼 꽂혔다.

"나오래두!"

김만중이 더욱 언성을 높였다. 그녀는 양손으로 무릎을 밀며 천천히 몸을 일으켰다. 소나무 등걸 사이를 완전히 벗어난 후 천천히 김만중의 앞으로 다가섰다. 그녀의 얼굴을 살피던 사내의 두 눈이 왕방울만큼 커졌다.

"아니! 그대는 남채봉!"

김만중이 두 사람의 표정을 번갈아 바라보았다. 모독이 성큼 다가서서 그녀를 품에 안으려고 했다.

"비키세요."

백능파가 뿌리쳤지만 모독은 물러나지 않았다.

"나요, 모독! 날 몰라보겠소? 2년, 겨우 2년이 지났을 뿐이오."

백능파가 김만중의 눈치를 보며 엉덩이를 뒤로 빼고 고개를 저었다.

"몰라요. 난 당신을 모른단 말이에요. 내 이름은 남채봉이 아니네요. 백능파라구요."

모독은 더욱 힘껏 그녀를 끌어안았다.

"이제 다시는 당신을 놓치지 않으리다. 당신이 누구든 상관없소. 내 사랑!"

9 | 남채봉

제 병세는 나아지지 않는군요. 만약 하늘의 신령에 힘입어 병이 낫는다면 한두 해 이 이치를 정밀하게 생각하겠습니다. 혹 도체(道體)를 본다면 그 뒤로 다시 오륙 년을 공부하여 모든 경전을 읽으면 제가 저술하고자 한 책을 완성할 수 있을 겁니다. 모르겠습니다. 제가 과연 이 뜻을 이룰 수 있을지는. 지난해 그대와 더불어 이 일을 논했던 까닭에 함부로 화제가 여기에 미쳤습니다. 그대도 지금의 시급한 공부에 힘쓰기를 바랍니다. 행(行)과 지(知)에 있어 반드시 한 번은 힘껏 정면으로 돌파하여 오늘의 그저 그런 양태를 일변시키는 것이 어떻겠습니까? 저는 근래에 그대에게 바라는 바가 더욱 깊어진 까닭에 말이 이렇게까지 절실해졌습니다. 이해하시길.

— 조성기, 「여임덕함서(與林德涵書)」

무진년은 모독에게 잊을 수 없는 두 차례의 만남을 허락했다. 평안도 선천에서 김만중과 대화를 나누었고 청학동으로 돌아와서는 남채봉을 만났다.

더위가 기승을 부리는데도 청학동은 늘 초가을처럼 선선했다. 울창한 나무들이 햇볕을 막고 맑은 바람이 아침저녁으로 나고 들었다. 내 집 내 마을이 아니더라도 소매 동동 접어 올린 후 촬촬촬촬 흘러가는 시내에 발을 담그고 싶어지는 곳이다. 조성기가 청학동에 거처를 정한 것도 지친 몸과 마음을 푸근하게 감싸 안으며 위무하는 이곳의 기운에 반해서였다. 그의 집은 작고 보잘것없는 누옥이지만 돌담을 따라 시내가 흐르고 아름드리 소나무들이 대문 앞과 뒷마당을 가득 채운 풍광은 속세를 멀리 두고 도를 닦는 신선의 처소 같았다.

청학동에 돌아온 모독을 맞이한 사람이 바로 남채봉이었다. 낯선 처녀가 안방을 나와서 꽃신을 신고 황급히 마당으로 내려선 것이다. 모독은 몸을 반쯤 왼쪽으로 돌리며 오른손으로 갓을 쥐었다. 흰나비 한 마리가 코끝으로 하늘하늘 날아오는 듯했다. 눈을 질끈 감았다. 어떤 여인을 만나든지 낯빛을 엄중히 하고 거리를 두었다. 아름다운 여인을 만나는 것보다 아름다운 문장을 만드는 데 최선을 다하며 살고 싶었다. 문장은 언제나 그 자리에 있지만 여인은 조금만 토라져도 눈물을 쏟고 곁을 떠나갔던 것이다. 그날도 예외는 아니었다. 흰나비의 날갯짓이 더욱 또렷해졌다.

그녀는 처음부터 내외의 구별 따윈 살피지 않고 그의 얼굴을 빤히 들여다보았다. 무슨 말을 하는가 들어 보겠다는 눈빛이었다. 볼은 발그레했고 입가에는 가벼운 웃음까지 맴돌았다. 이팔(二八, 열여섯 살)쯤 되었을까. 모독은 저도 모르게 말을 더듬었다.

"스, 스승님은 아니 계시오?"
"스, 스승님은 아니 계시오?"

그녀는 입술은 그대로 둔 채 혀만 움직여 모독이 방금 뱉은 말을 따라 했다. 그의 얼굴이 벌겋게 달아올랐다. 이렇듯 매혹적인 눈길을 받아 본 적이 없었던 것이다.

"아침 육조거리에 가셨어요. 삼연(三淵, 김창흡의 호)을 뵙기로 하셨거든요. 농암(農巖, 김창협의 호)과도 의논할 일이 있다 하셨으니 밤늦게 돌아오실 것 같아요."

낯을 심하게 가리는 조성기도 농암 형제와는 자주 어울렸다. 대부분은 그들 형제가 낙양춘(洛陽春, 낙양에서 나는 고급 술. 『구운몽』에서는 낙양춘 한 말 값이 1만 전이나 된다고 소개함)만큼 좋은 술과 맛난 안주를 가지고 청학동에 들었지만 가끔은 조성기가 나들이를 겸하여 찾아가기도 했다. 조성기는 열 살 이상 어린 그들을 하대하지 않고 벗으로 존중했다.

어색한 침묵이 흘렀다. 그녀는 여전히 그의 입술만 쳐다보았다. 식은땀이 목덜미를 지나서 가슴을 타 내렸다. 모독은 먼저 인사를 건네기로 마음먹었다. 스승이 거처하는 안방에서 나올 정도라면 인사를 나눈다고 하여 예의를 어기는 일은 아닐 것이다.

"모, 모독이라고 하오."

"모, 모독이라고 하오."

그녀는 또 혀만 놀려 따라 했다. 자기 소개는 뒤로 미루고 아는 체부터 했다.

"스승님께서 오늘쯤 북쪽에서 소식이 올 거라 하셨지요. 『허봉의 마지막 나날』을 지은 분을 직접 만나다니 꿈만 같네요. 1년이 넘도록 소녀의 이름이 설경이었거든요. 호호. 월선궁(『숙향전』의 여주인공 숙향의 자(字))도 좋지만 설경이 훨씬 매력적인 이름이죠."

설경이 누군가. 임진왜란 때 강원도와 평안도로 피난을 떠났던 허균의 큰딸이 아닌가. 모독은 이름이 밝혀지지 않은 그녀를 위해 고모인 난설헌에게서 '설(雪)'을 취하여 설경이라는 아명을 지었다. 그런데 그 이름을 1년 넘게 자신의 이름으로 사용하다니? 소설에 등장하는 이름을 어찌 자신의 이름으로 가진다는 말인가?

그녀는 분명 스승님이라고 했다. 그렇다면 졸수재께서 그녀를 문하에 받아들였다는 말인가? 굽은 등과 쉴 새 없이 흘러내리는 땀을 보여 주기 싫어서라도 여자 만나기를 극히 꺼리는 스승이 아닌가? 헌데 이렇듯 어린 처녀를 무슨 이유로 받아들였을까?

"남채봉이라고 해요."

이윽고 그녀가 이름을 밝혔다. 모독은 잠시 고개를 갸웃갸웃거렸다. 여자 이름에 '봉황(鳳)'을 쓰는 것은 극히 드문일이다.

"들어가시지요. 스승님께서 북쪽으로부터 손님이 오면 보여 드리라고 소녀에게 소설 한 권을 맡기고 가셨어요."

소설? 『구운몽』은 이미 읽었고 또 어떤 소설을 맡겨 두셨을까?

모독은 꽃향기를 좇는 나비처럼 그녀를 따라 안방으로 들어갔다.

낯익은 서안 둘이 마주 보며 놓여 있었다. 하나는 조성기의 오동나무 서안이고 또 하나는 모독 자신의 참나무 서안이었다. 참나무 서안 위의 서책으로 눈이 갔다. 어딘지 모르게 슬픔을 자아내는 스승의 가늘고 긴 필체였다.

『창선감의록』!

도무지 내용을 추측하기 힘든 제목이었다. 세책방에서 소설을 또 빌려 오신 겐가? 손수 필사할 정도라면 작품이 매우 좋다는 뜻인데 누가 이런 낯선 소설을 지었을까? 의문은 곧 풀렸다.

"스승님께서 직접 지으신 소설이어요. 어젯밤에야 이젠 세상에 내놓아도 되겠다고 말씀하셨지요."

"스승님의 소설? 진정 이것이 스승님의 소설이란 말이오?"

모독은 놀라지 않을 수 없었다. 읽지만 마시고 한 편 지어 보시라고 여러 차례 권했으나 조성기는 조용히 웃기만

했던 것이다.

"이미 어머님을 위해 오래전에 초를 잡아 놓으셨으나 당신 스스로 부족함을 느끼셔서 세책방에 내어놓는 것을 차일피일 미루어 왔지요."

나도 모르는 스승의 일을 어떻게 이토록 자세히 알고 있을까? 스승의 숨겨 놓은 딸이라도 되는가? 별의별 생각이 다 들었다. 혹시 스승의 정인일까? 깊고 넓은 학문에 반하여 스승의 품으로 뛰어든 한 마리 나비? 사랑을 나누는 데는 때도 장소도 없으니, 병들고 늙은 스승이 갓 피어나는 꽃 처녀와 마음을 주고받는다고 하여 이상한 일은 아니다. 내게도 숨긴 소설을 선뜻 맡길 정도라면 속내를 모두 보여 주는 사이겠지. 나보다도 더 스승에게 다가선 것이 분명하다. 언제부터 스승은 그녀를 만났을까? 언제부터 마음을 터놓고 소설을 논했을까?

많은 물음들이 꼬리에 꼬리를 물고 이어졌다.

"무슨 생각을 그리 골똘하게 하시는지요? 먼 길 오셨으니 잠시 쉬셨다가 소설을 읽으시겠습니까? 낮잠이라도 한숨 주무셔도 좋겠지요. 소녀가 건넌방에 자리를 봐 드리겠습니다."

"아, 아니오. 괜찮소이다."

아무리 피곤해도 『창선감의록』을 읽는 것을 미룰 수는

없었다. 모독이 서안으로 다가앉자 남채봉은 조용히 자리를 피했다.

한 점 흐트러짐도 없이 스승의 소설을 처음부터 끝까지 단숨에 읽었다. 남채봉에 대한 알 수 없는 설렘도, 먼 여행에 따라온 피로도 이 소설로부터 받은 충격을 줄이지 못했다. 스승의 독서량과 심미안에 감동하면서 언젠가는 꼭 한 번 세상을 놀라게 할 걸작을 만드시리라 기대는 했지만 이렇듯 탁월할 줄은 몰랐다. 모독이 계단을 하나하나 밟으며 문장의 깊이와 이야기의 다채로움을 익혀 나갔다면 스승은 단숨에 날아올라 태산의 꼭대기에 선 형국이었다.

소설은 평범한 이도 도전할 수 있는 글쓰기라고 누가 감히 말했던가. 서포도, 졸수재도, 단 하나의 작품으로 최고의 경지에 올라서지 않았는가. 지금까지 매설가들이 토해 놓은 소설을 모두 부끄럽게 만드는 『구운몽』과 『창선감의록』 앞에서 나는 과연 어떤 표정을 지어야 한단 말인가.

조성기는 크게 취하여 자시(子時, 밤 11시~새벽 1시)를 넘어서야 겨우 청학동으로 돌아왔다.

모독은 스승이 그렇게 취한 것을 처음 보았다. 등이 굽은 것도 굽은 것이지만 숨결이 고르지 못하고 배가 항상 더부룩하며 두 무릎까지 종기가 생겨 항상 몸조심을 하던 스승이었다. 술을 마시면 양 볼이 더욱 떨리고 옆구리가 결리며 오른팔의 움직임도 자유롭지 못하였다. 술을 마시다가 정신을 잃으면 그길로 숨이 끊어질 수도 있음을 의원들이 누누이 경고하지 않았던가. 모독이 대문 앞까지 나가서 부축을 하자 조성기가 반갑게 그의 어깨를 감싸 안았다.

"오, 자네 왔는가? 오늘쯤 자네가 올 줄 알았으이. 아직은 산가지를 뽑는 솜씨가 녹슬지 않았거든."

남채봉도 건넌방을 나와서 조성기의 오른 옆구리에 팔을 끼워 넣었다. 아버지를 맞이하는 딸처럼 스스럼이 없었다. 그녀는 코맹맹이 소리를 내며 웃었다.

"곡차는 입에도 대지 않으시겠다고 소녀와 약조하셨지 않습니까? 종기라도 퍼지면 어쩌시려고 이렇듯 많이 드셨습니까? 자꾸 이렇게 소녀와의 약조를 어기면 소녀는 의주로 돌아가겠어요."

조성기가 이번에는 남채봉의 어깨를 감싸 안았다.

"오늘 같은 날 취하지 않으면 언제 또 취하겠느냐? 아차차! 채봉이 넌 아직 소설을 완성한 적이 없으니 이 기분을 모를 게다. 하지만 자넨 알지? 하늘을 날아오를 듯하면서도 절벽으로 떨어질 것만 같은 심정 말일세. 하나뿐인 딸을 원방으로 시집보낸 후의 느낌이 이와 같을까?"

"어서 안방으로 드시어요. 소녀가 이부자리를 봐 드리겠습니다."

조성기가 다시 모독과 눈을 맞추며 기분 좋은 웃음을 웃었다.

"아니야 아니야! 선천을 다녀온 이야기부터 들어야지. 한 잔 더 해야겠어. 채봉아! 주안상을 내어오너라. 오늘은 쉬이 잠이 올 것 같지가 않구나."

조성기는 겨우 마루를 오른 후에도 가슴을 쓸며 숨을 골랐다. 술자리를 오래 끌 수는 없을 듯했다. 당장 잠자리에 드시라고 권하고 싶었지만 그렇게 하기에는 조성기의 웃음이 너무나 밝고 따뜻했다. 늘 병마에 시달리던 스승이 아닌가. 서책을 읽다가도 아랫입술을 씹고 대화를 나누다가도 고개를 들어 고통이 빨리 지나가기를 빌던 스승이 아닌가.

모독은 선뜻 그를 제자로 받아 준 이유를 일그러진 스승의 얼굴에서부터 짐작할 수 있었다. 동병상련. 청나라를 도운 집안으로 낙인찍힌 모독이나 병마에 시달리는 곱사등이 조성기나 세상에 나아가서 큰 뜻을 펼 수 없기는 마찬가지였다. 견고한 벽이 앞을 막아설수록 그 너머의 풍광을 왜 그리도 보고 싶은 것일까. 이 혼탁한 세상을 바꿀 수 있는 나만의 비책은 왜 그리도 많은 것일까. 공부가 깊어지고 생각이 넓어질수록 그들의 표정은 점점 더 어두워져 갔다. 조성기는 모독의 허허로운 침울함에서 젊은 날의 자신을 발견했던 것이다. 그러나 오늘은 다르다. 오늘 스승은 장원 급제라도 한 서생처럼 의기양양하다. 술기운 때문만은 아니다. 술에 취할수록 슬픈 노랫가락을 선보이던 스승이 아닌가. 끝내 눈물을 참지 못해 뒷마당으로 휘이휘이 나가던 스승이 아닌가. 오늘 스승이 너무 젊다. 너무 희망적이다.

"어떻든가?"

평소에는 한없이 느릿느릿 삶을 조망하던 스승이었다. 오늘은 앉자마자 독후감부터 묻고 있다. 모독은 왼쪽 벽에 걸린 「서호경도(西湖景圖)」를 훑은 다음 답했다.

"걸작이옵니다. 『구운몽』과 비교해도 손색이 없습니다."

"과찬일세."

지나친 칭찬이 아니었다. 『구운몽』처럼 시공을 넘나들며 변화무쌍한 삶을 담아내지는 못하지만, 『창선감의록』에는 가문을 지키고자 노력하는 가장의 고뇌와 슬픔이 따뜻하게 담겨 있었다. 크게 벌려 휘젓는 것이 김만중의 개성이라면 꼼꼼하게 살펴 앞뒤를 재는 것이 조성기의 장기였다. 고전에 대한 풍부한 이해와 당송 시에 대한 풍취가 곳곳에서 묻어 나왔으며 다듬고 다듬고 또 다듬지 않고는 이룰 수 없는 깔끔함이 눈부셨다.

"선천의 일은 어찌 되었는가?"

모독은 소매에서 종이 뭉치를 꺼냈다. 한양까지 내려오며 틈틈이 김만중과의 대화를 옮겨 적은 것이다. 조성기는

양손 엄지로 두 눈을 꾹 눌러 취기를 쫓은 다음 두 사람의
대화를 단숨에 읽어 내렸다. 어떤 구절에서는 고개를 끄덕
였고 어떤 구절에서는 깊은숨을 내쉬었다. 공감하는 대목
이 차고 넘치는 듯했다.

"맹자는 노자를 배척하지 않았고, 예의에 투철하지 못한
사람은 장자를 깊이 보아야 한다고 했다 이 말이지? 참으
로 놀랍지 않은가? 바다보다도 깊고 들판보다도 넓음이야.
앞뒤의 막힘이 전혀 없이 탁 트였으니 그와 같은 소설을 지
은 것이겠지. 왜 돌아왔는가? 자넨 청학동으로 돌아오지 않
고 그냥 그곳에 머물렀어야 했네. 나는 더 이상 자네에게
가르칠 것이 없으이."

"아닙니다. 소생은 아직도 턱없이 부족하옵니다. 오늘부
터라도 당장 『창선감의록』을 필사하며 제 자신을 되돌아보
려고 합니다."

방문이 열렸다. 남채봉이 주안상을 들고 방으로 들어왔
다. 상을 놓고 자리에 앉으려는 그녀를 조성기가 불러 세
웠다.

"수고했다. 밤도 늦었으니 물러가 쉬도록 해라."

서운한 기색이 역력했지만 조성기는 모른 척했다. 모독
은 혹시 그녀가 이 자리에 있겠다고 고집을 부릴까 걱정이
되었다. 스승의 기분을 순식간에 망칠 수도 있는 것이다.

의외로 그녀는 순순히 목례를 한 다음 물러갔다. 발소리가 사라지기를 기다려 모독이 입을 열었다.

"언제부터 남채봉이란 이름을 썼습니까?"

『창선감의록』에서 박해받는 착한 처가 바로 남채봉이었다. 『허봉의 마지막 나날』을 읽고는 설경을 자처하고 『창선감의록』을 읽고는 남채봉으로 변신하는 여자가 세상에 또 있을까. 아무리 소설을 좋아해도 등장인물의 이름을 자신의 이름으로 삼는 경우는 없다. 그만큼 소설에 자신의 삶을 밀착시키고 있는 것이다. 소설의 왕후장상이 현실의 왕후장상이 될 수 없듯 소설의 설경과 남채봉이 현실의 설경과 남채봉으로 바뀔 수는 없다. 이것은 나중에 그녀와 만나 따져 볼 문제이고 이 자리에서는 우선 그녀와 스승의 인연을 알고 싶었다. 언제부터 그녀가 이 소설을 읽었는가를 돌려 물은 것이다.

"내 친구 중에 별명이 마초인 의주 역관이 있다네. 조정의 사신이 산해관을 나고 들 때마다 빠짐없이 수행할 정도로 대국 말에 능하고 그곳 지리와 역사에도 밝지. 홍순언(역관, 외국어에 능하고 인품이 뛰어나 청나라 사람들의 환대를 받음)의 환생이란 소릴 들을 정도였어. 그 친구 역시 소설을 좋아해서 연경에 갈 때마다 수백 권의 소설을 사 오곤 했지. 내가 여러 판본으로 연의물들을 살펴 검토할 수 있었던 것도 그 친구의 도움이 크다네. 헌데 소설을 은밀히 사들인 일이 발각되는 바람에 그는 압록강을 건너 절강성 소흥부까지 도망을 갔네. 벌써 10년도 지난 일이야. 재작년에 마초의 서찰을 들고 찾아왔더군. 딸아이가 소설을 짓고 싶어 하는데 가르쳐 줄 수 없겠느냐고 적혀 있었다네. 처음엔 저 아이를 그냥 돌려보내려고 했네. 나라에 큰 죄를 짓고 국경을 넘어 달아난 죄인의 딸을 거두었다가 구설수에 휘말릴 수도 있고, 또 어린 여자아이가 소설을 지어 봤자 얼마나 잘하겠느냐고 생각했던 거라네. 헌데 정말 엄청나게 읽어 댔더군. 대국의 소설이란 소설은 모조리 섭렵한 듯했어. 그래도 나는 돌려보내려고 했네. 헌데 어느 날 그 아이가 서안에 놓인 『창선감의록』을 보게 되었네. 많이 본 것도 아냐. 그저 한두 장 읽었을까. 나는 얼른 소설을 감추었지. 헌데 그 아이가 이렇게 말하는 걸세. '월왕성은 소흥부의 북쪽이 아니라 동쪽에 있어요. 또 50리가 아니라 기껏해야 30리예요.' 그 충격을 자네는 모를 걸세. 내 딴에는 이런저런 지리서들을 공부해서 적었네만 그곳에서 직접 생활한 그 아이의 지적에는 속수무책이었다네. 해서 그 아이에게 소설을 보여 주고 대국의 지명과 여러 풍습에 대해 도움을 청했네. 소설을 읽고 난 후 그 아이는 한 가지 요구를 하더군. 다음부턴 자신을 남채봉이라고 불러 달라는 거야. 흔쾌히 승낙

했네. 이름이야 아무려면 어떤가. 그리고 그 아이, 그러니까 채봉이는 곧장 대국으로 떠났다네. 『창선감의록』의 배경이 되는 곳을 둘러보고 오겠다더군. 거의 2년 동안 대국을 여행하고 지난봄에 다시 청학동으로 돌아왔네. 오늘 완성작을 내게 된 것도 채봉이의 도움이 절대적이야."

조성기는 목이 마른지 술 두 잔을 연거푸 마셨다. 남채봉에 대한 오해는 눈 녹듯 사라졌지만 계속 뜬구름을 쫓는 기분이었다. 겨우 열다섯 살의 어린 처녀가 2년 동안 홀로 대국을 돌아다녔다는 것도 믿기지 않았고, 조성기도 놀랄 만큼 대국의 소설에 대한 지식이 넓고 깊다는 것도 납득할 수 없었다. 조성기가 갑자기 슬픈 표정을 지으며 말을 이었다.

"이젠 내가 채봉이를 거두어야 한다네. 마초가, 나보다 더 소설을 많이 읽고 또 깊이 이해했던 그 친구가 작년 겨울 서책에 깔려 죽었다는군. 지진이 일어나는 바람에 서재의 책장들이 쓰러졌다는 거야. 불쌍한 친구! 죽는 그 순간까지도 소설을 읽고 있었다고 하네. 『삼국지연의』에서 제갈량이 맹획을 칠종칠금(七縱七擒)하는 대목을 말이야."

모독이 말머리를 돌렸다.

"한 가지 여쭈어도 되겠는지요?"

"말해 보게."

"『창선감의록』을 왜 하필 지금 세상에 내보이려고 하시는 건가요?"

조성기가 쓸쓸하게 웃었다.

"농암이나 삼연도 비슷한 질문을 하더군. 산림처사로 조용히 지내 온 마당에 이제 와서 큰 화를 부를지 모르는 일을 할 까닭이 없다고 말일세. 그냥 불태워 버리고 떠날까 생각도 했지. 세상에 나서기엔 너무 늦었으니까. 매설가로 이름을 낼 생각은 예전에도 없었고 지금도 없네. 채봉이가 오지만 않았더라도 이런 생각은 못 했겠지. 몸이 더욱 약해져서 붓을 들고 한 식경만 있어도 허리가 끊어질 듯하니까 말일세."

그렇다면 왜 무리를 하시는 건지요?

"벗들에게 인심을 잃지는 않았으니 내가 세상을 버리고 나면 시와 문들을 하나로 모아 문집을 만들 수는 있겠지. 헌데 말일세. 내가 기꺼이 즐겼고 살아가는 데 큰 도움을 받았던 소설에 대한 글들은 아무래도 함께 넣기 어려울 듯싶으이. 물론 간단한 독후(讀後)의 느낌(感)들이야 실리겠지만 어디 이것이 단평으로 끝날 문제인가? 이 스산한 삶에 대한 느낌들을 적어 보고 싶었다네. 여태껏 살아오면서 깨달은 바도 있고."

삼연과 농암이 장소의와 남인에 대한 불만을 털어놓았기 때문은 아닌가요? 장소의가 아들이라도 생산하면 천하가 어지러워질 것이라는 풍문이 돌지 않습니까?

"오해를 받는다고 해도 어쩔 수 없어. 구중궁궐이든 저 잣거리든 인간이 지키고 따라야 할 도리는 하나라고 보네. 소설은 그 도리를 참으로 자유롭게 담아낼 수 있는 그릇일 세. 난 이제 더 쓰지 못하니 자네가 나 대신 좋은 소설 많이 지어 주게나."

유언처럼 들려 가슴이 아렸다. 모독은 일부러 밝게 웃으며 김만중의 인사를 전했다.

"귀양이 풀리면 꼭 한번 스승님을 뵙고 싶다고 하셨습니다. 청학동으로 직접 오시겠다고."

"허어, 참으로 정이 깊은 말씀이구먼. 서인의 젊은 학인들이 진심으로 존경의 마음을 바치는 까닭을 알겠으이. 나도 꼭 한번 만나서 삶의 이치를 배우고 싶네. 허나 그런 날이 올까?"

조성기는 잠시 말을 멈추고 손바닥으로 『창선감의록』의 겉장을 쓸었다. 그리 오래 남지 않았으이. 그는 자신의 죽음 이후를 미리 말할 작정인 듯했다.

"자네에게 한 가지 부탁이 있네. 꼭 들어주겠다고 약조를 하게."

"……."

조성기의 두 눈은 촉촉하게 젖어 있었다. 어떤 부탁도 거절하지 못할 만큼 선한 눈이다. 삼연 같은 이는 스승의 눈을 가리켜 증오와 분노를 모두 지우고 용서와 화해를 만드는 샘이라고까지 칭송하지 않았던가. 그러나 모독은 즉답을 못 했다. 오늘 스승은 계속 유언처럼 많은 말을 흘리고 있다. 소설을 짓는 것도 마지막이라고 했고, 술을 이토록 취하게 마시는 것도 마지막이라고 했다. 그리고 또 부탁이 있다는 것이다. 그 부탁에도 힘겨운 삶의 무게가 얹힐 것만 같았다. 뛰어난 소설을 지으라는 권고 말고 스승이 내게 할 부탁이 또 무엇이란 말인가. 조성기는 그의 마음을 읽기라도 하듯 쓸쓸하게 웃었다.

"약조를 하지 않아도 어쩔 수 없지. 후후후. 자넨 결국 그 아이와 맺어질 테니까."

그 아이? 채봉의 얼굴이 스치고 지나갔다. 조성기는 단숨에 불길한 예감을 현실로 만들어 버렸다.

"채봉이를 거두어 주게."

"스, 스승님! 어찌 소생이…… 오늘 처음 만난……."

제대로 말이 나오지 않았다. 아무리 구성이 엉성한 소설이라고 해도 이런 식으로 남녀를 짝짓는 법은 없다. 처음 만나자마자 이부자리를 펴는 경우도 드물게는 있지만 그건 어디까지나 두 사람이 마음이 통했을 경우의 이야기다. 남채봉과 나는 다르다. 나는 그녀에 대해 아는 것이 없다. 또 그녀를 사랑하지도 않는다. 사랑할 틈이 없었다. 사귀어 보라면 스승의 뜻을 따를 수도 있으리라. 그러나 거두라니, 아내로 들이라니. 상대를 세심하게 배려하며 모든 상황을 파악하고 살핀 후에야 말을 하고 행동으로 옮기는 스승의 평소 모습과는 참으로 달랐다. 급해도 너무 급한 것이다.

"나도 아네. 너무 갑작스러운 부탁이지. 허나 매설가를 꿈꾸는 그 아이에겐 자네만 한 배필이 없어. 자네의 소설을 보여 주었더니 좀처럼 칭찬에 인색한 그 아이도 자넬 만나고 싶어 하더군. 마초도 없고 나까지 세상을 버리면 조선에 그 아이를 돌볼 사람은 아무도 없다네. 자넨 내가 가장 아끼는 제자이고 채봉이는 친딸과도 같으니, 내가 월하노인의 노끈[月下繩, 중매를 뜻함. 당나라의 위고란 인물이 달밤에 노인을 만나 미래의 아내에 대한 예언을 들은 데서 유래함]으로 두 사람을 잇는다 해도 이상할 일이 무엇이겠는가. 세책방 주인들과의 머리싸움이 얼마나 피곤하며 또 속임이 많은가는 자네가 더 잘 알지 않나? 채봉이는 틀림없이 좋은 소설을 지을 걸세. 허나 작품만 좋다고 되는 일이 아니지 않은가? 자네밖에 없어. 자네가 그 모든 세파로부터 채봉이를 지켜 주게. 마지막 부탁이야."

10 │ 사랑과 이별

꽃밭에도 안개가 자욱하고　　　　　　　　　　　　　花滿烟
버드나무에도 안개가 자욱하기에　　　　　　　　　　柳滿烟
비로소 봄소식 전해 올 줄 알았더니　　　　　　　　音信初憑春色傳
푸른 주렴 드리우고 깊숙한 곳에 잠들었네.　　　　　綠簾深處眠

좋은 인연이런가　　　　　　　　　　　　　　　　　　好因緣
나쁜 인연이런가?　　　　　　　　　　　　　　　　　惡因緣
새벽녘 정원에는 은초롱만 가물거리는데　　　　　　曉院銀缸已惘然
배는 구름 낀 물가 따라 되돌아가네.　　　　　　　歸帆雲水邊

　　　　　　—권필, 『주생전』의 삽입 시 「장상사(長相思)」

　『한서(漢書)』에서는 항우가 밤에 일어나 군진의 장막 안에서 술을 마
실 때 우미인으로 하여금 춤을 추게 하고 슬픈 노래를 부르며 강개해 두
세 줄기의 눈물을 흘렸다고 한다. 무릇 항우는 죽음에 처했을 때도 오히
려 정장(亭長, 항우가 자결한 오강 역참의 장)을 향해 빙긋 웃었는데, 이때
눈물을 흘린 것은 정녕 우희에 대한 떨어질 수 없는 애정 때문이었다.

　　　　　　—김만중, 『서포만필』

　모독은 김만중을 깨우지 않으려고 조심조심 몸을 일으
켰다. 바람벽에 덩그러니 걸린 「서호경도」가 차가운 달빛
에 은은하게 흔들렸다. 청학동 스승의 안방에도 저 그림과

똑같은 「서호경도」가 걸려 있었다. 임진년 왜란 때 절강(浙江) 출신 명군이 대거 원병으로 조선에 들어온 후 서호(西湖)는 조선의 사대부라면 누구나 흠모하는 곳이 되었다. 대국의 강남, 특히 서호 부근을 소설의 배경으로 설정하는 매설가도 점점 늘어났다. 조성기나 김만중 역시 그 유행으로부터 자유롭지 못했다.

우물가로 나왔다. 바가지로 물을 퍼서 한 모금 들이켰다. 온몸이 꽁꽁 얼어붙을 것처럼 차가운 기운이 머리끝에서 발끝까지 뻗쳤다. 허리를 숙여 허벅지를 툭툭 두드린 다음 밤길을 따라 걷기 시작했다. 한참을 따라오던 청삽살개 파도도 모습을 감추었다.

겨울바람이 앞가슴을 파고들었다. 옷매무시를 고치고 양손으로 귀를 가렸지만 추위를 막을 수 없었다. 부러진 나뭇가지와 흙덩이가 위위위위 소리를 내며 돌아갈 것을 강권했다. 차가운 기운이 발바닥에서부터 오금을 타고 뒷머리까지 올라왔다. 복수의 칼날을 번뜩이며 가문의 원수와 맞서거나 피눈물을 뿌리며 사랑하는 이와 이별하기에 적당한 밤이었다.

그 밤도 그랬지.

모독의 발걸음이 점점 빨라졌다. 숨을 쉴 때마다 허연 입김이 뿜어 나왔다. 가파른 비탈도 아닌데 벌써 가슴이 뛰고 손발이 저렸다. 하루 종일 마음을 다잡을 수 없었던 것이다.

어여 가자. 한순간이라도 빨리. 늦게 가면 사라질지도 모른다. 이미 한번 뼈아픈 이별을 경험하지 않았는가. 어여어여 가자. 이번에는 결코 놓칠 수 없다.

대나무 숲으로 들어섰다. 여름마다 남쪽에서 불어오는 큰 바람에 줄기가 꺾이고 뿌리가 뽑히지만 다시 푸른빛을 머금어 숲을 이루었다. 재회의 장소로 이 숲이 썩 잘 어울린다고 생각했다.

우리의 인연도 저 대나무처럼 다시 자라 꽃피면 좋으련만.

그녀는 미리 와서 기다리고 있었다. 가슴을 쓸며 빙빙 맴을 돌다가 멈추고 또 돌기를 반복했다. 모독은 바위 뒤에 몸을 감추고 잠시 그녀를 훔쳐보았다. 기다리기에 지친 그녀가 오른손을 흔들며 시 한 수를 외우기 시작했다. 바람 소리에 묻혀 잘 들리지는 않았지만 입 모양만 살피고도 그 시가 무엇인지 알 수 있었다. 『금오신화(金鰲新話)』의 여러 이야기 중에서 그녀가 유난히 좋아하던 「이생규장전(李生窺墻傳)」에 담긴 시였다.

굽어 나간 난간이 부용지를 굽어보는 곳　　　　曲欄下壓芙蓉池
못가 꽃떨기 속에 연인들 속삭인다　　　　　　池上花叢人共語
향 안개 부슬부슬, 봄기운 화창할 때　　　　　香霧霏霏春融融

새 가사를 지어서 백저사를 노래하지　　　製出新詞歌白紵

달 기울어 꽃 그림자, 방석 위로 들어오고　月轉花陰入氍毹

긴 가지 함께 당기자 붉은 꽃비 떨어지네　共挽長條落紅雨

바람에 흩어진 청향이 옷 속에 스미누나　風攪淸香香襲衣

가충의 딸이 봄볕 아래 춤을 추매　　　　賈女初踏春陽舞

비단 적삼이 해당화 가지를 스쳐　　　　羅衫輕拂海棠枝

꽃 사이에 자던 앵무새를 깨우도다　　　驚起花間宿鸚鵡

여전하군!

모독의 얼굴에 미소가 피어올랐다. 그녀가 이 시를 읊을
때마다 그 역시 기쁜 마음으로 화답시를 낭송했던 것이다.
매월당의 시를 읊고 이야기를 흉내 내던 청학동의 밤들이
눈에 선했다. 이젠 그저 시 속에서만 그곳의 분위기와 그
날의 행복을 추억할 뿐이다. 모독은 차가운 바위에 뺨을 댄
채 화답시를 기억해 냈다.

도원에 잘못 들었나, 복숭아꽃 만발했네　誤入桃源花爛熳

들끓는 이 정회를 이루 말할 수 없어라　多少情懷不能語

비취 운환 두 갈래로 묶고 금비녀 나직한데　翠鬟雙綰金釵低

산뜻한 봄 적삼은 푸른 모시로 지었구려　楚楚春衫裁綠紵

꼭지 한데 붙은 연꽃이 동풍에 피었나니　東風初拆竝帶花

무성한 가지를 비바람아 흔들지 말아 다오 莫使繁枝戰風雨

선녀의 소매 나부껴 그림자 너울대고　　飄飄仙袂影婆娑

계수나무 그늘 속엔 항아가 춤을 춘다　　叢桂陰中素娥舞

좋은 일 다하기 전에 수심이 따르는 법　　勝事未了愁必隨

새로 지은 가사를 앵무에게 가르치지 마오 莫製新詞敎鸚鵡

연모의 정을 먼저 드러낸 쪽은 남채봉이었다.

조성기는 병을 핑계로 남채봉의 아침 문안조차 받지 않았다. 그녀가 소설에 대해 여쭐 것이 있다고 아뢰면 오늘부터 네 스승은 모독이라고 했다.

"나보다 모독이 백배 나으니라. 소설을 짓는 법도 중요하지만 매설가로 사는 법은 더더욱 중하지. 나야 평생을 병자로 살았으니 네게 무슨 도움이 되겠느냐. 모독에게 가라. 그로부터 배워."

그녀는 섭섭한 마음을 감추지 못하고 눈물까지 내비쳤지만 조성기는 꿈쩍도 하지 않았다. 모독은 그녀를 위로하며 소설을 한 편씩 가르치기 시작했다. 그렇게 서로 얼굴을 마주 대하고 세월을 보내다 보면 저절로 정이 생길 것이라고 조성기는 믿는 듯했다.

남채봉의 감각은 탁월한 구석이 있었다. 인물들의 움직임을 정확히 살피고 그 성격을 파악하는 데도 남달랐다. 그러나 그녀에게는 결정적인 약점이 있었다. 이야기를 끌고 가는 힘이 부족했던 것이다. 붓은 도입부에 머물러 있는데 머리는 결말을 향해 치닫는 형국이었다. 이미 구상이 끝난 작품도 막상 풀어 나가려고 하면 벽에 부딪히는 경우가 잦았다. 난관에 봉착하면 직접 부딪쳐 그 어려움을 뚫기보다 분위기나 비유로 건너뛰려 했다. 그것이 한낱 눈속임이며 궁극적으로는 독자에 대한 모독이란 걸 지적하면 그녀는 토끼눈을 뜨고 이렇게 물었다.

"꼭 그렇게 시시콜콜한 것까지 옮겨 써야 하는 건가요? 조금만 생각해도 충분히 이해할 수 있는 것까지 담으면 이야기는 언제 끝나나요?"

차라리 그때 붓을 놓게 하는 것이 나았는지도 모른다. 기발한 착상은 그녀가 하고 나머지는 모독이 책임지는 분업은 어땠을까. 그러나 그녀는 욕심이 많았고 모독도 그런 약점이 서서히 고쳐지리라고 믿었다. 하루에 한 번은 다퉜고 열흘에 한 번은 눈물 쏟는 그녀를 다독여 주었다. 그렇게 사랑이 모독을 찾아왔던 것이다.

죽음도 우리를 갈라놓을 수 없지. 나도 살아 있고 그녀도 살아 있으니, 또 이렇게 남쪽의 작은 섬에서 다시 만났으니 우리의 인연은 결코 가볍지 않다. 스승이여! 당신과의 약속을 꼭 지키겠습니다.

모독이 바위 뒤에서 성큼 앞으로 나섰다. 인기척을 느낀 그녀가 고개를 돌렸다. 모독은 그녀의 눈을 들여다보자 또 아득해졌다. 귓가에서 파도 소리가 사라지는가 싶더니 조성기의 탁한 기침 소리가 메아리쳤다. 정신 차리게! 이번이 마지막 기회야. 그 아이를 잡아. 꽉 잡으라구.

"채봉!"

"백능파예요."

그녀는 처음부터 목소리를 높였다. 겨울바람을 맞으며 그를 기다리느라 온몸이 얼어붙었던 것이다. 그는 더욱 여유를 부렸다.

"알겠소. 청학동에서 남채봉이라고 불렀듯이 이곳 노도에서는 백능파라고 부르리다. 어쨌든 당신은 나의 아내니까."

"당치도 않은 말씀이십니다. 혼인도 하지 않았는데 어째서 소녀가 사형의 아내일 수 있겠는지요?"

사형이라는 호칭이 귀에 거슬렸다. 거리를 두겠다는 뜻이다.

"예단까지 주고받은 사이가 아니오? 평생을 함께하기로 스승님 앞에서 맹세하지 않았소? 스승은 우리의 혼인을 축복하며 당신에게 청옥패(靑玉佩)까지 선물했다오. 지난 잘못은 다 용서하리다. 이제라도 몸과 마음을 합쳐 행복하게 살도록 합니다."

그녀가 코웃음을 쳤다.

"늦었어요. 이미 오래전에 잊혀진 일이어요."

잊혀진 일?

그녀는 계속 그의 가슴을 찔러 댔다.

그 일을 잊었다면 우리들의 사랑도 잊은 게요?

그래요. 청학동의 일은 이미 소녀의 기억 속에서 사라졌어요. 희미한 그림자만이 겨우 남았을 뿐이죠.

어림없는 소리! 한번 지은 소설이 사라지지 않는 것처럼 한번 맺은 인연도 잊혀질 수 없는 게요. 우리가 영원히 스승님의 문하이듯 그대는 영원한 나의 사랑이오.

소설이 사라지지 않는다구요? 세월의 힘을 얕잡아 보시는군요. 50년만 지나 보세요. 당신의 소설을 기억하는 이는 아마 당신뿐일걸요? 100년만 지나 보세요. 과연 누가 당신의 소설을 기억하겠는지요? 세월과 맞서서 이름이 남는 소설은 100편 중에 한두 편도 되지 않아요. 오히려 잊혀지고 사라지는 것이 소설의 운명이라고 보아야겠지요. 잊혀지고 사라진대도 너무 서러워 마세요.

참으로 간편하구려. 잊혀질 것이기에 무슨 일이라도 저지를 수 있다는 말이오? 어떤 약속이라도 어길 수 있다는 말이오? 없음〔無〕으로 돌아갈 운명이기에 더욱 찰나의 있음〔有〕을 소중히 여겨야 하오. 당신의 삶도, 그 삶을 기억하는 나의 삶도 지금 이 순간 함께 느끼고 생각할 수 있기에 빛을 내는 것이라오.

소녀가 무슨 약속을 어기고 또 무슨 일을 저질렀다는 것인가요?

"스승께서 운명하시기도 전에 『구운몽심고』와 『구운몽』을 서재에서 훔친 일까지 잊은 거요?"

"훔치다니요? 그건 소녀에게 물려주신 것이에요. 아하, 그러니까 사형은 소녀가 그 두 책을 훔쳤다고 지금까지 생각하신 것이군요."

"……."

그는 고개를 들었다. 지난 잘못을 꾸짖기 위해 겨울바람을 뚫고 이곳까지 나온 것이 아니다. 이제 와서 누구를 탓하랴.

그녀에게 선천에서의 일을 들려준 것부터가 잘못이었다. 아무리 따져 묻더라도 끝까지 아홉 개의 구름을 감췄어야 했다. 그러나 사랑하는 사람의 눈길을 피하기는 정말 힘들다.

"소녀 혼자만 보고 누구에게도 전하지 않겠어요. 소녀를 믿지 못하시는 건가요? 섭섭해요."

혼례일이 한 달 후인 기사년 11월 22일로 잡히자 모독은 그녀 앞에 두 책을 내놓았다. 부부 사이에는 비밀이 없다고 하지 않는가. 김만중과의 만남을 털어놓을 수밖에 없었다. 모독이 『구운몽』을 처음 읽었을 때처럼 그녀 역시 밤을 꼬박 새웠다. 그리고 김만중을 만나러 가자고 졸랐다.

"어허, 선천에서야 겨우 만나 뵈었지만 귀양에서 풀려나셨다가 다시 남해로 원찬되셨으니 어찌 우리가 그 어른을 뵐 수 있겠소?"

"『구운몽심고』에 적은 것은 거짓이었나요? 어디에서 어떻게 지내든 당신을 환대하겠다고 하셨잖아요? 설령 거절당하더라도 겁부터 먹고 그냥 주저앉을 수는 없지 않겠어요? 떠나요, 당장!"

"가다니? 스승께서 저렇듯 편찮으신데 가긴 어딜 간단 말이오? 나중에 가서 뵈면 되오. 당신 말대로 그 어른께서 날 괴이신다면 훗날 찾아뵈어도 늦지 않소."

남채봉은 고집을 꺾지 않았다.

"그 어른께서 이 겨울을 넘기지 못할 수도 있지 않은가요?"

"어허 무슨 그런 악담을."

"악담이 아니에요. 지천명(知天命, 50세)이 넘으면 언제 망극한 일을 당할지 알 수 없는 법이에요."

"절대 아니 되오."

모독이 단칼에 거절하자 남채봉도 더 이상 조르지 않았다. 집요하게 자신의 뜻을 관철시키던 그녀답지 않게 너무도 간단히 포기한 것이다. 그때 미리 그녀의 숨은 뜻을 살폈어야 했다. 혼인하지 않고, 청학동에 머무르지 않고, 한 마리 흰나비처럼 훨훨 어디론가 날아갈지도 모른다는 의심을 했어야 했다. 그러나 모독은 사랑하는 사람과 백년가약을 맺는다는 기쁨에 넘쳐 자세히 그녀를 살피지 못했다. 어떤 신랑이 신부가 달아날 것을 염려하겠는가.

그녀가 지극 정성으로 조성기를 간병하였기에 더욱 마음을 놓았다. 아침부터 저녁까지 자리를 뜨지 않고 병 수발을 들었던 것이다. 어떤 날은 곁에서 밤을 지새우기까지 했다. 조성기는 혼인 준비를 하라며 문밖으로 밀어냈지만 그녀는 한사코 그 방을 떠나지 않았다. 당장 남해로 달려가고 억지를 부리던 모습과 너무나도 대조적이어서 어리둥절할 지경이었다. 어느 것이 그녀의 진심이란 말인가.

재회하면 할 말이 참으로 많았는데 막상 만나고 나니 말문이 막혔다. 서로의 가장 아픈 곳으로만 눈이 갔다. 모독은 그녀의 잘못을 덮어 주기로 마음먹었다. 사랑만 있으면 용서 못 할 일이 무엇이랴. 시간은 많다. 천천히 천천히 스스로 잘못을 깨우치도록 만들자. 사랑의 밀어를 고르고 있을 즈음 그녀가 먼저 상처를 드러내 보였다.

"무슨 소문을 들었는지 모르겠지만 『화진전(花珍傳)』을 지은 매설가가 남채봉이라는 뜬소문을 퍼뜨린 것은 소녀가 아니어요……."

"그만하오."

모독이 말허리를 잘랐다. 그녀는 그의 두 눈에서 이글거리는 불덩어리를 보고 말을 삼켰다.

그만하시오 그만! 당신의 거짓부렁을 참고 듣는 데도 한계가 있소. 기사년 11월 21일을 기억하오? 우리가 혼인하기 바로 전날의 아수라장 말이오. 그 저녁 스승께서 이승을 떠나실 때 당신이 어디에 있었는지 나는 아오. 내가 스승의 싸늘하게 식은 손을 붙들고 눈물 떨굴 때 당신은 서재에서 『창선감의록』을 훔쳤던 게요. 그리고 문상객이 나고 드는 틈으로 사라졌소. 채 석 달이 되기도 전에 『화진전』이란 책이 세책방을 돌았고. 화진! 그 이름을 듣는 순간 내가 얼마나 놀랐는 줄 짐작이나 하오? 화진이 누구요? 바로 스승께서 남기신 유일한 소설 『창선감의록』의 남자 주인공이 아니오? 그 소설을 구하기 위해 세책방에 갔을 때 주인이 이상한 말을 했소. 『화진전』의 매설가는 여자라고, 그것도 다른 여자가 아니라 이 소설의 주인공 남채봉을 필명으로 쓰고 있다고. 그러니까 어쩌면 이 소설은 소설을 가장한 사실일 수도 있다고 말이오. 소설을 확인하는 데는 많은 시간이 들지 않았소. 첫 장을 넘기자마자 낯익은 스승의 어투가 나왔으니 말이오. 물론 군데군데 묘사를 더하고 대화를 줄인 부분이 눈에 띄었지만 이건 『창선감의록』 그 이상도 그 이하도 아니었소. 과연 누가 이렇듯 대담한 일을 감행하였겠소? 남채봉, 당신뿐이오.

"믿지 못하겠지만 소녀는 스승님이 『창선감의록』을 지은 매설가를 남채봉으로 하자고 했을 때 거절했어요. 어찌이 소설의 지은이가 소녀일 수 있겠는지요? 스승님은 어차피 소설의 지은이는 입에서 입으로 떠돌아 흩어지고 마는 것이니 여주인공인 남채봉으로 해 두는 것이 여러모로 후환이 없다고도 하셨어요. 허나 소녀는 끝까지 스승의 이름을 드높일 생각뿐이었지요."

스승께서 먼저 『창선감의록』을 그녀의 이름으로 알리자고 제안했다고? 그럴 리 없다. 이승의 공허를 메우기 위해, 비록 부끄러운 노력일지라도 후회하지 않기 위해 소설을 짓는 것이라고 분명히 말씀하시지 않았는가. 그녀는 『창선감의록』을 훔친 것도 모자라서 스승의 이름까지 욕보이고 있는 것이다.

"당신이 원주에 있다기에 찾아갔었소."

"원주에 잠시 머무르긴 했지요. 허나 곧 흰 사슴을 만나 그곳을 떠났답니다."

"단양에서 당신을 보았다는 사람이 있기에 그곳에도 갔

었소."

"그곳 풍광에 반해 머무를까 고민했지만 파랑새 한 마리
가 길을 재촉하기에 다시 짐을 쌌답니다."

"청산에도 갔던 거요? 남장(男裝) 처녀에 대한 소문이 널
리 퍼졌더군."

"사람 말을 곧잘 하는 원숭이와 함께 시장을 돌며 재주
를 선보였어요. 원숭이가 몹쓸 병에 걸려 죽지만 않았어도
보은이나 영동을 떠돌고 있을지 몰라요."

"진주에서 논개가 부활했다는 칭찬을 들을 만큼 노래 잘
하고 글 잘하는 여인네에 대한 소문을 듣고 찾아갔던 적도
있소. 정식으로 기적(妓籍)에 이름을 올리지는 않았으나 대
단한 솜씨였다더군. 청옥패까지 지녔다고 했소. 혹시 진주
에 머무른 적도 있소?"

"마고할미의 꾐에 빠져 잠시 사내들의 술 시중을 든 적
은 있답니다. 헌데 그곳이 진주였던가요?"

모독의 질문을 그녀는 야릇한 미소와 함께 빠져나갔다.
그는 정말 그녀를 찾기 위해 하삼도를 떠돌았지만, 그녀는
다만 『숙향전』에서 숙향이 다섯 살에 부모와 헤어져 떠돌
아다닌 흔적을 흉내 내고 있을 따름이었다. 모독은 정색을
하고 그녀의 얼굴을 노려보았다.

"『화진전』을 읽어 보았소?"

그녀는 모독의 짧은 물음을 구렁이 담 넘듯 지나쳤다.

"급히 노도로 내려오느라 구해 읽지 못했어요. 사형은 보셨나요?"

때 이른 역습에 잠시 숨을 골랐다.

"보았소."

"어떻든가요?"

"무엇이 말이오?"

"정녕 『창선감의록』과 같은 작품이던가요?"

모독은 답을 미루고 그녀의 얼굴을 노려보았다. 이제 시치미 그만 떼시오. 당신이야. 당신이 아니라면 누가 그런 짓을 하겠는가?

"혹시 사형이 가져가신 건 아닌가요?"

"내가 도둑이라 이 말이오? 난 이미 스승으로부터 『창선감의록』을 한 질 받았었다오."

당신에게 말은 안 했지만!

남채봉이 한 걸음 다가서며 소리 없이 웃었다.

"그랬군요. 사형은 미리 챙길 걸 다 챙겨 놓았었군요. 당신은 참 독한 분이에요. 소녀가 『창선감의록』을 한 번 더 살펴보고 싶어 한다는 사실을 알면서도 끝까지 그 소설을 내놓지 않으셨으니까요. 우리가 백년가약을 맺을 뻔한 사이인 것은 맞나요? 사형은 정녕 소녀를 그 누구보다도 아끼고 사랑했었나요? 그렇게 자주 사랑의 맹세를 하고도 소녀를 감쪽같이 속였군요. 그러고도 모자라 또 이렇게 소녀를 천하의 날도적으로 모는 거군요. 하지만 상관없어요. 소녀는 절대로 그 소설을 훔치지 않았으니까요."

"그렇다면 누구란 말이오?"

"글쎄요. 누군가 있긴 있겠지요. 남의 소설을 훔쳐서라도 자기 이름을 빛내고 싶어 하는 사람이 어디 한두 명이겠어요? 매설가란 그렇게 남의 깨달음을 흉내 내며 자기 것인 양 뽐내는 족속인지도 모르죠. 스승님 자신일 수도 있고 서포 대감일 수도 있고 또 당신일 수도 있고. 허나 소녀는 아니에요. 소녀는 아직 소설을 한 편도 짓지 않았으니까요."

모독이 마른침을 삼킨 다음 쓸쓸하게 물었다.

"당신의 전부를 바치고픈 사내가 있긴 있는 게요?"

"물론 있답니다. 너무 많아서 탈이죠. 진(晉)나라 시절의 정치가 사안석 같은 이를 만난다면 기꺼이 재상의 첩이 될 것이고, 삼국 시절의 곡조를 돌아보던 주공근(주유)이 청하면 당연히 장수의 첩이 될 것이며, 헌종 시절 취중에 청평조를 바치던 이태백 같은 이가 있다면 시인의 아내도 좋겠고, 한나라 때 녹기금으로 봉황곡을 타던 사마상여 같으면 선비를 모실 수도 있답니다. 호호호."

11 | 먹구름을 움직이다

내 굴원의 부를 읽노니
서늘한 바람은 옛날과 같고
깊은 원한은 파도에 깃들어
천년이 지나도 오히려 흐느끼는 듯하네
멀리 떠나는 사람 위하여 말하게 되니
입에서 연하가 퍼져 나오는 것 같네
인간 세상에서 벗어나면
몸은 얼마나 가벼우랴
기쁜 마음은 하늘을 나는 것 같고
슬픈 생각이야 샘물 얼 듯 사라지리
얼음과 숯은 순식간에 변하는 것이고
간과 쓸개는 한가지로 봐야 하네
이 사람은 신의와 충성심이 두터우나
도에 도달하지 못한 것 후회하네
세상을 근심하고 천명을 즐기는 일에 있어
군자는 중절을 귀하게 여겨야 하네

我讀楚臣賦
廻風與往日
幽憤托風濤
千載尙鳴咽
反爲遠游語
口吻烟霞發
脫屨人間世
致身何超忽
陽舒旣天飛
陰慘乃泉結
氷炭變瞬息
肝膽或楚越
斯人信忠厚
於道惜未達
憂世與樂天
君子貴中節

── 김만중, 「송당제만준성사우북(送堂弟萬埈省師于北)」 제6수

주먹눈을 뿌릴 무거운 먹구름이 노량을 건너기 시작하
자 부두에 매어 둔 목선들이 삐걱삐걱 흔들렸다. 겨울만 오
면 먹구름이 사나흘씩 섬을 통째로 집어삼키곤 했다. 어부
들은 다시 햇빛이 들 때까지 기다릴 수밖에 없었다.

쌍돛을 세운 당두리(바다 배) 한 척이 조용히 미끄러져 나

왔다. 백마는 뺨을 때리는 바람을 피하려는 듯 앞다리 사이로 머리를 떨어뜨렸다. 고물 쪽 돛대에 등을 대고 선 어부가 옆구리에 꽂아 둔 담뱃대를 꺼내며 이야기를 늘어놓기 시작했다.

"일단 충렬사에 들르셔야 합죠. 낮에도 그럭저럭 괜찮지만 밤 풍경은 정말 끝내줍니다요. 이락(李落, 이순신 장군이 죽은 바다)의 새벽 공기를 쐬는 것도 색다른 맛이 있습죠. 삶과 죽음의 갈림에 대해 생각하기 딱 좋습니다요. 아침에는 살조갯국을 드십시오. 해삼주를 곁들이면 더욱 좋구요. 이 충무공께서 즐겨 막막각궁을 잡으시던 사대에 서 보는 것도 놓치기 아까운 일입죠. 낮에는 13척 높이의 읍성을 한 바퀴 둘러보십시오. 눈 때문에 산행이 힘겨우실 듯도 하지만 길이 워낙 단단하고 넓어 둘러보는 데는 문제가 없습니다요. 남해 금산 소문은 들으셨죠? 구름도 쉬어 간다는 그 산 아래에서 노래 한 자락 휘감으면 신선이 따로 없습니다요."

두건으로 콧잔등을 가린 사내는 백마의 등을 어루만질 뿐 대꾸가 없었다. 어부는 심기를 건드린 것이 아닌가 싶어 말을 끊었다. 밤바다를 응시하는 사내의 두 눈은 흔들림이 없었다.

노량 앞바다를 건너자고 주막에서 청할 때도 말을 아낀 사내였다.

얼마인가?

어부는 눈이 쏟아질 밤에 일을 나가고 싶지 않다고 했다. 그런데도 사내는 앵무새처럼 물었다.

얼마인가?

평소 뱃삯의 세 배를 불렀다. 처음 남해를 찾는 이들에게는 값을 올리는 것이 상례다. 더구나 오늘은 먹구름까지 몰려오는 밤이 아닌가. 사내는 당장 뱃삯을 내놓았다. 어부는 열 배를 부르지 않은 것을 후회했다. 담뱃대를 입에 문 다음 바지춤에 매달아 둔 차돌멩이 두 개를 꺼냈다. 입안에는 벌써 침이 고였다. 화약을 바른 탓에 살짝 닿기만 해도 불똥이 일었다. 담배부터 한 대 빠는 것이 어부의 오랜 습관이었다. 짧은 담뱃대를 명치까지 내리고 양손으로 익숙하게 차돌멩이를 부딪치자 불꽃이 튀었다. 사내의 칼등이 어부의 손목을 때린 것은 바로 그 순간이었다.

"나, 나으리!"

뒤로 벌렁 쓰러진 어부는 손목을 부여잡고 말을 더듬었다. 부어오르기 시작한 손목보다 사내의 갑작스러운 공격에 놀란 것이다. 해적인가? 당두리만을 노리고 홀로 움직이는 해적이 있다던데, 평소에는 소처럼 과묵하다가도 기회가 오면 번개처럼 검을 쓴다던데, 어부들의 두 눈을 찌르고 코를 베어 간다던데, 그 사람인가?

사내는 어느새 제자리로 돌아가서 말 등을 손바닥으로 톡톡 가볍게 쳤다. 어부는 곧 바람이 전하는 소리를 들었다.

또 빛을 만들면 손목을 잘라 버리겠네. 허튼소릴 하면 혀를 벨 테고.

배가 섬에 닿았다. 사내가 백마를 타고 언덕을 넘은 후에도 어부는 이물에 엎드려 있었다. 화살이 언제 바람을 뚫고 등에 박힐지 모르는 일이다.

사내는 초행길인데도 머뭇거리는 법이 없었다. 충렬사도 살조갯국도 그를 붙들지 못했다. 눈발이 흩날리자 말채찍을 더욱 자주 휘감아 쳤다. 눈을 인 나무들은 말발굽 소리가 다가오자 몸을 떨면서 숨겨 둔 새들을 토해 놓았다. 들짐승이 앞을 가로막기라도 하면 단숨에 급소를 벨 기세였다. 남해 관아 주변을 지키는 군졸들의 모습이 보이지 않았다. 이런 날은 노략질도 힘들고 도둑질도 어려운 법이니 일찌감치 관아로 들어간 모양이었다.

사내는 남해 관아의 대문을 지나서 벽을 끼고 비탈길을 올랐다. 말이 다닐 수 없을 만큼 길이 좁아지자 사내는 말 안장에서 내려왔다. 그의 오른손이 숲을 가리키자 백마는 고개를 끄덕인 후 그곳으로 숨었다.

사내는 길이 끝나는 곳까지 잰걸음을 놀렸다. 전승비처럼 곧게 선 바위에 기대어 어깨의 눈을 털었다. 그 곁에 작은 쪽문이 있었다. 왜구들의 노략질은 임병양란이 끝난 후에도 멈추지 않았다. 남해처럼 큰 섬이 공격당하는 경우는 드물었지만 만반의 준비를 할 필요가 있었다. 출입의 흔적을 지워야 하는 손님을 맞을 때나 위급한 상황에서 탈출하기 위해 이 쪽문이 마련된 것이다.

툭툭툭!

사내는 칼등으로 쪽문을 가볍게 쳤다. 문이 열리자 조족등 불빛이 사내의 발을 감쌌다. 장창을 든 포졸 넷을 뒤로하고 구군복을 갖춰 입은 남해 현령이 한 걸음 앞으로 나섰다.

"어서 오시오. 남해 현령 조상덕이라고 합니다."

사내가 두건을 턱까지 끌어 내린 후 답했다.

"좌포청 종사관 박운동이외다."

조상덕은 공손하게 허리를 숙이며 옆으로 비켜섰다. 박운동이 포졸들 한 사람 한 사람의 얼굴을 쏘아보며 성큼성큼 큰 걸음으로 나아갔다. 현령은 종5품이고 종사관은 종6품이지만 품계의 서열을 따지는 것은 무의미했다. 좌포장 장희재의 오른팔인 박운동과 하삼도 끝 섬의 현령 조상덕의 처지는 하늘과 땅 차이였다. 박운동이 하대를 하더라도 조상덕은 분한 기분을 억누르며 미소로 대했으리라.

무엇 때문에 이곳까지 암행을 왔을까? 혹시 나를 잡아

가두기 위함인가?

"자자, 먼 길 오시느라 수고가 많으셨으니 한잔 받으시지요."

조상덕이 눈짓을 하자 곁에 앉은 관기가 특별히 마련한 치자주를 권했다. 박운동은 앵무배(鸚鵡杯, 앵무조개로 만든 고급 술잔)를 들지 않고 조상덕을 노려보았다.

"주위를 물리시오."

포도청의 죄인 다루듯 아예 명령조였다. 조상덕은 불편한 심기를 감추고 관기를 물러가도록 했다. 발소리가 잦아들자 조상덕은 장검을 풀어 주안상 위에 턱 소리 나게 놓았다. 정성껏 담은 반찬 종지들이 상 아래로 떨어졌다. 조상덕은 저도 모르게 자리에서 벌떡 일어섰다. 아무리 좌포장의 오른팔이라고 해도 어찌 이렇듯 무례하단 말인가. 박운동은 고개를 들지도 않고 짧게 물었다.

"풍문이 사실이오?"

풍문?

뒷골이 서늘해졌다. 설마설마하던 예감이 맞아떨어진 것이다. 자신에 대한 나쁜 소문이 좌포장의 귀에까지 흘러 들어갔고, 그것을 따져 벌하기 위해 종사관이 내려왔다면 참으로 큰일이 아닐 수 없었다. 박운동이 주안상 위의 장검을 내려다보며 다시 물었다.

"사실이오 아니오?"

더 이상 입을 닫고 버티기가 힘들었다. 아침에 연통을 받았을 때부터 준비한 답을 꺼냈다. 차근차근 자신을 방어하기 위함이었다.

"누가 어떤 풍문을 전해 올렸는지는 모르겠으나 이 사람은 맡은 바 소임에 최선을 다하였소이다."

"최선!"

박운동이 최선 두 글자를 메아리로 돌려 씹었다.

"그대는 이런 짓을 하고도 최선이라고 하오? 잘 들으시오. 좌포장께서는 그대의 목을 가져와도 좋다 하셨소."

목을 가져간다?

조상덕의 얼굴이 흙빛으로 바뀌었다. 죽음이 코를 쥐고 선 형국이었다.

"나, 나는 한 번도 좌포장의 명을 어긴 일이 없소이다."

철마다 진기한 어패류를 당두리 가득 갖다 바쳤고 닷새에 한 번씩은 노도의 동태를 은밀히 적어 좌포청에 전했다. 박운동이 오른팔을 들어 장검을 쥐었다. 당장이라도 뛰어올라 조상덕의 목을 벨 눈빛이었다.

"남해가 서포의 나라가 되었다는 것이 거짓이란 말인가? 남해 현령이 노도의 늙은이를 각별히 모신다는 밀서가 열 통도 넘게 올라왔소."

"아니오. 누가 그런 벼락 맞을 소릴 한 게요? 서포가 노도와 남해를 오가는 것은 좌포장께서도 허락하신 일이외다. 결코 그에게 특별한 배려를 한 적은 없소."

"그에게 가는 서찰과 그로부터 나오는 서찰을 일일이 검찰하였소?"

"그렇소이다. 빠짐없이 살펴 좌포청에 알렸소이다."

"빠짐없이?"

박운동이 다시 빠짐없이라는 단어를 물었다.

"장담할 수 있소이까? 하나도 빠진 것이 없다는 것을."

마른침을 꿀꺽 삼켰다. 육지에 전할 서찰은 미리 보여 주십시오 청했을 때 김만중은 흔쾌히 승낙했다. 혹시나 하는 마음에 한 달에 한 번씩 노도에 사람을 넣어 김만중의 집을 뒤졌지만 밀서는 없었다. 그러나 열 명의 포졸이 한 명의 좀도둑을 잡지 못한다고 하지 않는가. 김만중이 마음만 먹는다면 얼마든지 은밀하게 서찰을 내보낼 수 있었다. 그에게 가르침을 받는 향교의 선비들에게 도움을 청할 수도 있고 웃돈을 듬뿍 얹어 어부들을 매수할 수도 있는 것이다.

"무, 문제가 생겼소? 나로서는 최선을……."

"또 그 망할 놈의 최선!"

박운동이 말허리를 잘랐다. 손바닥으로 앞가슴을 쓸며 말했다.

"노도의 늙은이가 한양에 보낸 서찰이 이 안에 있소. 이것을 현령에게 보이는 순간 곧 현령의 목을 취하게 될 것이오. 보겠소?"

"……."

조상덕의 두 눈에 핏발이 섰다. 박운동은 오른손을 가슴으로 가져가다 말고 다시 말했다.

"좌포장께서는 남해 현령이 이 모든 사실을 알고도 눈감아 준 것이 아닌가 의심하고 계시오. 우암이 사사되었다는 소식을 현령도 들었을 게요. 지금 노도의 늙은이 편에 서는 것은 자진해서 사약을 받겠다는 것과 다르지 않소."

"아, 아니오. 나는 결코 우암이나 서포의 편이 아니오이다."

"무엇으로 그 말을 믿으란 것이오? 이미 그대는 좌포장의 믿음을 저버렸소."

"서포를 노도에 완전히 가두리다. 대나무 울타리를 둘러 옴짝달싹 못 하게 하리다. 누구도 내 허락을 받기 전에는 노도에 발을 딛지 못하게 하리다. 또……."

시키는 일은 무엇이든지 하겠다는 말이 혀끝까지 올라왔다. 혹시 내게 서포를 척살하라는 명을 내리기 위해 온 것이 아닐까? 좌포장이라면 능히 그러고도 남을 위인이다. 우암을 따르는 젊은 학인들 중에서 쥐도 새도 모르게 실종된 이가 열 명이 넘는다지 않는가. 우암에게 사약을 내리라는 어명을 재삼 살펴 달라는 연명 상소를 준비하던 중에 일어난 일이었다. 범인도 실종자도 찾을 수 없었지만 세상 사람들은 모두 좌포청을 의심했다. 박운동이 천천히 고개를 저었다.

"그렇게 몰아서야 어디 저 늙은이의 역심이 드러나겠소?"

"역심!"

좌포장의 뜻이 분명하게 전해졌다. 역모에 연루된 자는 누구든 죽음을 면하기 어렵다. 김만중이 노도에서 정말 역모를 꾸몄다면 그를 검찰하여야 하는 남해 현령도 무사할 수 없다. 최소한 삭탈관직되어 원방에 유배될 일이다. 억울하다. 그리고 그 억울함을 씻기에는 시간이 없다.

"종전처럼 편안하게 내버려 두시오. 노도의 늙은이에게 의심을 사면 아니 되오."

"알겠소이다."

박운동이 천천히 자리에서 일어섰다.

"밤이 깊었소이다. 쉬이 그칠 눈도 아니고 객관에 잠자리를 마련해 두었으니……."

"앞으로는!"

박운동이 말을 끊고 조상덕을 노려보았다.

"미루어 짐작하지 마시오. 이런저런 준비는 거추장스러울 뿐이외다. 한 가지만 약조해 주오. 노도의 일로 군졸들이 필요하면 즉시 도와줄 수 있겠소?"

"물론입니다."

"그거면 되었소. 이제 자주 이곳에 들를 듯하오. 그때마다
호들갑을 떨면 소문이 새어 나가지 않겠소? 내가 청하기 전
에는 모른 척하오. 현령과 함께 밥을 먹거나 객관에서 잠을
자는 일은 없을 게요."

"명심하겠소이다."

박운동이 방을 나서며 마지막으로 물었다.

"노도로 가는 배가 있겠소?"

"바람이 거세고 파도가 높습니다. 내일 날이 밝을 때……."

박운동이 앞니로 아랫입술을 깨물자 조상덕이 양손으로
제 입을 막았다.

"내가 노도를 내왕했다는 사실을 무덤까지 가지고 갈 사
공이 있소?"

조상덕이 양손을 목젖까지 내리며 간사하게 웃었다.

"보지도 듣지도 말하지도 못하는 사공이 대기하고 있
지요."

"보지도 듣지도 말하지도 못한다? 그런 몸으로 어찌 배
를 몬단 말이오?"

"이 사람 역시 그것이 궁금합니다. 허나 탁월한 사공임
에는 틀림이 없소이다. 비가 오나 눈이 오나 하루에도 몇

번씩 노도를 오가고 있어요. 부두에 가서 흑암(黑巖)을 찾으시오. 배에서 먹고 자니까 만나기는 어렵지 않을 겁니다."

흑암!

말을 타고 달리는 동안 박운동은 그 이름을 서너 차례 불러 보았다. 눈이 먼 사람에게 썩 잘 어울리는 이름이었다. 두 팔로 금강산을 오른 앉은뱅이 이야기는 들었지만 눈 먼 사공은 처음이었다.

하루라도 늦으면 중궁전에서 불호령이 떨어질 것이야.

박운동은 남해 현령을 믿어 보기로 했다. 역심 운운하며 위협하였으니 좌포장의 명이라면 죽는 시늉이라도 낼 것이다.

눈발이 점점 거세어졌지만 흑암의 야거리를 찾기는 어렵지 않았다. 늘어선 배들 사이로 불빛 한 점이 흘러나왔던 것이다. 그것은 흑암을 위한 등불이 아니라 밤에라도 노도로 가고픈 손님을 위한 빛이었다. 박운동이 백마와 함께 배에 오르려고 하자 흑암이 앞을 막아섰다.

이놈이!

박운동은 움찔 몸을 떨며 흑암을 노려보았다. 움푹 팬 눈꺼풀 위로 검은 눈곱이 때처럼 끼었고 불에 덴 흉터가 이마에서 콧잔등까지 뻗어 내렸다.

심하게 다쳤나 보군. 눈을 잃은 것도 그 때문일까?

반보 왼편으로 걸음을 옮기자 흑암도 몸을 돌려 그쪽을

바라보았다. 들을 수는 없지만 발바닥의 미세한 떨림으로 손님이 찾아온 것을 감지한 것이다. 흑암은 다짜고짜 손을 앞으로 쭉 내밀었다. 박운동이 그 위에 뱃삯을 놓자 휙 뒤 돌아서서 부두로 올라갔다. 배가 떠내려가지 않도록 말뚝에 묶어 둔 줄을 푼 다음 다시 이물로 돌아왔다. 눈 밝은 사람도 앞뒤를 살피기 힘든 밤이었지만 조금의 망설임도 없이 손을 움직이고 발을 뻗었다.

대단해! 온몸에 눈이 달린 것 같군. 저런 사내가 앞까지 본다면 뱃전을 날아다니겠어.

배는 부두를 벗어나기도 전에 요동을 쳤다. 집채만 한 파도가 정면에서 이물을 때렸던 것이다. 배가 핑그르르 돌자 말이 앞발을 들고 긴 울음을 토했다. 박운동이 백마를 진정시키는 동안 흑암은 야거리의 균형을 잡았다. 말 울음이 그치는 것과 동시에 배도 바람과 파도의 흐름을 타고 앞으로 나아가기 시작했다.

그래, 이런 밤엔 차라리 눈이 없는 편이 낫겠어.

성난 파도를 보면 누구라도 겁을 집어먹을 것이다. 가슴에서 등으로, 등에서 가슴으로 다가오는 바람의 변화를 온몸으로 느끼며 발바닥으로 버텨야 했다. 흑암은 가끔씩 양손을 하늘 높이 뻗어 바다의 기운을 읽는 듯했다. 오랫동안 무예를 연마한 박운동이지만 불규칙하게 흔들리는 배 위에서는 몸을 추스르기 어려웠다. 속이 부글부글 끓어오르며 신물이 넘어왔다. 옆구리가 결리면서 무릎이 꺾였고 두 발목이 비틀리면서 앞으로 고꾸라지기까지 했다. 흑암이 재빨리 오른팔을 뻗어 목을 감지 않았다면 바다에 떨어졌을 것이다.

"휴우!"

저 바다에 빠졌더라면? 생각만 해도 눈앞이 아찔했다. 제멋대로 날뛰는 파도에 휩쓸려 사라졌으리라.

"고마우이!"

인사말을 뱉은 후 피식 혼자 웃었다. 귀머거리가 그의 인사를 들을 리 없었다. 흑암은 벌써 저만치 물러나 흔들리는 돛대를 붙잡고 섰다. 하나뿐인 돛대가 꺾이면 배를 움직일 수 없는 법이다. 박운동은 기다시피 흑암에게 다가갔다. 그리고 함께 돛대를 부여잡았다. 흑암의 입가에서 엷은 미소를 본 것은 환각이었을까.

배가 노도에 닿을 즈음 굵은 눈은 어느새 가랑비로 바뀌었다. 먹구름이 남쪽으로 빠져나가기가 무섭게 날이 밝아왔다. 동쪽 섬들 근처가 불그스름해지더니 아침 해가 쑥 올라왔다. 거짓말처럼 비바람도 멈추고 파도도 잦아들었다. 박운동이 백마와 함께 배에서 내리자 흑암은 이물과 고물을 오가며 지난밤에 부서지고 떨어져 나간 배를 고치기 시작했다. 잠시도 쉬지 않고 일하는 모습이 철인 같았다. 박운동이 노도를 떠날 때는 좀 더 안전하게 모시겠다는 의지의 표시인 듯도 했다.

섬 위로 완전히 올라온 해를 확인한 박운동은 말채찍을 급히 휘둘렀다. 약조한 시간이 지난 것이다. 야트막한 언덕을 넘어 숲으로 들어섰다. 지난밤 강풍으로 부러지고 뽑힌 나무들이 앞길을 막아섰다. 그때마다 백마는 앞발을 들어 장애물을 껑충 뛰어넘었다.

숲이 끝나는 곳에 한 사내가 오돌오돌 떨며 서 있었다. 도롱이를 썼지만 온몸은 비에 젖은 지 오래였다. 양손을 포개어 소매 속에 넣고 불안한 눈으로 계속 주위를 살폈다. 어젯밤 김만중의 눈을 피하여 적어 내린 서찰이 왼 손목을 간지럽혔다. 젖지 않도록 종이로 싸고 또 쌌지만 혹시 먹이 번지지나 않을까 걱정이었다.

먼저 사내를 발견한 박운동은 말에서 내려 주변을 한 바퀴 돌았다. 인기척이 없음을 확인한 다음에도 밤나무 뒤에 서서 잠시 사내를 훔쳐보았다. 기다리기에 지친 모독이 뒤돌아서는 순간 박운동이 쓰윽 앞으로 나서며 그의 어깨를 짚었다.

"열 번째 구름은 찾았는가?"

12 | 당신에게 소설은 어떤 존재인가

나는 본디 학문을 좋아하면서도 잡기를 더욱 좋아하여 이 책을 빌려 와서 깊이 생각을 두며 세세히 읽어 보았는데 누가 전사한 것인지는 알 수 없었다. 그러나 간혹 군더더기 글자가 있고 틀린 글자가 많은 데다가 빠진 글자도 있어 문리가 통하지 않고 문맥이 잘 이어지지 않았다. 그리 하여 문장이 의미를 손상하고 의미가 문장을 해치는 곳이 꽤나 많았다. 이런 까닭에 간혹 내 뜻을 붙이기도 하고 여러 책을 상고하여 그 번잡한 곳을 삭제하고 틀린 글자를 고치며 빠진 글자는 채워 넣었다. 그러고 나 니 문리가 이어지고 상세할 곳과 간략할 곳이 서로 이어져서 글이 매우 명백하고 뜻이 아주 잘 통하게 되었으니 알기 어렵고 의아한 곳이 있겠는 가. 또 문리가 갖추어지지 않은 사람이 구절을 끊기 어려워 아래위를 붙 여 읽을까 염려되기에 통하기 어려운 곳이나 알지 못할 곳에 점을 찍고 구절을 끊어 후일의 독자를 기다리노니 아마도 이에 유익함이 있을 것이 로다.

— 김집, 『신독재 수택본 전기집(愼獨齋 手澤本 傳奇集)』 발문

"잠시만 기다리시오소서."

월대까지 나온 중궁전 상궁이 좌포장 장희재를 막아섰 다. 마음에 들지 않는 대신을 내치는 경우는 있었지만 하나 뿐인 오라비와의 만남을 미룬 적은 없었다.

"무슨 일인가? 저 소리는 또 무엇이고?"

중궁전에서 여인네의 비명이 새어 나왔던 것이다. 손으 로 입을 막았음에도 밀려오는 고통을 참지 못하는 듯했다.

중궁전 상궁이 한 걸음 다가서서 귀엣말을 했다.

"나인들을 엄히 꾸짖고 계시옵니다."

중전이 직접 나인들을 다스리는 것은 흔치 않은 일이다. 상궁에게 명하여 체벌을 주는 관례를 어길 만큼 노여움이 큰 것이다.

보통 일이 아닌 게야. 내명부의 으뜸이 되신 후로는 기쁨도 슬픔도 묻어 두던 마마가 아니신가.

장희재는 오른손을 들어 수염을 쓸었다. 물러갔다 다른 날 다시 올까 하다가 고개를 저었다. 노도의 일이라면 낮밤 상관없이 가장 먼저 알려 달라 하시지 않았는가. 하루라도 늦은 것을 알면 크게 노여움을 사리라. 이럴 때일수록 더욱 마마를 가까이에서 살펴 드려야 한다.

비명이 차츰 잦아들었다. 부러진 회초리를 든 상궁의 뒤를 따라 나인들이 부축을 받으며 나왔다. 회초리를 맞은 종아리에서 피가 뚝뚝 떨어졌다. 그중 하나는 뺨까지 맞았는지 왼쪽 볼이 벌겋게 부어올랐다.

"중전마마! 좌포장 입시시옵니다."

"드시라 하여라."

장희재는 험험 헛기침을 두 번 뱉은 후 방으로 들어섰다. 피 묻은 회초리 다발이 눈에 먼저 띄었다. 중전의 서안에는 서책이 어지럽게 쌓여 있었고 찢겨 나간 종이 뭉치들이 그

곁을 뒹굴었다. 좌포청에서 은밀히 사들인 소설이었다.

"마마! 마음을 편히 하시오소서. 옥체 상하실까 염려되옵니다."

위로의 말부터 건넸다. 그녀는 시선을 내린 채 긴 한숨을 몰아쉬었다. 장희재는 고개를 들어 그녀의 붉은 입술을 쳐다보며 속으로 다짐했다.

말씀하시오소서. 마마! 신은 마마를 위해 신명을 바칠 것이옵니다. 마마를 위해서라면 무슨 일이라도 하겠나이다.

중전의 입술 사이로 흰 앞니가 얼핏 보였다.

"소설이 내게 얼마나 좋은 벗인가는 좌포장께서 더 잘 아실 겁니다."

"예예, 알구말구요."

장희재는 갑작스러운 소설 이야기에 어리둥절했지만 무조건 맞장구를 쳤다.

"궁궐에 들어오기 전부터 세책방을 돌며 많은 소설을 읽지 않으셨사옵니까? 좋아하는 대목을 만나면 밤을 새워 옮겨 적으시던 마마의 모습이 눈에 선하옵니다. 궁궐에 드신 후 자의대왕대비(慈懿大王大妃, 인조의 계비 조 씨)의 괴임을 받으신 것도 낭랑한 음성으로 소설을 읽어 드렸기 때문이 아니옵니까? 우암의 무리에게 모함을 받아 사가로 나오셨을 때도 소설을 읽으며 치욕의 날들을 참으셨나이다."

"맞습니다. 역시 좌포장은 내 마음을 아시는군요. 중전이 지나치게 소설을 좋아하여 세책방의 소설을 사들이는 데 나랏돈을 헛되이 쓴다고 한다지요? 허나 소설을 사는 것이 어찌 헛된 일이겠습니까? 옳은 말만 잔뜩 담긴 공맹의 서책보다는 옳은 것과 그른 것이 서로 부딪쳐 싸우는 소설이 백성들의 어려움과 기쁨, 눈물과 한숨을 더 잘 드러냅니다. 물론 그중에는 돈만 노리고 악한 마음만 담는 소설도 있지요. 그런 벌레 같은 소설을 골라내기 위해서라도 읽고 정리해야 하는 겁니다. 그 많은 소설을 누가 살필 수 있겠습니다? 여염집에서 혼자 힘으로는 불가능하지요. 그래서 내가 나선 겁니다. 궁궐의 나인들 중에는 제법 글눈이 밝고 글씨를 또박또박 쓰는 아이들이 적지 않지요. 그들에게 허드렛일만 시킨다는 것은 참으로 안타까운 일입니다. 그래서 소설을 사 모으고 내명부에 속한 후궁과 종친의 부인들이 읽기에 적합한 작품을 뽑아 필사를 시켰던 겁니다."

"지당하신 말씀이시옵니다. 소설을 모아 정리하는 일 또한 쉬운 일이 아니옵니다. 마마가 아니시면 누가 감히 그 일을 시작했겠사옵니까?"

"좌포장의 도움도 컸어요. 덕분에 이젠 방 안 가득 채우고도 남을 만큼 소설을 모았답니다. 허나 진정으로 탁월한 작품은 드뭅니다. 그것이 안타까울 따름이에요."

장희재가 종이 뭉치를 슬쩍 살피며 물었다.

"하온데 마마! 어찌하여 회초리를 드셨사옵니까?"

중전이 두 눈을 또릿또릿 뜨고 답했다.

"맞을 짓을 했지요. 여길 보세요."

그녀가 서안 왼편에 놓인 서책을 펼쳤다. 『소현성록』이
었다. 깨끗하고 둥글둥글한 궁체가 눈에 쏙 들어왔다. 무엇
이 중전을 분노하게 만들었는지 알 수 없었다.

"저 아이들은 하루에 쉰 장씩 소설을 필사해야 합니다.
아침부터 시작하면 해가 지기 전에 마칠 수 있는 분량이지
요. 저녁에는 따로 불러 맛난 음식도 먹이고 철이 바뀔 때
마다 비단을 내려 그 수고로움을 보살폈어요. 헌데 이걸 보
세요. 여긴 분명히 열다섯 줄인데 여기부터는 열네 줄이 되
고, 또 여기부터는 열세 줄이 아닙니까?"

세로로 이어 쓴 글씨가 조금씩 커지면서 줄 수가 줄어든
것이다. 손으로 일일이 세어 보지 않고는 그 차이를 알 수
없을 만큼 교묘했다.

"또 여길 보세요. 아예 한 대목을 완전히 빼먹었습니다.
또 이쪽은 어떤가요. 열일곱 장을 단 두 장으로 줄여 버렸
습니다. 팔이 아팠답니다. 그게 말이나 되는 소립니까? 고
이헌 것들! 은혜도 모르는 것들!"

장희재는 고개를 숙이고 깊은숨을 몰아쉬었다. 소설 때

문에 화가 났다면 불행 중 다행인 것이다.

"마마! 듣고 보니 참으로 치도곤을 당하고도 남을 일이옵니다. 어찌 회초리만으로 그치셨나이까? 좌포청으로 나인들을 내려 주시오소서. 뼈 마디마디에 지은 죄를 새기도록 하겠나이다."

중전이 고개를 저었다.

"아닙니다. 소행을 생각하면 당장 궁에서 내쫓고 싶지만, 지금 그 아이들이 없으면 새로 사들인 소설을 정리할 수 없어요. 휘갈긴 글씨를 살피고 『통감』이나 사서에 나오는 고사를 익히도록 하려면 적어도 1년은 걸린답니다. 따끔하게 혼을 내었으니 다시는 중궁전을 기망하는 일은 없겠지요. 하여튼 문젭니다. 제대로 된 소설이 점점 줄어들고 있어요. 문장의 그윽한 향기를 맡을 수 없습니다. 돈을 듬뿍 쥐여 주고 소설을 짓게 해도 이런 멋진 시가 나오지 않아요."

그녀는 미리 간지를 끼워 두었던 부분을 펼쳐 장희재에게 내밀었다. 언문 궁체가 거기서도 빛을 발하였다.

버들이 푸르러 베를 짜는 듯하니
긴 가지 그림 속 누각에 떨쳤도다
원컨대 그대는 부지런히 심어라
이 나무 가장 풍요로우니라

버들이 자못 푸르고 푸르나니

긴 가지 빛난 기둥에 떨쳤도다

원컨대 그대는 부질없이 꺾지 마라

이 나무 가장 정이 많으니라

　　　　　　　　　　　— 김만중, 『구운몽』

"이, 이것은 양소유가 진채봉을 처음 만났을 때 읊은 「양류사(楊柳詞)」가 아니옵니까? 어이하여 서포의 소설 『구운몽』을 가까이 두고 읽으시는 것이온지요?"

중전이 장희재의 놀란 얼굴을 살피며 답했다.

"지은이가 누구든 『구운몽』은 최고의 소설입니다. 감탄이 절로 나와요. 이렇게 재주가 뛰어난 사람이 왜 하필 반대편에 선 것인지. 지금이라도 지난날을 뉘우친다면 함께 소설을 정리하고 싶답니다."

"마마!"

"알아요. 서포 이 사람은 우암보다도 더 나를 미워한다지요? 오죽하면 중궁전을 비방하는 소설을 쓴다는 풍문까지 돌았을까? 좌포장! 나는 두렵답니다. 이렇듯 아름다운 문장으로 사람들의 마음을 빼앗아 내 가슴을 찌르지나 않을지."

"심려 마시오소서. 그런 일은 없을 것이옵니다. 신이 목숨을 걸고 막을 것이옵니다."

중전이 천천히 고개를 끄덕였다. 중궁전의 주인이 된 후로는 바깥 세상을 향한 그리움이 더욱 커졌다. 권세도 좋고 영화도 좋지만 세책방에서 마음에 드는 책을 고르고 작은 방에서 밤을 새워 소설을 읽는 즐거움은 희미해져 갔던 것이다. 깨끗하게 궁체로 옮긴 소설을 늘 가까이 두고 읽었으나 예전의 그 맛이 아니었다. 아! 내가 운영이라면, 진채봉이라면, 숙향이라면 얼마나 좋을까. 소설을 읽어 가노라면 그녀들의 고생과 불행까지도 가지고 싶었다. 그녀들의 사랑, 그녀들의 눈물, 그녀들의 행복을 상상하고 또 상상했다. 직접 소설의 여주인공이 되어 하늘과 땅을 누비는 꿈을 꾼 적도 있었다. 모독이 돌아오면 내가 직접 등장하는 소설을 한 편 지어 달라고 하리라. 가장 높은 곳에서 가장 낮은 곳까지 파란만장한 삶을 누비며 다양한 면모를 드러내는 여자면 좋겠지. 모독은 틀림없이 그런 여자로 나를 소설 속에 담을 수 있을 것이야.

"그건 그렇고 노도의 일은 어찌 되었는지요? 아직도 소식이 없습니까?"

"지금 막 밀서가 올라왔나이다."

장희재가 품에서 서찰을 꺼내 양손으로 잡고 공손히 내밀었다. 중전은 급히 서찰을 받아 펼쳤다. 한 자 한 자 정성껏 써 내려간 모독의 낯익은 언문 글씨가 그녀의 눈으로 성큼 들어왔다.

　무사히 노도에 도착하였나이다.

　노옹이 부두까지 마중을 나왔기에 기쁨이 배로 커졌나
이다. 그가 거처하는 초옥은 비가 새고 별이 보일 만큼 낡
았사옵니다. 식은 밥 한 덩이에 간장 한 종지로도 거뜬히
하루를 나고 있나이다. 아직 소설에 관한 이야기는 나누지
못하였사옵고 특별히 새로운 작품을 짓는 흔적은 발견하지
못하였나이다. 다만 그동안 소생이 지은 작품에 대한 간평
을 하루에도 서너 차례 이어 가고 있사옵니다. 노옹은 여전
히 눈빛이 날카롭고 가슴은 크고 따뜻하나이다. 소설을 읽
을 여유가 없었을 것임에도 불구하고 소생의 작품에 대한
평은 날카롭고 정확하나이다. 무사히 도착하였다는 것을
다시 알려 드리오며 오늘은 이만 줄이겠사옵니다.

　보내는 사람도 받는 사람도 적혀 있지 않았다. 그녀가 원
하는 내용은 없었다. 정말 김만중이 무엇인가를 쓰고 있다
면, 중전을 단숨에 궁지로 몰 소설이라면 그렇게 쉽사리 모
독에게 내어놓지는 않으리라. 김만중이 모독을 마중 나왔
다는 것만 해도 밝은 징조였다. 모독에게 무슨 도움을 청할
것인가. 소설을 짓는 일과 관련된 것이리라. 장희재가 중전
의 표정을 살피며 조심스럽게 입을 열었다.

"마마! 너무 심려치 마시오소서. 곧 좋은 소식이 올 것이옵니다. 만에 하나 일이 여의치 않더라도……."

"여의치 않으면 어찌하겠다는 건가요?"

"쥐도 새도 모르게 덮을 수 있사옵니다."

김만중을 암살하겠다는 뜻이다.

"아니 됩니다. 저들에게 반격할 그 어떤 빌미도 주어서는 아니 됩니다. 은밀히 벨 요량이었다면 우암에게 사약이 내렸을 때 벌써 일을 도모했겠지요. 저들을 만만하게 보면 큰코다쳐요. 완벽한 증거를 잡아야 합니다. 단숨에 쓸어버릴 결정적인 증거를!"

"알겠사옵니다. 노도에 따로 전할 말씀이 있으시옵니까? 하명하시오소서."

"지나치게 서두르지 말라 이르세요. 듣자 하니 노모가 세상을 뜬 후에 서포도 몸이 많이 약해졌다고 합니다. 몸이 아프면 마음이 흔들리고 허점이 보이는 법입니다."

"알겠사옵니다. 그리 전하겠사옵니다."

"서포의 주변은 어떠하다던가요?"

"남해 현령 조상덕이 알려 온 그대로이옵니다. 서포는 노도에서 주로 생활하며 가끔 남해로 나와 시골 선비들과 담소를 나누거나 서책을 구하여 돌아간다 하옵니다."

"어떤 서책을 구하여 읽는다던가요?"

"노도에 도착한 날부터 『주자어류』를 가까이 두며 당시와 송시를 모은 서책을 읽는다 하옵니다."

"소설은 아니 읽는답니까?"

"그러하옵니다. 소설은 단 한 권도 가까이하지 않는다 하옵니다. 그 점이 오히려 더 이상하옵니다. 서포 형제와 그 어미는 패관기서를 즐겨 읽는 것으로 이름이 높지 않았사옵니까? 필시 우리를 안심시키기 위해 일부러 소설을 멀리하는 것이라 사료되옵니다."

"서포의 아들은 여전히 내왕하고 있지요?"

"그러하옵니다. 주상 전하의 하해와 같은 은혜로 죄인의 몸인데도 육친의 정을 직접 만나 이어 가고 있사옵니다."

"그 외에 누가 노도를 드나드는가요?"

"서포가 귀양을 가기 전부터 노도에 살던 어부들이 다섯 가구 스무 명 남짓 있사옵고 가끔 청소와 빨래를 위해 남해 관아에서 계집을 부리고 있다 하옵니다."

중전의 두 눈이 먹이를 발견한 맹수의 그것처럼 번뜩였다.

"청소와 빨래를 위해 드나드는 계집이라! 그 계집의 이름이 무엇입니까?"

예측하지 못했던 질문을 받은 장희재의 얼굴이 벌겋게 달아올랐다.

"그, 그것까진······ 관아에서 잡일이나 하는 천것인지라……."

"관아의 천것임을 좌포장이 직접 확인하였습니까?"

"아, 아니옵니다. 다만 흔히 그런 일은……."

"좌포장!"

중전이 그의 말을 잘랐다. 친오누이 사이라고 해도 실수는 용납할 수 없다.

"예, 마마!"

장희재는 더욱 공손하게 머리를 숙였다.

"지금 당장 그 계집의 이름이 무엇이고 그 애비 에미가 누구인지 확인하세요. 또 한 번 지레짐작으로 일을 처리한다면 더 이상 좌포장에게 이 일을 맡길 수 없습니다."

"마마! 다시는 그런 일이 없을 것이옵니다."

"한양에서 노도까지는 천 리가 넘습니다. 여기서 일어난 일을 노도의 김만중이 알 수 없듯이 노도에서 일어난 일을 우리가 정확히 아는 것도 매우 어려워요. 작은 움직임 하나라도 놓쳐서는 아니 된다 이 말씀입니다. 아시겠습니까?"

"명심하겠사옵니다."

중전의 안색이 다소 누그러졌다. 노도의 일은 장희재의 힘을 빌려 처결할 수밖에 없음을 누구보다도 잘 알고 있던 것이다.

"누가 중궁전을 지켜 주겠습니까? 지금은 내 발아래 머리를 조아리는 대신들도 언제 이 가슴을 향해 칼날을 들이밀지 모르는 일입니다. 내게는 오라버니뿐이에요. 아시겠습니까?"

'오라버니'란 말이 귀에 쏙 들어왔다. 뜨거운 기운이 식도를 타고 입안으로 치밀어 올라왔다. 피는 물보다 진하다고 했던가. 결국 중전마마도 나 장희재만을 믿고 의지하시는 것이다. 암, 내가 누군가. 어릴 적부터 누이동생을 업어키운 오라비가 아닌가.

"마마! 심려 마시오소서. 신의 목이 잘리고 뼈가 바스라지더라도 중전마마를 지켜 드릴 것이옵니다. 신만 믿으시오소서. 신이 있는 한 그 누구도 중궁전을 넘보지 못할 것이옵니다."

장희재는 예를 갖추고 중궁전을 물러났다. 월대로 내려선 후 허리를 쭉 펴고 푸른 겨울 하늘을 우러렀다.

올해까지만 기다려 보자. 한두 번 더 서찰을 받으면 그곳 사정을 완전히 알게 될 터! 무작정 세월만 보낼 수는 없지. 모독에게서 새로운 소식이 올라오지 않는다면 움직여야 한다. 올해는 김영하의 일로 재수가 없었지만 내년엔 달라질 게야. 쉽게 찾을 것을 어렵게 헤매는 건 아닐까? 어쨌든 그 소설은 내 손에 먼저 들어와야 해. 그래야 오누이의 정도 더욱 돈독해질 것이므로.

13 │ 가여운 인간, 최척

옥영은 즐거움이 다하면 슬픔이 온다는 것을 아는지라, 처연히 최척의 손을 잡고 눈물을 흘리면서 말했다.

"인간 세상에는 뜻하지 않는 변고가 있고, 좋은 일은 귀신이 시기하는 법입니다. 우리가 일생을 살아가는 동안에 몇 번이나 헤어지고 다시 만날지 기약하기 어렵습니다. 저는 항상 이것이 근심스러워 마음이 절로 슬퍼지곤 합니다."

최척이 눈물을 닦아 주며 위로하여 말했다.

"굽었다가 펴지고 가득 찼다가 텅 비게 되는 것이 천도의 항상된 이치요 길흉과 회한은 사람이 살아가는 동안 당연히 겪을 일일 것이오. 만약 불행히 하늘에서 부여한 운명을 맞이하게 되더라도 어떻게 슬픈 처지를 한탄하면서 몸과 마음을 게을리할 수가 있겠소? 부질없는 근심과 고민으로 즐거운 마음을 해칠 필요는 없소."

— 조위한, 『최척전(崔陟傳)』

임신년(壬申年, 1692년) 새해가 밝았다.

김만중의 몸은 세배도 받을 수 없을 만큼 약해졌다. 해수(咳嗽, 기침)가 심해 밤잠을 설치는 날이 늘었고 혈담(血痰, 피가 섞인 가래)까지 토했다. 뭍으로 나가 약을 지어 오겠다고 했지만 김만중이 한사코 막았다.

"약은 무슨! 내 병은 내가 아네. 한 며칠 쉬면 나을 게야."

동짓달부터 백능파가 아침저녁으로 드나들며 밥을 짓고 청소를 했다. 김만중도 그녀가 모독과 정혼한 사이임을 안

후로는 내왕을 금하지 않았다. 사내 둘이 머물게 되었으니 살피는 손길이 필요하기도 했지만, 정작 그녀를 받아들인 이유는 그녀가 조성기를 도와서 『창선감의록』을 지었다는 사실을 알았기 때문이다. 조성기와 모독이 인정할 만큼 소설에 해박하다면 가까이 두고 도움을 받아야겠다고 생각한 것이다. 김만중의 태도가 한결 너그러워진 것을 눈치챈 백능파는 열흘 전 대숲 뒤에 터를 닦아 작은 초가를 짓고 노도에 눌러앉았다. 김만중은 알고도 모른 체했다.

모독과 어떤 사이냐고 김만중이 물었을 때 그녀는 순순히 정혼한 사이라고 답했다. 그 약속이 아직도 변함이 없느냐고 다시 묻자 그녀는 양 볼에 보조개를 만들며 고개를 끄덕였다.

"아버지가 정한 배필과 혼인하는 것은 당연한 일이에요."

그녀는 조성기의 양녀로 행세했다. 조성기가 그녀를 아낀 것은 사실이지만 양녀로 받아들인 것은 아니다. 모독은 그녀가 혼약을 깨지 않은 것만도 다행이라고 여겼다. 친딸처럼 아끼셨으니 양녀라고 해도 스승의 이름을 더럽히는 것은 아니리라. 이 남해의 작은 섬에서 백능파가 조성기의 양녀라고 주장한들 그 누가 알겠는가. 김만중은 속히 혼인 날짜를 다시 잡는 것이 어떻겠느냐고 물었다. 그것은 모독의 바람이기도 했다.

조금만 더 주의를 기울였다면 김만중은 그녀의 뺨을 스치는 쓸쓸한 기운을 알아차렸으리라. 모독과의 재회도 싫지는 않았지만 출입할 수 없었던 김만중의 방에서 그와 눈을 맞출 수 있다는 사실이 더 기뻤다. 이 혼인이 모독이 아닌 당신 서포 대감과의 백년가약이라면 얼마나 좋을까요? 그러나 그것은 이루어질 수 없는 헛된 미련에 가까웠다. 그 사실을 알기 때문에 그녀의 눈길이 더욱 김만중에게 쏠리는지도 몰랐다.

모독은 그녀와 눈을 맞출 수 없었다. 이 방으로 들어서는 순간부터 그녀는 오직 김만중만을 쳐다보고 있었다. 혹시……? 불길한 예감이 뇌리를 스쳤지만 모독은 이내 고개를 저었다. 그녀는 나의 아내가 될 사람이다. 서포 대감은 우리 둘을 맺어 주기 위해 나보다도 더 마음을 쓰시고 있다. 그런데 어찌 그녀와 서포 대감을 의심할 수 있으리. 아니다. 결코 있을 수 없는 일이다!

"지금은 때가 아닌 것 같아요. 인간 세상에는 뜻하지 않은 변고가 있고 좋은 일은 귀신이 시기하는 법이니까요. 너무 급히 혼인을 하면 또 헤어질까 두려워요."

조위한의 『최척전』까지 읽어 보았는가?

김만중은 모독의 안타까운 표정을 못 본 체하며 오래전에 읽은 그 소설의 한 구절을 기억해 냈다.

"굽었다가 펴지고 가득 찼다가 텅 비게 되는 것이 천도의 당연한 이치이고, 길흉과 회한은 사람이 살아가는 동안 당연히 겪어야 할 일이지. 어떻게 슬픈 처지를 한탄하면서 몸과 마음을 게을리할 수 있겠는가? 부질없는 근심과 고민으로 즐거운 일을 미룰 필요는 없을 것이야."

김만중이 거듭 권하자 그녀도 가을쯤으로 생각을 해 보겠노라고 답했다. 얼음이 녹자마자 바로 아내를 맞이할 수 없는 것이 아쉬웠지만 기다릴 수밖에 없었다. 가을이 올 때까지 그녀를 지키겠다고 다짐했다.

"답답하구먼. 새해 첫날부터 누워 지낼 수는 없지. 날 좀 일으키게."

"대감! 곧 아침상을 들여올 겁니다. 그때까지 조금 더 쉬시지요."

"아니야, 아프다 아프다 하면 정말 아픈 법이라네. 자자, 어서 날 부축해 주게나. 저 방문도 좀 열고."

모독은 한 번 더 만류하려다가 김만중을 부축해서 일으켜 앉혔다. 그리고 방문을 반만 열었다. 멸치로 맛을 낸 떡국 냄새가 싸늘한 겨울바람과 함께 스며 들어왔다. 이렇게 김만중과 마주 앉으니 병든 아비를 봉양하는 아들 부부 같다는 생각이 들었다. 정말 그를 아버지로 받들며 백능파를 아내로 삼아 평생을 보낼 수만 있다면 이 작은 섬에서 늙어 죽어도 좋으리라. 그러나 하늘이 그런 행운을 허락할 리 없다. 이 짧은 순간의 행복도 얼마나 위태로운 것이냐. 당장 구름이 피바람을 부르면 섬 전체가 지옥으로 바뀔 수도 있다. 너무 큰 욕심 내지 말고 이 순간에 감사하자.

김만중은 몸을 가누기도 힘들었지만 모독과 백능파 앞에서는 한사코 정좌를 고집했다. 허리를 곧게 펴고 천천히 숨을 내쉬었다. 이마에 땀이 송송 맺혔다. 이윽고 가만히 눈을 뜬 그가 물었다.

"졸수재도 꽤 오랫동안 앓았다지?"

"그렇습니다. 늘 몸조심을 하셨지요."

김만중이 고개를 끄덕였다.

"오래 앓은 사람은 세상 이치를 몸으로부터 아는 법이라네. 몸이 아프면 세상이 다 아픈 것이 어찌 유마(『유마경(維摩經)』의 주인공으로 중생과 더불어 아프기를 갈망한 사람)만의 깨달음이겠는가. 나보다도 졸수재가 훨씬 그쪽으로는 깊고 넓을 게야. 나는 평생 강골을 뽐내며 몸 살피기를 게을리하다가 이렇게 험한 꼴을 보이는 것이지만 졸수재는 세상을 아끼듯 제 몸을 아꼈을 테니까. 커억컥."

가래가 목에 걸려 기침을 쏟았다. 어깨가 심하게 흔들렸다. 다행히 피는 섞여 나오지 않았다. 모독의 두 눈에서 눈물이 글썽였다. 죽음의 그림자가 더욱 짙게 드리운 것이다.

이제 다시는 스승을 잃는 망극한 일을 당하고 싶지 않았다.

"누우시지요. 말씀은 그만하시구요."

김만중의 입가에 이해하기 힘든 미소가 맺혔다.

"괜찮으이. 죽고 싶어도 당장은 죽을 수 없어. 그건 그렇고 졸수재의 시 중에서 병에 관한 것을 한 수만 읊어 주겠는가?"

모독은 김만중의 왼쪽 옆구리를 감싸 안은 채 졸수재의 시 「우연히 읊조리다〔偶吟〕」를 외우기 시작했다.

여러 해를 앓다 보니 자연 고요한 습성이 배어	多病年來慣習靜
아침마다 하는 세수와 양치질도 일이라네	朝朝盥漱費經營
책상 그득한 책들은 마음을 소박하게 만들고	滿床黃卷作心素
지게문에 드는 청산은 속세의 정이 아닌지라	入戶靑山非俗情
때때로 일어나 마당의 꽃 주위를 가볍게 걷다	時起傍花步庭際
머리 들어 하늘 끝 구름 이는 것을 바라본다네	天涯矯首望雲生
이것만으로도 아취가 되기에는 넉넉한데	箇中光景足佳趣
꾀꼬리 노랫소리 끝없이 굴러 흐르니	更有流鶯百囀聲

김만중이 무릎을 쳤다.

"좋군. 노도에 오던 첫해 가을에 내가 지은 「남쪽의 변방〔南荒〕」과도 맞닿아 있네. 이런 사람을 생전에 만나 보지 못한 것이 정말 아쉽군. 아, 내가 당상관의 반열에 있을 때 왜 졸수재를 등용하지 못했을꼬."

모독은 김만중의 희고 긴 손가락을 내려다보며 「남쪽의 변방」을 읊조렸다.

서쪽 변방에선 해를 지낸 귀양살이	西塞經年謫
남쪽 변방에선 허연 머리의 죄수	南荒白首囚
재처럼 사그라진 마음 거울 잡기 귀찮고	灰心慵攬鏡
피눈물 흘리며 정신없이 뗏목을 탔네	血泣怳乘桴
해는 지는데 고향에선 서신도 없으니	落日鄉書斷
가을 하늘 날아가는 기러기에 수심 띠우네	淸秋旅雁愁
여태까지 충효하기 소원이었는데	向來忠孝願
노쇠하고 시들어서 길이 쉴까 두렵네	衰謝恐長休

"졸수재가 백능파를 아긴 이유를 알겠으이. 『최척전』이란 소설의 제목을 알고 있는 사대부도 손꼽을 정도인데 그 내용을 속속들이 외우다니 정말 대단해. 졸수재에게서 배운 것인가?"

모독은 즉답을 못 했다. 스승이 이런저런 서책을 언급하긴 했지만 『최척전』을 읽어 보라고 권한 적은 없었기 때문이다. 스승은 소설을 두루 섭렵했으나 짧은 전기(傳奇)보다는 긴 연의(演義)를 가까이 두고 자주 읽었다. 임병양란을 거치면서 대국에서 연의 소설이 폭발적으로 쏟아져 들어온 탓도 있지만, 스승은 소설에서나마 작고 슬픈 정조를 벗어나 크고 웅대한 뜻을 펼치고 싶었던 것이 아닐까. 모독이 『최척전』을 처음 읽은 것은 스승이 돌아가시고 반년이 지난 뒤였다.

"전쟁은 참으로 무섭고 압도적이라네. 그 안에서 인간은 보잘것없고 약하디약할 뿐이야. 최척을 보게. 정유년(丁酉年, 1597년)의 난리를 당하자마자 가족과 헤어지지 않았는가. 세상에서 홀로 된다는 것이 무엇인 줄 자네는 아마 모를 걸세."

김만중은 잠시 말을 끊고 한숨을 내쉬었다. 이미 세상에 없는 형 김만기와 어머지 윤 씨를 그리는 듯했다. 유복자로 태어난 그를 앞뒤에서 보호하던 두 사람이 모두 세상을 떠난 것이다. 인간은 누구나 고아가 되기 마련인 것을.

"최척이 명나라 장수 여유문을 따라 압록강을 건너 명나라 소흥부로 떠난 것을 어찌 이해하는가? 자네라면 가족을 잃고 홀로 남은 최척에게 어떤 삶을 허락하겠는가?"

낯선 물음이었다. 지리산에서 가족을 잃은 최척이 갑자기 명나라로 떠나는 대목이 억지스럽다고 생각한 적은 있지만, 전쟁 중에는 가난한 농부가 의병이 되기도 하고 부엌

살림만 맡아 마을 밖을 나선 적이 없던 아낙네가 왜나 대국으로 끌려가기도 하는 법이다. 드물기는 해도 불가능한 일은 아니다.

"떠날 수밖에 없는 이유가 있는 건 아니지만…… 삶이란 워낙 우연이 많으니까 그렇게 흐르지 말란 법도 없을 듯합니다."

김만중이 낮은 웃음을 흘렸다.

"허허, 그렇군. 자넨 크게 괘념치 않는군. 난 이렇게 생각한다네. 최척이 명나라로 가지 않았다면 소설은 거기서 끝났을 걸세. 가족들과의 행복했던 기억이 고스란히 남아 있는 고향에서 과연 그가 제대로 살 수 있었을까? 조금만 눈을 돌려도 아버지의 흔적, 아내의 미소, 아들의 옹알이 소리와 만날 텐데 말이야. 그러니까 그에게는 두 가지 가능성밖에 없었던 걸세. 어떤 식으로든 빨리 생을 마감하고 가족의 뒤를 따르든가, 아니면 낯선 곳에서 낯선 사람들과 함께 살아가든가. 최척은 후자를 택한 거지. 그곳이 소흥부면 어떻고 남해의 작은 섬 노도면 또 어떻겠는가. 중요한 것은 완전히 새로운 삶을 시작하는 것이라네."

김만중은 말을 끊고 생각에 잠겼다. 어머니의 임종을 지켰다면 그 역시 이렇게 삶을 잇기는 힘들었으리라. 불행 중 다행이라고 해야 할까. 그는 바닷바람 차가운 남해의 작은 섬에서 부음을 접했다. 망극한 슬픔이 하늘에 닿았지만 어머니의 흔적은 오직 그의 가슴에만 머물 뿐이다.

"『최척전』의 무대가 놀랄 만큼 넓고 정확하다는 것은 잘 알고 있습니다. 지리산에서부터 소상강과 동정호, 악양루와 고소대를 오가는 소설은 없었으니까요. 최척과 가족들의 상봉이 그래서 더욱 눈물겹습니다만 너무 행복한 결말에 초점을 맞춘 결과……."

김만중이 그의 말을 잘랐다.

"자네 말이 맞네. 분명 현곡(玄谷, 조위한의 호)은 최척을 행복하게 만들기 위해 무리를 했어. 여러 가지 역사적 사실을 끌어들이면서 교묘하게 가족과 만나게 했네. 경자년(庚子年, 1600년) 늦봄 안남(安南, 베트남)에서 우연히 아내의 노래를 듣는다거나 강홍립의 휘하에 배속되어 압록강을 건너온 아들 몽석과 전투 중에 만나는 대목은 지나친 감이 없지 않네. 독자들은 그 부분에서 눈물을 떨구었겠으나 자네 같은 매설가는 감정을 쥐어짜 냈다고 비판할 수도 있겠지. 하지만 말일세. 나는 현곡을 이해한다네. 그에게 최척은 전쟁으로 희망을 잃고 슬픔에 잠겨 있는 조선 백성을 의미했다네. 그 상처는 자네가 짐작하는 것보다 훨씬 지독해. 현곡은 가여운 인간들을 비참하게 슬픔의 구덩이에 빠뜨린 채 소설을 끝낼 수 없었던 거야. 비록 지금은 가족과 흩어져 죽지 못해 살지만 언젠가는 반드시 피붙이와 해후하고 행복하게 살 것임을 최척을 통해 보여 주고 싶었겠지. 그것만 성공해도 이 소설은 참으로 훌륭한 거네. 난 그렇네. 나이가 들고 병치레가 잦을수록 더 가고 싶어져. 이대로 패배를 인정한다는 건 자존심이 상하는 일이기도 하고. 현곡도 그랬을 거야."

"소설은 현실이 아니지 않습니까? 소설을 통해 위로받는다고 현실이 달라지는 건 아닙니다. 『임진록』이나 『박씨부인전(朴氏夫人傳)』에서 아무리 왜병들을 척살해도 7년 전쟁 동안 죽은 이들의 억울함을 풀 수는 없지요. 그렇다고 최척의 이야기가 다른 소설들처럼 허황되다는 건 아닙니다. 정직한 슬픔이 있으니까요. 허나 끝까지 그 슬픔을 이어 가지는 못한 듯합니다. 첫머리의 망극한 슬픔이 점점 엷어지면서 밝은 웃음으로 바뀌니까요. 그 웃음이 과연 무엇을 만들 수 있을까요?"

"자네 말이 옳으이. 소설 한 편 잘 지었다고 현실이 바뀌지는 않아. 하지만 어떤 조짐이나 버팀목이 될 수는 있지 않을까? 최척의 아픔을 안타까워한 이들이라면 전쟁의 참혹함을 영원히 못 잊을 것 같아. 자네 소설은 대부분 불행하게 끝나더군. 행복을 말할 때도 무척 주저하고 조심스러워. 그래, 자네 심정은 충분히 이해할 수 있네. 우리네 삶에는 기쁨보다 슬픔이, 즐거움보다 괴로움이 많을지도 몰라. 자네처럼 그 고통을 응시하고 품에 안으려는 노력도 필요하겠지만 현곡처럼 그 고통을 작은 기쁨으로 채우는 것 역시 중요하다고 보네."

그래서 행복을 예감하는 소설을 짓고 계십니까?

모독은 김만중이 곧바로 소설을 꺼내 놓을 줄 알았다. 그에게 도움을 청할 일이라고는 소설을 짓는 것 외에는 없으니까. 그러나 김만중은 집필 중인 소설에 대해 아무 말도 하지 않았다. 소설을 짓는 모습을 본 적도 없었다. 뜬소문이었을까? 조용히 세월만 흘려보내는 그에게 소설을 짓고 있다는 혐의를 덧씌운 것일까?

박운동을 만날 때마다 아직도 찾지 못했느냐는 비난을 들어야만 했다. 김만중이 남해 향교로 간 후 샅샅이 방을 뒤졌다. 벽과 벽 사이의 작은 틈까지 일일이 손을 넣어 확인했다. 천장과 구들장도 살폈지만 이상한 부분은 없었다. 서안 좌우에는 『주자어류』가 쌓여 있었고 서안 위에는 『주자요어』가 펼쳐져 있었다. 혹시 제목만 바꾼 것이 아닐까 의심하며 책장을 넘겼지만 소설이 아니었다. 대숲에 묻어 두기라도 하였는가? 이 넓은 섬을 전부 파헤칠 수도 없는 일이다.

가여운 인간은 최척이 아니라 나 모독이구나. 소설을 찾지 못하면 구름이 직접 움직인다고 했다. 직접 움직인다는 것은 무엇을 뜻하는가? 서포 이 어른을 암살하기 위해 누급(『창선감의록』의 등장인물. 검술에 능한 자객)이나 특재(『홍길동전』의 등장인물. 자객) 같은 이를 보내겠다는 것인가? 아니 된다. 대감이 정말 소설을 새로 지었다면 내 눈으로 먼저 확인해야 한다. 하지만 방법이 없구나. 도대체 대감은 무엇을 기다리고 있는 것일까? 왜 내게 서둘러 도움을 청하지 않는가?

14 │ 타오르는 집

우리의 삶에는 끝이 있지만 앎에는 끝이 없다. 끝이 있는 것으로서 끝이 없는 것을 좇으면 위태로울 뿐이다. 그런데도 알려고 한다면 더욱 위태로울 뿐이다.

—『장자(莊子)』, 「양생주(養生主)」

문이 열렸다.

후익 소리를 내며 몰려든 겨울바람이 사방 벽과 천장을 휘돌았다. 모독은 자신의 방에 가구와 서책을 들이지 않았다. 기억과 감각에만 의존하여 작품을 완결 짓기 위함이었다. 매설가라면 한 번쯤은 이렇게 결백해지기를 원하지만 약점을 숨기지 않고 온전히 드러내 보이는 방식을 택하는 이는 드물다. 벌거벗음의 후유증을 감내할 자신도 없고 드러난 한계를 뛰어넘는 다음 작품을 쓰기도 벅찬 일이다. 실눈을 떴다가 다시 감았다. 방문 쪽에서 얼핏 하얀 몸을 본 듯했다.

귀, 귀신인가?

숱하게 많은 귀신과 도깨비, 요물을 소설에 등장시켰지

만 모독은 그들을 믿지 않았다. 직접 만난 적도 없을 뿐만 아니라 몇몇 귀신이 세상일을 좌우하는 것도 받아들일 수 없었다.

이상하구나. 분명 누군가 들어왔는데도 움직임이 없다. 겨울바람에 문이 저절로 열린 걸까?

찾아든 바람이 나갈 때까지 천장을 바라보며 꼼짝 않고 누워 있었다. 신경이 온통 두 귀로 집중되었다.

박운동! 그인가? 기어이 그가 움직이기 시작한 것인가? 나를 기다리지 않고 직접 서포 대감을 위협할 작정인가? 그런다고 순순히 소설을 내어줄 대감이 아니다. 오늘 안에 노도의 일을 매듭짓기로 결심을 굳혔다면 불행의 피비린 내가 섬 전체를 덮으리라. 며칠만 더 시간을 달라고 그렇게 부탁했건만.

손바닥이 가만히 그의 이마를 짚었다. 온기가 전해지면서 향긋한 내음이 코를 찔렀다. 백능파, 그녀였다.

"이, 이곳엔 무슨 일로……."

가늘고 긴 검지가 그의 입술에 닿았다.

벌거벗은 어깨가 눈에 들어왔다. 발아래에는 치마저고리가 놓여 있었다. 청학동에서는 손목도 허락하지 않던 그녀가 스스로 옷을 벗은 것이다. 우윳빛 살결을 본 모독은 저도 모르게 마른침을 삼키며 눈을 질끈 감았다 떴다. 봉긋하

게 솟은 젖가슴이 점점 가까이 다가왔다. 뾰족한 코끝에 젖
가슴이 닿았다.

탁!

갑자기 몽둥이로 얻어맞은 것처럼 뒤통수가 화끈거렸다.
머리를 부여잡고 고개를 돌리니 거대한 서책이 문을 막고
서 있었다. 서책의 모서리에 머리를 부딪힌 것이다. 두 눈
을 크게 뜨고 제목을 읽어 내렸다.

서러워라, 잊혀진다는 것은.

지금 그가 짓고 있는 소설이었다.

있을 수 없는 일이야. 내 소설이 어떻게 내 사랑을 간섭
할 수 있단 말인가?

눈을 비빈 후 다시 서책을 노려보았다. 뜨거운 기운이 스
멀스멀 기어 올라왔다. 매캐한 냄새와 함께 연기와 불꽃이
일었다. 모독은 벗어 둔 옷으로 허겁지겁 불을 끄기 시작했
다. 양심을 팔아서라도 완성하려던 소설이 허무하게 재로
변하도록 내버려 둘 수는 없었다. 아득히 들려오는 청삽살
개 파도의 울음소리가 점점 날카롭고 맹렬해졌다.

"아악! 나와요. 빨리 나와요!"

백능파의 비명은 꿈이 아니었다. 구들장이 푹 꺼지더니
천장에서 시뻘건 불덩이가 떨어졌다. 사방이 온통 불꽃으
로 일렁거렸다. 모독은 이미 활활 타오르는 방문을 향해 몸

을 던졌다. 네댓 바퀴 구른 후 고개를 드니 마당이었다. 이마에서 붉은 피가 흘러내렸지만 상처를 돌볼 겨를이 없었다. 백능파가 왼손으로 턱을 가린 채 오른손으로 안방을 가리키며 발을 동동 굴렀다. 눈물이 뺨 위로 흘러내렸다.

"대감이…… 서포 대감이……."

바닷바람을 타고 불길이 더욱 거세졌다. 잠시라도 지체하다가는 구할 수 없을 것 같았다. 모독은 마루 위로 성큼 올라서서 안방 문을 걷어찼다. 서안 위에 김만중이 엎어져 있었다. 황급히 달려가서 끌어안았다.

"자, 자넨가?"

다행히 정신을 잃지는 않았다. 방 안은 이미 연기로 가득했다. 모독이 등을 보이며 돌아앉았다.

"업히세요. 나가셔야 합니다."

김만중이 양손으로 그의 목을 겨우 감았다. 방 안은 이미 연기로 가득 찼다. 모독이 두 무릎에 힘을 주며 일어서는 순간 오른편의 책장이 우지끈 소리를 내며 그들을 덮쳤다. 모독은 본능적으로 뒷걸음질을 쳤고 그 바람에 김만중의 몸은 불타는 이불 위로 나뒹굴었다. 모독이 재빨리 부축하여 일으켰지만 바지에 이미 불이 옮겨붙은 후였다. 다급한 마음에 서책 서너 권을 집어 들어 엉덩이를 내리친 다음 그를 품에 안았다. 불덩이가 다시 덮친다면 몸을 웅크려 김만중을 지킬 작정이었다.

"꼭 잡으세요."

토끼처럼 껑충껑충 불길을 벗어나려는 순간 김만중이
가래 끓는 기침과 함께 속삭였다.

"크윽! 저, 저 책을…… 『주자요어』를…… 가져가세."

서안 위의 서책을 집어 품에 넣었다. 눈앞에는 온통 붉은
기운뿐이었다. 깊게 숨을 들이마신 다음 있는 힘을 다해 내
달렸다. 안방을 벗어나 마루를 건너뛰어 마당으로 내려서
는 순간 돌부리에 차여 꼬꾸라졌다. 두 사람은 땅바닥에 얼
굴을 부딪히며 정신을 잃었다.

"대감!"

마당에서 기다리던 백능파가 황급히 달려왔다. 그녀는
두 사람이 기절한 것을 확인한 다음 무릎을 꿇고 앉아서 옷
을 뒤지기 시작했다. 그녀의 얼굴에는 묘한 미소까지 피어
올랐다. 김만중의 소매와 앞섶을 훑었지만 아무것도 없었
다. 모독의 머리맡으로 옮겨 소매를 뒤졌다. 역시 없었다.
모로 쓰러진 모독을 똑바로 누인 다음 손바닥으로 앞가슴
을 쓸었다.

있다!

황급히 앞가슴을 풀어 헤쳐 서책을 꺼냈다. 그리고 첫 장
을 펼쳤다.

화설, 명나라 가정 연간 금릉 순천부에 한 명인이 있으니 성은 유요 이름은 현이니 개국 공신 성의백 유기의 후손이라.

서책을 가슴에 꼭 안았다. 드디어 김만중의 소설을 찾은 것이다.

"백능파! 도, 도와주오."

겨우 눈을 뜬 모독이 백능파의 손목을 잡았다. 백능파가 싸늘하게 웃으며 말했다.

"수고했어요. 역시 당신은 내 기대를 저버리지 않았군요."

그녀는 모독의 손을 뿌리친 다음 자리에서 일어섰다. 이제 노도를 벗어나기만 하면 되는 것이다. 마지막으로 고개를 돌려 김만중의 그을린 얼굴을 내려다보았다.

대감! 우리의 사랑을 꽃피우기엔 너무 늦은 것 같군요. 대감을 향한 소녀의 마음이 순수하지 못했다고 꾸중하지는 않으시겠죠? 이 세상에 어느 사랑이 사랑 그 자체로만 존재할 수 있겠는지요? 남녀가 마음을 주고받을 때는 서로에 대한 사사로운 기대와 요구가 있기 마련입니다. 대감은 제게 너무너무 큰 선물을 주셨습니다. 보잘것없는 저의 마음을 이렇듯 귀한 선물로 어루만져 주신 은혜 평생 잊지 않겠어요.

네댓 걸음 종종걸음을 쳤을까.

나비처럼 나풀거리던 그녀의 몸이 마른 장작처럼 털썩 주저앉았다. 장검을 허리에 두른 사내가 손날로 그녀의 명치를 찌른 것이다. 그녀의 품에서 서책을 빼앗은 사내는 방금 전 백능파가 했던 것처럼 책장을 펼쳐 읽었다.

컹!

그 순간 파도가 달려들었다. 사내는 왼쪽으로 두 걸음 물러나며 칼등으로 파도의 머리를 후려쳤다. 끼깅! 파도의 신음 소리가 점점 잦아들다가 사라졌다.

"나으리!"

사내의 얼굴을 확인한 모독이 겨우 몸을 일으켜 비틀거리며 다가왔다. 박운동이 그의 손을 굳게 잡으며 말했다.

"됐네. 이제 나와 함께 돌아가세."

모독은 박운동과 그의 손에 들린 서책을 번갈아 쳐다보며 물었다.

"나으리셨습니까? 불을 질러 무얼 어쩌시려구요? 모두 타 죽을 뻔했습니다. 불을 놓을 계획이었다면 미리 귀띔이라도 해 주셨어야지요. 소생을 믿지 못하셨습니까?"

박운동이 큰 소리로 웃어 젖혔다.

"미안하게 됐네. 허나 자네도 생각을 해 보게. 오늘 밤에 불이 날 줄 알았다면 자넨 어찌했을 것 같은가? 뻔하지. 불

이 나자마자 저 늙은이를 구했을 거야. 그리되면 내 계획은
실패했을 걸세."

"계획이라니요?"

박운동이 서책을 손등으로 툭툭 치며 답했다.

"이 소설을 얻는 계획 말이야. 자네의 도움이 컸네. 죽느
냐 사느냐 목숨이 경각에 달렸을 때 자네가 방 안으로 뛰어
든 덕분이야. 자네가 노도의 늙은이를 구하러 뛰어들지 않
으면 어찌하나 걱정도 했었다네. 사람이란 말일세, 위급한
때일수록 자신에게 가장 소중한 것부터 챙기는 법이야. 피
난을 떠나는 이가 뒤뜰에 묻어 둔 황금을 파내는 것과 같은
이치지. 역시 저 늙은이도 이 소설을 가지고 나왔군. 이걸
좌포장께 드리면 자네와 나는 여생을 편히 지낼 수 있을 걸
세. 아니 그런가, 하하하!"

모독은 따라 웃는 대신 심각한 얼굴로 되물었다.

"소설이라니요? 나으리가 들고 있는 서책은 『주자요어』
입니다. 서포 대감이 『주자어류』에서 핵심만 따로 추려 편
한 것이지요."

박운동이 서책을 펼쳐 보였다.

"어리석긴! 겉장에만 제목을 '주자요어'라고 붙여 위장
한 걸세. 자자, 두 눈 크게 뜨고 잘 봐. 주자의 말씀이 어디
있나?"

모독이 허리를 약간 숙이고 펼친 부분을 읽어 나갔다.

때는 정히 모춘이라. 동산에 백화가 만발하야 그 아름다운 경기가 가히 구경하염직한지라. 한림은 천자를 모시고 서원(西苑)에서 잔치를 배설하야 아직 집에 돌아오지 아니하고 이때 사부인이 홀로 서안에 의지하야 옛글을 보더라.

"이, 이것은!"

소설이 분명했다. 있을 수 없는 일이다. 어제 아침에도 서포 대감의 부탁을 받고 『주자요어』를 펼쳐 읽지 않았던가. 그런데 하루 만에 그 딱딱한 주자의 말씀이 소설로 바뀐 것이다.

"아닙니다! 나으리! 참으로 이상한 일이에요."

박운동이 그의 말을 잘랐다.

"그만하게. 자넬 이해한다지 않는가. 자네처럼 이야기 안에서만 노는 매설가가 진짜 보물을 찾아내기란 쉽지 않지. 하지만 난 다르네. 오랫동안 죽음의 냄새, 범죄의 냄새를 맡아 왔다네. 처음부터 난 서포가 가지고 있는 서책들이 의심스러웠어. 특히 남해 향교를 내왕하며 『주자어류』를 가져오는 게 마땅치 않았지. 틀림없이 어떤 비밀이 숨어 있다고 생각했거든. 자자, 어쨌든 좋아. 소설을 찾았으니 지난 일을 되새겨 무엇 하겠는가. 좌포장께도 자네 잘못은 내 고하지 않음세. 가세. 자넨 중궁전에서 가장 아끼는 매설가가 되는 것이고 나는 적어도 두 품계 이상은 올라가겠지. 한양과 남해를 오가며 발품을 판 보람이 있군. 가자구."

박운동이 모독의 어깨를 툭 치며 뒤돌아섰다. 모독은 걸음을 옮기지 않고 쓰러진 김만중을 살폈다.

소설이 사라진 것을 알면 크게 낙담하시겠지. 마지막 작품을 훔쳐 간 나를 원망하실 게야. 병이 깊어지시겠지. 이 소설이 중궁전에 들어가면 어찌 될까? 좌포장의 주장처럼 중전마마를 모함하는 글로 가득하다면 대감은 죽음을 면키 어려우실 게야.

결국 대감은 나로 인해 목숨을 잃는구나. 한양을 떠나올 때부터 각오했던 일인데도 왜 이렇게 가슴이 아플까? 박 종사관이 이대로 떠나면 대감은 사약이 내려오기도 전에 숨을 거두실지도 모른다. 겨우겨우 버텨 온 것도 소설을 완성시키시겠다는 일념 때문이었다. 소설이 없다면…… 목숨을 이어 가는 것마저 스스로 포기하실 게다. 나는…… 떠날 수 없다.

"소생은 가지 않겠습니다."

박운동이 걸음을 멈추고 돌아섰다.

"가지 않겠다? 서포가 정신을 차리면 이 소설을 찾을 게야. 부귀영화가 눈앞에 있는데 스스로 물리치는 이유가 무언가? 양심에 가책이라도 생긴 거라면 어서어서 따르게. 그 깟 양심, 세상 살아가는 데 아무런 도움도 되지 않으이."

"나으리! 소생은 이곳에 남아 서포 대감의 마지막 나날을 살펴 드리고 싶습니다. 좌포장께도 그리 말씀 올려 주십시오. 중궁전과 좌포청에서 있었던 일은 결코 발설하지 않겠습니다."

박운동이 천천히 장검을 집어 들었다.

"이래도 가지 않겠는가?"

"차라리 소생의 목을 베십시오."

박운동이 장검을 머리 위로 치켜 올렸다.

"이래도?"

모독은 대답 대신 눈을 질끈 감았다.

"제법 의리가 있군그래. 허나 과연 목숨과 바꿀 만큼 값어치가 있을까?"

박운동의 장검이 사선을 그리며 떨어졌다. 모독의 목덜미를 아슬아슬하게 비껴갔다.

"지독한 고집이구먼. 하지만 언제든 마음이 바뀌면 돌아오게. 자네 몫은 따로 떼어 두겠네. 허튼소리 나불거릴 생각은 접도록 해. 자네 뒤엔 언제나 나의 눈과 귀가 있다는 것을 명심하고. 입만 벙긋해도 당장 나아와서 오늘 가져가지 못한 목을 빼앗겠네. 알겠는가?"

15 | 팔선녀가 수상하다

손을 들어 도화(桃花) 한 가지를 꺾어 모든 선녀 앞에 던지니 여덟 봉오리 땅에 떨어져 변하여 명주가 되었다. 여덟 명이 각각 주워 손에 쥐고 성진을 돌아보며 찬연히 한 번 웃고 몸을 솟구쳐 바람을 타고 공중으로 올라갔다. 성진이 석교 위에서 선녀가 가는 곳을 한동안 바라보더니, 구름 그림자가 사라지고 향기로운 바람이 잦아지자 바야흐로 석교를 떠났다.

— 김만중,『구운몽』

"서포가 용상을 탐내고 있다? 중전! 그 무슨 말이오?"

중전은 숙종이 비단 이불을 걷자마자 황급히 먼저 일어나 앉았다. 그녀는 선뜻 답을 않고 양 손바닥으로 머리를 매만지며 불빛이 닿지 않는 벽을 번갈아 살폈다. 곁방에 든 입직 상궁들의 귀가 걱정인 모양이다. 들릴 듯 말 듯 속삭였다.

"전하! 이 일은 그 누구도 알아서는 아니 되옵니다."

"곁방에서 들은 것은 무덤까지 가지고 가는 법이지 않은가?"

"그래 봤자 일개 상궁일 따름이옵니다. 상궁의 세 치 혀에 이 나라의 운명을 맡길 수는 없사옵니다."

중전은 고개를 돌려 문을 향해 외쳤다.

"장 상궁! 장 상궁 밖에 있는가?"

"예, 중전마마! 찾아 계시옵니까?"

"속히 들게."

궁궐에서 가장 나이가 많은 중궁전 상궁이 들어왔다. 숙종은 비스듬히 돌아앉아 서안 위를 살피는 척했다. 중전이 곁방을 손으로 가리키며 하명했다.

"전하께 긴히 아뢸 말씀이 있으니 주위를 물리게."

"마마! 궁중의 법도가⋯⋯."

만일의 상황에 대비하여 입직 상궁이 곁방에서 밤을 지새우는 것은 대대로 전해 오는 법도였다. 중전이 눈을 치뜨고 노려보았다.

"누가 법도를 몰라서 이러는 겐가? 잠깐이면 되네. 내가 부를 때까지 아무도 곁방에 들어서는 아니 될 것이야."

"알겠사옵니다."

장 상궁은 더 이상 버티지 못하고 물러 나와 입직 상궁들을 데리고 선평문 밖으로 사라졌다. 중전 장 씨의 언행은 확실히 예전 중전들에 비해 파격적이었다. 조정 대신들의 내왕이 잦을 뿐만 아니라 어명을 구실로 궁궐이 아닌 다른 곳에서 밤을 지내기도 했다. 언관에게 추궁을 당할 일이었지만 삼사에서는 아무런 상소도 올라오지 않았다. 중전을 비호하는 남인의 젊은 학인들로 삼사가 이미 채워졌던 것이다. 밤중에 궁궐을 나가는 것에 비하자면 곁방을 비우는 일은 지극히 작은 변덕에 불과했다. 중전의 비위를 건드려 이로울 까닭이 없는 것이다. 중전의 파격은 아랫사람을 부리는 데서도 드러났다. 마음에 든 사람은 끝까지 아끼고 보호하지만 한번 눈 밖에 나면 살을 뜯고 피를 말릴 정도로 괴롭혔다. 공평무사한 원칙도 철저한 근거도 소용없었다. 사람이 미우면 모든 잘못을 덮어씌우는 것이 그녀의 방식이었다. 내 편인가 적인가. 그녀는 그렇게 단 한 가지 기준으로 사람을 대했다. 중전의 적이 된다는 것은 곧 궁궐에서 더 이상 생활할 수 없음을 뜻했다. 법도에 어긋나고 예의에 맞지 않는 명을 받더라도 장 상궁으로서는 따를 수밖에 없었다.

"자, 이제 말해 보라. 서포가 역심을 품고 있다는 것이 사실이오? 과인은 중전의 말이 참으로 낯설고 두렵소. 좌포장이 또 무슨 헛된 풍문을 전한 것은 아니오?"

숙종은 작년에 있었던 김영하의 무고 사건을 떠올렸다. 김만중이 비록 중전을 업신여기고 우암과 함께 세자 책봉을 반대하였지만 나라를 위하는 마음만은 그 누구보다도 뜨겁다고 믿었다.

"아니옵니다. 좌포청에서는 아무런 연통도 올라오지 않

왔사옵니다."

"허면 어디서 서포가 역심을 품었다는 소릴 들은 것이오?"

"들은 것이 아니라 읽었사옵니다."

"들은 것이 아니고 읽었다? 역당들의 서찰이라도 지니고 있는 것이오?"

숙종의 목소리가 조금씩 떨렸다.

"서찰보다도 더 명명백백한 증거가 있사옵니다. 서포의 속마음을 훤히 들여다볼 수 있는 서책이옵니다. 물론 서포가 직접 지은 것이옵니다."

서포가 직접 지은 서책?

숙종은 고개를 갸우뚱거렸다. 글재주가 탁월한 김만중이지만 함부로 그 솜씨를 자랑하지는 않았다. 그가 지은 글들은 나랏일에 쓰이거나 스스로의 출사를 아뢰는 경우가 대부분이었다. 글이 곧고 반듯하며 명분을 중히 여기고 의리를 강조하는 것이 과연 사계의 후손다웠다. 중전이 미소를 잃지 않고 이야기를 이어 갔다.

"전하! 서안 위에 놓인 서책을 보시오소서."

숙종이 서책을 덮고 겉장에 적힌 제목을 살폈다.

"『구운몽』? 이것은 서포가 평안도 선천에서 지었다는 소설이 아니오?"

"그러하옵니다. 서포가 지은 소설이 분명하옵니다."

"어머니를 위해 지은 이 소설이 어찌 역심의 증거라는 것인가?"

중전이 더욱 가까이 다가앉아 숙종의 눈을 똑바로 쳐다보며 물었다.

"전하! 그 소설의 줄거리를 기억하시옵니까?"

"기사년 정월에 중전이 직접 이 소설을 올리지 않았소?"

"그렇사옵니다. 소첩이 어렵게 어렵게 구하여 올렸사옵니다."

숙종은 기억을 더듬었다. 그때 중전 장 씨는 아직 희빈이었고 이곳 중궁전의 주인은 안국동에 유폐되어 있는 민 씨였다.

"읽어 보셨사옵니까?"

군왕은 패관기서를 가까이하지 않는 법이다. 역사에 뜻을 붙인 연의도 멀리하건만 해괴한 꿈 이야기를 살피는 것은 삼사의 지탄을 받을 일이다. 그러나 숙종은 김만중의 소설을 꼬박 밤을 새워 읽었다. 처음에는 그저 그런 헛된 이야기겠거니 여겼지만 곧 성진과 양소유의 삶에 빨려 들어갔던 것이다. 입직 승지에게 『시경』을 살피겠다고 일러 둔 후 동이 틀 때까지 책장을 넘겼다.

"이상한 점이 없으셨사옵니까?"

숙종은 즉답을 못 하고 중전의 발그레한 볼을 쳐다보았다. 이상하기로 따진다면 『구운몽』 전부가 기이했다. 성진이 살아 있는 현실이 꿈 같고 양소유가 누비는 꿈이 현실 같은 것도 신기했고, 여덟 여자와의 절묘한 만남과 사랑도 흔치 않은 일이다. 그러나 역심의 흔적은 어디에도 없었다. 양소유는 충성스러운 신하이며 성진은 도를 구하는 불제자가 아닌가. 사냥감의 범위를 좁히려는 듯 중전이 물음을 고쳤다.

"팔선녀에 대하여 어찌 생각하시는지요?"

"팔선녀! 여덟 명의 선녀가 어떻다는 말이오?"

중전이 왼손으로 볼과 턱을 쓸어내린 다음 말했다.

"육조의 판서나 의정부의 정승도 여덟 여자를 거느릴 수는 없는 일이옵니다. 관기와의 한철 사랑이라면 모를까 이 나라에서 여덟 여자를 공공연히 거느리고 살 수 있는 사대부가 있다고 보십니까?"

숙종은 상식적인 답을 내렸다.

"기껏해야 두셋이겠지. 여덟이나 한집에 거느린다면 삼사의 탄핵을 면하기 힘들 것이오. 허나 이건 소설 아니오? 소설이 해괴한 것은 불가능한 일을 그럴듯하게 꾸미기 때문이오."

중전이 고개를 저었다.

"아니옵니다. 전하! 그리 가벼이 보아 넘기실 문제가 아니옵니다. 사대부는 아니 되겠으나 여덟 여자를 거느리는 것이 가능한 이도 있사옵니다."

"그것이 누구인가?"

"정녕 모르시겠사옵니까?"

숙종과 중전의 시선이 마주쳤다. 그제서야 숙종은 무릎을 탁 쳤다.

"그렇지. 용상의 주인이라면 가능한 일이오. 여덟 아니라 열여덟 명의 후궁도 거느릴 수 있지. 가만! 그렇다면 중전은 양소유가 여덟 선녀를 거느리는 것을……."

중전이 고개를 끄덕였다.

"그렇사옵니다. 서포의 헛된 바람이 은연중에 소설로 드러난 것이옵니다."

"허나 과연 그럴까? 역심이 드러나면 당장 사약을 받을 일이거늘 이렇듯 소설에 끼워 넣을 리가 있겠소?"

"소설이란 것은 매설가가 표 나게 드러내는 것보다 그 밑으로 흐르는 바람과 고통, 슬픔과 한숨의 흔적이 더 재미있는 법이옵니다. 서포는 성진이 도를 깨닫도록 양소유의 삶을 끼워 넣었다고 생각하겠으나 『구운몽』에는 용상을 차지하고픈 서포의 꿈이 녹아 있사옵니다."

"중전의 걱정이 지나친 것은 아니오?"

"아니옵니다. 예부터 나라를 뒤엎을 조짐은 노래나 이야기로 먼저 떠돌았사옵니다. 『구운몽』을 읽은 이들은 은연중에 서포가 여덟 여자를 거느릴 만큼 배포가 크고 뜻이 높은 인물이란 걸 알게 될 것이옵니다. 마땅히 그를 경계하셔야 하옵니다."

숙종은 잠시 답을 미루고 중전의 눈을 들여다보았다. 한 나라의 대제학까지 지낸 이를 역도로 처단하라는 것이다. 과연 이 소설이 결정적인 증거가 될 수 있겠는가. 한낱 여흥의 수단으로 치부되는 것이 바로 소설이지 않은가. 지극히 하찮고 하찮은 글로 국가의 중대한 일을 논의해서야 쓰겠는가. 조정이 비웃고 백성이 비웃고 초목과 산천이 비웃을 일이다. 차라리 김영하의 일처럼 덮어 두는 편이 낫지 않을까. 그렇지 않아도 멀리 유배된 서포와 그 조카들을 동정하는 목소리가 서서히 들려오고 있다. 섣불리 그들을 죽일 수는 없는 일이다.

"그래도 이런 소설로 서포의 죄를 따져 물을 수는 없다오. 그는 지금도 충분히 조정으로부터 멀리 떨어져 있소. 그 남쪽 바다 끝 섬에서 무얼 하겠소?"

중전도 한발 물러서는 모습을 보였다.

"신첩도 지금 당장 서포의 죄를 다스리라는 뜻은 아니옵니다. 다만……."

"다만, 무엇이오?"

"조정의 중론과 팔도의 민심을 흔드는 방법을 꼭 한양에 있어야지만 구할 수 있는 것은 아니옵니다. 산간벽지 외딴섬에서도 얼마든지 일을 도모할 수 있사옵니다. 전하! 서포가 또다시 소설을 짓고 있다는 풍문이 들리옵니다."

"소설을 짓고 있다고? 서포가 말이오?"

중전이 침묵으로 답을 대신했다.

"어허, 고문을 아끼고 예의를 중시하는 그가 이번에는 또 무슨 소설을 짓는단 말이오? 이미 노모도 세상을 떠나지 않았는가?"

"신첩도 그 점이 이상하옵니다. 어이하여 그가 다시 패관기서에 붓을 놀리는 것일까요? 전하! 신첩이 곧 서포가 남해에서 짓고 있다는 소설을 구하여 올리겠나이다. 그때는 소설을 찬찬히 살펴 서포의 사특한 마음을 읽어 주시오소서."

숙종이 중전의 얼굴과 서안 위의 소설을 번갈아 살폈다.

좌포장 장희재가 남해에 은밀히 사람을 보내고 있다는 것이 헛말이 아니었구나. 우암을 죽이는 것만으로는 안심할 수 없다는 것인가. 우암이 없으니 서인의 중심은 이제 서포겠지. 서포마저 사라지면 누가 감히 중전의 위세에 맞서리오. 헌데 서포가 팔선녀와 놀아나는 이야기를 어머니를 위해 지었다는 것이 사실일까. 그런 망측한 일을 읽고 좋아할 어머니가 어디 있단 말인가. 서포의 야망이 소설에 담겼다는 중전의 주장을 곧이곧대로 받아들일 수는 없지만 또 다른 소설이 있다면 문제는 달라진다. 그땐 정말 서포가 소설에 흉한 마음을 담았는지 살펴보아야 하리라.

"알겠소. 과인이 그때는 중전의 청을 따르리다."

"성은이 하해와 같사옵니다. 전하! 한 가지 소청이 더 있사옵니다."

" 말해 보오."

"만에 하나 그 소설이 신첩을 모함하는 내용으로 가득 차 있다면 어찌하시겠사옵니까?"

"누가 감히 중전을 모함한단 말인가?"

중전은 옷고름을 들어 짐짓 눈물을 훔치는 시늉을 했다.

"신첩이 부덕하여 아직도 많은 이들로부터 시기와 질투를 받고 있사옵니다. 전하께서 그 모든 일들을 덮어 주시고 또한 신첩을 어여삐 여기사 중궁전의 주인으로까지 삼아 주셨사옵니다. 신첩은 이제 죽어도 여한이 없사옵니다. 하오나 신첩이 불행하게 죽으면 세자의 앞날이 걱정이옵니다."

"중전을 모해하는 자는 곧 세자를 모해하는 자이며 과인을 용상의 주인으로 인정하지 않으려는 자이다. 어찌 그런 자를 살려 두리오. 중전! 소설에 관한 염려는 거두라. 마음이 편안해야 몸도 추스를 수 있는 법이오. 약속하리다. 소설의 내용이 어떠하든지 중전을 버리는 일은 없을 것이오. 이제 되었소?"

"성은이 망극하옵니다."

숙종이 중전의 팔을 끌며 비단 이불 속으로 들어갔다. 중전이 허리를 약간 뒤로 젖히며 코맹맹이 소리를 냈다.

"전하! 입직 상궁을 부른 연후에……."

숙종이 어깨를 힘껏 잡아당기는 바람에 그녀는 말을 맺지 못하고 그의 넓은 가슴으로 쓰러졌다.

"오늘은 곁방에 마음 두지 말고 마음껏 운우지락을 나눕시다. 법도 따윈 잊으오. 사사롭게는 부부 아니오? 부부가 한 몸이 되는 일은 오직 둘만의 일이어야 하느니."

"저, 전하! 그래도……."

중전이 어깨를 흔들며 아양을 떨었다. 숙종은 나이도 잊고 어린 소녀처럼 교태를 부리는 중전이 싫지만은 않았다.

잘 익었구나. 손끝만 닿아도 터질 듯하도다.

"동이 틀 때까지 즐겨 봅시다. 태평성대로다. 부러울 것 없는 나날이로세."

16 | 사라진 구름

꿈속에서 즐겁게 술을 마시던 자가 아침이 되면 불행한 현실에 슬피 울고, 꿈속에서 울던 자가 아침이 되면 즐겁게 사냥을 떠나오. 꿈을 꿀 때는 그것이 꿈인 줄 모르고 꿈속에서 또한 그 꿈을 점치기도 하다가 깨어나서야 꿈이었음을 아오. 참된 깨어남이 있고 나서라야 이 인생이 커다란 한바탕의 꿈인 줄 아는 거요. 그런데 어리석은 자는 자기가 깨어 있다고 자만하여 아는 체를 하며 군주라고 우러러 받들고 소 치는 목동이라고 천대하는 따위 차별을 하오. 옹졸한 짓이오. 공자도 당신도 모두 꿈을 꾸고 있소. 그리고 내가 당신에게 꿈 이야기를 하고 있는 것도 또한 꿈이오.

―『장자』, 「제물론(齊物論)」

"방금 무엇이라고 하였습니까? 누가 사라져요? 종사관 박운동이 없어졌단 말입니까?"

장희재는 중전의 얼굴을 쳐다보지도 못한 채 코가 바닥에 닿을 만큼 허리를 숙였다. 이런 날이 오지 않기를 바랐지만 더 이상 숨길 수는 없었다. 중전이 눈치를 채기 전에 먼저 죄를 청하는 것이 상책이었다.

"남해에 사람을 보내 알아보았습니까?"

장희재는 대답 대신 서찰 하나를 서안 위에 올려놓았다. 치켜 올라갔던 중전의 눈꼬리가 아래로 내려왔다.

"이게 뭡니까?"

"남해 현령 조상덕의 밀서이옵니다. 한 달 전 남해 관아를 다녀간 후로는 연통이 없다고 적혀 있사옵니다."

"한 달이라니요? 허면 그 사람이 하늘로 솟았다는 겁니까, 땅으로 스몄다는 겁니까?"

"저도 납득이 되지 않사옵니다. 박운동 그 사람은 혼자서도 장정 스무 명은 거뜬히 대적하고 남음이 있사옵니다. 길을 잘못 들어 명화(明火) 도적 떼를 만났다고 해도, 집채만 한 호랑이와 맞부딪쳤다 해도 살아 돌아올 무공을 지녔사옵니다. 헌데 없사옵니다. 한양에도, 남해에도, 또 그 둘을 잇는 역참 어디에도 한 달 동안 박운동을 본 사람은 아무도 없사옵니다."

"좌포장!"

중전이 차갑게 그를 불렀다.

"예, 중전마마!"

그는 다시 머리를 숙였다. 이 정도의 꾸중은 중궁전에 들때부터 각오했던 것이다. 소나기라고 생각하자. 지나갈 때까지 눈 감고 귀 막고 기다리는 거다.

"왜 이제야 알리는 겁니까? 연통이 끊겼을 때 즉시 고했어야지요."

고하고 싶었사옵니다. 허나 이 일로 말미암아 신에 대한 마마의 믿음에 금이 갈까 두려워 감히 말씀 올리지 못했사옵니다.

"남해에서 한양이 워낙 먼 길인지라…… 확실히 상황을 파악한 후에 말씀 올리는 것이 도리라 여겼사옵니다."

"도리는 무슨 놈의 도리!"

침묵이 흘렀다.

왜 항상 일의 선후를 분별하지 못하시는 겁니까? 급히 할 일과 천천히 어루만질 일을 바꿨군요. 검술의 고수이고 충성심이 남다른 박 종사관이 사라졌다면 당장 사람을 풀어 찾았어야 합니다. 헌데 한 달이나 숨기다니요. 그사이에 우리를 음해하는 자들이 흉측한 일을 꾸몄다면 어찌합니까? 전하께 이 일을 고하기라도 했다면 어찌합니까?

장희재는 변명을 늘어놓지 않았다. 박운동의 실종을 아뢰지 않고 시일을 끈 것은 그가 반드시 돌아오리라고 믿었기 때문이다. 식솔이 모두 한양에 있고 좌포장의 오른팔로 출세가 보장된 마당에 모습을 감출 이유가 없었던 것이다.

"노도의 늙은이는 어찌하고 있습니까? 이상한 일은 없었나요?"

"한 달 전에 불이 나서 집을 모두 태웠다 하옵니다."

"불이라구요? 왜 불이 났답니까?"

중전의 두 눈이 커졌다. 그 일은 왜 고하지 않은 겁니까? 도대체 얼마나 많은 것을 혼자만 알고 있는 겁니까? 하나에서부터 열까지 세상 민심을 살펴 알리라고 좌포청을 드린 겁니다. 헌데 어느 것 하나 제대로 전하는 것이 없군요.

"정확한 원인은 모르겠사오나 실화(失火)가 아닌가 사료되옵니다."

"실화라면, 누가 실수를 했다는 겁니까? 서포입니까 모독입니까, 그도 아니면 부엌일을 돌보아 준다는 그 계집입니까?"

"그, 그게……."

장희재는 다시 말문이 막혔다. 그도 누구의 잘못인지 몰랐던 것이다.

"혹시 방화는 아닙니까?"

"아니옵니다. 노도를 나고 드는 배는 모조리 남해 관아에서 검찰을 하고 있사옵니다. 방화라면 당연히 범인이 잡혔을 것이옵니다."

방화라면 더욱 큰 문책을 받는다. 설령 나중에 방화로 밝혀진다 해도 지금은 실화로 몰고 가는 게다. 구중궁궐에 계신 마마께서 그 불이 방화인지 실화인지를 어찌 판별하시겠는가. 그깟 작은 초가 한 채 불탄 것 때문에 내 앞날이 무너질 수는 없다.

"무엇이 참이고 무엇이 거짓입니까? 한 달이나 이 일을 숨긴 이유가 대체 뭡니까?"

"하찮은 일 때문에 심려하실까 저어하여……."

"좌포장! 무엇이 중요하고 무엇이 하찮은 일입니까? 누가 그것을 정하느냐 이 말입니다. 꿈이건 현실이건 노도에서 일어난 일은 티끌 하나도 버리지 말고 모두 고하라는 명을 잊었나요?"

"……."

"서포와 다른 이들은 무사합니까? 추위는 또 어디에서 피했는지요?"

"다행히 세 사람 모두 불길을 피해 집을 빠져나왔다고 하옵니다. 한 달 동안은 근처 빈집에서 지냈사옵니다. 남해 현령이 이것저것 필요한 물품을 조달하여 큰 어려움은 없었을 것이옵니다. 집을 다시 지어 내일 아침이면 옮겨 갈 수 있다 하옵니다."

"서책들은 어찌 되었습니까?"

서책?

장희재는 중전의 마음을 헤아릴 수 없었다. 세 사람의 안위만 확인하면 그만인 문제가 아닌가. 헌데 서책이라니? 방안에 서책이 있었다면 몽땅 불에 탔겠지.

"서포가 집을 빠져나올 때 서책을 챙겨 나왔느냐 이 말입니다."

"그럴 여유가 없었을 겁니다. 남해 현령의 밀서에 따르면 모독이 불길에 휩싸인 안방으로 뛰어들어 서포를 구했다니까요."

중전의 목소리가 높아졌다.

"그렇다면 참으로 큰일이 아닙니까?"

장희재는 이번에도 맞장구를 치지 못한 채 두 눈만 끔벅거렸다. 중전이 한심스러운 듯 장희재를 쏘아붙였다.

"우리가 모독을 왜 그곳으로 보냈습니까? 서포의 소설을 빼앗아 오기 위함이 아닙니까? 서포는 그 서책을 틀림없이 안방 어딘가에 숨겨 두었을 겁니다. 헌데 서책을 한 권도 가지고 나오지 못한 채 집이 모두 타 버렸다면 서포의 소설도 재로 변했을 가능성이 크겠지요?"

"과연 그러하옵니다. 허면 그동안 고민하던 골칫덩어리가 단숨에 사라진 것이 아니옵니까? 소설 따위로 중궁전을 어지럽히는 일은 없을 테니까요."

"하나만 알고 둘은 모르는 소립니다. 서책이 모두 불태워졌다면 나를 비난하는 소설이 세상에 나오는 시기도 늦추어지겠지요. 허나 서포가 누굽니까? 그 어려운 고문을 자유자재로 읽고 외우는 탁월한 재능을 지니지 않았습니까? 소설을 다시 복원하는 것은 문제가 아니지요. 한두 달만 지나면 기억을 더듬어 다시 소설을 완성할 겁니다. 집이 다시 불에 탈 것을 염려하여 소설을 더욱 찾기 힘든 곳에 숨길 것이 분명합니다. 모독이 그것을 찾아내기란 점점 더 힘겨

워질 겁니다. 그 소설이 있어야 서인들을 치고 주상 전하의 신임을 확인할 수 있습니다. 좌포장!"

"예, 마마!"

"당장 사람을 풀어 종사관을 찾으세요. 아무래도 그의 실종이 한 달 전의 실화와 관련이 있는 듯합니다. 우연이라고 하기에는 너무 이상하지 않습니까?"

"알겠사옵니다. 그리하겠사옵니다."

"허면 지금은 누가 노도와 남해 관아를 오가고 있습니까?"

장희재가 방문 쪽을 흘긋 살피며 답했다.

"박운동을 대신하여 종사관 황매우가 이미 노도를 한차례 다녀왔사옵니다. 그렇지 않아도 밖에 데리고 왔사옵니다. 보시겠사옵니까?"

"그럽시다. 들이세요."

"들어오게."

문이 열리자 키가 작고 야윈 사내가 바람에 흔들리듯 가볍게 들어왔다. 중전의 미간이 좁아졌다. 저렇게 약하디약한 사내가 어찌 막중한 임무를 수행한단 말인가? 좌포청에는 그렇게 사람이 없는가? 범한, 장평(둘 다 『창선감의록』의 등장인물. 주인공 화진의 형인 화춘을 꾀어 나쁜 일을 도모하는 불한당들)처럼 좌포장을 꾀어 일을 그릇된 방향으로 이끌려는 자들이 아닐까? 장희재가 그 마음을 헤아린 듯 선수를 쳤다.

"마마! 황 종사관은 좌포청에서 가장 빠를 뿐 아니라 별시 무과에서 갑과 2등으로 급제할 만큼 병법에도 밝사옵니다. 또한 경상도 사천에서도 근무를 하였기에 남해 지리에 밝사옵고 배를 모는 솜씨 또한 수군을 뺨칠 정도이옵니다. 특히 표창 솜씨가 뛰어나 100보 밖에서도 지나가는 쥐의 꼬리를 맞히는 것을 신이 직접 보았나이다."

그래도 중전은 믿지 못하는 눈치였다. 그동안 장희재의 허풍에 워낙 많이 당했던 것이다.

"내공 또한 대단하여 앉은자리에서 그대로 뛰어올라 천장을 손으로 짚을 수 있사옵니다. 좌포청에서는 종사관 박운동과 황매우 두 사람만이 가능한 일이옵니다. 보시겠사옵니까?"

중전이 천천히 고개를 끄덕였다. 장희재가 오른손을 드는 순간 황매우의 몸이 곧장 위로 공처럼 튀어 올랐다가 사뿐히 내려앉았다. 제법 큰 소리가 날 법도 한데 전혀 잡음이 없었다. 중전의 표정이 그제야 밝아졌다. 박운동 역시 빠르기는 하지만 어딘지 아둔하고 지나치게 자신만만한 것이 미덥지 않았다. 그러나 이 사내는 다르다. 중전의 시선을 받고도 전혀 흔들림이 없다. 긴장하지도 않고 풀어놓지도 않는 평정심의 경지는 쉽게 오르기 힘들다.

"서인들의 준동을 염려하여 마지막으로 숨겨 둔 사람이

옵니다. 박운동이 없으니 이제 이 사람을 써야겠사옵니다. 황 종사관이라면 그 소설을 반드시 찾아낼 것이옵니다."

"황매우라고 하였는가?"

"그러하옵니다. 중전마마."

매화 비!

무관의 이름치곤 참으로 시적이구나. 박운동에 비한다면 훨씬 차분하고 조용하다. 작은 두 눈에서 날카로운 기운이 뿜어 나오지만 저 작고 흰 손은 당송의 시를 어루만질 듯하구나.

"올해 나이가 몇인가?"

"스물아홉이옵니다."

"결혼은 했고?"

"아직 못 하였나이다."

장희재가 끼어들었다.

"3년 전 청학동에서 두란향이라는 선녀를 보았다 하옵니다. 그 선녀를 다시 만나기 전까지는 혼인을 하지 않을 것이라 하더이다."

중전이 고개를 끄덕였다. 사랑까지 아는 사내란 말이지. 시를 알고 사랑을 안다면 소설의 속성도 알겠구나. 한없이 따뜻하게 품어 주다가도 한순간에 절벽으로 몰아붙이는, 한여름 큰바람 불기 직전의 하늘처럼 변화무쌍한 이야기들. 그가 말하는 두란향도 그 변화무쌍함 중에 하나가 아닐까. 두란향이 누군가. 황금 장식에 푸른 소가 끄는 수레를 타고 하늘에서 내려와 장전이란 사내와 사랑을 나눈 선녀가 아닌가. 중전은 『태평광기(太平廣記)』의 「두란향별전(杜蘭香別傳)」에서 이미 그 아름다운 이름을 외워 두고 있었다. 나타났다 사라지기를 즐겨 하는 두란향이 어이하여 황매우를 찾아왔을꼬.

"허면 두란향과 청학동에서 헤어졌단 말이냐?"

"그러하옵니다."

"그녀도 종사관의 마음을 아는가?"

"아니옵니다. 날개옷을 빼앗으려는 도적 떼로부터 그녀를 지켜 주었을 따름이옵니다. 그 와중에 제가 큰 실수를 하였나이다."

"큰 실수라니? 그것이 무엇인가?"

"제가 가진 표창이 두란향의 날개옷을 찢고 턱밑에 작은 상처를 내었나이다. 두란향은 날개옷이 없어 옥황상제의 부름을 받지 못하였을 뿐만 아니라 턱의 상처 때문에 손으로 입을 자주 가렸나이다."

"상처가 그리 큰가?"

"크지 않사옵니다. 육안으로는 거의 발견할 수 없을 만큼 작지만 저의 눈에는 웅덩이보다도 크고 깊어 보이옵니다."

장희재가 밝에 웃으며 부연 설명을 했다.

"황 종사관은 박 종사관과 함께 도성 안의 소설들을 모아 들여오는 일을 오랫동안 해 왔사옵니다. 때로는 처음 나온 소설을 살펴 읽고 그 가치를 가늠하기도 하였사옵니다. 그래서인지는 몰라도 가끔은 현실의 일을 소설에 빗대어 말하기도 하고, 소설의 일을 현실에 빗대어 이야기하기도 하옵니다. 두란향의 일도 그중 하나가 아닌가 사료되옵니다. 순라를 돌다가 위험에 처한 처녀를 구해 주긴 했나 보옵니다. 헌데 황매우는 한사코 선녀라고 우기옵니다. 가끔 청학동에는 그렇게 정신이 혼미한 처자가 두란향처럼 꾸미고 돌아다닌다는 풍문이 돌기도 하옵니다. 너무 괘념치 마시오소서."

중전의 호기심 어린 두 눈이 황매우의 아래위를 훑었다.

"신선술을 믿느냐?"

"믿사옵니다."

황매우의 집안은 오래전부터 신선술과 노장을 가까이 두고 익혀 왔다. 그의 6대조 황정이 토정 이지함과 함께 화담 서경덕 문하에서 신선술과 『주역(周易)』을 배웠던 것이다. 무과에 급제하여 장수의 길로 접어든 후에도 황매우는 수련을 게을리하지 않았다. 공중 부양이 가능한 것도 고된 수련의 결과였다.

"그가 선녀라는 것을 어찌 아느냐?"

"그녀는 이 땅의 여자들과 달리 참으로 변화무쌍하였사옵니다. 소설책 한 권에 몸을 숨길 만큼 가볍고 시시각각 얼굴 모양이 변하였사옵니다. 선녀 외에는 그 같은 기적을 이룰 자가 없사옵니다. 그녀 역시 자신을 두란향이라 하였사옵니다."

이상한 일이군. 냉정하기로 소문난 좌포청의 종사관이 선녀와 사랑을 꿈꾼다?

"좌포장의 말처럼 소설과 현실을 구별하지 못하는 것은 아니냐?"

"아니옵니다. 하늘의 별처럼, 땅의 꽃처럼, 신은 그 둘을 뚜렷이 구별하옵니다. 다만……."

"다만?"

"간혹 현실에는 소설보다도 더 소설 같은 일이 있사옵고 소설에는 현실보다도 더 현실 같은 일이 있사옵니다. 두란향의 일도 그와 같사옵니다."

속을 알 수 없는 사내군. 거짓말을 하는 것 같지는 않지만 청학동에서 만난 여자를 선녀라고 우기는 건 소설에서나 가능한 일이다. 너무 많은 소설을 읽었음인가. 그도 나처럼 소설의 주인공이 되어 하늘에서 내려온 선녀와 사랑이라도 나누고 싶은가 보군. 소설을 많이 읽었다고 하니 차라리 다행이야. 서포의 소설을 가져오려면 소설이 무엇인가를 아는 사람이 더 나을 수도 있지. 내가 그를 이해하듯이 그도 서포의 마음을 헤아린다면 의외로 손쉽게 일이 해결될 수도 있겠어.

"그녀는 어디로 갔는가?"

"모르옵니다."

"그날 이후 그녀를 다시 본 적이 있는가?"

"없사옵니다."

"허면 그녀의 행방을 찾아보긴 하였는가?"

"아니옵니다. 두란향과의 만남을 어찌 사람의 힘으로 정할 수 있겠사옵니까? 그 밤의 만남이 갑작스러웠던 것처럼 재회도 전혀 뜻하지 않은 때에 낯선 장소에서 이루어지리라고 믿사옵니다."

"조선 팔도는 참으로 넓지 않으냐? 늙어 죽을 때까지 만나지 못할 수도 있느니라."

"아니옵니다. 두란향과 저는 곧 다시 만날 것이옵니다. 아주 가까이에서 그녀의 기운이 느껴지옵니다."

"이 궁전 안에 네가 찾는 정인이 있다는 말이더냐?"

"아니옵니다. 가까운 거리가 아니라 가까운 시간이옵니다. 두란향에게 신의 사랑을 증명할 순간이 가까웠나이다."

"황 종사관!"

중전이 갑자기 시냇물처럼 흘러가던 이야기의 맥을 끊었다. 무엇인가 중요한 물음을 던지려는 것이다.

"예, 중전마마! 하문하시오소서."

"나와 두란향 이렇게 둘 중 하나를 선택하라면 어느 쪽을 택할 것인가?"

사랑이란 감정은 사람의 판단을 흐리게 하고 일을 엉뚱한 방향으로 이끈다. 이 사내의 장점이 순식간에 약점으로 바뀌는 것을 막아야 한다. 장희재가 황매우의 얼굴을 살피며 나섰다.

"당연히 마마의 명을 따를 것이옵니다. 좌포청의 장졸들은 모두 마마의 가병이나 마찬가지이옵니다. 심려치 마시오소서."

중전의 시선이 장희재를 거쳐 황매우에게 옮아갔다. 황매우가 허리를 숙이며 큰 소리로 아뢰었다.

"믿어 주시오소서. 어떠한 경우라도 마마의 명을 따르겠나이다."

17 | 이 소설을 보라

불초 형제 어려서 밧(바깥) 스승이 없이 소학, 사략, 당시의 유를 태부인이 가르치시나 자애 비록 하시나 "재주와 학식이 남에서 한층 더해야 겨우 남의 유에 들리라." 하시고 "사람이 행실이 없는 자를 꾸짖으며 말하기를 반드시 과부의 자식이라 하나니, 이 말을 너희 마땅히 각골하라." 불초 형제 허물 있으매 반드시 손조(손수) 매를 잡고 울며 이르시되 "너희 부친이 너희 형제로써 내게 의탁하였거늘 너희들이 이제 이렇듯 하니 내 지하에 가 무슨 낯이 있으리요. 학문을 아니 하고 삶이 죽음만 같지 못하다." 하시니 선형의 글재주 비록 천성이시나 그 공부의 쉬 이루기도 태부인의 격려하오신 힘이 많고, 만일 만중의 어둡고 용렬하며 스스로 버림은 가르침이 지극지 아님이 아니라. 이때에 난이 갓 지나 서책을 얻기 어려운지라. 『맹자』, 『중용』 같은 모든 책을 태부인이 곡식으로 바꾸고, 『좌전』을 파는 자가 있으니 선형이 뜻에 심히 사랑하오되 권수가 많으므로 값을 감히 묻지 못하니, 태부인이 틀 가운데 명주를 베어 그 값을 갚으니 이 밖에 남은 저축이 없는지라. 또 사람을 인하여 옥당에 사서와 『시전언해』를 빌어다가 손수 베끼시니 자획이 정제하여 구슬을 꿴 듯하고 한 구도 구차함이 없더라.

— 김만중, 「정경부인 해평윤씨 행장(貞敬夫人海平尹氏行狀)」

"저 파도 좀 보아! 이제 곧 어두워져요. 아무래도 내일 아침에나 오시려나 봐요."

백능파가 무릎을 툭툭 두드리며 일어섰다. 벌써 한 식경이 넘도록 배가 오기만을 기다리고 있었다. 옅은 구름 사이로 금산의 기기묘묘한 바위들이 언뜻언뜻 모습을 드러냈다.

"저 바위들을 보오. 참 아름답지 않소?"

모독의 눈이 점점 더 커졌다.

"처음 노도에 왔을 때 대감이 왜 이렇게 비탈진 길을 올라 풀숲을 헤친 후에야 닿을 수 있는 곳에 초옥을 마련했을까 의아했었다오. 답은 저 금산에 있었소. 대감은 바로 금산을 조금이라도 더 잘 보기 위해 어부들이 사는 저 아래쪽 대숲이 아니라 비탈길을 한참이나 올라오신 게요."

모독은 잠시 말을 끊고 백능파를 쳐다보았다.

"아름다운 풍광을 자주 접하려는 것은 또한 사대부의 취미가 아닐는지요?"

"취미가 아니오. 대감은 재회의 기쁨을 맛볼 수 없는 완전한 이별도 있다고 말씀하셨다오. 그 이별의 흔적을 하염없이 바라보아야 하는 사람의 마음을 그려 보라고도 하셨소."

완전한 이별? 백능파는 그 말을 곱씹어 보았다. 쉽게 의미가 와닿지 않았다. 저깟 바위를 보며 무슨 이별을 생각한다는 건가? 또 저 바위가 이별의 흔적이라니?

"가요, 예? 저녁 안 먹을 거예요?"

오늘따라 그녀는 더욱 짜증을 부렸다.

"조금만, 조금만 더 기다려 봅시다."

모독은 아예 엉덩이를 바닥에 대고 퍼질러 앉았다. 백능파의 곱지 않은 시선을 모른 체하고 가볍게 콧노래까지 흥얼거렸다. 초가가 불에 탄 후부터 그는 더 이상 백능파의 어리광을 받아 주지 않았다. 그녀가 원하는 일은 아무리 사소하더라도 거절부터 했다. 그녀가 이 지긋지긋한 섬을 떠나겠다고 위협할 때도 배웅을 하겠다며 따라나섰다. 그는 그녀가 거짓말을 한다고 생각했고, 그날의 진실이 밝혀지기 전까지는 버티리라 마음먹었다.

"낭자! 겨울이 왜 여름보다 추운지 아시오?"

검은 기운이 붉은 기운을 잡아먹는 서쪽 하늘을 살피며 물었다. 백능파는 너무 쉬운 문제를 내는 것을 책망하기라도 하듯 답했다.

"여름 해는 가깝고 겨울 해는 멀기 때문이 아닌가요? 가깝기 때문에 덥고 멀기 때문에 추운 것이지요. 봄과 가을은 그 중간에 있기 때문에 춥지도 않고 덥지도 않은 것이구요. 맞죠? 자, 어서 내려가요!"

모독이 시선을 서쪽 하늘에 고정시킨 채 어깨를 으쓱 들었다 내렸다.

"나도 그런 줄 알았소. 헌데 대감은 그게 아니라고 하셨소. 천체(天體)는 둥글어서 이 땅이 한가운데 있으니 해와 달의 운행에 남북이 있다고는 하지만 이 땅에서의 원근 거리는 차이가 없다 하셨다오. 삼십 폭의 차 바큇살의 길이가 어찌 차이가 있겠는가라고 물으셨다오."

백능파는 잠시 머릿속으로 천체와 지구와 해와 달의 움

직임을 그려 보았다. 그러나 도무지 납득할 수 없었다.

"천체가 둥글고 이 땅이 둥글다고 대감은 분명히 말씀하셨다오. 지구(地球)다 이 말이오. 100년쯤 전에 이마두(利瑪竇, 마테오 리치)라는 양이가 대국에 와서 해와 달과 이 땅에 대한 새로운 가르침을 전해 주었다고 하오. 혼천도 개천도 모두 틀린 것이라오."

"몰라요. 이 세상이 네모든 둥글든 상관 않겠어요."

"또한 이마두는 자신이 믿는 천주(天主)에 관한 여러 이야기도 대국 사람들에게 전했다고 하오. 혹시 대국에 있을 때 천주에 관한 소문은 듣지 못하였소?"

"천주라니요? 하늘에 주인이 있단 말입니까?"

"서포 대감이 들려주신 이야기 중에 백다락(伯多落, 베드로)이라는 제자가 물 위를 걷는 장면이 인상 깊었다오. 천주를 믿고 물 위를 걸을 때는 가라앉지 않았는데 마음에 의심이 생기자 곧 물에 빠져 허우적댔다고 하오. 많은 소설을 읽었지만 그처럼 물 위를 걷는 이야기는 들은 적이 없소. 이마두의 나라 사람들은 참으로 상상력이 풍부하고 이야기를 만드는 솜씨가 우리와 전혀 다른 것 같소. 천주의 이야기뿐만 아니라 그 땅에 사는 이들의 이야기도 많을 터. 그들의 소설은 또 어떠한지 궁금하구려."

"참 대단들 하십니다. 이 땅이 둥글고 또 사람이 물 위를 걷는다? 그걸로 지괴 소설을 쓰면 되겠네요. 먼저 가겠어요."

한 달 전 마당에서 벌어진 상황에 대하여 모독과 백능파는 전혀 다른 기억을 펼쳐 보였다. 모독은 자신이 김만중을 업고 나왔을 때 백능파가 섬돌 위까지 올라와서 두 사람을 끌어 내렸다고 했고, 백능파는 불길이 너무 거세어 대문 밖으로 몸을 피하였으므로 그들을 끌어낸 적이 없다고 맞섰다. 백능파의 기억이 맞다면 마당에서 그녀와 나눈 대화도 모두 환상인 것이다.

"속옷까지 불이 붙어 몽땅 벗어 던지고 알몸으로 달아났답니다. 믿지 못하시는군요. 좋아요, 여길 보세요. 불에 덴 자국이 선명하죠."

백능파는 뒤돌아 앉아서 등을 걷어 올리기까지 했다. 과연 주먹만큼 불에 덴 흉터가 또렷하게 남아 있었다. 어찌된 일일까? 내 기억이 틀렸단 말인가?

"저녁상 차릴 테니 곧 내려오세요."

모독은 양손으로 무릎을 감싸 쥐고 쪼그려 앉은 채 고개만 끄덕였다. 사실 그는 콧노래를 부를 만큼 여유롭지 않았다. 오히려 바늘방석에 앉은 것처럼 불안하고 불편했다. 한 달 내내 말을 아꼈다. 배를 탈 수 있을 정도로 김만중의 병이 호전된 후에도 모독은 우울한 표정을 바꾸지 않았다. 예전에는 그가 먼저 말을 건넸지만 이제는 백능파가 가까이

와도 무심할 때가 많았다.

곧 사약이 내려오겠지!

모독은 박운동이 소설을 가지고 떠난 후부터 편히 잠을 이룰 수 없었다.

왜 소설을 순순히 그에게 넘겨주었을까? 검이라도 찾아 들고 싸워야 하지 않는가? 불길 속에서도 대감이 찾은 것은 오직 하나, 바로 그 소설이다. 헌데 나는 기다렸다는 듯이 그 책을 박 종사관에게 주었다. 이미 그 소설을 넘겨주기로 약조를 했던 탓일까? 아무리 약조를 했더라도 일단 버텼어야 한다. 싸웠어야 한다.

아니다! 나 같은 일개 서생이 어찌 좌포청의 종사관과 일대일로 맞설 수 있으리오. 그에게 소설을 빼앗긴 것은 어찌할 수 없는 일이다. 그러나 그 때문에 대감의 목숨이 위태로울 수도 있음이다. 좌포장이 그 소설을 가져오라고 명한 것은 대감을 죽이기 위한 술책이다. 소설의 내용을 문제 삼도록 조정 공론을 이끌어 낸 후 대감에게 사약을 내리라는 주청을 드렸을 수도 있다. 벌써 사약이 내려오고 있을지도 모른다. 사약이 오면 어이하나? 대감의 얼굴을 어찌 보나? 처음부터 노도로 올 일이 아니었다. 박운동의 감시가 두렵긴 해도 빠져나갈 기회는 있지 않았는가? 나 스스로 도망가지 않은 것이다. 왜? 나는 왜 노도로 왔는가? 그 소설 때문이다. 『구운몽』에 버금가는 소설을 읽기 위함이다. 어쩌면 소설만 읽고 그것을 박운동에게 넘겨주지 않겠다고 생각했는지도 모른다. 그러나 박운동은 소설을 가졌고 나는 소설의 첫 장도 읽지 못했다. 내 잘못이다. 나의 욕심 때문에 대감은 큰 화를 당하실 것이 분명하다. 이 일을 어이해야 하나? 지금이라도 사실을 모두 말해야 할까? 지금 사실을 말한다고 달라지는 게 무엇이냐? 나의 죄책감을 조금이라도 덜어 내기 위해 대감을 더욱 불편하게 만드는 일이 아닌가? 그렇다고 그냥 이대로 지내는 건 가시방석이다.

청삽살개 파도의 울음소리가 길게 들려왔다.

그는 무릎을 감싸 쥔 깍지를 풀고 일어섰다. 흑암의 배가 어둠을 쫓으며 들어오고 있었다. 선미에 앉은 이는 김만중이 분명했다. 아직 향교까지 다녀오는 것은 무리라고 말렸으나 대감은 이백과 두보의 시를 읽고 싶다며 닷새 전 길을 나섰던 것이다.

"오늘도 오시지 않으면 향교를 찾아갈 작정이었습니다."

모독은 배에서 내리는 김만중을 부축하며 말했다.

"내가 어디서 앓아눕기라도 했을까 봐 그러는가? 대성전 앞에서 잠시 사대부들을 만나 대화를 나누었다네. 임진년과 병자년의 전쟁이 끝난 지도 오래인데 아직 명륜당을 짓지 못하였으니 참으로 안타까운 일이지. 귀양이 풀려 조정으로 돌아가면 가장 먼저 남해를 비롯한 하삼도 곳곳의 향교들을 살피고 전쟁 이전의 모습을 되찾을 수 있도록 도와야겠어. 허허허, 이제 다 나았다네. 노도에 들어온 후 요즈음처럼 몸이 가벼울 때가 없어. 날아갈 듯허이."

사공이 건네는 반은 검고 반은 붉은 보자기를 받았다. 묵직한 것이 모두 서책이었다.

"가시지요. 백능파가 저녁 준비를 마쳤을 겁니다."

"늦은 점심을 먹었다네. 소상반죽(瀟湘斑竹, 중국 소상 지방에서 나는 아롱진 무늬가 있는 대나무. 순 임금의 두 왕비 아황과 여영의 피눈물이 대숲에 뿌려져 반죽이 되었다고 함)이나 보러 가세. 저녁은 천천히 하고."

한 달 동안 임시로 머물렀던 초가의 대나무 울타리는 그 무늬가 독특했다. 김만중은 그 대나무들에 소상반죽이란 별명을 붙여 주었다. 은밀히 둘이서만 나눌 대화가 있다는 뜻이다. 모독은 어둠이 깊어 가기 전에 먼저 길을 잡았다.

초가에 닿으니 밤이 먼저 마당에 내려와 있었다. 모독은 호롱불을 찾아서 켰다. 문을 닫았지만 불꽃이 심하게 흔들렸다. 그는 고개를 숙였다. 그랬다. 벌써 한 달 동안 모독은 김만중의 눈길을 피했다. 왜 나를 이곳으로 데려오신 걸까?

"그걸 풀어 보게."

김만중의 말에 따라 보자기를 풀었다. '당시선(唐詩選)'이란 제목이 눈에 띄었다. 이백, 두보, 왕유, 이하 등의 시들이 담긴 시집이었다. 모독은 서책들을 조심조심 왼편으로 옮겼다.

『당시선』 아래에는 『송시선(宋詩選)』이 있었고, 그 아래에는 『시경』이 있었다.

왜 그토록 시를 자주 읽고 외우시는지요 물었던 적이 있다. 아침부터 저녁까지 잠시도 손에서 시를 놓지 않았던 것이다. 그때 김만중은 양(梁)나라 종영의 『시품(詩品)』에서 자신이 가장 아끼는 문장을 들려주었다.

"봄철의 바람과 새들, 가을의 달과 매미, 여름날의 구름과 비, 겨울철의 달과 혹한 같은 것들은 사계절의 느낌이 시에 표현되어진 것이라네. 아름다운 만남의 자리에선 시에 원망의 감정을 기탁하지. 굴원이 쫓겨나고 왕소군이 한의 왕실을 떠났던 경우이거나 삭막한 북녘 들판에 뼈가 딩굴고 바람에 날리는 쑥대 따라 혼백이 사라지는 상황에서나 고향 떠난 나그네가 추위를 느끼고 규방의 과부가 눈물을 흘릴 때나 사대부가 벼슬을 그만두고 조정을 나설 때나 미인이 요염한 자태로 입궁하여 총애를 받으며 나라를 기울게 할 때이거나 이런 모든 경우가 심령을 움직이니 시가 아니면 무엇으로 그 뜻을 펼칠 수 있겠나? 시가 곧 생활이 되는 것이 당연한 이치이거늘 지금까지 난 이런 바른길을 걷지 못했음이네."

그 아래 놓인 책의 제목은 '언소(諺騷)'였다. 모독이 서둘러 첫 장을 넘겼다.

이 몸 삼기실 제 님을 조차 삼기시니

흔싱 연분(緣分)이며 하늘 모를 일이런가

나 ᄒ나 졈어 잇고 님 ᄒ나 날 괴시니

이 ᄆᆞᆷ 이 ᄉᆞ랑 견졸 ᄃᆡ 노여 업다

"이것은 송강의 「사미인곡(思美人曲)」이 아닙니까?"

"그렇네. 예전에 전미인사(前美人詞, 사미인곡)와 후미인사(後美人詞, 속미인곡)를 한 책에 베껴 가지고 다녔네. 거의 위우다시피 했지. 해와 달만큼이나 빛나는 작품이 아닌가. 동방의 이소라 할 만하다네. 헌데 급히 유배 길에 오르느라 그 책을 놓고 왔었지. 마침 향교에 가니 두 작품이 있기에 기쁜 마음으로 베껴 왔네. 자네도 두 미인사를 외우도록 하게. 말을 다듬고 진솔하게 자신의 감정을 표현하는 데는 이보다 더 나은 작품이 없으이. 글을 적는 것보다 말로 하는 것이 진솔하다는 가르침은 일찍이 『시경』에서부터 있었지. 최근의 다채로운 손재주보다는 아름답고 위대한 옛 시절의 묵직하고 투박하기조차 한 말씀이 더 옳은 법이라네. 가장 오랜 것이 가장 새것일 수도 있음을 마음 깊이 새기도록 하게."

"명심하겠습니다. 헌데 대감께서는 최근에 대국에서 벌어진 사소한 일까지 관심을 쏟으시면서 또 옛 경전의 말씀까지 아우르시는군요."

"그 둘이 서로 모순이다 이 말인가? 허허, 세인들로부터도 곧잘 그런 오해를 받곤 했지. 우암 선생과 함께 고학(古學)을 아끼고 존중하니 서포 역시 옛 법과 격식에만 매달리고 최근의 흐름을 무시하리라 선입견을 품는 이들이 적지 않았다네. 내가 대국에 불어닥치고 있는 새로운 바람에 대해 언급하기라도 하면 어찌 최근의 조류에 밝으신 분이 고학을 강조하시느냐는 반문을 또 받았어. 허나 말일세. 그 둘은 모순이 아니라네. 까마득한 옛날부터 이어진 가르침은 시간이란 놈과 싸워 이겨 누구에게나 적용될 수 있는 참된 말씀일 게야. 어찌 그것들을 단지 옛날의 일이라 하여 물리칠 수 있겠는가. 또한 내가 살고 있는 지금 이 세상에 대한 관심 역시 포기하기 힘든 것일세. 이 두 가지가 조화롭게 내 안에 머물러 있어야 비로소 사물을 제대로 보고 세상의 흐름을 바르게 읽을 수 있지. 송강의 두 미인사를 칭찬하노라면 어찌 당송으로부터 배운 목릉성세(穆陵盛世)의 탁월한 시들은 제쳐 두고 입으로 읊조린 노래를 이소에

비기느냐는 항의를 받는다네. 너무 급하고 균형 감각을 잃은 것이 아니냐는 물음이지. 허나 오히려 나는 지극히 느리게 천천히 가장 오래된 문헌 중의 하나인 『시경』에 기대고 있다네. 허허허. 아무래도 이런 모순에 대한 편견과 시비는 먼 훗날까지 이어질 듯허이."

'관무량수경(觀無量壽經)'과 '관세음보살보문품(觀世音菩薩普門品)' 같은 제목도 눈에 띄었다. 향교에서 돌아오는 길에 용문사에 잠시 들른 모양이었다. 모독은 제일 밑에 깔린 서책을 집어 들다 말고 고개를 들었다.

"이, 이것은……."

"『주자요어』일세. 왜 그리 놀라는가?"

김만중은 알 듯 말 듯한 미소를 지어 보였다. 모독은 황급히 첫 장을 펼쳐 중간쯤을 눈으로 읽어 내렸다.

유 공자의 이름은 연수니, 차차 자라매 얼굴이 관옥 같고 재기 숙성하여 문장재화(文章才華) 십 세에 다 이루니, 공이 기특히 여겨 사랑하되 다만 부인이 보지 못함을 한탄하더라. 공자 십사 세에 향시에 제일로 뽑혔다가 십오 세에 급제하니, 천자 그 문장과 위인을 보시고 크게 칭찬하사 한림학사 제수하시매, 한림이 연소하므로 십 년을 더 학문을 힘쓰다가 다시 출사하기를 청하니, 천자 그 뜻을 아름다이 여기사 특별히 본직을 띠고 오 년 말미를 주시니, 한림이 천은을 감축하고 공이 또한 경계하되, 충의를 다하여 국은을 갚으라 하니라.

서책을 든 두 손이 덜덜덜 떨렸다. 겉장이 불에 그을렸고 시원하게 뻗어 내린 필체가 박운동이 가져갔던 서책이 분명했다. 중궁전에 올라갔어야 할 서책이 노도에 있는 것이다.

"소생이…… 그날 일은……."

모독은 무엇인가를 설명해야 한다고 생각했다. 그러나 어디서부터 어디까지를 털어놓아야 하는지 혼란스러웠다. 더군다나 이 서책이 다시 노도로 온 연유를 알 수 없었다. 김만중이 서안을 옆으로 밀고 다가앉았다. 모독은 저도 모르게 허리를 젖히며 거리를 유지하려고 했다. 김만중은 모독의 오른손을 덥석 잡았다.

"날 좀 도와주게. 내겐 자네뿐이야."

"무, 무엇을 말입니까?"

모독은 김만중의 속마음을 알 수 없었다. 좌포장과의 일을 모두 알고 계신가? 아니면 하나도 모르고 계신가? 이 소설은 무엇인가? 어찌하여 박운동이 가져간 서책을 대감이 다시 가져올 수 있단 말인가? 그리고 이 소설을 내 앞에 내어놓은 이유는 무엇인가? 지금까지 네가 저지른 일을 다

알고 있으니 스스로 토설하라는 것인가? 드디어 잘못을 빌고 용서를 구할 때가 왔는가?

"완전히 끝을 낸 후에 자네에게 보이려고 했네. 허나 아무래도 이쯤에서 자네의 고견을 청해야겠네."

"소생이 노도에 온 것은……."

김만중이 말허리를 잘랐다.

"알고 있네. 자네도 세책방 주인들과 약조한 것이 많겠지. 내 곁에서 이렇게 세월만 보내서는 아니 된다는 것을 잘 알아. 그래서 더욱 고마워하고 있으이. 집이 불에 탔을 때 난 자네가 떠나지 않을까 걱정했네. 자네가 쓰고 있는 소설도 불에 타지 않았을까 걱정도 되었네. 자넨 집필 중인 소설을 허리에 두르고 다닌다지?"

"그러하옵니다."

모독은 한양에서부터 틈틈이 쓰고 있는 소설 『서러워라, 잊혀진다는 것은』을 늘 몸에 지니고 다녔다. 박운동의 협박이 있은 후로는 아예 서책을 허리에 두르고 잠이 들었던 것이다. 불이 났을 때도 그 소설은 허리에 꼭 붙어 있었다.

"헌데 대체 무얼 쓰고 있는지 아직도 말할 수 없는가? 이곳을 떠나지 않고 계속 집필에 몰두할 정도면 꽤 중요한 작품인 것 같으이."

모독은 망설이고 있었다. 과연 대감이 이걸 쓰도록 허락

하실까? 당신의 말년 풍경과 참혹한 나날을 기록하는 것을
받아들이실 수 있을까?

"소품일 뿐입니다."

"내 부탁을 들어주겠는가?

"부족한 소생이 어찌 감히……."

"자네만이 해 줄 수 있는 일이네."

아직 좌포청의 일을 모르시는구나.

모독은 고백을 하려는 뜻을 거두었다. 박운동과 모의한
일을 지금 말씀드리면 당장 이 소설을 가져가실 거다. 그리
고 두 번 다시 보여 주지 않으리라. 일단 소설을 읽어야 한
다. 고백은 그다음에 해도 늦지 않다.

"내가 왜 자넬 믿는 줄 아는가?"

김만중이 모독의 마음을 들여다보기라도 한 듯 물었다.
모독은 대답 대신 김만중의 얼굴을 쳐다보았다.

"선천에서 자네와 마주 앉자마자 알아보았다네. 비슷한
냄새를 맡았거든."

"무슨 말씀이신지……?"

"자네도 과부의 자식이라는 놀림을 받지 않으려고 어려
서부터 부단히 노력하지 않았는가? 나 역시 마찬가지라네.
어머니는 늘 우리 형제를 불러 앉히시곤 과부의 자식이란
소릴 들어서는 아니 된다고 신신당부를 하셨다네. 사소한

잘못도 용서하는 법이 없으셨지. 그래서 어떤 일을 할 때마다 두 번 세 번 되새기는 법을 배웠고, 언제나 성현의 가르침에 따라 원칙을 지키려고 애썼네. 지금까지 나를 가장 잘 이해한 동반자이자 엄한 스승은 바로 어머니였다네. 자네도 나와 같지 않은가?"

"대감!"

과부의 자식!

모독도 그런 놀림을 자주 받았다. 골방에 틀어박혀 서책을 가까이한 것도 또래 아이들의 놀림감이 되기 싫어서였다. 어머니의 눈물과 한숨, 피곤함과 슬픔을 달랠 책임이 나에게 있었다.

"모독! 자네 소설을 읽으면서 참 나와 비슷하다는 생각을 했었네. 자네 역시 원칙에 집착하는 인간이 아닌가? 세상의 원칙이든 자기 마음의 원칙이든. 그런 사람은 믿을 수 있다네. 인간이기 때문에 흔들리는 것 자체를 막을 수는 없겠지만 곧 균형을 잡게 되지. 등 뒤에 어머니가 계시니까 말이야. 한순간도 우리들의 곁을 떠나지 않는 사랑하는 여인이자 지독한 감시자 말일세. 허허허."

김만중은 수염을 쓸어내리며 눈을 잠시 감았다 떴다.

"소설을 살펴 줄 수 없겠나? 아직 마무리를 짓지는 못하였네만 자네가 검토해 준다면 큰 도움이 되겠네. 어떻게 마무리를 지을 것인가를 함께 논의해도 좋겠고."

"소생이 어찌 그런 일을 할 수 있겠습니까만, 『구운몽』 이후 대감의 작품을 또다시 읽는 광영을 얻고 싶은 욕심에 무릎을 꿇고 읽어 보겠습니다."

"그래 주겠는가? 고마우이. 정말 고마워."

김만중이 모독의 어깨를 꾹 잡았다. 모독은 용기를 내어 김만중의 눈을 들여다보며 말했다.

"대감! 소생도 대감께 청이 하나 있습니다."

"말해 보게. 무엇이든 들어주겠네."

모독은 허리에 두르고 있던 서책을 꺼내 그의 앞에 놓았다.

"소생이 이 소설을 짓는 것을 허락해 주십시오."

김만중이 두 눈을 크게 뜨고 물었다.

"알 수 없는 소릴 하는군. 자네가 소설을 짓는데 어찌하여 내 허락이 필요하단 말인가?"

"이 소설의 주인공은 바로 대감이십니다."

"무엇이라고? 내가 주인공이라고?"

김만중이 놀란 눈으로 모독의 소설을 집어 들었다. 모독은 불호령이 떨어질 것을 두려워하며 고개를 숙인 채 기다렸다. 그러나 이내 호쾌한 웃음이 터져 나왔다.

"하하핫! 재미있군. 그러니까 자네가 쓰는 이 소설의 주인공이 바로 나란 말인가? 엄숭처럼 고약한 인간만 소설에 등장하는가 싶었더니 나도 끼일 자리가 있었나 보군. 자네의 발칙한 상상은 도대체 어디서 오는 건가?"

"허락하시는 것이옵니까?"

"내게 허락을 청할 이유가 어디 있는가? 쓰고 싶으면 쓰는 게지. 그것이 소설이란 글쓰기의 자유로움 아닌가? 자네가 내 소설을 살펴 주고 내가 자네 소설의 주인공이 된다! 한 고조는 장자방을 써서 천하를 차지했고 장자방은 한 고조를 도와 임금의 원수를 갚았지. 우리도 꼭 그와 같군그래."

"그래도 한번 살펴 주십시오. 대감의 존함에 오점을 남길까 두렵습니다."

김만중이 웃음을 그치고 모독을 쳐다보았다.

"당분간은 자네의 소설을 읽지 못하겠네. 내가 읽고 마음에 들면 다행이지만 혹 탐탁지 않은 구석이 있다면 자넨 어찌하겠는가?"

"고치거나 지우겠습니다."

김만중이 고개를 저었다.

"아니야. 이건 나의 자서전이 아닐세. 어디까지나 매설가 모독이 바라본 김만중이다 이 말이야. 자네가 바라본 나를 내가 어찌 손댈 수 있단 말인가? 자네가 쓰고 싶은 대로 쓰게. 세상에 내어놓기 전에 미리 한번 보여 주면 큰 기쁨이겠고."

역시 김만중은 뜻이 깊고 호방했다.

"감사합니다. 세책방에 넘기기 전에 반드시 보여 드리겠습니다."

"헌데 이 제목 말일세. '서러워라, 잊혀진다는 것은'도 나쁘진 않지만 너무 많이 감춘 듯하군. 좀 더 직설적인 제목은 어떨까? 요즈음 소설들을 보면 분위기만 잔뜩 피우고 알 듯 모를 듯 이상한 제목만 붙이지. 잔뜩 기대를 품고 소설을 읽어 나가던 독자들을 실망시키는 경우가 한두 번이 아니야. 자네가 이 소설에서 이야기하는 게 무엇인지 물어봐도 되겠나?"

"대감의 소설을 살피고…… 또 대감을 음해하는 이들과의 대결을 담고…… 노도의 풍경도 담고……."

김만중이 간단하게 모독의 속마음을 넘겨짚었다.

"그러니까 간단히 말하자면 내가 과연 사느냐 죽느냐 이것에 관한 이야기구먼."

"그렇습니다. 그 일련의 고행 속에서도 걸작을 만드는 대감의 일상을 담고 싶었습니다."

김만중이 천천히 자리에서 일어서며 한마디 덧붙였다.

"허면 '서포척살전말기(西浦刺殺顚末記)'라고 하게."

서포척살전말기. 세상에 그런 이상한 소설 제목이 어디

있는가?

"어찌 감히 대감을 제목에 넣을 수 있겠습니까? 척살이 라니요? 당치도 않습니다."

"아무렴 어떤가? 양소유가 여덟 여자와 놀아나는 이야 기도 장황하게 풀어 쓴 나야. 예의와 도덕을 따진다면 소설 에 쓸 글이 몇 자나 되겠나? 나도 소설을 써 보았기에 이런 소릴 하는 걸세. 서포척살전말기. 그 제목으로 가게. 누가 묻거든 허락을 받았다고 해. 『남정기(南征記)』를 살펴 주는 데 그 정도 고마움은 표시해야지."

농담이 아닌 듯했다. 모독은 잠시 멍청하게 서서 김만중 의 야윈 뺨과 앙상한 어깨를 쳐다보았다.

대감! 당신은 이토록 큰 어른이셨습니까. 소설에 대한 당신의 사랑이 이토록 지극하셨습니까. 소설로 인해 이름 을 더럽힐까 두려워 이름을 고치고 지우는 매설가들이 부 지기수입니다. 한낱 심심풀이 이야기 때문에 삶을 그르치 기 싫다는 것이지요. 헌데 당신은 너무도 당당하시군요. 당 신이 지은 탁월한 고문과 빼어난 절구처럼 소설 역시 당신 의 열 손가락 중 하나로 아끼시는군요. 소설을 위해서라면 당신의 전부를 선뜻 던지십니다. 조선의 그 어느 사대부가 감히 자신의 호를 소설을 위해 내어놓을 수 있겠습니까. 너 무나도 자연스럽기 때문에 오히려 그 어려움을 짐작하기 힘들 정도입니다. 당신 앞에서는 영원히 죄인일 수밖에 없겠군요. 아, 이 망극한 아픔을 어이해야 합니까.

김만중이 모독의 어깨를 가볍게 잡았다 놓으며 앞장을 섰다.

"자, 어여어여 가자구. 바람이 예사롭지 않아. 아마도 큰비가 내릴 듯허이. 이런 날은 배를 든든하게 채우고 일찍 잠자리에 드는 게 상책일세."

18 | 남쪽 숲에서 생긴 일

초승달을 보니	望新月
초승달의 굽기가 눈썹 같다	新月曲如眉
시름겨운 사람 가을 오니 절로 느낌이 많아	愁人秋來自多感
무심히 그림 익혀도 가냘프게 그리는구나	無心學畵纖纖規
반달을 보니	望弦月
반달이 기울기가 머리빗 같다	弦月側如梳
시름겨운 사람 머리는 가을 쑥대 같으니	愁人首如力秋蓬
높이 틀어 쪽 지은 머리에 어찌 저걸 쓰리오	高髻雲鬢安用渠
보름달을 보니	望望月
보름달이 둥글기가 거울 같다	望月圓如鏡
깊은 규방의 젊음은 앉은 채 사라져 가니	深閨春色坐消歇
새로 화장하고 단정한 모습 비춰 봐야 쓸데없구나	不用新粧照端正

— 김만중, 「망월삼장(望月三章)」

봄은 이미 시작되었건만 남해의 밤 추위는 귀밑이 서늘
하고 양손을 겨드랑이에 꼭 끼우고 싶을 정도였다. 먹구름
이 바람을 타고 천둥 번개와 함께 장대비로 내릴 때는 엉덩
이 아래로 얼음이 깔리는 느낌마저 들었다. 노인들은 이런
고약한 날에 죽지 않게 해 달라고 빌었다. 시신을 염하기도
어렵고 매장하기는 더더욱 힙겹기 때문이다.

이런 밤에 남편이나 자식을 바다에서 잃은 아낙들은 마

당에 꿇어앉았다. 쏟아지는 빗줄기를 온몸으로 맞으며 길게 곡을 했다. 시체가 된 후에도 땅에 묻히지 못하고 바다를 떠도는 남편이나 자식을 위하여 그 고통을 조금이라도 나누려고 소복 차림으로 비바람을 맞는 것이다. 파도에 휩쓸려 그 몸이 부서지거나 사지가 뜯기는 일이 없기를 빌고 또 빌었다.

처음에는 곡소리에 힘이 실리고 고저장단까지 어울렸지만 밤이 깊어 감에 따라 차차 긴 울음은 절규로 변했다. 사람의 목을 통해 나왔다고는 생각할 수 없을 만큼 찢어지는 소리, 동네 개들조차 따라 짖지 못할 만큼 피비린내를 풍기는 소리, 곡이 끊기면 천하가 고요하고 울음이 이어지면 세상이 온통 지옥불로 가득했다. 살아 있으되 살아 있는 것이 아닌 죽음의 소리였다.

박운동의 시신이 발견된 것은 비바람과 함께 시작된 곡소리가 잠잠해진 새벽이었다.

"이 일을 어쩐다? 이 일을 어쩐다?"

남해 현령 조상덕은 세수도 않고 길을 나섰다. 솔숲이 끝나고 몽글몽글한 자갈돌이 펼쳐진 바닷가에는 황매우가 벌써 와 있었다.

객관에서 깊은 잠에 빠졌다는 보고를 받았는데 언제 예까지 왔단 말인가?

조상덕은 황매우가 마음에 들지 않았다. 박운동도 가끔 언성을 높였지만 남해 관아의 어려움을 미리 살피고 조상덕의 불만도 들어 주곤 했다. 인간적인 정이 묻어났던 것이다.

황매우는 달랐다. 어제 아침 관아로 들어서자마자 작은 눈을 번뜩이며 모든 일을 일일이 확인하고 꼼꼼하게 기록했다. 조상덕의 잘못은 곳곳에서 너무나도 쉽게 드러났다. 장졸들이 번을 제대로 서고 있는가를 감찰하지 못했다거나 너무 자주 잔치를 벌여 백성들의 원성을 산 것은 오히려 작은 잘못이었다. 가장 큰 문제는 역시 박운동의 행방을 찾는 일에 최선을 다하지 않았다는 점이다.

처음 열흘 동안은 장졸들을 동원하여 열심히 찾았으나 그 후로는 수색을 포기했다. 남해에는 없다고 성급하게 결론을 내린 것이다. 육지로 갔겠지. 섬에 남았다면 내게 찾아오지 않을 리가 없어.

그러나 박운동의 시신은 남해에서 발견되었다. 조상덕의 섣부른 예상이 빗나간 것이다. 제대로 수색을 하지 않았다는 질책이 쏟아질 것은 당연했다. 조상덕은 헛기침으로 자신의 도착을 알린 다음 황매우에게 갔다. 바닷물에 퉁퉁 붇고 양 볼과 가슴의 살점이 떨어져 나간 시신은 처참하기 그지없었다.

박운동이 확실한가?

얼굴을 확인하기조차 힘들었다. 그 마음을 읽기라도 하듯 황매우가 말했다.

"박 종사관이 분명하오."

"어찌 그렇듯 자신하시는지요? 한 달 전에 실종된 어부의 시신일 수도 있습니다."

황매우가 왼 무릎을 꿇고 시신의 왼손 검지를 들어 보였다. 손톱 위에 깊게 팬 흉터가 있었다.

"의형제가 되었음을 천지신명께 고한 후 검지를 베어 서로의 피를 나눠 마셨다오."

"섬뿐만 아니라 바다도 전부 뒤졌습니다. 어찌하여 한 달이 지난 지금에야 이곳에 이런 모습으로 나타나게 되었는지 모르겠소이다."

황매우가 이번에는 시신의 오른 발목을 가리켰다.

"이 줄이 보이시오? 돌을 묶어 발목에 달았던 줄이외다. 아우는 오른발에 돌이 묶인 채 바다에 던져졌던 게요. 지난밤 성난 비바람이 바다를 뒤집어엎는 통에 묶인 줄이 헐거워지면서 돌이 빠져나가고 해류를 따라 여기까지 떠내려온 것 같소."

"도대체 어떤 놈이 이런 짓을 한 겁니까? 간이 배 밖에 난 놈이외다. 좌포청의 종사관을 이 지경으로 만들어 놓다니."

황매우가 자리에서 일어섰다. 조상덕이 그를 만류했다.

"오늘은 배를 타지 마세요. 큰바람이 지나고 또 이렇게 시체까지 본 날엔 바다에 나가지 않는 것이 이곳 어부들의 오랜 관습입니다. 죽음의 그림자가 덮칠 거라 이 말입니다. 한 번도 틀린 적이 없으니 오늘은 다시 객관으로 돌아가 쉬는 것이 좋겠습니다. 시신도 거두고 좌포청에 밀서도 넣고 말이오."

황매우는 오른손을 들어 바람의 흐름을 살폈다.

"아우는 남해 현령이 찾았다고 해 둡시다. 해안을 순행하던 관졸들이 찾았으니 남해 현령이 찾은 것과 다를 바 없을 겁니다."

"정말이오? 그리해도 되겠습니까? 고맙소이다."

노도는 초행이었다.

맹인 사공은 능숙하게 물살을 가르며 앞으로 나아갔다. 갈매기들이 뒤를 따르며 시끄럽게 울었지만 고개를 드는 법이 없었다.

아우!

황매우는 박운동의 얼굴을 그렸다. 무과에 급제한 후 사천을 거쳐 녹둔도에서 함께 군관 생활을 했다. 충무공 이순신이 여진 오랑캐와 맞서 싸웠다는 목책을 오가며 내일을 꿈꾸던 시절이었다. 임경업 장군이 호랑이처럼 버티고 섰던 의주로도 한 달 차이를 두고 전출을 갔었다. 압록강 가에 서서 만주 벌판을 바라보기도 했고 흰머리산을 오르기도 했다.

이렇게 허망하게 가다니!

좌포청으로 올라와서 장희재의 심복이 된 후 그들은 더욱 자주 어울렸다. 정치는 처음부터 그들의 관심사가 아니었다. 서인과 남인의 대립이 극에 달했지만 오로지 어명을 따랐을 뿐이다. 장수는 전쟁터를 집으로 삼고 죽음으로써 나라를 구하는 것을 기쁨으로 알아야 한다. 지금 그에게 부여된 임무는 노도에 유배된 김만중이 은밀히 쓰고 있다는 소설을 가져오는 일이다. 그런 일에 좌포청의 종6품 종사관이 나설 필요가 있을까 생각한 적도 있었다. 무과에 급제한 신참도 충분히 할 수 있는 일인 것이다. 그러나 그것은 황매우의 착각이었다. 장검에 능한 박운동이 목숨을 잃을 정도라면 틀림없이 무예의 고수가 노도와 김만중의 주변을 돌보고 있으리라. 최대한 몸을 숨겼다가 급습을 해야 한다.

황매우는 배가 섬에 닿기도 전에 사공의 어깨를 짚었다. 배를 그만 돌리라는 뜻이다. 사공이 돛을 움직이기 전에 황매우가 먼저 바다로 뛰어들었다. 그 고수가 부두에 숨어 나고 드는 이를 감시할지도 모르는 일이다. 은밀히 숨어들어야 한다. 접근하기 힘든 섬의 남쪽을 택했다. 바람도 잦고 바위도 많아서 어부들의 왕래가 거의 없었다. 섬에 닿자마자 황매우는 날다람쥐처럼 숲으로 들어간 후 잔가지가 유난히 많은 소나무 하나를 택해 기어올랐다. 밤이 올 때까지 옷을 말리기 위함이었다. 눈을 감고 긴장을 풀었다. 해가 지려면 아직 반나절은 더 기다려야 했다.

포도청 군관이라면 항상 뛰고 달리며 범인을 잡아들인다고 생각하기 쉬우리라. 그러나 중요한 나랏일을 은밀히 하다 보면 열흘 중 아흐레는 지루한 기다림의 나날이다. 죄를 지은 범인이 포도청 대문 앞에 서 있는 것도 아니고, 대부분의 일이 사람들의 이목을 피해야 하기 때문에 인내와 끈기가 더욱 필요한 것이다. 사흘 밤낮을 박쥐처럼 부엌 천장에 들러붙어 있기도 했고 닷새 동안 물 한 모금 먹지 못하고 대청 마루 밑에서 쥐들과 지낸 적도 있었다. 소나무 위에서 쉬는 오늘은 비단 이불을 덮고 자는 것만큼이나 여유롭고 안락했다. 이럴 때 사랑하는 이라도 곁에 있다면, 저 푸른 바다를 보며 연모의 시라도 읊을 수 있다면, 함께 바닷가를 거닐며 아름다운 내일을 그릴 수 있다면, 서로의 상처를 보듬어 안으며 서로의 몸과 마음을 받아들일 수 있다면!

얼마나 시간이 지났을까.

인기척을 느낀 황매우가 눈을 뜨고 주변을 살폈다. 좁은 산길을 따라 두 사람이 나타났다. 여자가 앞서고 남자가 뒤를 쫓는 형국이었다. 소나무 아래에서 사내는 여자의 팔목을 붙들었다.

"백능파! 내 말을 좀 들어 보오."

"듣기 싫어요. 소녀는 그래도 두 분을 믿었어요. 헌데 소녀만 쏙 빼놓고 소상반죽에서 무슨 밀담을 나누신 건가요?"

"밀담은 무슨! 대감께서 그곳을 둘러보고 싶다 하셔서 다녀왔을 뿐이오. 오해 마오."

너무 늦게 집으로 돌아간 것이 화근이었다. 어젯밤에는 적당히 얼버무렸지만 오늘 아침 꼬치꼬치 캐묻는 바람에 소상반죽을 다녀왔다고 말해 버린 것이다. 두 사람만 남해 향교로 가거나 남쪽 솔숲을 산책한 적도 많았기에 큰 문제가 되지 않으리라 여겼다. 그러나 백능파는 자기를 속였다며 당장 섬을 떠나겠다고 화를 냈다. 이번에는 그냥 해 보는 소리가 아니었다. 짐까지 꾸리는 모양새가 정말 떠날 것만 같았다.

모독은 김만중의 눈을 피하여 그녀를 진정시키려고 남쪽 숲을 택한 것이다.

"돌아가겠어요."

"어디로 간단 말이오?"

아버지는 대국에서 벌써 죽었고 그녀를 친딸처럼 아끼던 청학동의 조성기도 세상을 떠난 지 4년째다.

"이 섬엔 더 이상 못 있겠어요. 배울 것도 얻을 것도 없는 이곳에서 시간을 낭비하긴 싫어요."

얻을 것이 없다?

모독은 그 말에 숨은 가시가 있음을 알아차렸다. 진작부터 그는 백능파가 무엇을 위해 노도에 왔는지를 짐작하고 있었다. 청학동에서 조성기의 『창선감의록』을 훔친 것처럼 노도에서 김만중의 새로운 소설을 얻으려는 것이다. 그런데 소설은 온데간데없이 사라졌고 집까지 불에 타 버렸으니 그녀의 희망도 꺾인 것이다. 모독은 백능파를 붙들고 싶었다.

"조금만 조금만 더 기다려 주오."

"기다리면 뭐가 달라지나요? 모든 게 사라져 버렸어요."

그녀는 손으로 턱을 가리며 고개를 돌렸다.

"모두라고 단정 짓진 마오. 지금은 밝히기 힘들지만 당신의 바람이 헛되지 않게 돕겠소. 우린 곧 부부가 될 사이가 아니요? 날 믿으오."

백능파의 검은 눈동자가 위로 올라갔다. 모독의 부탁을 받아들일 것인가 아닌가를 저울질하고 있는 것이다.

무엇인가 틀림없이 있다. 그렇지 않고서야 저렇듯 자신

있게 큰소리를 칠 수는 없지. 나의 바람이 헛되지 않게 하겠다고? 나의 바람이 무엇인가? 서포의 소설을 얻는 것이 아닌가? 그렇다면 아직 이 노도에 소설이 남아 있단 말인가? 그날 괴한에게 소설을 빼앗겼지만 또 다른 이본을 미리 숨겨 놓았을 수도 있지. 소상반죽 근처인가? 헌데 왜 시간이 필요하다는 걸까?

백능파의 시선이 다시 아래로 내려왔다.

"알았어요. 하지만 소녀를 너무 오래 기다리게 하진 말아요."

"고맙소. 내 약속하리다. 곧 좋은 소식이 있을 게요."

"믿겠어요…… 모독!"

갑자기 백능파가 그의 이름을 불렀다.

"왜 그러시오?"

"소녀를 너무 믿지 마세요. 소녀의 마음속에는 조월향(『창선감의록』의 등장인물. 남채봉을 핍박하는 대표적인 악녀)도 살고 남채봉도 산답니다."

"알고 있소. 이 내 마음속에도 화춘(『창선감의록』의 등장인물. 조월향의 꾐에 빠져 이복동생 화진과 화진의 처 남채봉을 구박하는 어리석고 악한 인물)과 화진(『창선감의록』의 등장인물. 언제나 예의를 잃지 않는 선한 인물)이 함께 들어 있다오. 그래도 낭자는 조월향 대신 남채봉을 택하지 않으셨소? 난 그런 낭자의 착한 마음을 믿는다오. 자, 이제 돌아갑시다. 예서 너무 오래 머물렀던 것 같소."

두 사람이 왔던 길을 거슬러 돌아갔다. 황매우는 주위가 조용한 것을 확인한 후 소나무에서 뛰어내렸다. 그의 작고 맑은 눈이 촉촉하게 젖어 있었다.

두란향! 드디어 당신을 찾았구려.

19 │ 나의 소설은 나의 무기다

어려운 책을 아주 쉽게 해독하였으니 경서와 자서의 중요한 뜻으로부터 구류와 여러 방기, 산수, 율여, 상위, 여지 같은 것을 보는 즉시 그 빈 속마디까지 정확하게 통하여 해석하였고, 불가나 도가와의 이동이 있는 경우에도 출입에 거침이 없었으며, 패관 소설에 관한 것도 하늘을 말하거나 용을 아로새기듯이 역력히 관천하지 않음이 없었고, 시가의 원류에 이르기까지 시대와 더불어 서로 승강함이 있으면 더욱 차곡차곡 따졌다.

— 김창흡, 『서포집(西浦集)』 서(序)

"그래, 읽어 보았는가?"

배에 오르자마자 김만중은 모독의 독후감을 알고 싶어 했다. 모독은 즉답 대신 잠시 김만중의 움푹 팬 볼과 가닥가닥 흩어진 수염, 그리고 그의 오른손에 들린 육환장(六環杖, 흔히 스님들이 짚고 다니는 고리가 여섯 개 달린 지팡이)을 살폈다. 고열과 기침 때문에 밤잠을 설치는 날이 하루하루 이어지고 있었다. 가슴을 칠 때마다 누런 가래가 방바닥에 떨어졌고 아침상을 받자마자 코피를 쏟은 적도 있었다. 배를 타고 남해로 나가는 것을 견딜지도 의문이었다. 김만중이 마른 침을 꿀꺽 삼켰다. 더 이상 기다리게 하는 것도 결례였다.

"읽고 또 읽었사옵니다. 허나 잘못 평하여 작품에 누가 될까 두렵사옵니다."

열흘 동안 무려 열 번이나 『사씨남정기(謝氏南征記)』를 통독했다. 부분부분 살핀 것까지 합하면 스무 번은 족히 넘으리라. 김만중은 고개를 끄덕인 후 모독의 입술을 쳐다보았다. 모독도 이 자리의 중요성을 알고 있었다. 닷새 전에 뵙기를 청해도 될 일을 미룬 것도 혹시 실수가 없는지 꼼꼼하게 소설을 살피기 위함이었다. 김만중이 모독의 마음을 풀어 주었다.

"정유년에 과거에 떨어진 적이 있다네. 피가 끓던 스물한 살 가을의 일이지. 그때 나는 시관들이 제대로 내 글을 평가했을까 의심했었네. 시관의 기세가 거만하고 안목이 드높았을 때는 재사(才士)의 걸작을 보고서도 단번에 말살해 버리며, 정신이 피로하고 눈이 침침한 날에는 찌꺼기 같은 작품을 걸작으로 올리기도 하니까 말일세. 허나 자넨 거만하지도 피로하지도 않으니 제대로 된 평가를 할 수 있을 걸세."

모독이 그 말에 용기를 얻은 듯 입을 열었다.

"사소한 장면이나 인물은 감히 소생이 논할 부분이 아닌 듯합니다. 다만 두 가지 궁금한 점이 있습니다."

"말해 보게."

바람이 제법 강했다. 흑암의 배는 밀담을 나누기에 적합한 공간이었다. 백능파의 눈을 피하기 위해 김만중이 먼저 남해 향교까지 동행을 청한 것이다. 모독은 점점 멀어지는 노도의 풍광을 바라보며 마음을 가다듬었다. 좋은 말로 비위를 맞출 수도 있겠지만, 그리하면 이 소설의 약점들은 조금도 달라지지 않으리라.

"말해 보래두."

"이 소설은 『구운몽』과 참으로 다릅니다. 내용이나 주제가 다를 뿐만 아니라 전혀 다른 사람이 쓴 것과도 같습니다."

김만중은 미동도 않고 모독의 말에 귀를 기울였다.

"『구운몽』이 유쾌하면서도 삶의 비밀로 가득 차 있다면 『사씨남정기』는 어둡고 매설가의 목소리가 지나치게 높습니다. 이야기가 자연스럽게 흘러가는 것이 아니라 매설가의 의도대로 끌려가지요. 등장인물들은 진지하지만 그 진지함은 삶의 비밀을 깨닫기 위한 노력이라기보다 자신과 가문의 안위를 살펴 지키려는 노력에 가깝습니다. 이런 약점을 지적하기에 앞서 소생은 대감께 과연 소설이 무엇인가 감히 여쭙고 싶어졌습니다."

"소설의 정의를 내게 묻는 겐가?"

"그렇습니다. 대감께서는 과연 소설이 무엇이라고 생각하시는지요? 소생은 지금까지 소설이 타인의 마음을 어루만지며 기쁨과 슬픔을 함께 나누는 공간이라고 믿어 왔습니다. 헌데 대감께서는 소설을 날카로운 창이나 칼로도 쓸수 있다고 보시는 것 같습니다. 과연 소설은 타인을 저주하고 목숨을 빼앗는 무기가 될 수 있을까요? 『구운몽』에서는 이런 면모가 보이지 않았는데 『사씨남정기』에서는 공격적인 성향이 노골적으로 드러나 있어 당황스럽습니다. 그 날카로움 때문에 많은 장점들이 빛을 보지 못하는 것 같습니다. 소설에 대한 대감의 생각이 바뀌신 겁니까? 소생은 이점을 먼저 여쭙고 싶습니다.”

김만중은 바다를 내려다보며 할 말을 잃었다. 너무 깊은 상처를 입힌 것이 아닐까 걱정이 되었다.

그러나 모독으로서도 양보할 수 없는 부분이었다. 소설이 사람을 저주하며 죽이는 수단이 된다면 차라리 직접 창이나 칼을 드는 편이 낫지 않은가. 아무리 나쁜 짓을 많이 한 악한이라도 나는 결코 상대를 낭떠러지로 모는 소설을 쓰지 않겠다.

“자넨 역시 정확하게 내 마음을 읽는구먼. 자네 입장이라면 충분히 그런 물음을 던지고도 남음이 있을 것이야. 소설이 뭐냐는 물음을 받으니 문득 언젠가 읽은 석씨의 가르침이 떠오르는구먼. 500 나한들이 각자 자신들의 뜻으로 석씨의 가르침을 해석하고 묻기를 ‘누가 부처님의 뜻에 가장 합당합니까?’라고 하였다네. 그때 석씨는 ‘모두가 내 뜻이 아니다.'라고 했다지? '그렇다면 부처님께 잘못을 저지른 것입니까?'라고 다시 물으니 석씨는 이렇게 답했다는군. '비록 내 뜻은 아니지만, 논한 바가 모두 착하여 세상의 교훈으로 삼을 만하니 공은 있고 죄는 없다.' 나 역시 그렇네. 소설에 대한 생각들이야 지금까지 자네도 잘 가꾸고 키워 오지 않았는가. 그대로 밀고 나가게. 다만 한마디 사족을 붙이자면 『시경』의 「관저(關雎)」 편에 대한 공자의 말씀을 가슴 깊이 새기는 것이 좋을 걸세. 즐거우나 음란하지 않고 슬프나 상심하지 않는〔樂而不淫 哀而不傷〕 글을 쓰도록 하게나. 내 소설에 국한시켜 답하자면, 옳게 보았네. 난 『사씨남정기』를 장옥정과 그 패거리의 악행을 세상에 널리 알리기 위해 지었네. 소설이 무기일 수도 있다고 생각한다네. 『구운몽』을 썼을 때는 구태여 소설로 내 뜻을 전할 필요는 없었어. 장옥정이 날뛰기는 했어도 중전께서 중궁전을 지키고 계셨으니까. 직접 전하를 뵙고 옳고 그름을 아뢸 기회는 남았었다네. 허나 지금은 아니야. 어쩌면 두 번 다시 숭례문 구경을 할 수 없을지도 모르네. 그냥 이대로 죽는다면 안국동으로 쫓겨 가신 중전께서는 영원히 대궐로 돌아가실 수 없을 것이야. 전하께서 당나라 헌종의 비참한 최후에 가까이 다가가시는 것을 막아야만 해. 헌종이 어찌하다가 자신의 가노에게 죽임을 당했는가는 자네도 알지 않는가? 밖으로는 백성을 괴롭히는 간신들을 신임하고, 안으로는 궁중을 어지럽히는 귀첩들에게 현혹되어 방사(方士)들의 신통한 보약을 복용하여 그 음욕을 돋우었기 때문이라네. 자네 다 좋은데 언제나 소설을 중심에 두고 생각하는 것 같으이. 자네 자리가 거기라면 할 말이 없네만 몇몇 매설가들을 제외하곤 그 누구도 소설을 삶의 중심으로 받아들이지는 않는다네. 나 역시 두 편의 소설을 지었고 그보다 많은 시와 문을 만들었지만 그건 궁극적으로 이 나라를 태평성대로 이끌기 위함이었네. 행복한 미래를 앞당기는 데 도움이 된다면 어떤 글이라도 쓸 수 있어. 확실히『사씨남정기』는『구운몽』과 다른 소설이네. 자네 말대로 지금 이 나라 사정을 직접적으로 빗대어 썼지. 지나치게 직접적이지 않으냐고 비판할 수도 있겠지만 그렇게 해야 읽는 사람으로 하여금 더욱 분한 기운을 불러일으킬 수 있지 않겠는가? 임금이 임금답고 신하가 신하답고 아비가 아비답고 자식이 자식답지 못하다면 어찌 한 나라가 제대로 다스려질 수 있겠는가? 지금 내겐 나의 소설이 나의 무기일세. 마지막 동아줄이라고 보아도 좋고."

"납득하기 어렵습니다. 소설이 무슨 힘이 있다고 무기가 되고 희망이 되겠습니까? 천하가 이미 남인의 세상이 되었다면 소설 한 편이 어찌 그 큰 흐름을 바꿀 수 있겠는지요?"

"내 생전에 그날을 맞을 수 없을지도 모르네. 소설이란 원래 천천히 오랫동안 흘러드는 법이니까. 허나 한번 독자들 가슴에 닿으면 결코 지워지지 않지. 저도 모르게 소설의 분위기와 가르침에 젖어든다네. 상소를 쓸 수도 있지만 그건 강력하게 항의했다는 기분만 낼 뿐 전혀 효과적이지 못해. 사라진 듯하다가도 나타나고 사라진 듯하다가도 다시 나타나는 소설이야말로 내가 세상에 남길 수 있는 값진 흔적인 듯하네."

김만중은 조금도 망설이지 않았다. 모독은 손으로 이마를 짚었다. 이건 아니다. 이 길은 소설가의 길이 아니다.

"대감이 소설을 저주의 방편으로 쓰시겠다면 다른 말씀은 드리지 않겠습니다. 다만 그로 인해 작품 자체가 심하게 다치지나 않았는지 그것이 걱정입니다."

"어느 부분이 그렇다는 겐가?"

"가장 크게 거슬리는 부분은 출문(黜門)과 입문(入門)의 부조화입니다. 출문의 과정은 매우 사실적으로 자세히 그려져 있습니다. 누구나 읽으면 사 씨에게 동정이 가고 눈물을 떨굴 수밖에 없습니다. 허나 입문의 과정은 너무나도 흐릿합니다. 가장이 마음을 바꾸면 모든 일이 해결된다는 것은 지나치게 단순한 해결 방식이 아닌지요?"

"단순하다?"

"그렇습니다. 나라가 이렇듯 혼란스러운 것이 중전의 탓이라고 보십니까? 금상께서 지금의 중전이 아니라 폐비를 택하면 이 나라가 태평성대를 구가할 수 있다고 정말 생각하십니까? 누가 중궁전을 차지하든 백성은 굶주리고 병들어 죽어 가고 있습니다. 앞에서 던진 처절한 문제들 중에서 해결된 것이 하나도 없지 않은지요? 출문은 이미 벌어진 일이므로 사건의 전개가 쉬웠으나 입문 과정에는 대감의 바람만 강력하게 들어가서 그런 듯도 합니다."

김만중이 선선히 고개를 끄덕였다.

"그렇군. 그 부분은 고쳐 보도록 하겠네. 또 다른 하나는 무엇인가?"

모독은 김만중의 두 눈을 똑바로 들여다보며 아랫입술을 가볍게 물어뜯었다. 이제 가장 치명적인 물음을 던질 때인 것이다.

"소생도 소설을 지을 때 대국의 소설을 많이 참조합니다. 인물이나 사건은 물론이고 문체나 제목 등을 다듬는 데도 큰 도움이 되지요. 대감께서도 그러하시겠지요?"

"물론이네. 『구운몽』을 지을 때도 대국의 소설들을 꽤 보았다네."

"『사씨남정기』를 지을 때는 어떠하셨는지요? 어떤 소설을 참조하셨는가 여쭙고 싶었습니다."

김만중은 모독이 그런 물음을 던지는 까닭을 알 수 없었다.

"자네도 내 방을 보았지 않은가? 내가 쓰고 싶은 대로 붓을 놀렸을 따름이네."

"정녕 그러하십니까?"

"그렇다네. 내가 왜 자네에게 거짓말을 하겠는가?"

모독은 천천히 청학동의 풍광을 눈으로 그리며 되물었다.

"대감의 소설을 읽는 내내 졸수재께서 지으신『창선감의록』을 떠올렸습니다.『사씨남정기』에는『창선감의록』의 향취가 짙게 배어 있습니다. 간신 엄숭이 등장하는 것도 그렇고, 시대적 배경도 같고, 관음(觀音)에 대한 숭앙이 나오는 것도 같고, 처첩 갈등을 풀어 나가는 것도 흡사합니다. 대감께서는 혹시『창선감의록』을 읽으신 적이 없으신가요?"

"아닐세, 아니야. 난 자네에게 졸수재가『창선감의록』을 지었다는 소리만 들었다네. 지금 이 순간까지도 그 소설을 읽어 보지 못했으이. 정말『사씨남정기』와『창선감의록』이 그렇게 비슷하단 말인가?"

"그렇습니다. 보고 쓰지 않았다면 그렇듯 흡사할 수 없으리라 여겨질 만큼 매우 비슷합니다."

김만중이 말을 끊고 잠시 모독의 얼굴을 쳐다보았다.

"그러니까 자넨 내가 졸수재의 소설을 베꼈다고 의심하고 있는 것이군. 내가 졸수재의 소설에서 인물과 이야기를 따왔다고 보는 겐가? 이렇게 베낀 소설을 세상에 내어놓을 수 없다고. 아니 그런가?"

"……."

모독은 즉답을 피했다. 어젯밤에도 그 생각 때문에 잠을 이룰 수 없었다.『구운몽』을 지은 탁월한 매설가가 무엇 때문에 다른 사람의 소설을 베껴 쓴단 말인가.

"하하하핫!"

김만중이 갑자기 웃음을 터뜨렸다. 그 소리가 하도 커서 모독은 하마터면 바다에 빠질 뻔했다. 김만중이 모독의 눈을 똑바로 응시하며 답했다.

"졸수재와 나의 소설이 비슷할 수 있는 가능성은 크게 세 가지일세. 하나는 졸수재가 나의 소설을 베꼈을 경우. 그러나 이미 죽은 사람이 아직 완성하지도 않은 내 소설을 베낄 수는 없겠지. 다음으로 내가 졸수재의 소설을 베꼈을 경우. 이건 졸수재의 소설이 먼저 지어졌고 내가 아직 작품을 완성하지 않았으니 시간적으로는 얼마든지 가능하네. 허나 나는 졸수재를 한 번도 만난 적이 없고, 양심을 걸고 맹세하건대 그 소설을 읽지도 않았으이."

"나머지 하나는 무엇입니까?"

"졸수재와 내가 똑같은 이야기를 읽었을 경우겠지. 둘 다 그 이야기에 착안하여 각자의 방식대로 소설을 만든 것이라네. 아무래도 난 마지막 경우가 아닐까 하는 생각이 든다네."

불가능한 일은 아니다. 그렇다면 어떤 서책을 졸수재와 서포가 동시에 보았단 말인가. 김만중이 그 마음을 읽은 듯 곧바로 답을 이야기했다.

"엄숭에 대한 이야기를 하자면 말일세……『금고기관(今古奇觀)』이라고 혹시 아는가?"

"대국의 소설을 모아 놓은 책이 아닙니까?"

"그렇지. 거기에 보면 「심소하상회출사표(沈小霞相會出師表)」라는 작품이 있다네. 무척 흥미진진한 소설이지. 난 그 이야기에서 엄숭을 비롯한 악인들을 따오고 또 그 이야기를 내 나름대로 발전시켜 『사씨남정기』를 지었다네. 물론 그 소설로부터 『남정기』가 곧바로 나온 건 아니야. 세책방을 통해 유행하던 연의 소설과 전기 소설이 없었다면 결코 『남정기』를 짓지는 못했을 걸세. 『선우태자전(善友太子傳)』, 『안락국태자전(安樂國太子傳)』, 『금우태자전(金牛太子傳)』 등 석씨의 가르침을 깊이 다룬 소설들도 물론 도움이 되었어. 이를 바탕으로 관음에 대한 관심을 풀 수 있었지. 그 외에도 『대관재기몽(大觀齋記夢)』이나 『안빙몽유록(安憑夢遊錄)』 같은 몽유록과 심성(心性)을 깊이 있게 다룬 『천군전(天君傳)』, 『수성지(愁城誌)』, 『천군연의(天君演義)』 같은 천군 소설

도 좋아했고, 매월당의 『금오신화』, 기재(企齋, 신광한의 호)
의 『기재기이(企齋記異)』도 『구운몽』을 지을 때부터 계속 가
까이 두고 읽어 왔다네. 엄숭과 관음도에 국한시켜 보자면
그렇다는 이야기일세. 졸수재의 서가에도 그 책들이 있었
는가?"

그 말을 듣고 보니 조성기의 서안에서 『금고기관』을 본
기억이 났다. 김만중의 추정이 사실이라면 이것은 누구의
잘못도 아닌 것이다. 전기 소설, 연의 소설, 야담류 소설 들
이 한꺼번에 뒤엉켜 소설의 질과 양이 몰라보게 달라지고
있는 시절이 아닌가. 이 소설의 영향을 저곳에 옮기고 저
소설의 영향을 이곳에 옮기다 보면 비슷한 작품이 나올 수
도 있는 것이다. 이것은 조선에서 소설이 얼마나 융성하고
있는가를 나타내는 증거이기도 했다. 일평생 단 한 번도 만
난 적이 없는 두 사람이 제3의 소설을 통해 비슷한 작품을
남겼다면 그것은 쉬쉬 감출 일이 아니라 오히려 드러내 놓
고 자랑하며 칭송할 일이다. 그랬는가. 정녕 소설을 통해
두 사람의 인연이 맺어진 것인가. 조성기와 김만중이 바로
그 소설의 융성기로 접어든 시점에서 가장 빛나는 부분을
나누어 가진 것인가.

모독은 김만중이 조성기의 소설을 도용했다고 성급하게
단정 지은 것을 뉘우쳤다.

"죄송합니다. 소생은 그런 줄도 모르고 괜한 의심을 했습니다."

"아닐세. 충분히 그렇게 의심할 수도 있겠군."

"『창선감의록』을 보시겠습니까? 백능파가 가지고 있을 듯도 하온데……."

김만중이 손을 휘휘 저었다.

"아닐세. 이제 마무리를 지어야 하는데 괜히 그 소설을 읽었다가 정말 나도 모르게 어떤 부분을 가져다 쓰지 않을까 걱정이 되는군. 나는 나대로 마무리 손질을 하겠네. 자네 덕분에 훨씬 나은 작품을 세상에 내놓을 것 같으이. 고마워. 당장 내일부터라도 퇴고에 들어가겠네. 백능파의 의심을 살 필요는 없으니 금산 자락에서 밥이라도 먹고 돌아가세. 얼큰한 매운탕이라도 곁들여서 말이야."

모독은 잠시 고개를 들었다가 내리며 마지막 질문을 던졌다.

"이건 정확하지 않기에 여쭙지 않으려고 했습니다만……."

"무엇이든 묻게나."

"『구운몽』에서 이소화와 정경패가 만나는 장면에도 관음도(觀音圖)가 나오며 이 소설에서도 관음보살이 여러 차례 등장합니다. 혹시 사 씨를 관음의 화신으로 보시는 건 아닌지요? '사씨남정기'가 아니라 '관음남순기(觀音南巡記)'로 읽히기까지 했습니다."

김만중은 알 듯 말 듯한 미소와 함께 답했다.

"나는 공맹의 가르침을 따른다고 선천에서도 답한 적이 있지 않은가? 『사씨남정기』를 석씨의 가르침을 널리 펴는 포교 소설로 보는 건 지나치네. 물론 관음에 관심이 있는 건 사실이지만, 기본적으로 나의 삶도 그렇고 소설도 그렇고 나는 공맹의 도리 안에서 석씨나 노장을 포용하려고 할 뿐이야. 대답이 되었는가?"

모독도 더 이상 파고들지 않았다. 소설을 포교를 위한 수단으로 쓰지 않았다는 것만 확인하면 되는 일이다.

"쉬엄쉬엄 하십시오."

모독은 김만중의 건강이 염려스러웠다. 집이 불에 탄 후로는 더욱 가래가 끓고 기침이 잦았던 것이다. 오늘은 많이 나아져서 이렇게 배까지 탔지만 언제 다시 병이 악화될지 몰랐다.

"고마우이. 허나 서둘러야 한다네."

김만중의 얼굴에 언뜻 차가운 미소가 맺혔다 사라졌다. 남아 있는 나날이 많지 않다고 여기는 듯했다. 모독은 『사씨남정기』를 현실에 대한 비판으로 지었다는 김만중의 대답을 되새기면서, 꼭 묻고 싶었으나 소설과 무관할 수도 있다는 이유로 지웠던 문제 하나를 마지막으로 끄집어냈다.

"대감! 이건 소설에 대한 건 아닙니다만······."

김만중이 천천히 고개를 끄덕였다.

"지금 중궁전의 주인인 중전마마께서 정말 교 씨처럼 악한 인물인지요? 중전마마께서 악하다고 치더라도 중궁전의 주인이 바뀌면 이 세상이 나아질 것이라고 보시는지요?"

김만중의 두 눈이 날카로워졌다. 역시 던지지 말았어야 할 물음인가? 모독은 그 시선을 피하기 위해 고개를 약간 숙였다. 짧은 침묵이 흘렀다.

"악함과 선함은······ 쉽게 평할 수 없는 것이지. 질투가 많고 아둔한 위인이라고 해도 반드시 악한 것은 아니니까······. 이런 질문을 던지는 걸 보니 자네도 눈치챘겠네만, 중궁전의 주인이 바뀌는 것은 어떤 일의 계기이거나 결과겠지. 한 가문의 평안이 가장에게 달렸듯이 한 나라의 평안은 군왕의 밝고 어두움에 따르는 법이네. 군왕이 밝은 덕을 지니지 못하면 중궁전의 주인이 또 한 번 바뀐다고 무엇이 달라지겠는가······."

김만중의 고민은 모독의 예상보다 훨씬 넓고 깊었다. 처와 첩의 갈등을 전면에 내세우면서도 두 여인을 제대로 거느리지 못한 가장의 어리석음을 질타하고 있는 것이다. 그것은 곧 서인과 남인의 갈등을 살펴 헤아리지 못한 금상에 대한 비판일 수도 있다. 그랬는가. 정녕 서포 대감은 용상을 우러르며 이 소설을 지으셨는가.

"이번엔 내가 궁금한 걸 물어도 될까?"

모독은 대답 대신 김만중을 쳐다보았다. 질문을 받으리라고는 예상하지 못한 것이다. 김만중의 눈가에 가벼운 웃음이 맴돌았다.

"물론 매설가라면 누구나 완벽한 단 한 편의 소설을 꿈꾸네. 어딜 보아도 허점이 전혀 없는 소설 말일세. 허나 과연 그게 가능할까? 결국 어느 한쪽은 뛰어나고 어느 한쪽은 부족하기 마련일세. 대부분은 이런 부분들을 적절히 살피며 균형을 잡으려고 한다네. 부족한 부분이 드러나더라도 자신의 특별한 장점을 밀고 나가는 용기도 필요해. 자넨 자네의 장점이 무엇이라고 생각하는가?"

모독은 숨이 턱 막혔다. 남들만큼은 쓴다고 자부하지만 나만의 장점은 언뜻 떠오르지 않았다. 그래도 그동안 가장 고민한 것은 완벽한 이야기와 아름다운 문장이었다.

"문장과 이야기에 신경을 많이 써 왔습니다."

김만중이 고개를 끄덕였다.

"그래, 확실히 자넨 여러 번 이야기를 다듬고 문장을 고쳤지. 그게 자네의 소설을 돋보이게 만드는 것은 분명해. 허나 오히려 그런 노력이 자네의 발목을 잡는 덫은 아닐까?"

덫! 아름다운 문장과 깔끔한 이야기가 어찌 내 발목을 잡는단 말인가?

"내가 보기에 자네 소설의 장점은, 물론 문장과 이야기도 좋지만 그보다 더 탁월한 부분은…… 바로 사람인 것 같네. 자넨 한 인물의 진심을 끝까지 세밀하게 드러내는 재주가 있으이. 문장이 조금 거칠고 이야기 전개가 엉성하더라도 인물에 더 천착하도록 하게. 참되고 옳은 인물에 말이야. 그러면 아름다움은 자연히 따라올 걸세. 어떤가, 그런 소설을 한 편 지을 생각은 없는가?"

낯선 주문이었다. 참되고 올바르게 인물의 진심을 좇다 보면 아름다움은 자연스럽게 따라온다는 것이 사실일까? 과연 나는 깔끔함과 아름다움을 유보한 채 인물의 진심을 드러내는 데 모든 것을 걸 수 있을까? 서포 대감은 왜 내게 그런 요구를 하는 것일까? 지금까지도 나름대로는 인물들에 천착하는 작품을 써 오지 않았던가? 이순신, 허봉과 허균, 강홍립과 임경업에 이르기까지 사실적이면서도 울림이 있는 인물을 만들었다는 세책방의 평가를 받지 않았던가? 헌데 대감은 더욱더 인물의 진심을 그리라고 하신다. 어디까지, 어떻게 그려야 한단 말인가?

"다음 작품부터는 반드시 그렇게 하겠습니다."

"고맙군. 소설이 뭐 별건가? 한 인간의 진심을 독자들에게 전하는 것이라네. 전달하는 재주가 아무리 뛰어나도 진심이 없다면 아무것도 할 수 없으이. 자네가 꼭 이 이치를 가슴에 새겼으면 하네. 헌데 자넨 쓴다던 소설을 지금도 몸에 두르고 있는가?"

"그러하옵니다."

"지독하구먼. 부탁이 있으이."

"말씀하시지요."

"거의 다 완성되었다면 말일세…… 잠시 그 소설을 내게 맡겨 두겠는가?"

"그리하십시오. 소생은 따로 한 질을 베껴 두었습니다. 이건 대감께서 가지십시오."

모독이 옆구리에 묶은 서책을 꺼내 그에게 내밀었다.

"고맙네. 헌데 얼마나 썼는가?"

"거의 다 썼습니다."

"거의 다? 호오, 그럼 주인공인 난 어찌 되는가?"

"읽어 보시고 부족한 부분을 바로잡아 주십시오."

김만중이 사람 좋게 웃었다. 그러나 미소 뒤로 깔리는 어두운 그림자를 지우지는 못했다.

"허허, 알겠네. 하나 난 탁월하게 시를 읽던 허균처럼 소설을 보는 감식안이 뛰어나지는 않으니 큰 기대는 말게. 자네가 나의 마지막 날들을 어찌 그렸나 궁금하군. 어디까지가 사실이고 어디까지가 거짓인가도 살펴보고 싶고."

모독은 고개를 숙이려다 말고 갑자기 생각난 듯 물었다.

"『사씨남정기』를 어떻게 지금까지 들키지 않고 숨겨 오셨는지요?"

김만중이 자리에서 일어나며 수수께끼 같은 말을 했다.

"숨긴 적 없네. 너무나도 명명백백한 곳에 놓아 두었기에 저들이 놓친 게지. 복잡하고 심오하지 않게, 단순하고 명료하게 따졌다면 벌써 그 소설을 찾아갔을 게야."

"그래도 빼앗길 위험이 늘 도사리고 있는 것 아닌가요? 완벽한 작품을 만들겠다는 욕심만 가지고는 납득이 되질 않습니다. 충분히 세상에 내어놓아도 될 정도인데 왜 가지고 계시는지요? 언제까지 가지고 계실 생각이십니까?"

김만중이 모독을 내려다보며 간단하게 답했다.

"그래야 저들을 더 힘들게 만들 수 있지 않겠나? 내가 이 소설을 짓고 있다는 것만으로도 저들에겐 큰 고통과 두려움일 터. 마지막까지, 더 이상 내가 지닐 수 없게 될 때까진 품에 두고 기다릴 걸세."

20 │ 그녀를 붙잡는 법

마침내 미친 듯한 욕정이 일어나 여섯 마리의 말이 함께 달리듯 마음을 억누를 수가 없게 되었다. 드디어 발걸음이 가는 대로 맡겨 방문 앞까지 다가가 몰래 창틈으로 엿보니 바로 그 처녀의 침실이었다. (중략) 처녀가 심하게 거부를 하자 위생은 당황하여 어찌할 줄 모르고 다시 물러나려고 했다. 그러나 몸이 굳게 닫힌 집 안에 갇혀 있는 처지라 달아나려고 해도 나갈 길이 없었다. 위생은 자기 때문에 가문이 욕을 먹게 되면 죽을 길밖에 다른 도리가 없다고 생각하고, 바야흐로 위협하여 처녀의 뜻을 뺏으려 했다. 처녀는 위생의 온화한 말투가 협기 어린 소년이나 무뢰배의 말투와는 다른 것을 보고 다소 의아한 표정을 지었다. 이에 위생이 낮고 가는 목소리로 여기까지 오게 된 곡절을 이야기하자 처녀는 마음이 점차 누그러지는 듯하더니 처음처럼 심하게 거부하지도 않았다. 위생이 비록 끌어안아도 처녀는 부끄러워 눈썹을 지그시 들어 올리기는 했으나 눈길은 은근하였으며, 몸은 가벼운 버들가지처럼 가눌 수 없는 듯하였다. 위생은 봄 구름이 피어나듯 멈추지 않고 짙은 애무를 계속하다가 마음이 매우 흡족해진 뒤에야 끝내었다. 이불을 가지런히 하고 누우니 원앙이 어우러진 침상 위에 꽃 그림자가 어른거렸다. 처녀가 기지개를 켜며 위생의 등을 어루만지다가 길게 탄식하며 말했다.

"인간 세상의 즐거움이 깊은 규방에까지 이르지 않더니 제가 세상에 태어나 오늘에서야 비로소 보게 되었습니다."

―『위경천전』

불길한 예감은 안타깝게도 현실로 곧 드러났다.

며칠 밤을 새워 퇴고를 거듭하던 김만중이 피를 토하고 혼절한 것이다. 잠깐잠깐 정신이 돌아올 때면 붓과 벼루를 찾았다. 모독은 찬 수건으로 이마에 흐르는 땀을 훔쳐 내며 고개를 저었다.

"안 됩니다. 더 쉬셔야 해요. 소설은 병이 나으면 그때 지어도 늦지 않습니다."

제발! 이젠 소설은 잊으세요. 소설보다 삶이 더 중요한 거라고 말씀하지 않으셨습니까. 몸을 제대로 추슬러야 걸 작도 나오고 날카로운 무기도 만들 수 있는 겁니다.

김만중이 가쁜 숨을 몰아쉬며 웃어 보였다.

"벌써 많이 늦었다네. 부탁이야. 어여 부축해 주게……. 쓰던 건 마저 끝내야 하지 않겠는가? 퇴고를 마치지도 않은 소설을 세상에 내놓을 수는 없지."

내 이름과 나란히 세상을 떠돌 소설이라네. 이 몸이 진토 되어 넋이라도 있고 없을 때에도 세책방에 꽂힐 작품이야. 어찌 부족한 모습으로 세상에 내보낼 수 있겠는가? 자네라 면 그렇게 하겠는가?

참으십시오. 오늘은 그 결벽도 잠시 잊으세요. 설령 이대 로 대감의 소설이 세상에 나간다고 하여도 대감을 욕하는 이는 없을 겁니다. 아니 죽어 가면서까지 바른 세상을 갈망 한 대감을 칭송하겠지요. 조금 부족하면 어떻습니까? 완벽 한 인생이 없듯 완벽한 소설도 없지 않습니까?

어허, 모독! 내가 자네에게 들려주었던 말을 그대로 내 게 돌려주는군. 허나 그 충고는 지금의 내겐 어울리지 않네. 자넨 앞으로도 배울 것이 무궁무진하니 사소하고 자잘한 것에 집착하지 말라는 충고였으이. 허나 난 아니라네. 이게 마지막인데 어찌 사소한 것 하나라도 놓칠 수 있겠는가. 기운이 없고 눈까지 침침하니 최선을 다해도 완벽하긴 힘들 것이야. 허나 흉내는 내야 하지 않겠나? 그러니 어여 나를 부축하게!

"대감! 이러시다간 정말 큰일 나십니다."

큰일!

김만중의 입가에 쓸쓸한 웃음이 맺혔다.

"우, 우암 선생이 돌아가신 후론 덤으로 살았다네. 큰일이 날 게 무언가? 죽기밖에 더 하겠는가? 자자 어서 날 일으키게."

기어이 이 소설에 모든 것을 쏟아부어야 하시겠습니까?

그렇네. 지금으로서는 소설밖에 없군. 소설과 삶이 만나는 흔치 않은 순간이 온 걸세. 오래전부터, 자네를 청하는 서찰을 띄울 때부터 바로 이날을 기다렸는지도 몰라. 삶은 점점 줄어들고 소설을 향한 열망은 점점 커 가는 순간들. 소설이 전부가 되면 영원한 안식이 찾아오겠지. 내 삶의 마지막 순간이 한 편의 소설로 바뀌는 걸세. 이 얼마나 놀랍고 기쁜 일인가. 비록 나는 사라지더라도 나의 모든 삶이, 그 삶의 순간에 느꼈던 고통과 슬픔과 환희가 또 다른 이에게 온전히 전해지는 신비로움 말일세.

소생은 아직 그런 소설을 만난 적이 없습니다.

그렇지. 그런 욕심을 낸 매설가가 없었으니까. 모독, 자네의 말을 듣자 하니 졸수재 그이는 아마도 나와 비슷한 상상을 했던 것 같군. 마지막까지 소설을 다듬고 또 다듬은 것을 보면 그이도 욕심이 대단했던 거야. 욕심이 많은 건 흉이 아니라네. 욕심이 없고서야 어찌 풍족하고 멋진 소설을 쓸 수 있겠는가. 모독, 자네도 욕심을 부리게. 늙어서 주책이라는 소릴 들을망정 좋은 소설 짓기를, 삶과 맞먹는 작품 남기기를 주저하지 말라 이 말이야. 자기 자신에게만은 엄정해야 하네. 내 소설이 지금 어느 수준에 와 있고 또 이 소설을 쓰는 데 얼마나 열정을 쏟았는가는 자신이 가장 잘 아는 것이니까. 누구보다도 매설가 자신을 만족시키는 소설을 쓰게. 만족할 수 없다면 결코 세책방에 내어놓지 말게. 태작을 한 편 두 편 발표하다 보면 자넨 매설가도 뭣도 아닌 그저 이야기 벌레로 전락하고 만다네. 이야기를 돈으로 바꾸는 벌레 말일세.

김만중은 그렇게 닷새를 더 소설을 고쳤다. 때로는 모로 쓰러져 베개에 이마를 대고 모독에게 조언을 구하기도 했다.

"사 씨의 남정을 어찌 생각하는가?"

모독은 정직하게 답했다.

"여자 홀로 이렇듯 먼 길을 가는 것은 불가능한 일이지만, 그래도 사 씨의 고난을 드러내려면 그 정도 이야기는 들어가도 무방할 듯합니다."

이렇게 묻는 오후도 있었다.

"교 씨의 오만 방자함이 너무 지나치지 않은가?"

"아닙니다. 사랑을 얻기 위해 투기하는 것이니 그럴 수 있다고 생각됩니다."

모독이 이렇게 되묻는 저녁도 있었다.

"유연수의 오락가락하는 모습은 금상을 빗댄 것이면서 동시에 대감의 마음이 담긴 것이기도 하겠지요?"

"그럴 거야. 정말 그럴 걸세."

두 사람이 함께 웃었다. 김만중이 그 웃음의 끝자락에 이런 말을 보탰다.

"자네가 나를 많이 도와주었으니 나도 자넬 돕고 싶네."

"아닙니다. 소생은 대감 곁에 이렇게 앉아 있는 것만으로도 큰 영광입니다."

김만중이 고개를 저었다.

"자네의 그 소설…… 날 주인공으로 하는 소설 말이야…… 마지막을 어떻게 맺을 생각인가? 자네의 다른 소설들처럼 슬프고 불행하게 끝나는가? ……이번에도 역시 비극이군. 허면 내가 죽어야 되겠으이. 아주 참혹하게."

"대감!"

"좋아좋아. 참혹하게 죽이든 행복하게 살리든 그건 자네 마음대로 하게. 다만 나 때문에 자네가 화를 당하지는 않았으면 하네."

"어인 말씀이신지……."

"어차피 죽을 목숨을 위한다고 자네 앞길을 포기하지 말라 이 말이야."

"대감!"

"난 겨우 소설을 두 편밖에 짓지 못했네만 자넨 이제부터 좋은 소설을 많이 쓰도록 하게. 내가 지은 것보다 탁월한 소설 말일세."

김만중의 목소리가 점점 작아졌다. 눈꺼풀이 아래로 내려가고 양손이 유난히 떨렸다. 오늘따라 점점 더 알 수 없는 말만 늘어놓았다.

"말씀을 마세요. 나중에 듣겠습니다."

"난 자네 소설에서 그게 항상 불만이었네…… 슬픔이나 고통을 극한까지 몰아붙이는 것도 좋지만 때로는 행복한 반전을 꿈꿀 수도 있어야지. 소설은 불행하더라도 자네의 삶은 행복했으면 좋겠어. 아무것도 포기하지 말라 이 말일세. 알겠는가? 내 말 명심하게. 크윽 쿠우욱!"

김만중이 다시 피가 섞인 가래를 토해 냈다. 모독은 재빨리 수건을 턱밑에 받쳤다. 수건을 바꾸려고 밖으로 나오니 문밖에 백능파가 서 있었다.

"무슨 일이오? 그 옷차림은 또 뭐고?"

모독이 버선발로 마당을 가로질러 갔다. 백능파가 치마 저고리를 벗고 남장을 한 것이다. 왼쪽 어깨에 두른 봇짐이 눈에 띄었다.

"떠나려고 해요. 더 이상은 기다리지 못하겠어요."

"낭자!"

모독이 봇짐을 빼앗아 들고 그녀의 손목을 끌었다. 김만 중에게 걱정을 끼치고 싶지 않아서였다. 대나무 숲으로 들어간 모독은 그녀를 설득하기 시작했다.

"잠시만, 잠시만 더 기다려 달라고 하지 않았소?"

백능파가 고개를 저었다.

"이 봄이 가기 전에 대감께서는 세상을 떠나실 것이 확실해요. 대감도 없는 마당에 여기 남아서 무얼 하라는 건가요? 장례라도 치르라는 건가요? 가겠어요. 더 이상 이 섬에 남아 있을 이유가 없으니까요."

모독의 언성이 높아졌다.

"가다니? 나는 어이하고 홀로 간단 말이오? 가을에 혼인 하기로 한 우리의 약속은 어찌 되는 것이오? 우리의 사랑 은? 우리의 보금자리는?"

백능파의 목소리는 반대로 가라앉았다. 그녀는 모독에게
한 걸음 다가선 후 입을 열었다.

"당신은 이야기를 만드는 재주가 있으니 어딜 가든 잘
살 게 아닌가요? 불쌍한 것은 오히려 저예요. 졸수재께서도
그토록 빨리 가시더니 이제 서포 대감마저 아무것도 남기
지 않고 훌쩍 떠나려 하시니……."

"어떻게 하면 가지 않고 노도에 머무르겠소? 어찌하면
나와 혼인을 하겠소?"

그녀는 너무 늦었다며 고개를 저었다.

"집이 불타오르던 날 모든 것이 끝나 버린 거예요. 우리
의 사랑도, 당신의 꿈도."

"아니오, 끝난 것이 아니오. 아직 시작한 것도 없다오. 낭
자가 원하는 것을 말해 보오."

백능파의 쌀쌀맞던 표정이 묘하게 바뀌었다. 모독의 대
책 없는 자신감이 그녀의 마음을 흔든 것이다. 내가 모르는
무엇인가가 분명히 있다.

"대감이 노도에서 쓰고 계시다고 소문이 난 소설을 보여
주세요. 그럼 가지 않겠어요."

"보여 주리다."

모독이 단숨에 응낙했다. 백능파의 두 눈이 왕방울만큼
커졌다.

"소설이 있나요? 정말 있어요? 어디에 있죠? 어디죠?"

모독은 대답 대신 백능파의 붉은 입술과 날카로운 코, 그리고 검은 눈동자를 오랫동안 쳐다보았다. 이 여자는 조선 제일의 매설가가 되고 싶은 것이다. 그래서 졸수재께도 갔고 서포에게도 온 것이다. 자신이 원하는 바를 이루기 위해서라면 수단과 방법을 가리지 않으리라. 사랑이란 것도, 혼인이란 것도, 나란 존재마저도 최고가 되기 위한 발판일 뿐이다. 『화진전』에 대한 풍문이 돌 때부터 알고 있었다. 그녀를 향한 마음을 접으려고 노력도 했다. 그러나 그럴수록 더욱 그녀가 그리웠다. 맹렬하게 밀어붙이는 코와 입과 눈망울이 보고 싶었다. 서포 대감은 나의 삶이 행복했으면 좋겠다고, 소설 때문에 불행해지지 말라고 충고하셨다. 그녀를 놓치지 말라는 우회적인 말씀이었던가? 이와 같은 순간이 오면 주저 않고 당신의 소설과 사랑하는 여자를 맞바꾸라는 말씀이었던가? 소숙방을 보자마자 그녀의 침실로 뛰어들어 운우지락을 이룬 위경천처럼.

"아직은 아니오. 하지만 반드시 낭자에게 그 소설을 보여 드리겠소. 여름이 오기 전에 반드시! 날 믿으오."

"왜 그 전에는 아니 되는 건가요? 지금 당장 보고 싶어요. 절 위해서라면 뭐든지 하겠다는 맹세는 거짓이었나요?"

백능파는 그의 가슴에 안기다시피 매달렸다. 모독은 완

강하게 버텼다.

"날 믿으오. 내가 언제 거짓말하는 것 보았소? 난 소설을 쓸 때 외에는 어떤 말도 지어내지 않는 사람이오. 그건 낭자가 더 잘 알지 않소?"

정말 모독은 말한 대로 행동하고 행동한 대로 말하는 겉과 속이 똑같은 위인이었다.

"내가 소설을 보여 주지 않는다면 그땐 붙잡지 않으리다. 허나 내 사랑을 믿는다면 잠시만 더 머물러 주오. 우리 함께 이 섬을 떠나도록 합시다. 멀지 않았소. 이 봄이 끝날 때까지만 내 곁에 있어 주오. 당신이 없다면 앞으로의 일을 제대로 할 수 없을 것 같소. 당신도 알다시피 난 어리석고 나약한 매설가라오. 소설 밖에서는 어느 것 하나도 완벽하게 처결하지 못하는, 늘 어딘가에 꼬리를 흘리는 멍청이 말이오."

모독은 분위기를 바꾸기 위해 농담까지 곁들였다. 그러나 백능파는 웃지 않았다. 다시 한번 마음을 고쳐먹을 것인가 아니면 섬을 떠나 다른 매설가를 찾을 것인가? 중대한 기로의 순간에 선 것이다. 서포 대감도 돌아가고 소설마저 얻지 못한다면 노도에 머물 이유가 없다고 생각했었다. 그러나 모독의 설득을 단칼에 자르지 못한 것 자체가 그녀의 결심이 벌써 흔들리기 시작했음을 의미했다.

여름이 오기 전? 그렇다면 길어야 한 달이 아닌가? 한 달 안에 그가 소설을 보여 주지 않는다면 그때 떠나도 늦지는 않으리라. 사실 이제 찾아갈 매설가도 없지 않은가? 그래, 한 달만 더 이 바람 많은 섬에서 지내는 거다. 그리고 그 소설을 가지고 세상에 나아가서 내 이름을 조선 팔도에 알리는 거다. 대감의 임종을 지키지 못하고 떠나는 것이 못내 불편했는데 잘된 일인지도 모른다. 내 사랑을 처음으로 거부한 남자의 최후를 확인하는 것도 나쁘지는 않지. 다시는 경험하지 못할 일이므로.

그녀는 못 이기는 척 고개를 끄덕였다.

"알겠어요. 약속은 꼭 지키셔야 해요."

21 │ 결단

"중전! 아직도 서포와 그 족친들이 역모를 꾀한 증거를 찾지 못하였소? 봄바람이 분 지도 한참이 지났소이다."

숙종은 중궁전에 들자마자 노도의 일을 따지고 들었다. 중궁전으로 차비를 놓을 때부터 이 일을 논하리라 작정한 듯했다. 중전의 안색은 매우 어두웠다. 방금 전까지 장희재와 그 문제를 의논하고 있었던 것이다. 황매우의 밀서에 의하면 김만중의 병세가 하루가 다르게 악화되고 있었다. 마당을 거니는 것조차 힘들어 아예 자리를 보전한 채 하루하루를 보낸다는 것이다. 탑전에도 소식이 전해졌으리라. 김만중이 이대로 죽는다면 그를 역도로 몰아 서인의 뿌리를 뽑으려던 계획은 무산되고 만다. 죄도 없는 사람을 모함한 것이 아니냐는 추궁을 당할 수도 있다.

"전하! 곧 주안상이 들어올 것이옵니다. 천천히 하문하시옵소서."

"주안상은 들이지 마오. 과인은 희정당에서 할 일이 남았소."

"그 일은 내일 하시오소서. 옥체 상하실까 두렵사옵니다. 오늘은 신첩이 뫼시겠사옵니다. 편히 쉬시오소서."

중전은 숙종의 불편한 심기를 편히 바꾸고 싶었다. 나란히 누워 대화를 나누는 것보다 더 좋은 방법은 없다.

"아니 되오. 도승지가 올린 상소를 아직 다 읽지 못하였소."

"내일 읽으시오소서."

"그 상소가 누구를 거명하는지도 모르고 내일 하라 내일 하라 하는가?"

숙종의 목소리는 차고 날카로웠다.

"……."

무엇인가, 이 냉랭함은?

중전은 고개를 숙인 채 말문을 닫았다. 불길했다.

중전의 자리를 지키는 동안 언제나 웃고 지낸 것만은 아니다. 때로는 얼굴을 붉히기도 했고 때로는 보름 내내 용안을 뵙지 못한 적도 있었다. 그러나 두 사람 사이가 아무리 좋지 않더라도 숙종이 주안상을 물리치고 편전으로 돌아간

적은 없었다. 서로에 대한 근본적인 신뢰는 변함이 없었던 것이다. 사소한 말다툼은 사랑을 키우는 보약이라고 하지 않는가. 중전은 숙종이 화를 낼 때도 그 뜨거움을 손끝으로 만지고 싶다는 생각뿐이었다. 그러나 오늘은 다르다. 오늘의 분노는 뜨겁지 않고 얼음처럼 차다. 냉혹한 분노!

전하께서 왜 내게 거리를 두시려는 걸까?

용상은 결코 군왕 혼자서 지켜 나갈 수 없다. 조정의 중론과 백성의 민심을 함께 살펴야 한다. 한쪽에 의지하면 다른 쪽과 거리를 두기 마련이다. 그녀를 냉랭하게 대하는 것은 곧 다른 쪽에 마음을 쓴다는 뜻이다. 위험하다. 공든 탑이 한순간에 무너질 수도 있다.

"좌포장의 대문 앞에 팔도에서 올라온 재물이 가득 쌓여 있다고 하오. 중전은 이런 사실을 알고 있었소? 108명의 영웅이 곧 좌포장의 집을 털어 팔도의 백성을 편히 할 것이라는 풍문도 있소. 중전은 소설을 즐겨 읽으니 알겠구려. 『수호전』의 백팔 영웅이 노릴 만큼 재물이 많고 악독하다면 그에게 어찌 좌포청을 맡길 수 있겠소?"

역시 장희재가 문제였다. 조금만 더 침착한 위인이라면, 욕심이 없고 주변을 경계하는 위인이라면 이런 낭패를 당하지는 않으리라.

"누, 누가 상소를 올린 것이옵니까? 아니옵니다. 좌포장 장희재는 전하의 충직한 신하이옵니다. 108명의 도둑이 겁도 없이 도성을 노린다면 모조리 잡아들여 전하를 지켜 드릴 것이옵니다. 좌포장을 믿으시오소서."

"좌포장이 『수호전』의 백팔 영웅을 잡는다고? 중전! 허풍이 지나치오. 소설을 읽어 보고도 그런 소릴 하는 게요? 단 한 사람도 부족함이 없는 영웅들이라오. 그중 하나라도 과인을 찾아온다면 과인은 기꺼이 그에게 좌포청과 우포청은 물론 의금부까지 맡길 게요."

"전하!"

"좌포장의 전횡을 엄히 다스리라는 상소가 줄을 잇고 있소. 또한 작년에 일어난 김영하의 무고 사건도 좌포장이 배후라는 소문이 파다하오. 중전을 보호하는 것도 좋지만 이렇게 제멋대로 굴어서야 어찌 좌포청을 책임지는 장수라 하겠소? 곧 좌포장의 전횡에 대한 감찰이 있을 것이오. 벌써 그 죄상이 드러나고 있소."

중전은 장희재를 두둔하고 나섰다. 장희재를 공격하는 것은 곧 중궁전을 비난하는 것이기 때문이다.

"전하! 신첩의 오라비는 깊게 생각하기보다 먼저 주먹을 내지르는 습성이 있사옵니다. 어떤 이들은 천개소문(泉蓋蘇文, 연개소문. 중국 당나라 고조(高祖)의 휘인 '연(淵)'자가 겹쳐,『삼국사기』에는 이렇게 표기됨.)이 다시 살아났다고도 하옵니다.

그동안 나랏일에 불만을 품은 자들을 색출하여 벌하는 데 다소간 거친 부분이 있었던 것은 사실이옵니다. 허나 뇌물을 받거나 일을 꾸민 적은 없사옵니다. 믿어 주시오소서."

침묵이 흘렀다. 숙종은 주먹으로 서안을 가볍게 두드렸다.

"천개소문을 함부로 거명하지 말라. 천개소문은 비록 흉역한 사람이지만 그 재략을 살핀다면 한 시대의 영웅호걸이오. 중전! 서포가 역신이란 걸 증명하겠다고 호언장담을 하지 않았는가? 헌데 아직도 감감무소식이니 어찌 된 일이오? 그가 무덤에 간 후에야 증거를 들이밀 작정이오? 죽은 자는 말이 없으니 그때 증거를 내밀어 본들 무슨 소용이 있겠소? 좌포장에게 똑똑히 이르시오. 매사에 근신하며 속히 노도의 일을 마무리 지으라 하오. 서포가 위독하다는데 도대체 왜 늑장을 부리는 것이오? 아무리 중전을 지켜 주고 싶어도 조정에는 중론이란 것이 있고 삼사의 언관들이 신료들의 잘잘못을 가리고 있음을 명심하오."

"신첩은 전하를 위해……."

숙종은 그녀의 말이 끝나기도 전에 일어섰다. 그녀가 중궁전의 주인이 된 후 처음 있는 일이었다.

숙종이 희정당으로 떠나자마자 중전은 당장 좌포청에 물러나 있던 장희재를 다시 불러들였다. 장희재가 황매우를 대동하고 입궐했다.

"노도의 늙은이가 위독하답니다. 알고 있었습니까?"

장희재가 고개를 돌려 황매우와 눈을 맞춘 후 답했다.

"아니옵니다. 병이 악화되긴 했어도 위독까지야……."

황매우도 거들었다.

"사흘 전에 신이 상경할 때까지는 분명 의식이 있었사옵니다. 모독과 간간이 대화도 나누었고 아침저녁으로 미음도 먹었사옵니다. 위독한 상태는 아니었사옵니다."

중전은 그래도 의심을 풀지 않았다. 황매우를 노려보며 명했다.

"당장 내려가거라. 소설을 훔쳐 오든 빼앗아 오든 반드시 가져와야 하느니. 잘못하면 우리가 다친다. 내 말뜻 알겠느냐? 서포의 죽음이 조정에 닿기 전에 그 소설이 이 손에 들어와야 한다 이 말이다. 당장 떠나거라."

"알겠사옵니다. 중전마마! 너무 심려치 마시오소서."

장희재가 황매우와 함께 일어서려 하자 중전이 만류했다.

"황 종사관은 월대에서 잠시 기다리라."

황매우가 밖으로 나간 후 중전은 장희재에게 가까이 다가앉으라고 손짓했다. 장희재는 발뒤꿈치를 들고 앞으로 나아갔다. 중전이 목소리를 낮추어 꾸짖었다.

"항상 주변을 살피라고 하지 않았습니까? 서인은 물론 전하께서도 좌포장을 주시하고 계십니다. 대문으로 들어오는 재물을 받다니요? 어음이 아니고는 받지 말라는 명을 왜 따르지 않는 겁니까? 다신 이런 잡음이 생기지 않도록 각별히 주의하세요. 아시겠습니까?"

"마마, 누가 저를 모함이라도 하였나이까?"

"모함인가 아닌가가 중요한 게 아닙니다. 탑전에 좌포장의 이름이 오르내리는 것 자체가 문제입니다. 자중하세요. 당분간은 조정 신료들을 만나지 말고 좌포청의 일만 하세요. 아시겠습니까?"

"예, 중전마마! 명심 또 명심하겠나이다. 하온데 마마!"

"왜요? 하실 말씀이라도 남았습니까?"

"아무리 생각을 해 보아도 누군가 서포를 도와주는 세력이 있는 듯하옵니다."

중전이 양손을 맞잡으며 되물었다.

"서포를 도와주는 세력이라니요?"

"그렇지 않고서야 어떻게 박운동의 죽음을 받아들일 수 있겠나이까? 좌포청의 종사관을 살해할 만큼 대담한 놈들입니다."

"명화 도적이나 왜구들에게 당한 건 아닙니까?"

"황매우가 그 시신을 면밀히 살폈사옵니다. 뒷목에 혈을 잡힌 흔적이 역력하였사옵니다. 박운동처럼 장검을 자유자재로 다루는 장수의 뒷목을 제압하기란 쉽지 않은 일이옵니다. 어찌 이것이 명화 도적이나 왜구의 짓이겠사옵니까? 오랫동안 내공을 닦은 자의 소행이 분명하옵니다. 배짱과 실력을 겸비한 자들이옵니다."

"그들이 누굽니까? 알아내셨습니까?"

"아직 몇 가지 더 살필 일이 남았습니다. 다만 주상 전하께서도 노도에 은밀히 의금부의 장수들을 보낸 듯하옵니다."

"허면 주상 전하께서 박운동을 죽였단 말씀이오?"

"아직은 아무것도 밝혀진 바가 없사옵니다. 다만 우리를 이렇게 궁지로 내몰 만한 힘을 가진 자는 누구든 의심을 해야 한다는 점이옵니다. 마마! 이제부턴 주상 전하께도 노도의 일을 소상히 말씀드리지 마시옵소서. 모든 것이 확실해질 때까진 오직 저에게만 하문하시오소서. 아시겠습니까?"

중전이 고개를 끄덕였다.

그럴 수도 있음이야. 서인을 통해 남인을 경계하고 남인을 통해 서인을 내치던 전하가 아니신가. 비록 지금은 나를 어여삐 여기고 남인을 중용하시지만 항상 그다음 방책을 세워 두려 하시겠지. 남인을 몰아내고자 할 때 가장 필요한 사람이 누군가. 김만중! 탑전에서도 뜻을 굽히지 않고 장옥정을 내치라고 큰 소리로 고해 올리던 사내. 서포만이 남인 전부와 싸울 수 있다. 전하도 이 사실을 아신다. 노도에 은밀히 사람을 보낸다고 해서 이상한 일이 아니다. 이처럼 중요한 일을 어찌 내게만 맡겨 놓을 수 있겠는가. 하지만 정녕 종사관 박운동을 살해한 자들이 전하의 심복일까. 그렇다면 전하는 나와 좌포장의 일을 고의적으로 방해한 것이다. 그것은 곧 우리를 몰아내겠다는 신호가 아닌가. 아니다. 그럴 리 없다. 전하께서 비록 오늘은 성심을 잡지 못하시고 용안에 화기 등등하였으나 곧 예전처럼 따스한 위로의 말씀을 하실 게다. 조정이 남인 천하로 바뀌었는데 지금 내게 싸움을 걸어오실 리 없다.

"혹시 안국동과 내통한 서인의 잔당이 서포를 돕는 것은 아니오?"

장희재가 큰 소리로 웃었다.

"하하하. 그럴 리가 있겠습니까? 한양에 남아 있는 서인의 가노까지 모두 잡아들이지 않았습니까? 심려 마시오소서. 곧 알아내겠사옵니다. 마마! 한 가지 더 여쭐 일이 있사옵니다."

말을 끊고 중전의 안색을 살폈다. 역시 중전의 가장 큰 약점은 안국동이었다. 중전이 안국동을 원방으로 내칠 궁리를 해 보라고 몇 번이나 말했으나 그는 안국동을 그대로 두었다. 만에 하나 중전이 그를 멀리할 경우 마지막 수단으로 쓰기 위함이었다.

"모독은 어찌하오리까? 더 이상 그를 통해 소설을 빼내기는 틀린 것 같사옵니다. 황매우가 소설을 구하는 데 방해가 될 가능성도 있사옵니다. 만에 하나 그를 베어야 할 상황이 오면 생사 여부를 제게 맡겨 주시겠사옵니까?"

모독을 죽여도 좋겠냐는 물음이었다.

모독!

맑은 눈동자와 흰 피부, 오뚝한 콧날이 손에 잡힐 듯 어른거렸다. 그와 더불어 조선의 소설을 정리하고 싶었다. 그로 하여금 걸작을 쓰게 하고 싶었다. 그러나 우선 그는 노도에서 김만중의 소설을 훔쳐 충심을 증명해야 한다. 안타깝게도 그는 첫 관문을 통과하지 못하고 사라질 상황이었다.

"꼭 그럴 필요가 있겠습니까? 그는 이야기를 팔아 먹고 사는 매설가일 뿐입니다."

모독의 다음 소설을 기대하던 그녀로서는 그를 죽이고 싶지 않았다.

"마마! 일이 이 지경에 이른 것도 그 소설 때문이옵니다. 소설이 천하를 흔들 수도 있음을 강조한 분은 마마가 아니시옵니까? 『창선감의록』을 숨어 읽던 그 순간부터 모독은 큰 죄를 지은 것이옵니다. 지금까지 목숨을 부지한 것도 마마의 은혜 덕분이옵니다. 마마! 제게 맡겨 주시겠사옵니까?"

모독!

그의 소원을 꼭 하나 들어주겠다고 약속했었다.

내가 마음 쓸 수 있는 부분은 여기까지인가. 왜 서포의 소설을 빨리 찾아 올리지 못하는가. 돈과 명예를 선사할 준비를 마쳤거늘 그 작은 섬에서 대체 무얼 하고 있단 말인가. 나를 원망하지 말아라. 네가 진정 네 소설처럼 위험에 직면해서도 의연하게 대처한다면 살아날 구멍이 있을지도 모르지. 허나 이미 그건 너의 몫. 나는 네 목숨을 좌포장에게 맡길 수밖에 없다. 잘 가라 모독! 날 원망하지 말아라. 네가 그토록 좋아하던 『구운몽』에서 이별의 시 한 수 마지막으로 띄우마.

서로 만나니 꽃은 하늘에 가득하고　　　相逢花滿天

서로 헤어지니 꽃이 물에 떠 있습니다　　相別花在水

봄빛은 꿈속 같고　　　　　　　　　　春光如夢中

흐르는 물은 아득히 천 리입니다　　　　流水杳千里

이윽고 중전이 짧게 답했다.

"그리하세요. 소설을 얻기 위해 필요하다면 죽여도 좋습니다."

22 │ 유언

전 판서 김만중이 남해의 적소에서 졸했는데 나이는 56세였다. 김만중의 자(字)는 중숙(重淑)이고 김만기의 아우다. 사람됨이 청렴하게 행동하고 마음이 온화했으며 효성과 우애가 매우 돈독했다. 벼슬을 하면서는 언론이 강직하여 선이 위축되고 악이 신장하게 될 때마다 더욱 정직이 드러나 청렴함이 다른 사람들보다 뛰어났고, 벼슬이 높은 품계에 이르렀지만 가난하고 검소함이 유생과 같았다. 왕비의 근친이었기 때문에 더욱 스스로 겸손하고 경계하여 권세 있는 요로를 피하여 멀리했고, 양전(兩銓)과 문형(文衡)을 극력 사양하고 제수받지 않으므로 세상에서 이를 대단하게 여겼다. 글솜씨가 기발하고 시는 더욱 고아하여 근세의 조잡한 어구를 쓰지 않았으며, 또한 재주를 감추고 나타내지 않았는데, 사람들이 그의 천품이 도에 가까우면서도 학문에 공력을 들이지 못한 것을 한스럽게 여겼었다. 적소에 있으면서 어머니의 상사(喪事)를 만나 분상할 수 없으므로 애통해하며 울부짖다가 병이 되어 졸하게 되었으므로 한때 슬퍼하며 상심하지 않는 사람이 없었다.

　　　　　　　　　　　—『숙종실록(肅宗實錄)』 18년(1692년) 4월 30일조

전 판서 김만중이 남해의 적소에서 졸하였다. 김만중은 문사에 능하였고 효성과 우애가 돈독하여 어미를 잘 섬긴다고 소문났었다. 그러나 전연 식견이 없어 폐부에 있을 적에 지론이 지극히 준엄했고, 훈척에게 붙어 청의(淸議)를 매우 힘써 공격했으며, 이사명의 종용을 받아 그가 도리어 어긋나게 속이는 말을 가지고 경솔하게 계문하여 사류들에게 화를 끼치려는 계획을 하다가 부자가 형벌을 받았었다. 해도로 귀양 가서 어미의 상사(喪事)를 만났지만 분상하게 되지 못했는데, 이때에 이르러 졸한 것이다. 2대를 지나서는 또한 흉악한 역적이 생겨나 온 가문이 살육을 당하였으므로 세상 사람들이 "김만중의 험악하게 편당하던 의논이 앙갚음을 받게 된 것이다."라고들 하였다.

　　　　　　—『숙종실록보궐정오(肅宗實錄補闕正誤)』 18년(1692년) 4월 30일조

"어둡군…… 벌써 밤인가?"

해가 중천에 뜬 오후였다. 모독은 열어 둔 창으로 쏟아져 들어오는 햇살을 흘낏 본 다음 답했다.

"그렇습니다. 밤이 깊었습니다. 먹구름까지 몰려와서 달도 별도 없습니다. 암흑 그 자체입니다."

마당에는 남해 현령 조상덕을 비롯한 장졸들이 검극을 번뜩이며 버티고 서 있었다. 김만중이 끝내 병을 이기지 못하면 그 즉시 한양으로 부고를 전할 전령까지 준비를 마쳤다. 안방까지 들어오겠다는 것을 모독이 막아섰다. 너희들에게 임종을 보여 줄 순 없다. 최대한 예의를 갖추어 편안히 가시도록 하겠다.

"호롱불은…… 켰는가?"

호롱불은 물론 촛불까지 두 개를 켜 두었다. 모독은 그 불빛을 차례차례 살핀 다음 조용히 아뢰었다.

"마침 기름이 떨어졌습니다. 불편하시더라도 조금만 참으십시오. 내일 날이 밝는 대로 기름을 채워 넣겠습니다."

"……."

김만중은 눈을 감고 거친 숨을 몰아쉬었다. 오늘을 넘기기 힘들 것처럼 보였다. 밤을 새워 퇴고에 매달린 것이 죽음을 앞당긴 것일까. 가슴이 먹먹해져 왔다. 소설이 중요하다 한들 사람 목숨보다 더하랴.

갑자기 시끄러운 까치 울음소리가 들려왔다. 김만중이 천천히 눈을 떴다.

"갈…… 때가 되었나 보이. 빛이…… 보이지 않으니."

밤이라고 둘러댄 거짓말이 들통난 것이다. 모독은 까치가 원망스러웠다. 그래도 다시 거짓말을 보탰다.

"구름이 잔뜩 끼었습니다. 나무 그늘에 가려 어두컴컴하기가 황혼 무렵과도 같습니다."

김만중의 눈가에 희미한 웃음이 맴돌았다. 조금이라도 더 자신의 마음을 편하게 만들어 주려는 모독의 배려를 알아차린 것이다.

"눈이 보이지 않으니…… 한결 낫군그래. 이젠 정말 어둠과 친할 수 있겠어……. 미리 연습을 해 보라는 하늘의 배려인지도 모르겠네……. 허허허…… 아니 그런가?"

"대감!"

모독은 말을 잇지 못했다. 죽음과 어찌 친할 수 있단 말인가. 마지막 숨이 넘어가는 순간까지도 삶에의 집착을 버리지 못하는 것이 인간이다.

"혀까지 굳기 전에…… 몇 가지 사족을 달아야겠으이……. 들어 주겠는가?"

이제 유언을 할 때가 온 것이다.

모독의 두 눈에서는 하염없이 눈물이 흘러내렸다. 윗목

에 물러나 앉은 백능파 역시 훌쩍이고 있었다. 유언을 듣는 이 순간을 하루라도 더 늦추고 싶었다. 그러나 김만중의 목숨은 내일까지 이어질 것 같지 않았다. 모독이 손바닥으로 눈물을 훔친 다음 무릎걸음으로 다가앉았다. 김만중의 입술이 파르르르 떨렸다.

"자네 그 이름 말일세…… 바꿀 때가 되지 않았는가? 지난 상처와 함께 그 이름을 버리게나……. 자네 혼자 아프다고 말하지 말아……. 누군들 자네만큼 아파하지 않으리…… 누군들 자네만큼 방황하지 않으리…… 허억!"

김만중이 갑자기 주먹으로 가슴을 두드려 댔다. 숨이 막히는 모양이었다.

"대감! 말씀을 마십시오. 알겠습니다. 이름을 버리겠습니다."

김만중이 오른손을 들어 모독의 뺨을 어루만졌다.

"울지 말게……. 사람은 꼭 한 번 이런 날을 맞이하기 마련이니까……. 어머니도 형님도 우암 선생도 다 이 길을 가셨다네……. 오늘은 내가 가고…… 또 먼 후일에는 자네가 가게 되겠지……. 이름을 버리겠다는 약속…… 믿겠네. 그리고…… 자네가 지금까지 해 왔듯이…… 중국의 역사나 인물 대신…… 이제 더욱 조선의 것에 힘쓰게……. 그게 자네의 길이야."

알고 계셨습니까?

세상을 바꿀 수 없다면 차라리 자기모멸에 빠져 버리는 것이 낫다고 생각한 밤이 있었지요. 젊은 날들을 분노에 분노를 곱씹으며 보냈습니다. 소생이 천착한 허봉도 이순신도 강홍립도 모두 끝내는 자기모멸에 빠졌던 인물들이었지요. 그들과 함께 뒹굴며 점점 더 큰 슬픔을 만들어 갔습니다. 이름까지 모독으로 바꾼 것은 내가 아무리 멋진 이야기를 만들더라도 세상은 결코 변하지 않을 것이라는 절망 때문이었지요. 땀 흘려 이야기를 쓴 다음 그걸 곧바로 모독해 버리고 싶은 마음. 이름을 고치라는 건 곧 그 어두운 마음을 버리라는 말씀이시지요?

김만중이 다시 왼손을 들어 천천히 흔들었다. 윗목에 앉아 있던 백능파를 부르는 손짓이었다. 백능파가 양손으로 그의 오른손을 붙들어 가슴에 품었다. 그녀의 왕방울만 한 눈에서 닭똥 같은 눈물이 뚝뚝 떨어졌다.

대감!

지금도 늦지 않았어요. 소녀를 그토록 밀어낸 것이 지독한 사랑의 다른 이름이라고 말씀해 주실 수는 없는지요? 그 사랑의 증표로 대감의 마지막 걸작을 소녀에게 맡기는 것은 정녕 불가능한 일인가요? 졸수재께서 함께 기뻐하고 함께 눈물 떨구는 방식으로 소녀의 꽉 막힌 마음의 벽을 허물어뜯렸다면, 대감은 끝까지 높고 깊고 단단한 자세로 소녀를 몰아붙이셨지요. 마음을 열고 열지 않고는 철저하게 너의 문제다. 내가 어찌 그것을 도와줄 수 있으리. 그 모든 말씀, 아직 완전히 이해하진 못했으나 받아들이겠어요. 그러니 제발, 소녀에 대한 대감의 그 마음이 사랑이 아니었다고는 말씀하시지 마세요. 아, 사랑이었다고 말씀해 주세요. 마지막 기회랍니다.

김만중의 입술이 천천히 벌어졌다.

"너도…… 너도 이름을 바꾸거라……. 다시는 소설의 인물들에게 네 인생을 팔지 말거라……. 소설은 소설이고 삶은 삶인 것을…… 소설 속 인물이 결코 네 삶을 살아 주지 않는다……. 언제까지 소설의 그림자로 지낼 참이냐……. 매설가의 길을 걷든지 아니면 소설을 떠나거라……. 더 늦추어서는 아니 될 것이야. 알겠느냐?"

백능파가 울먹이며 답했다.

"흐흑! 대감의 뜻에…… 따르겠어요. 제발 그만 말씀하세요."

김만중은 모독과 백능파의 손을 하나로 모은 후 말을 이었다.

"가을까지 살아서…… 너희들이 부부가 되는 것을 내 눈으로 꼭 보려고 했다만…… 그 약속은 지킬 수 없을 것 같구나……. 부디…… 내가 없더라도…… 서로 사랑하며……
탁월한 소설을 지으며…… 행복하게…… 해, 행복!"

기어이 김만중은 피를 토했다. 백능파는 놀란 눈으로 손
을 뽑고 윗목으로 물러앉았다. 모독은 수건으로 김만중의
목과 가슴에 묻은 피를 닦아 냈다. 김만중의 온몸이 심하게
떨렸다. 백능파가 다시 무릎걸음으로 가까이 다가왔다. 그
녀의 표정은 어느새 싸늘하게 굳어 있었다. 모든 것이 마지
막을 향해 치닫고 있음을 알아차린 것이다. 그녀는 등 뒤에
서 모독에게 말했다.

"소설을 달라고 하세요, 소설을!"

그 말을 들었던 것일까. 김만중의 오른손이 머리맡으로
향했다. 모독이 서안 아래에서 서책 한 권을 꺼냈다. 백능
파의 두 눈이 샛별처럼 반짝였다.

『사씨남정기』!

그녀가 그토록 찾던 소설임이 분명했다. 김만중이 손바
닥으로 서책을 천천히 쓸다가 멈추었다. 이제는 손가락을
움직이는 것도 힘들 지경이었다. 입술을 오물거린 끝에 겨
우 단어를 만들었다.

"가, 가까이!"

모독이 허리를 숙이고 김만중의 입술 가까이 귀를 갖다
댔다. 백능파도 더욱 가까이 다가앉았다. 김만중의 턱이 조

금 흔들렸다. 목젖이 툭 튀어나와 부들부들 떨렸다. 마지막 안간힘을 쓰고 있는 것이다. 죽음으로 넘어가기 직전이었다.

"부, 부탁하네."

"대감!"

김만중의 고개가 오른쪽으로 조금 돌아갔다. 떨리던 두 팔도 움직임이 없었고 그릉그릉 끓던 가래 소리도 더 이상 들리지 않았다.

"대감! 눈을 뜨세요. 이렇게 가시다니요? 대감 대감!"

모독이 김만중의 가슴에 얼굴을 묻으며 흐느꼈다. 김만중은 이미 북망산으로 떠난 후였다. 백능파는 모독의 손에 들린 서책을 빼내려고 했다. 모독이 눈물을 쏟으며 고개를 돌렸다.

"지금 무얼 하는 게요?"

"소설을 주세요."

모독은 백능파의 눈동자를 똑바로 들여다보며 꾸짖듯 언성을 높였다.

"지금 소설이 문제요? 대감께서 돌아가셨단 말이오."

"슬퍼요. 나도 슬프다구요. 그래도 소설은 꼭 보아야겠어요. 주세요."

백능파는 막무가내로 소설을 내어놓으라고 졸랐다. 모독의 표정이 딱딱하게 굳었다. 허리를 쭉 펴고 앉은 모습이 단단한 바위를 연상시켰다. 그는 웃옷을 풀어 옆구리에 소설을 둘러매었다. 그리고 낮은 목소리로 속삭였다.

"조용히 하오. 마당에 남해 관아의 관원들이 와 있음을 잊으셨소? 여기서 소설을 살피다가는 당장 저들에게 빼앗기고 말 게요. 곧 보여 주리다. 조금만 더 참으오."

백능파가 왼 무릎을 세우고 마당의 인기척을 살폈다. 모독의 지적대로 여기서 소설을 읽다가는 저들에게 들킬 위험이 컸다. 겨우 소설을 찾았는데 남해 관아에 빼앗길 수는 없는 일이다. 모독의 뒤를 찰거머리처럼 붙어서 따라다니는 게다. 당분간은 그가 소설을 품고 있는 것이 더 안전할지도 모른다.

그의 말대로 소설이야 남해 관아의 장졸들을 따돌린 후에 얼마든지 볼 수 있다. 잠시만 참자. 잠깐이면 된다. 백능파는 흔들리던 마음을 다독거렸다.

"뜻에 따르겠어요. 헌데 대감께서 무엇을 부탁하신 건가요?"

김만중의 마지막 유언이 궁금했던 것이다. 모독이 목소리를 낮추며 답했다.

"낭자도 들었지 않소이까? 혼례를 꼭 치르라고 당부하신 게요. 낭자를 내게 부탁하신 겁니다. 자자, 이제 크게 곡을 합시다. 그래야 저들도 대감의 죽음을 조정에 전할 게 아닙니까?"

"알겠어요. 으흐흑! 아이고 아이고!"

백능파가 큰 소리로 곡을 시작했다. 모독도 김만중의 가슴에 얼굴을 묻고 꺼이꺼이 울었다. 부모를 잃은 망극함보다도 더한 슬픔이었다.

23 | 야반도주

사람의 마음이 입으로 나온 것이 말이다. 말에 절주(節奏, 리듬)가 있는 것이 가(歌), 시(詩), 문(文), 부(賦)이다. 사방의 말이 비록 다르다 하더라도 정말 말을 잘하는 사람이 각각 자기 나라 말에 따라 가락을 맞춘다면 그것들은 모두 천지를 감동시키고 귀신을 통할 수 있는 것이니 비단 중국만 그런 것은 아닐 것이다. 지금 우리나라의 시문은 자기 말을 버려 두고 다른 나라의 말을 배워서 표현하므로 설령 아주 비슷하다 하더라도 이는 단지 앵무새가 사람의 말을 하는 것에 불과하다. 민간의 나무하는 아이나 물 긷는 아낙네들이 소리 내어 서로 주고받는 노래가 비록 비루하다 할지라도 그 참과 거짓을 논한다면 정녕 학사 대부들의 이른바 시부(詩賦)와는 동격에 두고 논할 수 없다.

— 김만중, 『서포만필』

남쪽 숲은 어둡고 을씨년스러웠다.

밤이 되자 나뭇잎 떠는 소리도 더욱 크게 들렸고 바위에 이마를 찧는 파도 소리도 높낮이를 달리했다. 밝은 달빛도 우거진 숲까지는 찾아들지 못했다. 모독은 초봄에 황매우가 머물렀던 소나무 아래에서 뒤돌아섰다.

"조심하오."

남장 차림의 백능파가 숨을 헐떡이며 뒤쫓아 왔다.

"염려 마세요. 헌데 배가 틀림없이 오는 건가요?"

"걱정 마오. 지난번 남해 향교에 나갔을 때 미리 약조를 했소. 대감이 돌아가시는 날 밤에 배를 대기로 말이오."

"그 맹인 사공이 대감께서 돌아가신 걸 어찌 아나요?"

"저물 무렵 남해 현령을 비롯한 관원들을 가득 태우고 들어왔으니 알고도 남을 게요. 관아 사람들이 모두 노도로 올 정도라면 대감이 세상을 떠난 일 외에 무엇이 있겠소? 자, 서두릅시다. 지금쯤 우리가 사라진 것을 눈치채고 추격을 시작했을지도 모르오. 섬을 떠나지도 못하고 붙잡히면 끝장이오."

모독이 그녀의 팔을 끌며 숲을 지나쳤다. 다행히 추격하는 발소리는 들리지 않았다. 다 함께 저녁을 먹은 후 설거지를 하겠다며 부엌으로 물러났다 빠져나온 것이다. 남해 관원들은 김만중의 안방과 주변을 뒤지느라 경황이 없었다. 모독은 다시 한번 김만중의 선견지명에 감탄했다. 그가 세상을 떠난 후에 벌어질 상황을 미리 예측하고 퇴로를 마련해 두었던 것이다. 숲을 벗어나자 큰 갯바위들이 앞을 막아섰다. 왔을까? 배가 없으면 모든 것이 끝장이다.

나타나라 나타나라 나타나라!

주문을 걸 듯 같은 말을 반복하며 마지막 바위를 돌아나갔다.

"아아!"

뒤따라 나온 백능파가 기쁨과 안도의 한숨을 내쉬었다. 맹인 사공 흑암의 야거리가 아슬아슬하게 균형을 잡으며 바위에 줄을 대고 있었던 것이다. 모독이 등을 보이며 돌아앉았다.

"자자, 어서 업히시오. 시간이 없소."

백능파가 잠시 주변을 살핀 후 그의 목을 감싸 쥐었다. 모독은 허리에 묶었던 보자기 둘을 그녀에게 내밀었다. 붉은 것은 김만중의 소설이고 검은 것은 자신의 소설이었다.

"물에 젖지 않도록 조심하오."

"걱정 마세요."

백능파의 목소리가 갑자기 경쾌해졌다. 어느새 나타난 청삽살개 파도가 먼저 물살을 갈랐다. 모독도 성큼성큼 큰 걸음을 내디디며 바다로 뛰어들었다. 바다 밑 돌에 이끼가 끼어 미끈거렸다. 하마터면 뒤로 벌렁 쓰러져 그녀를 놓칠 뻔했다. 겨우 몸을 추스르고 조심스레 나아갔다. 고물과의 거리가 가까워지자 두 발이 땅에 닿지 않았다. 이제는 헤엄을 쳐서 배에 오를 수밖에 없었다.

"낭자! 발이 닿지 않소. 여기부턴 각자 헤엄을 쳐서 갑시다."

백능파가 그의 목을 꽉 끌어안으며 말했다.

"안 돼요. 난 헤엄을 못 친단 말예요."

갑자기 숨이 막혀 왔다.

"이것 놓으시오. 수, 숨을 쉴 수가 없소이다."

낭패였다. 모독은 겨우 자기 몸 하나 추스를 정도의 수영 실력을 갖추었을 뿐이다. 그녀까지 이끌 자신이 없었다. 배를 더 가까이 대라고 할까? 흑암은 귀도 먹고 눈도 어두운 사람이다. 어떻게 내 뜻을 전해야 하나? 그때 이물 쪽에 서 있던 사공이 긴 노를 옆구리에 끼고 고물 쪽으로 내려왔다. 눈으로 모든 걸 확인한 사람처럼 모독과 백능파를 향해 노를 쑥 내밀었다.

　"단단히 잡으시오."

　모독이 개구리처럼 땅을 박차고 뛰어나가며 노를 붙들었다. 턱까지 물이 차올랐으나 다행히 그녀는 상반신을 수면 위로 내놓을 수 있었다. 손끝으로 무게를 감지한 흑암이 천천히 노를 당기기 시작했다. 그녀의 손이 배의 난간을 잡는 순간 철전(鐵箭)이 날아들어 노에 꽂혔다. 뒤이어 그녀의 오른손에 들렸던 검은 보자기가 철전과 함께 바다에 빠졌다.

　"이, 이런!"

　그가 공들여 쓴 소설 『서러워라, 잊혀진다는 것은』이 바닷물에 젖어 형태를 알 수 없게 되었다. 다시 철전이 날아들었다. 그녀는 무사히 배로 올라갔지만 모독은 노가 흔들리면서 빙글 제자리에서 맴을 돌았다.

　"피해요."

　백능파의 고함과 함께 철전 하나가 그의 가슴을 향해 정확하게 날아들었다. 목숨을 잃을 상황이었다.

늦었다.

모독은 눈을 질끈 감았다. 턱 소리와 함께 노가 그의 가슴 앞을 막았다. 노에 꽂힌 철전이 심하게 떨렸다. 모독은 청개구리처럼 노의 뒷면에 들러붙었다. 화살이 비 오듯 쏟아졌지만 노가 방패 역할을 했다. 모독이 겨우 배 위에 올라서자 흑암은 도끼로 닻줄을 끊었다. 배는 바람을 타며 미끄러져 내려갔다. 청삽살개 파도도 그의 발밑에 웅크렸다.

"곧 죽을 놈들이 활은 멀리 쏘네."

백능파가 날아오는 화살을 살피며 혼잣말을 했다.

"곧 죽는다니 그게 무슨 말이오?"

그녀는 왼손으로 입을 가리며 얼버무렸다.

"우리가 이렇게 무사히 섬을 탈출하였으니 남해 관아의 관원들이 모두 큰 벌을 받게 될 거라 이 말이지요."

"하긴 그렇소."

모독은 더 이상 묻지 않았다. 지금은 섬을 빠져나가는 것이 급했다.

흑암이 배의 방향을 남쪽으로 잡았다. 항상 오가던 항로가 아닌 다른 쪽을 택한 것이다. 이것도 김만중이 미리 계획한 일이다. 남해로 갔다가는 앞뒤로 막혀 사로잡힐 가능성이 컸으므로 아예 배를 몰아 거제까지 달아나기로 한 것

이다. 거제에 숨어 잠시 머물렀다가 뭍으로 나가면 추격을
따돌릴 수 있으리라.

"이제 소설을 꺼내 읽어도 되나요?"

백능파가 소설이 든 붉은 보자기를 만지작거리며 물었다.

"너무 어둡지 않소? 횃불을 밝힐 형편도 아니고."

"괜찮아요. 달이 저렇게 밝으니 읽고도 남아요."

백능파는 달빛이 잘 비치는 쪽으로 방향을 잡고 돛대에
등을 기댄 채 『사씨남정기』를 읽어 나갔다. 모독은 그녀를
방해하지 않기 위해 고물 쪽에 서서 바다를 내려다보았다.
하루 동안 벌어진 일이 꿈만 같았다.

서포를 배신할 기회는 얼마든지 있었다. 그가 처음 『사
씨남정기』를 보여 주었을 때도, 또 그가 퇴고에 열중할 때
도, 마지막으로 목숨이 끊어지기 직전에도 모독은 그 소설
을 빼돌려 좌포장에게 올릴 수 있었다. 그러나 그는 그렇게
하지 않았다.

왜 나는 그를 버리지 못하였을까?

크나큰 믿음이 부담스럽긴 했다. 그러나 『사씨남정기』만
중궁전에 전하면 미래를 보장받을 수 있었다. 남인과 서인
의 치열한 대결, 중전과 서포의 불편한 관계는 그가 알 바
아니다. 그는 아둔한 이야기꾼일 뿐이다. 정치는 조정의 높
은 당상관들에게 맡기면 그만이다. 그러나 그는 서포의 부

탁을 거절하지 못했다. 처음부터 그는 겁 많은 인간, 겨우 붓 뒤에 숨어 거짓으로 이런저런 이야기를 늘어놓는 인간일 따름이다.

그러나 이것은 피와 살이 튀는 일, 눈물과 한숨이 쏟아지는 일, 목이 달아나고 사지가 잘려 나가는 일이다.

그녀가 서책에서 눈을 떼고 잠시 하늘을 우러렀다. 모독이 그 기회를 놓치지 않고 말을 건넸다.

"당신도 실망했소? 역시 『창선감의록』과 너무 흡사하지 않소? 『구운몽』보다도 많이 못하고."

백능파가 시선을 밤하늘에 고정시킨 채 머리를 저었다.

"실망이라니요? 당치도 않아요. 정말 서포, 그 어른이 아니고는 그 누구도 쓸 수 없는 탁월한 작품입니다."

모독의 얼굴이 어두워졌다.

"무엇이 그리 뛰어나단 말이오?"

"임진년과 병자년을 거치면서 대국으로부터 연의 소설이 쏟아져 들어온 후 조선의 매설가들은 이야기를 어지럽게 만들고 인물들을 늘어놓는 방법만 즐겨 썼지요. 너무 많은 사건과 인물을 만든 탓에 이야기는 흩어지고 소설은 끝이 날 줄을 몰랐어요. 그때마다 저는 묻고 싶었지요. 꼭 이렇게 번잡해야 하는 것인가요? 하고 싶은 말만 딱 하는 소설을 쓸 수는 없나요? 길게 쓰기도 힘들지만 짧고 간략하게 매듭을 짓는 것 또한 어려운 일입니다. 오늘에야 그런 소설 한 편을 만나게 되네요."

"허나 『사씨남정기』는 너무나도 날카롭게 한 사람만을 저주하고 있소."

"그 점도 마음에 들어요. 그 상대가 누구인가는 제가 알 바 아니지요. 다만 이렇게 흑이면 흑, 백이면 백 정확하게 지목해서 입장을 선명하게 밝히는 것 역시 드문 일이 아닌 가요? 지금까지 매설가들은 이것도 옳고 저것도 옳다, 이 남자도 옳고 저 여자도 옳다는 식으로 모두가 잘 사는 방 향으로 두루뭉술하게만 제시했습니다. 헌데 『사씨남정기』 에서는 교 씨를 죽이지 않습니까? 무엇이 옳고 무엇이 그 른가를 보여 준 것이지요. 역시 서포 대감답습니다. 놀라운 힘입니다. 참으로 걸작이에요."

"걸작? 『구운몽』보다도 더 낫다는 게요?"

"『구운몽』과 『사씨남정기』는 완전히 다른 소설이에요. 비교를 하는 것 자체가 어리석은 일이지요. 『구운몽』이 세 상 이치를 넓게 탐구하는 소설이라면, 『사씨남정기』는 삶 의 모순을 날카롭게 찌르는 소설입니다. 깨달음이라거나 아름다움으로 따진다면 『구운몽』이 훨씬 낫지만 『사씨남정 기』에는 조선의 소설이 지니지 못한, 그리고 어쩌면 지금까 지 소설의 일이 아니라고 간주되어 왔던 부분들이 노골적으로 담겨 있지요.『구운몽』처럼 넓고 깊게 쓰기도 힘들지만『사씨남정기』처럼 좁고 작은 칼날로 정곡을 콕콕 찔러 대는 것도 대단한 힘입니다. 모독, 당신의 소설들보다 한 걸음 더 나아간 것이기도 하고."

"그건 또 무슨 말이오?『사씨남정기』가 내 소설들보다 낫다 이 말이오?"

"당신의 소설이『사씨남정기』보다 아름답고 견고할지는 몰라요. 허나 당신의 소설은 하나같이 슬픔으로 끝나잖아요? 그 슬픔이 아무리 진지하고 지독해도 슬픔은 슬픔일 뿐이죠. 슬픔을 만든 세상과 맞설 무기와 세상을 바꾼 다음의 희망이 당신의 소설에는 없답니다. 허나『사씨남정기』는 달라요. 슬픔은 슬픔대로 그리면서도 결국 행복한 날들을 보여 주니까요."

"그건 또 하나의 함정일 수도 있소. 누군 행복한 날들을 그릴 줄 몰라서 안 그리는 줄 아오? 막연한 희망보다는, 우연과 하늘의 도움을 강조하는 행복보다는 지금 이대로의 고통과 슬픔이 더 값지기 때문이오."

"그래도 당신은 너무 막혀 있어요. 스스로 만든 벽이라는 생각은 한 적이 없나요? 저 같으면 차라리 한 번쯤 툭 털어 버리겠어요. 어차피 소설인데 약간 부족하고 막연한 희망이라고 해도 상관없죠. 서포 대감이 바로 그 일을 해낸 겁니다. 『구운몽』처럼 완벽하지는 않더라도 꼭 그런 완벽을 만들기 위해 세월을 허비하지 않고 전혀 다른 방향으로 나간 겁니다. 아무나 할 수 있는 일이 아니죠. 역시 서포 대감은 대단하십니다."

그런가? 백능파의 말처럼 『사씨남정기』는 『구운몽』과 다른 방식으로 또 하나의 걸작인가?

"당신은 여자를 너무 몰라요."

이건 또 무슨 소리인가?

"『사씨남정기』는 제가 읽은 그 어떤 소설보다도 여자들의 마음을 잘 표현하고 있답니다. 그동안 남자 매설가들이 지어 놓은 소설들을 읽다 보면 자신들 멋대로 여자를 치켜세웠다 떨어뜨렸다 하거든요. 항상 그게 불만이었어요. 남자의 사랑을 얻기 위해 몸부림치는 여자, 사랑을 잃고 슬퍼하다가 목숨을 버리는 여자, 질투심에 불타는 여자, 이런 식이었죠. 이건 여자를 너무 쉽고 간단하게 생각한 거랍니다. 여자는 결코 남자를 위해 함부로 자신을 던지지 않아요. 설령 그런 일이 일어난다고 해도 자세히 살피면 그건 다 자신을 위한 것이죠. 모독! 당신도 마찬가지예요. 전기소설에 흔히 등장하는 한 남자와 한 여자의 쓸쓸하고 변함없는 사랑을 좋아하신다고 했죠? 허나 그 사랑은 아름다운 시를 위해 만들어진 정황에 불과하답니다. 전 사랑을 믿지 않아요. 남자들을 믿지 않아요."

김만중도 이미 여자들에 대한 배려를 하라는 충고를 한 적이 있다. 그러나 이것은 소설의 문제가 아니라 백능파와 모독, 우리 두 사람의 사랑에 관한 이야기다. 사랑을 믿지 않고 남자를 믿지 않는다면 어떻게 행복한 결혼 생활을 할 수 있겠는가.

"나와 다른 성(性)을 그리는 건 어려운 일이오. 남자 매설가가 여자를 잘 그리지 못하듯 여자 매설가도 남자를 제대로 그리기 힘든 법이니까. 내 소설이 완벽하다고 말하지는 않겠소. 허나 노력하면 조금씩은 나아지지 않겠소? 처음부터 선을 그어 놓고 시작할 이유는 없을 듯하오만……."

백능파가 고개를 들고 웃었다. 이번만은 그녀를 떠나보내지 않으리라. 모독은 그녀의 오른손을 가만히 쥐었다. 백능파가 웃음을 그치고 다시 그의 얼굴을 쳐다보았다.

"그래도 남자가 결코 알 수 없는 것이 여자의 마음 아닐까요? 만약 당신이 제 마음을 알았다면 저에게 이 소설을 보여 주지도 않았겠지요. 또 함께 야반도주를 감행하지도 않았겠지요."

"무슨 말이오? 당신을 알기 때문에, 당신을 믿기 때문에 여기까지 온 것이라오."

"아는 것과 믿는 것은 달라요. 알지도 못하고 믿는 건 믿는 것도 아니지요."

점점 더 알 수 없는 말들을 늘어놓았다. 이렇게 손을 마주 잡고 있을 때도 그녀는 너무 멀리 있는 것만 같다. 도무지 생각의 갈피를 잡을 수 없다.

"날 미워하오?"

"전혀! 당신에게 고마워하고 있어요. 당신이 아니었다면 어찌 제가 서포 그 어른을 뵙고 또 이 소설을 읽을 수 있었겠어요. 당신은 제 은인이죠. 언젠가 꼭 한번 노도에서의 일을 소설로 옮겨 보고 싶어요. 당신도 나오고 서포 대감도 나오는, 물론 저도 등장해야겠지요."

당신도 그런 생각을 했소?

"나 역시 노도에 관한 소설을 쓸 생각이오. 각자 소설이 완성되면 바꿔 보도록 합시다. 당신도 이제 정말 매설가의 길을 걸을 때가 되었소. 그동안 섭렵한 소설과 또 대국을 둘러본 경험만 살린다면 세책방의 주목을 받을 수 있을 게요."

백능파는 대답 대신 그에게 한 걸음 다가섰다. 턱을 약간 치켜들고 입술과 콧잔등과 눈동자를 차례차례 살폈다. 그러다가 갑자기 그의 가슴에 앞이마를 댔다. 그는 놀라면서도 가만히 그녀를 품에 안았다. 그녀는 들릴락 말락 작은 소리로 말했다.

"가여운 사람!"

336

그는 왜 자신이 가여운 사람인가를 묻지 않았다. 이대로 영원히 시간이 멈춰 버렸으면 하는 바람뿐이었다. 다 받아 주리라. 당신만 내 곁에 머무른다면 당신이 원하는 것을 다 주리라.

"한 가지 묻고 싶은 게 있어요."

그녀가 다시 눈을 뜨고 한 걸음 물러섰다.

"이 소설의 존재를 아는 사람이 누구누구인가요?"

"소설을 읽은 사람은 대감과 나 둘뿐이오."

박운동이 남해를 빠져나가지 못한 채 익사했고 김만중도 숨을 거두었으니 이제 그 사실을 아는 사람은 모독뿐이었다. 백능파가 다짐을 받듯 다시 물었다.

"정말인가요? 다른 사람은 없어요? 대감의 아드님이라든가 조카분들 중에 이 소설을 읽은 분은 없나요?"

"무엇인가 쓴다는 것을 눈치는 챘겠지만 이 서책인 줄은 모를 거요. 헌데 그건 왜 묻소?"

"아, 아니에요. 이렇게 뛰어난 소설을 몇 번째로 읽게 되는 것인가 궁금해서요. 그럼 한 번 더 찬찬히 읽어 보겠어요."

그녀가 다시 서책을 읽어 나갔다. 모독은 소설을 읽는 그녀의 모습을 물끄러미 쳐다보았다. 아름다웠다.

선녀!

언젠가 조성기는 그녀를 선녀에 비긴 적이 있었다. 날개옷을 사 주기까지 했다.

너무 아름답구나. 팔선녀가 저와 같을까?

소설 때문에 삶이 불행해지지 말라는 김만중의 충고가
다시 떠올랐다. 이제 두 번 다시 그녀를 놓치는 일은 없을
것이다. 설령 내가 더 이상 소설을 쓸 수 없게 된다 해도 그
녀를 반드시 아내로 맞아들이리라. 과연 그녀는 나를 받아
줄까? 문제가 없다면, 아무 문제도 없다면 우리는 혼인할
수 있으리라. 그녀와 나의 운명은 달라질 것이다.

갑자기 그의 몸이 왼편으로 기울었다. 고물 쪽에 서 있던
흑암이 손을 휘휘 저은 후 바닥에 넙죽 엎드렸다. 모독도
그의 흉내를 내며 몸을 낮추었지만 소설을 읽는 데 몰두한
백능파는 몸의 균형을 잃고 뒤로 벌렁 넘어졌다. 배가 심하
게 흔들리며 이물 쪽이 높아졌다. 소설과 붉은 보자기가 고
물 쪽으로 미끄러지듯 쏠려 내려갔다. 그녀가 일어서서 고
물 쪽으로 뛰어가려고 하자 모독이 그녀의 팔을 잡아당겨
엎드리게 했다.

"놓으세요. 저 소설을 주워야 해요."

"쉬잇, 가만있으시오! 경상 우수영의 판옥선이오. 왜구
들의 침범을 막기 위해 정기적으로 거제 주변의 바닷길을
순시하는 거요. 다행히 아직 우리를 발견한 건 아닌 듯하
오. 저들에게 붙들려 경상 우수영으로 끌려가면 끝장이라

오. 알겠소?"

"하지만 소, 소설은……?"

"아, 다행히 흑암의 허벅지에 닿았구려. 잠시만 참읍시
다. 잠시만!"

모독이 말을 맺지 못하고 그녀의 어깨를 감싸 쥐었다. 칼
로 찌르는 듯한 통증이 밀려왔던 것이다. 팔꿈치와 손목까
지 쩌릿쩌릿하더니 어깨가 떨어져 나가듯 아팠다. 소맷자
락을 물어뜯으며 고통을 삼켰다. 참아야 한다. 지금 고함을
내지르면 모든 것이 끝장이다. 피가 터질 정도로 아랫입술
을 깨물었다. 모독의 품에 안긴 백능파의 눈가에 야릇한 웃
음이 피어올랐다.

승리의 미소였다.

24 │ 은혜를 원수로 갚는 법

여인은 과연 빛이 나고 요염해서 사람을 움직일 만하여 바라보면 하늘의 선녀 같았다. 잠자리에 들려고 하자 여인은 홀연 슬픈 기색으로 흐느끼면서 눈물을 흘렸다. 홍순언이 괴이하게 여겨 이유를 물으니 여인은 이렇게 대답했다.

"저는 본래 남방의 벼슬하던 집안의 여자로, 양친이 객지에서 차례로 돌아가셨으나 제게는 형제도 없고 집도 가난하여 두 분의 시신을 고향으로 운구해서 장례를 치르지 못했습니다. 여기 사람들은 제가 아주 추악하지는 않음을 보고, 청루에서 몸을 팔아 돈을 마련해서 장례를 치르는 것이 어떠냐고 권했습니다.

그래서 여자의 몸으로 혼자인 데다 연약하므로 어쩔 도리가 없어 이런 지경에 떨어지지 않을 수 없었습니다. 그렇지만 제 본마음은 여기에 오래 있을 뜻이 없습니다. 제가 보잘것없는 몸임을 헤아리지 않고 망령되이 엄청난 가격으로 몸을 허락한 것은 하루에 그 자금을 마련해 큰일을 경영하고 아울러 불초의 몸을 속량하고자 했던 것입니다.

이제 다행히 철인(哲人)께서 오셨으니 이는 참으로 저의 영광입니다. 그러나 흰 실이 물들게 되는 것이 오늘부터 시작이라 생각하니 서글픈 감정이 저도 모르게 얼굴에 드러나게 되어 귀한 손님으로 하여금 의아스럽게 여기게 만들었으니, 부끄럽고 송구함을 어찌할 줄 모르겠습니다."

그녀의 말이 끝나자 홍순언은 숙연하게 얼굴빛을 바꾸고는 머뭇거리며 뒤로 물러나면서 "제가 어찌 감히…… 제가 어찌 감히……." 하였다. 그러다가 마침내 자리에서 일어나 밖으로 나왔다.

여인은 감짝 놀라 홍순언이 전해 주었던 돈을 들고 문밖으로 쫓아 나와 말하기를 "관인(官人)께서 정말로 가신다면 제가 어찌 감히 이 돈을 여기 두겠습니까!"라고 했다.

홍순언이 말하기를 "방금 낭자의 말을 들으니 천지도 울음을 삼키겠거늘 순언만 어찌 홀로 목석 같은 사람이겠습니까? 이 돈으로 장례 치르는 비용의 만분의 일이나마 돕고자 하기에 결단코 다시 가져갈 수 없습니다."라고 했다.

— 김만중, 『서포만필』

배가 닿은 곳은 거제현에서 서쪽으로 20리쯤 떨어진 한다포였다. 흑암에게서 소설을 싼 보자기를 빼앗듯이 넘겨받은 백능파는 비틀거리는 모독을 부축하며 청삽살개 파도와 함께 배에서 내렸다. 흑암은 노도에서처럼 곧바로 배를 돌려 바다로 나갔다. 날이 어느새 훤하게 밝았다. 백능파는 모독과 함께 바람막이 솔숲으로 몸을 숨겼다. 그의 두 다리는 눈에 띄게 후들거렸다. 술에 만취했을 때도 저렇듯 몸을 가누지 못한 적은 없었다. 백능파가 양지바른 무덤에 그를 누인 후 이마에 손을 갖다 댔다. 정신이 혼미한 모독이 눈을 찡그리며 고개를 흔들어 댔다.

"가만, 가만있어요. 이제야 약효가 나타나는 것이에요."

약효라니?

말이 나오지 않았다. 혀까지 굳어 버린 것이다. 백능파가 허리를 쭉 펴고 이야기를 이어 갔다.

"불쌍한 사람! 당신은 날 사랑하지 말았어야 했어. 날 믿지 말았어야 했다구. 내가 정말 남채봉을 닮았다면 구태여 그녀의 이름을 취할 까닭이 없지. 그래, 난 조월향에 가까워. 사정옥은 아무래도 내 방식이 아닌 거지. 조월향과 교채란, 그게 바로 나야. 알겠어? 청학동에서도 노도에서도 난 당신을 사랑한 적이 없어. 사랑? 그깟 게 뭔데? 사랑이 날 위해 무얼 해 줄 수 있는데? 서서히 몸이 굳는 약을 어제 저녁을 지을 때 함께 넣었지. 지금쯤 남해 현령 조상덕을 비롯한 그곳 관원들도 당신처럼 말문이 막힐 테지. 아프다구? 조금만 참아. 이제 곧 눈이 멀 것이고 그다음엔 걷지도 못할 거야. 북망산으로 가는 거지."

백능파!

당신이 원하는 건 다 주었잖소? 청학동에서는 『구운몽』을, 노도에서는 『사씨남정기』를!

"은혜를 원수로 갚는다고? 여자가 슬픈 표정을 지으며 눈물을 흘리거나 사랑에 목말라하며 무엇인가를 고백할 때는 그 말을 믿어서는 아니 되지. 열에 아홉은 모두 남자들의 환심을 사기 위한 술책이니까. 당신은 홍순언처럼 순수하게 날 도왔지만, 난 홍순언을 구한 창기처럼 당신에게 보답할 수 없어. 내게는 사랑보다도 인류보다도 더 중요한 것이 있으니까. 당신만 없으면 돼. 당신만 없으면 『사씨남정기』는 내 것인 거야. 내가 이 위대한 걸작의 매설가가 되는 거라구. 모든 게 당신 덕분이야. 당신이 내게 그 소설들을 보여 주지 않았다면 꿈을 이루기 힘들었을 테지. 하지만 당신을 살려 둘 순 없어. 이 소설을 내 것으로 만들자고 하면 당신이 허락하겠어? 틀림없이 내게서 소설을 감추겠지. 너무 억울하게 생각하지는 마. 당신이 사랑하는 사람, 바로나를 위한 일이잖아? 먼 훗날 꼭 한번 당신을 주인공으로 소설을 지을게. 그리고 그 작품을 당신에게 바칠게. 안녕!"

그녀는 그의 이마에 입을 맞춘 후 자리에서 일어섰다. 품에서 청옥패를 꺼내 그의 머리 위에 떨어뜨렸다. 그와의 질긴 인연을 마무리하려는 것이다.

백능파!

가지 마오. 당신을 위해 많은 것을 준비해 두었는데. 당신에게 바칠 이야기도, 시도, 집도, 옷도 다 마련해 두었는데. 이렇게 떠나다니. 이렇게 날 죽음의 구렁텅이로 밀어넣다니. 안 돼. 이대로 죽을 순 없어. 아, 눈이 침침해진다. 앞이 점점 흐려진다. 나는 죽는가? 이대로 정말 죽고 마는 것인가? 음혼관(陰魂關)을 들러 망향대(望鄉臺)를 지나 풍도성(豊都城, 지옥)에 이르는 것인가?

백능파의 뒷모습이 부옇게 흐려지다가 이내 어둠이 찾아들었다.

백능파!

외치고 싶었지만 입이 벌어지지도 않았다. 손을 뻗고 싶었지만 손가락에 느낌이 없었다. 고개를 들 힘도 없었다. 이대로 죽는가? 이대로 돌이 되는 것인가? 이 낯선 솔숲에서 나 홀로 죽어 가야 하는가?

파도 소리였다. 배를 따라 울어 대는 갈매기 소리도 함께 들렸다.

그동안 정말 많은 등장인물들을 죽여 왔다. 칼로 찔러 죽이고, 총을 쏘아 죽이고, 목을 졸라 죽이고, 바다에 빠뜨려 죽였다. 독살도 여러 차례 그랬다. 좀 더 실감 나게 죽이려고 독약들을 직접 만들어 본 적도 있다. 등장인물들이 그렇게 무참히 사라지더라도 매설가는 결코 죽지 않았다. 매설가가 죽는다면 어떻게 등장인물들의 시체를 처리할 수 있단 말인가.

오늘은 다르다. 오늘은 바로 매설가인 내가 죽는 날이다. 한 번도 매설가인 내가 죽는 상상을 한 적이 없다. 하늘의 도움으로 주인공이 구사일생으로 살아나듯 매설가도 영원한 삶을 누리리라 믿었던 것이다.

그러나 아니다. 매설가도 이렇게 쉽게 죽을 수 있다. 사랑하는 여자의 꾐에 빠져 너무나도 쉽게, 너무나도 간단히, 홀로, 목숨을 잃는 것이다. 누가 나를 구해 줄까. 이게 내가 쓰고 있는 소설이라면 당장 구원의 손길을 뻗칠 것이지만 이건 소설이 아니다. 현실이다.

차라리 꿈이었다면. 『구운몽』에 등장하는 그 길고도 아득한 꿈이었다면. 그리하여 내 목숨이 다하는 순간 잠에서 깨어나 나비춤을 출 수 있다면. 그러나 그렇게 하기 위해서는 우선 죽어야 한다. 그 끔찍한 어둠 속으로 혼자 걸어 들어가야 한다. 죽음을 매우 실감 나게 그린다고 자부했건만,

아니다. 지금까지 내가 그린 것들은 모두 겉치레요 허상이다. 죽음은…… 죽음이다. 죽음은…… 나를 순식간에 내가 아닌 것으로 바꾸는 폭도다. 나는 그 죽음 앞에서 벌벌 떨 수밖에 없다. 나는 죽는다.

청삽살개 파도가 그의 볼을 핥기 시작했다. 꺼칠꺼칠하고 뜨뜻미지근한 감촉도 점점 사라져 갔다. 이 느낌마저 사라지면 죽음과 만나리라.

눈먼 사내가 지팡이를 더듬거리며 솔숲으로 들어섰다. 맹인 사공 흑암이다. 어느새 배를 돌려 거제도에 내린 것이다. 모독의 앞에 선 흑암이 지팡이를 내려놓고 허리를 숙여 얼굴을 더듬었다. 그의 머리를 무릎 위에 올려놓은 다음 품에서 작은 호리병을 꺼냈다. 마개를 열자 사향 냄새가 코를 찔렀다. 검게 변한 모독의 입술을 벌려 호리병에 든 환혼수(還魂水)를 넣자 숨결이 돌아왔다. 소매에서 개언초(開言草)를 꺼내 딱딱하게 굳은 혀에 문지르자 희미하게나마 신음 소리를 뱉어 냈다. 흑암은 가볍게 모독을 둘러업고 숲을 빠져나와서 배에 올랐다. 그가 다시 돌아와 모독을 싣고 간 것을 본 사람은 아무도 없었다.

숲으로 꺾어 들어가는 백능파의 걸음이 점점 더 빨라졌다. 일단 몸을 숨기고 노도의 일이 잠잠해질 때까지 기다리자.

붉은 보자기를 품에 안고 좌우를 살폈다. 까치 한 마리가 후두둑 날아올랐다. 깜짝 놀라 엉덩방아를 찧을 뻔했다. 깊게 심호흡을 한 다음 다시 길을 재촉했다. 울퉁불퉁한 산길을 걷느라 다리가 저리고 아팠지만 얼굴은 한없이 밝았다. 이제 조선 제일의 매설가가 되는 것이다.

"두란향!"

바람 소리라고 여겼다. 주위를 둘러보았지만 인기척은 없었다.

"두란향!"

걸음을 멈추었다. 모독이 따라왔는가? 아니다. 그 약은 치명적이다. 지금쯤 숨이 넘어갔으리라. 그리고 모독은 나를 두란향이라고 부른 적이 없다. 다시 걸음을 내디뎠다.

"두란향!"

환청이 아니다. 누군가 나를 보고 있다. 누구인가? 누가 이 깊은 산중에서 나를 보고 있는 것인가? 그녀는 품에서 단검을 꺼냈다. 칼날에 맹독이 묻은 단검이다. 일이 잘못되면 스스로 목숨을 끊기 위해 준비한 것이기도 했다.

하늘에서 차가운 바람이 휙 불어 내려왔다. 소나무 위에서 한 사내가 뛰어내려 그녀의 앞을 가로막았다.

"누, 누구냐?"

"참으로 오랜만이외다."

황매우는 짧게 답한 후 미소를 지어 보였다. 백능파는 선뜻 그를 알아보지 못했다.

"난 당신을 몰라요. 누구죠?"

"청학동 그 밤의 일을 벌써 잊은 게요?"

사내가 왼손으로 턱을 쓰다듬었다. 그제야 백능파는 사내를 기억해 냈다. 청학동 조성기의 집에서 소설을 훔쳐 달아나다가 명화 도적을 만났을 때 그녀를 구해 준 좌포청의 관원이었다.

좌포청의 관원! 그렇다면 나를 따라왔단 말인가? 아니다. 분명 추격은 없었다. 바다에서도 우리를 태운 배가 유일했다.

"어, 어떻게 이곳에 있나요?"

경상 우수영으로 자리를 옮기기라도 했는가? 그래도 이상하다. 경상 우수영으로 옮겨 왔다 해도 홀로 이 산중에 머물 이유가 없는 것이다. 황매우가 자신감에 찬 표정으로 쉽게 답을 주었다.

"고물 쪽에 몸을 묶었다오. 파도가 제법 거셌지만 그깟 건 아무 일도 아니오."

노도를 빠져나올 때 미리 배에 붙어서 거제까지 따라왔다는 것이다.

"두란향! 보자기를 내게 주오. 허면 목숨만은 살려 주리다. 아니 내 말만 잘 듣겠다면 함께 한양으로 가서 내일을 준비해도 좋소. 자, 어서 주오. 그 책의 주인은 두란향이 아니오. 그대도 잘 알지 않소?"

황매우가 한 걸음 다가섰다. 백능파가 고슴도치처럼 몸을 웅크리며 독기를 뿜었다.

"두란향이 누구죠? 난 두란향이 아니에요. 선녀가 아니라구요."

황매우가 걸음을 멈추고 침착하게 답했다.

"아니오. 당신은 선녀가 맞소. 다만 세상일에 너무 관심을 쏟았기에 천상의 일을 잠시 잊은 것뿐이라오. 당신처럼 가볍게 세상을 가로지르며 당신처럼 순간순간 허물을 벗고 탈바꿈을 하는 여자는 이 세상에 없소. 당신이 천상의 일을 기억하기만 하면 우리는 함께 신선의 경지를 누릴 게요. 그 보자기를 어서 이리 주오. 그깟 소설이 당신에게 무엇이란 말이오?"

"다가오지 말아요. 이건 내 것이에요. 내가 지은 소설이라구요……. 멈춰! 세상일에 초탈한 것처럼 말하지 마. 신선술이니 두란향이니 내 마음을 흔들려고 해도 난 속지 않아. 날 선녀로 믿었다고? 지금도 내가 두란향이란 걸 믿어 의심치 않는다고? ……웃기지 말아. 언제나 넌 그런 식으로 세상을 속여 왔던 거야. 한없이 너그럽고 초탈한 웃음 뒤로 피비린내 나는 비수를 숨겨 왔던 게야. ……오지 마. 제발…… 제발! 날 사랑한다면 날 그냥 보내 줘.”

황매우가 가까이 다가섰다. 그녀의 목소리가 애원조로 바뀌었다.

“날 보내 줘요. 뒤를 쫓다가 놓쳤다면 그만이잖아요? 누구도 당신을 탓하지 않을 거예요. 이 은혜는 꼭 갚을게요. 제발 보내 주세요.”

다시 한 걸음. 그녀는 모든 것을 포기한 듯 두 팔을 내렸다. 그녀는 황매우의 무공이 보통이 아님을 알고 있었다. 청학동에서 그 악독한 명화 도적들을 혼자서 무찌른 솜씨가 아닌가. 힘으로 맞설 상대가 아닌 것이다.

어떻게 할까?

그렇다고 순순히 소설을 내줄 수는 없다. 소설을 건네면 살려 주겠다는 황매우의 제안도 믿을 수 없다. 좌포청으로 끌려가서 문초를 당하고 노도에 건너온 남해 관아의 관원들을 독살한 혐의로 저잣거리에서 목이 잘릴 것이다.

“당신은 선녀요. 두란향이오. 맞지 않소?”

“아니에요. 난 두란향이 아니에요. 난 남채봉도 아니고 백능파도 아니에요. 그딴 건 모두 소설에서 훔친 거라구요. 나는 나예요. 나는 나라구요.”

“당신이 언제 당신인 적이 있었나? 어디 한번 이야기해 보오. 당신은 늘 이 여자였다가 또 저 여자였소. 그렇게 바뀌고 변하는 것, 그게 당신의 참모습이오. 그게 바로 하늘로부터 벌을 받아 지상에 내려온 선녀들의 참모습이기도 하고. 당신은 두란향이오. 맞소?"

"아니에요."

황매우의 목소리가 점점 커졌다.

"한 번만 맞다고 하오. 힘든 일이 아니지 않소? 당신이 선녀란 걸 인정하면 죽이진 않으리다."

"정말인가요?"

황매우가 천천히 고개를 끄덕였다. 두 사람의 시선이 만났다 흩어졌다.

"맞아요. 이제 생각났어요. 두란향 그게 제 이름이에요. 적강(謫降, 하늘로부터 귀양을 내려옴)한 선녀가 맞아요."

황매우의 입가에 엷은 미소가 맺혔다.

"자, 이제 당신도 나도 소설 속을 헤매지 않았다는 것이 증명되었소. 천상도 선녀도 모두 현실에 존재하는 것이라오. 두란향! 날 믿으오. 어서 이리이리 주오."

황매우의 손이 그녀의 양 손목을 붙들었다. 그녀의 손에서 단검과 보자기가 동시에 떨어졌다. 울음 섞인 목소리가 그의 귓전을 파고들었다.

"알겠어요. 당신에게 모든 걸 맡기겠어요."

그는 허리를 숙여 보자기와 단검을 들었다. 그리고 몸을 오른쪽으로 돌려 보자기를 풀었다. 『사씨남정기』. 한양에서 눈에 익힌 서포 김만중의 힘찬 필체가 분명했다. 그 순간 백능파의 오른 손목에서 단검 하나가 쑥 빠져나왔다. 그의 시선은 아직 서책에 머물러 있었다.

"죽어랏 이놈!"

그녀가 단검을 들어 그의 가슴을 찌르려 했다. 그러나 황매우의 뒷걸음질이 더 빨랐다. 네댓 걸음 뒤로 물러선 그의 왼손에는 표창 하나가 들려 있었다.

"검을 버리시오, 두란향!"

"이, 이놈!"

그녀가 먼저 단검을 힘껏 던졌다. 황매우가 공중제비를 돌며 단검을 피한 다음 표창을 뿌렸다. 표창은 정확하게 그녀의 오른쪽 어깨에 꽂혔다. 손에 들린 단검이 떨어지는 것과 동시에 그녀도 균형을 잃고 쓰러졌다.

"두란향!"

황매우가 다가와서 그녀를 안아 일으켰다. 단검의 칼날이 그녀의 턱을 깊게 베었다. 맹독이 퍼지는지 벌써 양 볼과 눈두덩이가 퍼렇게 부풀어 올랐다.

"이, 이런! 두란향! 정신 차리시오."

차가움으로 일관하던 황매우의 작은 눈이 아래위로 흔

들렸다. 움푹 팬 뺨에는 붉은 기운마저 감돌았다. 그녀를
죽일 생각은 전혀 없었다.

"어찌하여…… 내가 이렇게 죽을 수는…… 이건, 아닌
데……."

겨우 말을 이어 가던 그녀의 두 팔이 축 늘어졌다. 황매
우가 그녀의 목에 검지를 댔다. 맥이 없었다.

아!

한동안 황매우는 그녀를 품에 안은 채 꼼짝도 하지 않았
다. 얼마나 그녀를 그려 왔던가. 그녀가 원한다면 좌포청의
일도 접을 작정이었다. 낮에는 밭을 갈고 밤에는 사랑의 시
를 읊으며 지내려고 했다. 그러나 이제는 이루어질 수 없는
꿈이다. 꿈은 역시 꿈으로 끝나고 마는 것일까.

이윽고 황매우가 양 손바닥으로 눈물을 훔친 다음 자리
에서 일어섰다.

"미안하오. 두란향! 편히 승천하오. 그대가 하늘에서 지
은 죗값을 이제 다 치른 것이라오."

그는 붉은 보자기를 품에 안고 다람쥐처럼 나무 위로 날
아올랐다.

25 | 잃어버린 책

『남정기』는 본래 우리 서포 선생이 지은 것으로 부부와 처첩 간의 일을 다룬 것인데 읽는 사람들이 탄식하고 울지 않는 이가 없다. 어찌 사 씨가 어려움에 처해서도 지킨 절개와 한림이 잘못을 뉘우치는 아름다움에 감동한 것이 아니겠는가? 하늘에 뿌리를 두고 성(性)을 갖춘 이들이 모두 분통을 터뜨리고 화내는 것은 또한 어찌 교 씨와 동청의 악행에 말미암은 것이 아니겠는가? 다만 이와 같을 뿐만 아니라 유추하여 의리를 따른다면 어디 간들 교화하지 못하겠는가? 이른바 '방신(放臣) 원처(怨妻)와 그 주인이 천성과 인륜을 서로 계발하게 하는 점'은 『초사(楚辭)』와 같다. 이른바 '사람들의 선심(善心)을 감발하게 하고 사람들의 일지(逸志)를 징계하게 하는 점'은 『시경』에 가깝다. 이 소설을 어떻게 다른 소설들과 같은 자리에서 논할 수 있겠는가!

— 김춘택, 『번언남정기인(翻諺南征記引)』

일찍이 역사연의류를 보니 그 말들이 모두 허망하고 과장되었다. 없는 것을 있다고 꾸미고 없는 것을 있다고 과장하며, 사건들을 나누어 제목을 구분하며 앞에서 끝내지 않고 다음 편으로 이어지게 하니, 대개 이목을 끌어 흥미를 주는 데 힘쓴 것이다.

— 정태제, 『천군연의서(天君演義序)』

"고하시게."

황매우를 대동한 장희재가 턱을 높이 들고 당당하게 말했다. 밤이 깊었지만 노도의 일만은 언제든지 아뢰라는 하명이 있었다.

"마마! 좌포장과 종사관 입시이옵니다."

"들라 하라."

목소리가 높고 떨렸다. 미리 연통을 받은 중전은 『구운
몽』에서 백능파와 양소유의 사랑을 반복해서 읽으며 그들
을 기다렸다. 장희재와 황매우가 예의를 갖추려고 하자 중
전이 만류했다.

"자자, 어서어서 이리들 다가앉으세요."

장희재가 짐짓 심각한 얼굴로 사죄의 말씀부터 올렸다.

"남해 현령 조상덕과 관원 스무 명이 노도에서 몰살하였
사옵니다. 저녁밥에 독을 탄 백능파라는 계집을 여기 있는
황 종사관이 거제 한 다포까지 쫓아가서 죽였사옵니다. 장
졸들의 몰살을 막지 못하고 죄인을 생포하지 못한 죄 엄히
다스려 주시오소서."

"큰일을 하다 보면 희생이 따르는 법입니다. 자, 어서 서
포가 지었다는 소설을 주세요."

장희재가 황매우로부터 건네받은 소설을 올렸다. 소설은
흙이 묻은 붉은 보자기 대신 비단으로 몇 겹이나 감겨 있었
다. 비단을 푸는 중전의 손이 매우 떨렸다. 마침내 김만중
의 두 번째 소설이 그 모습을 드러냈다.

『사씨남정기』.

이것인가? 이것이 나를 절벽 아래로 떨어뜨리기 위해 서

포가 지었다는 소설인가?

"마마! 어서 살펴보시오소서. 급히 가져오느라 신도 제 목밖에는 살피지 못하였나이다."

중전이 소설의 첫 장을 넘겼다.

화설, 명나라 가정 연간 금릉 순천부에 한 명인이 있으니 성은 유요 이름은 현이니 개국 공신 성의백 유기의 후손이라.

유현? 유씨 집안의 이야기인가 보군.

중전의 두 눈이 호기심으로 반짝였다. 첫 장을 넘길 때까지는 장희재와 황매우가 많은 재물과 높은 벼슬을 받는 것이 기정사실인 듯했다. 그러나 둘째 장으로 들어서자마자 중전의 눈이 도둑고양이처럼 날카로워졌다.

"마마! 무엇이 잘못되었사옵니까?"

"서러워라, 잊혀진다는 것은? 좌포장! 이것이 무엇입니까? 무엇이 서럽단 말입니까?"

중전이 내민 부분을 장희재가 급히 살폈다. 서포의 힘 있는 필체와 전혀 다른 가늘고 여린 글자들이 눈에 들어왔다. 서러워라, 잊혀진다는 것은. 열한 자가 그의 가슴을 뚫고 지나갔다. 곁눈질을 하던 황매우의 얼굴도 순간 흙빛으로 바뀌었다. 중전이 다시 서책을 살피며 말했다.

"이건 모독의 필체가 아닙니까? 첫 장만 서포의 것이고 그 뒤부턴 모두 모독이 지은 것이에요. 내용도 전혀 다릅니다. 금릉 순천부의 유씨 가문 이야기가 아니라 노도에서의 일을 적은 글입니다. 종사관! 이걸 살펴보지 않고 가져왔는가?"

황매우가 답했다.

"급히 가져오느라…… 제목과 첫 장만 확인했사옵니다."

소설을 끝까지 읽어 볼 시간은 충분했다. 그러나 황매우는 제목과 첫 장만 읽곤 보자기를 묶었다. 그리고 장희재에게 소설을 내밀 때까지 보자기를 다시 풀지 않았다. 이 서책으로 말미암아 마음에 품었던 여인을 죽였다는 가책 때문이었다. 보자기만 만져도 백능파의 맑은 얼굴이 떠올랐다. 조금만 더 유의했다면 그녀를 살릴 수도 있었다. 자신의 몸을 보호하기 위해 은장도 하나쯤은 더 지니고 다닐 것이라는 짐작을 했어야만 했다. 서포의 소설을 훔칠 정도라면, 혼인을 약속한 모독을 독살할 정도라면 독이 묻은 단검을 품고 있는 것은 조금도 이상한 일이 아니다. 잠시 몸을 피했다가 그녀를 안정시킨 다음 서책을 빼앗을 수도 있었다. 등 뒤로 돌아가서 혈을 짚어 그녀를 꼼짝 못 하게 만들 수도 있었다.

그러나 그는 아무것도 하지 않았다.

너무 눈이 부셨어. 두란향과의 재회였으니까.

"그걸 지금 변명이라고 하는가? 서포의 소설을 가져오라고 했지 누가 모독의 소설을 가져오라고 했느냐 이 말이다."

"마마! 신을 죽여 주시오소서."

장희재와 황매우가 동시에 이마로 방바닥을 치며 잘못을 빌었다.

"서포가 지은 『사씨남정기』는 대체 어디에 있는 것인가?"

황매우가 떨리는 음성으로 겨우 답했다.

"백능파와 모독이 노도에 있는 서포의 집을 나설 때부터 거제에 닿을 때까지 한순간도 놓치지 않고 줄곧 감시하였사옵니다. 모독은 백능파에 의해 독살되었고 백능파 역시 죽었으니 그들이 소설을 빼돌리지 못한 것은 확실합니다. 모독도 백능파도 죽는 순간까지 마마께서 보고 계신 그 서책을 서포가 지은 『사씨남정기』로 믿었사옵니다."

"그럼 이 첫 장에 이어지는 서포의 마지막 소설은 누가 가지고 있는가, 누가?"

장희재와 황매우는 아무런 답도 못 한 채 하명만 기다렸다. 그들도 소설의 행방을 몰랐던 것이다.

"에잇! 무슨 일을 이따위로 하는고? 곧 전하께 노도의 일을 알려 드려야 하는데, 서포가 얼마나 독한 역심을 품었는가를 그가 지은 소설로 증명해야 하는데, 어찌한다! 큰일이로다. 정말 큰일이야. 물러가시오. 꼴도 보기 싫소."

장희재와 황매우가 나간 후에도 중전은 화를 삭이지 못했다.

　김만중은 죽었다. 모독과 백능파도 죽었다. 남해 현령 조상덕과 관원들도 모두 죽었다. 『사씨남정기』는 사라졌다. 노도에 있는 사람들 모두가 죽었는데 소설은 없다. 소설은 어디에 있을까? 죽은 서포가 살아 있는 수수께끼를 내는 것 같구나. 알 길이 없다. 모두 죽었다. 소설은 없다. 모두 죽었다. 소설은 없어.

　왼손으로 이마를 치며 고민하던 중전의 시선이 서안 위에 펼쳐진 서책으로 향했다. 모독의 잘생긴 얼굴이 그 위로 겹쳤다. 사랑하는 이에게 독살당한 불쌍한 매설가를 생각하며 글씨들을 읽어 나갔다.

　'서러워라, 잊혀진다는 것은'이라고? 꼭 마지막 유언 같구나. 죽어서도 잊혀지기 싫다는 것인가? 영원히 잊혀지지 않기 위해 이 소설을 썼다는 이야기인가? 슬픔으로 가득 찬 제목이구나. 자신을 죽음의 구렁텅이에 빠뜨린 나를 원망하는 제목이구나. 허나 어쩌랴. 죽은 자는 잊혀지는 것이 운명인 것을. 꼭 사람만이 아니다. 널리 읽히던 소설도 언젠가는 잊혀지기 마련이니까. 잊혀지는 것을 서러워할 까닭이 없지. 허나 모독의 서러움은 쉬이 잊혀질 것 같지 않구나. 그가 쓴 소설들을 모아 깨끗하게 정서하여 곱게 모셔

두어야겠다. 가끔 그립거나 미안한 마음이 들 때면 그것들을 읽어야지.

서너 줄을 따라 읽던 중전이 갑자기 손을 내리고 자세를 고쳐 잡았다.

김만중의 말년이 담긴 소설이 아닌가. 혹시 『사씨남정기』의 행방이 이 책 속에 있는 게 아닐까? 아니다. 모독은 끝까지 바로 이 서책이 『사씨남정기』라고 믿었다지 않는가. 허나 그 소설이 어디로 갔는지 예측할 단서를 찾을 수 있을지도 모른다. 일단 찾아보는 거다. 그녀는 소설의 뒷부분을 이리저리 넘겼다. 김만중과 모독이 등장하는 대목을 손가락으로 짚어 가며 훑었다. 그녀의 손길이 딱 멈췄다. 김만중이 운명하기 닷새 전날의 풍광이 펼쳐진 대목이었다.

"잘 썼네. 자네가 『사씨남정기』를 빼앗기 위해 나를 암살하는 장면이 압권이군."

"『사씨남정기』를 가지고 무사히 탈출하기 위해 한번 생각해 본 겁니다. 노도에 온 관원들을 혼란스럽게 만들어야 하는데 대감의 죽음보다 더 충격적인 사건도 없으니까요."

대감은 잔기침을 뱉은 후 다른 부분을 지적했다.

"거제에 닿은 후엔 꼭 여기에 적힌 대로 적어도 대여섯 달은 백능파와 파도를 거느리고 숨어 지내도록 하게. 그 후에 소설을 세상에 내놓는 방법과 시기는 자네가 알아서 하고."

"명심하겠습니다."

"아무리 선한 일을 위해 지어진 책이라고 하더라도 후세 인들이 그 책을 어떻게 이어 가느냐에 따라 상반된 길을 걸을 수 있다네. 『주역』은 복희씨에 의해 창작되었지만 문왕, 주공, 공자 세 성인의 손을 거치면서 그 도리가 더욱 높아지게 되었네. 반대로 『주례(周禮)』는 주공에 의하여 창시되었지만 왕망, 우문태, 왕안석 세 권신의 손을 거치면서 그 피해가 더욱 깊어지지 않았는가. 내 소설의 운명도 자네로부터 다시 시작되는 걸세."

"명심하겠습니다."

"자네가 준 이 필사본은 내가 가져도 좋겠는가?"

"그리하십시오. 저는 필사해 둔 것이 더 있습니다."

"한 가지 부탁이 있네."

"말씀하시지요."

"배에 오를 때 소설은 백능파에게 맡기게나. 그녀가 배에서 내 소설을 읽어 볼 수 있도록."

"그러다가 자기가 그걸 가지겠다고 억지를 부리면 어떻게 합니까?"

"허허, 곧 자네 아내가 될 사람이 아닌가. 가지고 싶다면 주어 버리게. 그런다고 내 소설이 그녀의 소설이 되는 건 아니니까. 내가 왜 소설을 백능파에게 주려고 하는지 곰곰이 따져 보게. 자네 입장이 아니라 내 입장이 되어서 말이야. 내 생각을 알게 된다면 자넨 자네가 쓰고 있는 소설을 더욱 훌륭하게 마무리 지을 수 있을 것이네. 알겠는가?"

대감의 설명을 전부 이해하기는 어려웠다. 대감의 입장에 서서 주위를 살필 여유가 없었던 것이다. 나는 기어이 그 질문을 던졌다. 이 순간이 마지막일지도 모른다는 느낌 때문이었다.

"그녀가 정말 소생을 사랑하는 것일까요? 노도에 도착한 후부터 줄곧 그녀에게 사랑을 고백했습니다만 그녀는 한 번도 소생을 사랑한다고 회답한 적이 없습니다. 대감! 그녀가 사랑한 사람은 소생이 아니라 바로, 바로……."

"됐네."

대감이 나의 말을 잘랐다.

"그 문제는 두고두고 두 사람이 풀도록 하게. 한 가지만 충고할까? 자넨 자네의 사랑을 앞으로도 계속 지켜 나가도록 하게. 그녀가 자네 사랑에 값할 만큼 열정을 보인다면 좋겠지만, 설령 당장 그런 화답을 받지 못한다고 해도 절망하거나 낙담할 필요는 없다는 걸세. 자넨 자네의 그 선한 마음이 허락하는 방식대로 사랑을 키워 가도록 하게. 여자든, 혹은 소설이든. 다른 건 다 잊더라도 그 사랑의 뜨거움만은 영원히 간직하라 이 말일세. 불같은 연모의 기운마저 사라진다면 그땐 정말 서러울 거야. 후후후!"

"명심하겠습니다. 헌데 마지막으로 하나만 더 여쭈어 봐도 되겠는지요?"

"말해 보게."

"흑암이라는 눈먼 사공 말입니다. 대감은 어떻게 그와 그렇게 자유자재로 수담(手談)을 나누실 수 있는지요? 손바닥에 획 하나만 그어도 뜻이 통하는 듯했습니다. 그 사공이 이곳에 오기 전부터 아는 사이가 혹 아니셨는가요?"

대감은 잠시 눈을 감은 후 오래전 대감이 어렸을 때의 일화 하나를 들려주었다.

"아주아주 어렸을 때의 일이야. 우암 선생을 찾아가서 『주자어류』를 배웠다네. 그때 선생의 문하에는 나보다 두 살 아래인 학동이 하나 있었지. 눈이 무척 맑은 아이였어. 우린 곧 친해졌다네. 우암 선생이 먼 산을 바라보시거나 간혹 다른 서책을 넘기시면 우린 서로의 손바닥에 글을 쓰며 우정을 다졌네. 나는 과거에 급제하여 조정으로 나왔으나 그 친구는 끝까지 우암 선생을 모시며 지냈지. 조정에 나오라고 종용했지만 자기는 그럴 만한 그릇이 못 된다고 거절하더군. 허나 그 친구는 글솜씨도 빼어나고 고문에도 밝았으며, 특히 하늘의 기운을 마음대로 조절하는 수련을 게을리하지 않았다네. 우암 선생도 생전에 그 친구의 무예가 신이하다고 칭찬하셨지. 우암께서 사약을 받으실 때도 그 친구가 곁에 있었다는군. 사약을 들이미는 족족 그 친구가 먼저 엎었다고 하네. 의금부의 장졸도 그 친구의 적수가 아니었다는군. 결국 우암 선생이 그 친구를 만류하셨지. 우암 선생이 돌아가시자 그 친구는 분을 참지 못하고 독한 술을 100일 동안 연거푸 마셨다네. 무예 실력을 두려워한 장희재가 그 친구의 술에 은밀히 독을 탔다고 해. 결국 그 친구는 혀가 굳고 눈도 멀고 귀까지 들리지 않게 되었다고 하네. 그 친구가 어디로 갔는지는 아무도 몰라. 혹자는 신선이 되었다고도 하고, 혹자는 바다 밑 용왕에게 몸을 의탁했다고도 하고, 혹자는 우암 선생을 따라 북망산으로 떠났다고도 하더군."

"그분이 바로 흑암이라는 사공입니까?"

"글쎄. 이곳 남해에 오지 말란 법도 없겠지."

흑암!

이자가 『사씨남정기』를 바꿔치기한 것이야. 당했군. 중궁전의 주인인 나 장옥정이 죽은 서포에게 완전히 당했어. 서포는 처음부터 모든 걸 알고 있었던 거야. 내가 모독을 보낸 것도, 또 소설을 빼내 오기 위해 좌포청의 종사관들을

밀파한 것도. 앞일을 내다보는 혜안을 지닌 이가 내 편이
아니고 적이었다는 것이 애석하군. 서포와 모독이 내 편에
섰더라면 함께 조선의 소설을 정리할 수 있었을 것을. 이제
누구와 저 무궁무진한 소설의 세계를 논한단 말인가.

중전은 『사씨남정기』의 행방을 궁금해하며 마지막 장을
펼쳤다.

26 │ 모독은 없다

    선생께서 영남의 남해에 위리안치를 당하셨을 무렵 나는 배편을 이용하여 안부를 물었으며 아울러 스스로 지은 시문을 보내 질정(質正)을 구했다. 그러자 선생께서는 매우 칭찬하시며 "이 아이는 족히 일가를 이루어 세상에 이름을 떨칠 것이다."라고 하셨다. 이어 다시 이르시기를 "지금 세상에는 문장이 없으니 너는 재주를 믿고 자만하지 말라."라고 하셨다.

── 김춘택, 『북헌집(北軒集)』

    "누가 찾아왔다고?"

    "맹인 강담사(講談師, 이야기꾼)이옵니다."

    김춘택은 서책에서 눈을 떼고 키가 멀대처럼 큰 하인을 노려보았다. 청삽살개 짖는 소리가 멀리서 들려왔다.

    "이야기꾼 따위를 들이겠다는 것이냐? 이놈! 잡인의 출입을 금하라고 그렇게 일렀거늘, 당장 내쫓지 못할까?"

    "알겠습니다요."

    하인이 머리를 긁적이며 뒤돌아섰다. 걸음을 옮기려다가 다시 돌아서서 여쭈었다.

    "헌데 그 강담사가 열 번째 구름을 들려 드리고 싶다 하였습니다요."

열 번째 구름!

김춘택이 서안을 왼쪽으로 옮긴 후 자리에서 일어섰다.

"그걸 왜 이제야 이야기하느냐? 당장 그자를 데려오너라."

"예이!"

맹인이 땅바닥을 지팡이로 툭툭 치며 들어섰다. 눈만 성했다면 계집깨나 울렸을 잘생긴 얼굴이었다. 김춘택은 잡인을 멀리 물린 후 목소리를 낮추어 물었다.

"열 번째 구름을 들려주겠다고 했느냐?"

"그러하옵니다."

강담사가 오른 손바닥을 들고 답했다. 손의 기운으로 바람의 방향은 물론 가구들의 배치를 감지하는 듯했다.

"어디서 그 이야기를 들었느냐?"

"남해의 작은 섬이옵니다. 아홉 구름이 천하의 도를 찾는 이야기를 그곳에 귀양 온 높으신 대감에게 들은 적이 있사옵니다."

"그분은 나의 작은할아버님이시라네."

"알고 있사옵니다. 대감께서는 나으리가 진실로 대장부의 일을 할 만하다고 칭찬하셨지요."

"대장부의 일!"

김춘택이 그 말을 되풀이하자 강담사가 긴 설명을 늘어놓았다.

"남자가 세상에 태어나 어려서는 공맹의 글을 읽고, 자라서는 요순 같은 임금을 만나 싸움터에 나가면 삼군의 총수가 되고 조정에 들어가면 백관의 우두머리가 되어 몸에 비단 도포를 입고 허리엔 옥대를 두르고 임금에게 충성하고 백성을 이롭게 하며……."

김춘택이 뒷부분을 이었다. 『구운몽』에서 성진이 팔선녀를 만나고 난 후 불교도인 자신의 신세를 한탄하는 대목이었다.

"……눈으로는 고운 빛을 보고 귀로는 오묘한 소리를 들어 당대에 영화를 누릴 뿐 아니라 죽은 후에도 공명을 남겨 놓는 것이 진실로 대장부의 일입니다."

강담사에 대한 의심이 사라졌다. 『구운몽』을 술술 욀 정도라면 가슴속 깊은 곳에서부터 서포 그 어른을 흠모하는 것이다. 강담사는 다시 자리에서 일어나 큰절을 올렸다. 그리고 품에서 붉은 보자기 하나를 꺼냈다.

"무엇인가 그것이?"

"열 번째 구름이옵니다. 이놈의 거친 목소리로 듣는 것보다 직접 살펴보시오소서. 대감께서 돌아가시기 전에 이것을 꼭 전해 드리라 부탁하셨사옵니다."

김춘택은 보자기를 펴 보지도 않고 서안 아래 감추었다. 강담사는 천천히 자리에서 일어섰다.

"나오지 마십시오. 부디 열 번째 구름으로 잃어버린 천하의 도를 찾으십시오."

강담사는 방문을 열며 작별을 고했다.

"자넨 이름이 뭔가? 언제부터 이야기꾼이 되었고?"

맹인 강담사는 문고리를 잡은 채 입가에 미소를 띠며 답했다.

"이야기나 지껄여 먹고사는 맹인에게 무슨 이름이 있겠는지요. 다만 모독이란 별명을 지니고 산 적이 있답니다. 허나 대감의 도움으로 지금은 그 이름도 그 마음도 버린 지 오래입죠."

"작은할아버님 이야기를 더 해 줄 수 없겠는가? 며칠 머물면서 말일세."

강담사는 천천히 고개를 저었다.

"그 보자기 안에 다 들었사옵니다. 소생은 거짓부렁밖에는 할 줄 아는 것이 없습죠. 다만 이 말씀을 나으리께 전하고 싶다 하셨습니다."

"그게 무엇인가?"

"호연지기를 기르라 하셨지요. 도의에 합치되는 것이 곧 호연지기며, 도의에 합치되지 못하면 혈기일 뿐이라고. 혈기는 자신을 해칠 수도 있으니 조용히 다스리되 호연지기만은 잃지 말라 하셨습죠."

그는 양 손바닥 안에 기를 부리듯 둥글에 원을 그리며 문지방을 넘었다.

"어디로 가는 겐가?"

"하하하! 이야기를 원하는 곳이면 어디든지 가얍지요. 이래 봬도 굶어 죽을 염려는 없습니다요. 밥 없인 살아도 이야기 없인 못 사는 동물, 그게 바로 사람이니까요. 더 깊이 더 멀리 그들에게 다가갈까 합니다. 여유가 생기면 노도에도 다녀와야겠지요. 금산 바위에 담긴 사랑의 흔적을 살피며 아름답고 슬픈 이야기 한 자락 풀어놓고도 싶습니다요. 제 이야기를 듣고 감동한 용왕의 딸이 섬으로 올라와서 이야기 값으로 개안주(開眼酒)를 선물할지도 모릅지요. 그 개안주로 눈을 세 번 문질러 광명을 찾고도 싶습니다요."

김춘택은 그 사랑의 흔적이 무엇인지 묻고 싶었지만 강담사는 등 뒤로 문을 닫고 마당으로 내려섰다.

그가 흘린 웃음소리가 오랫동안 귓전을 맴돌았다. 서안 위에 서책을 놓고 첫 장을 펼쳤다. 청삽살개의 울음에 맞춰 열 번째 구름이 두둥실 밀려오는 것이 보였다.

개정판 작가의 말

소설가가 되기 전, 나는 20대 중후반의 대부분을 고전소설을 읽으며 보냈다. 짧은 한문 단편소설에서부터 100권 100책이 훌쩍 넘는 대하소설까지, 아침에 연구실로 출근하면 해가 질 때까지 필사본, 방각본, 구활자본 소설들을 읽고 또 읽었다. 그러다가 문득 여러 가지 우연이 겹쳐 소설가가 되고 나니, 거대한 망각의 벽에 부딪쳤다. 내가 탐독한 그 많은 소설들을 동료 소설가나 비평가들 그리고 독자들이 거의 몰랐던 것이다. 이광수가 『무정』을 발표하고 이인직이 『혈의 누』를 내기 훨씬 이전에도, 이 땅에서 다채로운 소설들이 창작되고 사고 팔리며 읽혔다는 사실이 깡그리 사라진 것이다. 그때 느낀 감정이 '서러움'이었다. 이상하게도 서러웠다. 연구실 벽을 가득 채우고 있었던 고전소설들이 참 서럽겠다는 생각도 그때 처음으로 했다.

그렇게 잊힌 고전소설들을 내 소설로 부활시켜 보자는 욕심을 냈다. 『서러워라 잊혀진다는 것은』은 그 욕심의 첫 걸음이다. 그리고 그 걸음은 『방각본 살인사건』, 『열녀문의 비밀』, 『열하광인』으로 이어졌다. 특히 소설에 열광한 여성 독자들의 모습을 충실히 담으려 했다. 이 땅에서 소설은 과연 언제부터 어떻게 흘러왔는가에 대한 탐색은 내가 소설가로 살아가는 동안 계속될 것이다.

서포 김만중 선생의 작품들을 더욱 아껴 읽었다. 『구운몽』과 『사씨남정기』는 수많은 아류작들을 양산할 만큼 발표 당시부터 큰 인기를 끌었다. 『사씨남정기』는 서포 선생이 마지막 귀양지인 남해 노도에서 지은 소설이다. 착한 처와 악한 첩이 대결하며 결국 악한 첩이 벌을 받고 끝이 난다. 서포 선생은 장희빈을 줄곧 비판했고, 절해고도(絶海孤島)로의 귀양 역시 이 때문이다. 선생이 생의 마지막 나날에 중요한 글을 시나 상소문이 아닌 소설로 남겼다는 점도 흥미롭거니와, 그 내용이 악한 첩의 몰락인 것은 더욱 관심을 끌었다. 장희빈에 대한 비판을 소설로까지 옮긴 것이 아닌가. 이와 같은 저주의 문학을 어떻게 평가해야 할까. 이 질문은 독재에 반대하고 외세에 반대하는 작품이 많이 산출된 1980년대에 젊은 날을 보낸 내 고민과 맞닿은 것들이기도 하다.

『서러워라 잊혀진다는 것은』은 '모독'이란 소설가를 등장시킨 첫 소설이다. 그 후로 나는 내 소설에 등장하는 소설가의 이름을 종종 '모독'이라고 썼다. 올해 발표한 단편 소설 「소소한 기쁨」에 등장하는 소설가의 이름도 '모독'이고 미 발표작 몇 편에도 이 이름을 사용하였다. 소설가로 산다는 것은 결국 기존의 상식과 계보와 틀을 모독하는 것이 아닌가 하는 생각을 요즈음 부쩍 많이 하고 있다.

표준말에 따른다면 '잊혀진다'가 아니라 '잊힌다'로 적어야 한다. 그러나 15년 전 제목을 정할 때, '서러워하 잊혀진다는 것은'이 내 마음에 쏙 들어왔었다. 그 순간을 바꾸고 싶지 않아서, 개정판에서도 제목을 그대로 뒀다.

『서포만필』(심경호 역)과 『구운몽』(송성욱 역)을 새로 참고하였다.

여름과 가을 내내 편집과 교정에 수고한 민음사 편집부에 감사드린다.

2017년 11월
김탁환

초판 작가의 말

추리인 줄 알고 들어갔다가 인간을 만나 나오는 소설을 쓰고 싶었습니다.

1993년 『사씨남정기』에 관한 석사 논문을 쓴 후 10년이나 미뤄 왔던 숙제를 드디어 풀기 시작했네요. 소설가의 길로 접어들며 작은 소망 하나를 품었었지요. 17세기부터 19세기까지 이 땅에서 읽힌 수많은 명품들을, 그러나 지금은 그 제목조차 잊혀진 걸작들을 생생하게 복원하는 것! 1990년대 내내 관련 저서를 찾고 논문을 모으고 또 고전 소설들을 읽었지만, 그사이 적어도 세 번 정도는 작품 구상과 함께 집필실 청소까지 마쳤지만 선뜻 시작할 수 없었습니다. 깊고 넓은 고전 소설의 세계를 과연 제대로 그려 낼 수 있을까 두려웠기 때문입니다.

따사로운 필사본 소설의 시대를 아시는지요?

시집가는 딸에게 소설을 필사해 주던 아버지, 사랑하는 아내에게 선물하기 위해 밤을 새워 소설을 베끼던 남편, 유언 대신 젊은 시절 옮겨 두었던 소설을 남긴 할머니. 그 시절 소설은 단순히 몇천 원짜리 상품이 아니라 마음과 마음을 이어 주는 정(情)의 공간이었지요. 소설이 좋아서 그 소설을 필사하는 독자들은 말 그대로 소설광(小說狂)일 겁니다. 작품 하나하나에 쏟은 17세기 독자들의 정성을 생각하며 서포 김만중 선생의 문집과 소설 두 편을 거듭 읽었습니다. 그리고 서포 선생께 제가 지금 갖고 있는 고민들을 솔직히 털어놓았지요. 그러니까 『서러워라, 잊혀진다는 것은』은 활자를 넘어 디지털 시대를 살아가고 있는 소설가 김탁환이 필사본 시대에 활동한 소설가 김만중과 나눈 대화라고 보아도 무방합니다.

제가 이 소설에 추리적 기법을 적용한 것은 독자들에게 서포 선생이 『사씨남정기』를 창작하던 시절을 좀 더 실감 나게 전하기 위함입니다. 또한 서포 선생의 마지막 나날 자체가 추리 소설로 다루어도 손색이 없을 만큼 다양한 복선과 긴장의 연속이기도 했습니다.

여러분은 죽기 직전에 어떤 글을 남기고 싶으신가요?

서포 선생은 그 바람 찬 남쪽 절해고도에서, 한시도 아니고 상소문도 아닌 소설을 자신의 마지막 장르로 택하셨습니다. 젊은 날에는 날카로운 소설을 쓰다가도 나이가 들면 달관의 흉내를 내지 않습니까? 헌데 서포 선생은 목숨이 다하는 그 순간까지 소설을 통해 당대 현실을 비판하셨습니다. 역사는 증명하지요. 결국 『사씨남정기』의 예언처럼, 착한 처 인현 황후는 악한 첩 장옥정을 몰아내고 다시 중전의 자리로 돌아오니까요. 과연 어떤 소설가가 죽음을 코앞에 두고 이렇듯 현실과 살을 비비는 소설을 쓸 수 있겠는지요? 죽음보다 더 지독한 것이 소설임을 깨달을 수 있겠는지요?

'나만의 도서관'을 정리한 시간이 또 찾아왔습니다.

이 소설을 쓰는 동안 많은 국학자들의 탁월한 연구 성과에 의존하였습니다. 특히 이번에는 고전 소설 연구자들의 저서와 논문을 기쁜 마음으로 찾아 읽었습니다.

17세기 역사를 이해하기 위해 우선 『숙종실록』을 읽었고, 이성무 선생님의 『조선시대 당쟁사 2』, 『조선왕조사 2』와 이이화 선생님의 『한국사 이야기 13 ─ 당쟁과 정변의 소용돌이』를 통독하였습니다. 17세기 문학 작품의 성과를 살피기 위해 이상보 선생님의 『17세기 가사전집』, 이상구 생님의 『17세이 애정전기소설』, 정학성 선생님의 『17세기 한문소설집』 등의 작품집을 검토하였습니다. 이 외에도 심경호 선생님이 새롭게 번역하신 『금오신화』, 조수학 선생님의 『수이전』, 이복규 선생님의 『설공찬전』 등을 통해 관련 작품들을 살필 수 있었습니다. 이상택 선생님의 『한국고전소설의 탐구』, 박희병 선생님의 『한국전기소설의 미학』, 박일용 선생님의 『조선시대의 애정소설』, 최기숙 선생님의 『17세기 장편소설 연구』를 읽어 고전 소설의 다양한 흐름을 살폈습니다. 고전 소설의 창작과 유통 방법을 알기 위해 한국고소설연구회에서 편한 『고소설의 저작과 전파』와 유탁일 선생님의 『한국고소설비평자료집성』을 살폈습니다.

서포 선생을 뵙기 위해 『서포집』과 『서포만필』(홍인표 역)을 읽었습니다. 그리고 『구운몽』(정규복·진경환 역)과 『사씨남정기』를 일주일에 두 번씩 재독하였습니다. 『서포연보』(김병국·최재남·정운채 역)를 통해 서포 선생의 일생을 세세한 부분까지 살필 수 있었습니다. 송백헌 선생님의 『서포가문행장』도 함께 검토하였습니다.

서포 선생의 삶과 작품 세계에 대해서는 연구 성과가 풍족합니다. 우선 김병국 선생님의 『서포 김만중의 생애와 문학』을 정독하였습니다. 이 책을 통해 소설의 전체적인 구성을 물론이고 『구운몽』을 새롭게 바라보는 방법을 배웠습니다. 정규복 선생님이 편하신 『김만중 연구』, 『김만중문학 연구』를 다시 읽었고, 사재동 선생님이 편하신 『서포문학의 새로운 탐구』와 제2회 서포 김만중 선생 기념 학술회의 자료집인 『서포의 문학과 사상』도 큰 도움이 되었습니다. 이 자료집에 실린 논문 중에서 심경호 선생님의 「서포 김만중의 산문 세계」에 소개된 『첨화령기』를 이 소설에 그대로 수록하였습니다. 그리고 안대회 선생님의 「17세기 비평사의 시각으로 본 김만중의 복고주의 문학론」을 통해 서포 선생이 송강 선생의 가사들을 칭찬한 이론적 근거를 확인할 수 있었습니다. 조석래 선생님의 「서포 김만중의 도교 인식」, 권영대 선생님의 「서포한시연구」 등의 논문도 서포 선생의 문학을 이해하는 데 큰 도움이 되었습니다.

졸수재 조성기 선생을 뵙기 위해서도 『졸수재집』(이승수 역)을 통독한 다음 『창선감의록』(차용주 역)을 가까이 두고 읽었습니다. 민찬 선생님의 「조성기의 삶의 방식과 『창선감의록』」과 진경환 선생님의 「『창선감의록』의 작품구조와 소설사적 위상」은 『창선감의록』을 이해하는 데 도움이 되었습니다.

이 외에도 『서러워라, 잊혀진다는 것은』에는 17세기 유통되던 많은 소설들이 등장하고 있습니다. 현대 독자들에게는 제목조차 생소한 작품들이지만 이미 성실한 연구자들에 의해 다양하게 분석 검토되었지요. 그 작품의 향기를 맡기 위해 참고할 수 있는 연구 성과를 제시하면 다음과 같습니다. 『최척전』은 민영대 선생님의 『조위한과 『최척전』』과 박희명, 박일용 선생님의 논문을 읽었고, 『주생전』은 이종묵 선생님의 「『주생전』의 미학과 그 의미」를 살폈으며, 『위경천전』은 임형택 선생님의 「전기소설의 연애주제와 『위경천전』」, 정민 선생님의 「『위경천전』의 낭만적 비극성」을 검토하였습니다. 『소현성록』은 박영희 선생님의 「『소현성록』 연작 연구」와 임치균 선생님의 『조선조 대장편소설연구』를 살폈고, 몽유록은 신재홍 선생님의 『한국몽유소설연구』와 김정녀 선생님의 「조선후기 몽유록의 전개 양상과 소설사적 위상」을 참고하였습니다. 17세기 중국소설의 소개와 번역 양상은 송성욱 선생님의 「17세기 중국소설의 번역과 우리 소설과의 관계」를 통해 확인했으며, 조선 시대 여성 작가의 활약에 대해서는 정병설 선생님의 「조선후기 장편소설사의 전개」, 「조선조소설과 여성작가」에서 배웠고, 조선 시대 사대부들의 서호도(西湖圖)에 대한 관심은 정민 선생님의 「16, 17세기 문인 지식인층의 강남동경과 서호도」를 통해 알게 되었습니다.

필사본 소설 시대의 작가와 독자들을 통해 소설에 대한

지독한 사랑을 체험할 수 있었습니다. 판각본 소설 시대와 활자본 소설 시대까지 두루 살펴 소설의 존재 이유에 대한 제 나름대로의 깨달음을 밝히고 싶습니다. 이런 의미에서 이 소설은 저를 다시 출발점으로 돌려세운 작품이라 하겠습니다.

항상 원고를 미리 검토하고 집필실 살림을 도맡은 조원미, 김미영에게 고마움을 전합니다. 두 조교의 도움으로 지난 4년 동안 열세 권의 소설을 출간할 수 있었습니다. 이 소설을 쓰는 동안 남해의 아름다운 섬 노도를 돌아보았습니다. 길 안내를 해주신 민원식 처숙 어른께 감사드립니다. 답사에 동행한 이찬우, 지영균, 정보름의 숨결이 이 책에 녹아 있음을 기쁘게 생각합니다. 졸업 후에도 아름다운 인연이 이어졌으면 좋겠습니다.

이제 저는 또 다른 시간의 검은 구멍으로 들어가겠습니다. 여전히 두렵고 힘겹지만 이 방법 외에는 다른 길이 없습니다. 끝까지 아둔한 이야기꾼으로 살아남겠습니다.

2002년 11월

김탁환

작품 해설

소설에 대해 질문하는 일

송희복 | 문학평론가·진주교대 국어교육과 교수

『서러워라, 잊혀진다는 것은』은 조선조의 학인이면서 문인으로 살다 간 서포 김만중의 생애를 투영한 흥미로는 역사 소설이다. 이 소설은 애초에 2002년 출판사 동방미디어에서 간행하였다. 역사 추리의 성격을 띤 작품이기 때문에 흥미롭기도 하거니와 이것은 비평적으로도 의미가 있는 작품이다. 일반적으로 역사적 실존 인물을 취재한 인물 중심의 역사 소설일 경우 한 개인의 전기적인 삶에 초점을 맞추는 것이 상례다. 그렇지만 김탁환의 이 경우는 소설의 시작과 더불어 몇 페이지만 책을 넘겨 보아도 김만중의 전기적인 삶의 내력보다는 현대적인 의미와 효용성을 부여하겠다는 기획 의도가 역력히 드러난다. 요컨대 『서러워라, 잊혀진다는 것은』은 전기적(실화적)인 요소와 허구적인 요소 중에서 어느 한쪽에 치우치지 않고, 날과 씨로 교직하는 평형 감각을 유지하고 있다는 것이 무척 신선한 느낌을 주기에 충분하다.

『서러워라, 잊혀진다는 것은』에 등장하는 인물군은 대체로 두 가지 계열로 나누어진다. 하나는 실존 인물의 그것이며, 다른 하나는 극화(劇化)된 인물의 그것이다. 전자의 경우는 김만중, 장희빈, 숙종, 장희재, 조성기 등으로 사극을 통해 익숙하게 들어온 인물들인 반면 후자의 경우는 모독, 백능파, 황매우, 박운동, 흑암 등으로 우리에게 낯설게 들먹여지는 인물들이다. 두 가지 계열의 인물들을 적재적소에 배치하고 있는 것은 역사적인 사건을 배경으로 이야기의 골간을 유지하겠다는 작가의 기본적인 창작 동기 외에 자유분방한 상상력의 날개를 마음대로 펼쳐 보이겠다는 또 다른 동기가 드러난 것이라고 하겠다.

역사적 사실로서의 장희빈 사건과 이를 풍간하기 위하여 김만중에 의해 쓰였다는 고전 소설 『사씨남정기』는 가장의 사랑을 독차지하기 위해 본처를 모함하는 악첩의 진부한 이야기에 지나지 않는다. 이른바 한 남자를 둘러싼 두 여자의 쟁총(爭寵) 모티프인 것이다. 『서러워라, 잊혀진다는 것은』의 내용 속에 내포된 갈등은 주지하는 바대로 서포 김만중과 중전이 된 장옥정의 정치적인 당파의 이해 관계와 밀접하게 맞물려 있다.

김탁환의 서사 전략은 역사적으로나 문학적으로 흔해 빠진 얘깃거리에 생기를 불어넣는 데 있다. 모티프가 진부한 소설에 통속적인 흥미 요인을 부가하는 것. 추리적인 기법과 멜로 서사가 바로 그 대표적인 방법이다.

중전 장옥정은 남해의 노도에 유배되어 있는 김만중이 무언가 예사롭지 않은 모종의 소설을 은밀히 쓰고 있다는 정보를 접한다. 이 소설을 가져오는 총책을 맡은 이가 그의 오라비인 장희재다. 그는 하수인인 자객 박운동과 무공이 탁월한 황매우를 남해에 비밀리에 파견한다. 여기에 복잡다단한 정치적 음모가 도사려 있다.

김만중이 유배지인 남해의 노도에서 은밀히 쓰고 있다는 소설은 『사씨남정기』다. 즉 정치적인 풍간의 고발 소설이다. 소설 속 남자 주인공인 유연수를 둘러싼 사 씨와 교씨 사이의 대립과 갈등은 당대 정치 현실의 지형도를 반영한다. 사 씨와 교 씨의 대립 양상을 인현왕후와 장희빈, 노론과 소론의 선악 대결 구도로 몰고 가는 것이 작자 김만중의 창작 저의라고 할 수 있는데, 장 씨로선 만약 그 소설이 민간의 세책방에 유통된다면 치명적인 타격을 받을 것임에 틀림없다. 김만중이 유배지에서 죽을 지경에 이르렀다는 얘기를 전해 들은 그녀는 마음이 조급해진다. 그가 정치적으로 제거되어야 할 우암 송시열의 잔당인 것은 사실이지만 그의 소설을 빼앗기 전까지는 적어도 살아 있어야 한다. 중전 장 씨는 황매우를 다그치면서 이렇게 명한다.

"당장 내려가거라. 소설을 훔쳐오든 빼앗아 오든 반드시 가져와야 하느니. 잘못하면 우리가 다친다. 내 말 뜻을 알겠느냐? 서포의 죽음이 조정에 닿기 전에 그 소설이 이 손에 들어와야 한다 이 말이다. 당장 떠나거라."

『서러워라, 잊혀진다는 것은』의 중심 인물은 김만중과 모독이다. 모독은 소설 속에 당대의 매설가로 묘사된 허구적인 인물이다. 그는 지리산 청학동에 은거하면서 『창선감의록』을 창작한 작자로 추정되는 조성기의 제자이기도 하지만, 김만중의 인간됨을 존경하고 그의 뜻과 삶을 따르는 인물이다. 매설가를 요즘에 대입하자면 대중 소설가 내지 인기 작가에 해당한다. 소설의 분량을 점유하는 모독의 비율은 오히려 김만중보다 높다. 김탁환이 이 소설에서 허구적인 인물 모독을 빚어낸 것은 이야기꾼으로서 능란한 솜씨를 발휘한 결과라고 아니 할 수 없다.

모독(冒瀆)은 한자의 표의처럼 자기 비하의 필명이다. 작가 김탁환이 자신을 가리켜 자기 모독형의 작가임을 암시한 것이 아닐까 한다. 이와 같은 유형의 작가는 서구의 소설사에서 '저주받은 작가'로 통한다. 예컨대 사드니 마조흐니 와일드니 하는 유의 작가가 있다. 동양권에서는 다자이 오사무, 손창섭 같은 작가들이 이 유형에 포함될 것이다.

장희빈과 백능파는 김만중과 모독에 비해 마이너 캐릭터다. 그러나 소설의 전개 양상에 결코 적지 않은 역할을 수행하고 있다. 인현 왕후나 사 씨는 도덕적으로 흠결이 없는 인물이지만 작자의 입장에서는 그다지 매력적인 인물이 아니다. 이렇게 나약한 인물 유형은 소설의 줄거리를 이끌어 가기엔 적합하지도 인상적이지도 않다. 장희빈은 소설의 문제적인 개인이나 사극의 '팜므 파탈'로서 매력 있는 문학적 인간상이다. 적확한 표현이 될지 모르겠지만 장희빈 같은 인물을 소설에서 요정형(妖精型) 인간이라고 하는 것이 어떨는지. 요정은 중국에서 여우 같은 여자라는 뜻의 '아름답지만 사악한 여인'을 말한다. 유교적인 가치 판단에 따른 평가인 듯하다. 장희빈도 실록에 자색(姿色)이 자못 아름답다고 했을 만큼 출중한 미모를 가진 것이 분명하다.

『서러워라, 잊혀진다는 것은』에서의 장희빈은 역관인

숙부의 집에 더부살이하던 평범한 처녀 시절에 열렬한 소설 독자였다. 언문 소설을 읽는 것이 그녀의 유일한 위안거리였다. 그녀는 쌀을 아껴 가면서도 육조거리 아래의 세책방을 찾곤 했다. 장희빈이 열렬한 독자였던 데 비해 백능파는 소설가 지망생이라고 하겠다. 백능파 역시 소설 속 등장인물의 이름을 자신의 별명으로 삼을 만큼 소설의 세계에 흠씬 빠져 있다.

모독과 백능파는 노도의 유배객인 김만중을 모시고 있으면서 장희재의 하수인 자객들과 모종의 대리전을 펼친다. 결국 『사씨남정기』의 행방을 놓고 숨바꼭질을 하다가 이를 지켜 내려던 모독은 마침내 눈이 멀고, 백능파는 자객의 예리한 칼날에 의해 숨을 거둔다. 『사씨남정기』가 장희빈의 수중에 넘어가는 순간에 소설의 사건 전개는 미묘한 극적 반전을 일으킨다. 중전 장희빈의 손으로 흘러들어간 그 책은 표지만 『사씨남정기』일 뿐이지 그 속은 모두 모독이 지었다는 소설 — 말하자면 소설 속의 소설이라고 할 수 있는 — 『서러워라, 잊혀진다는 것은』이다. 모독이 자신의 정교한 계획에 따라 미리 바꿔치기를 해 놓았던 터. 이 가짜 『사씨남정기』를 물끄러미 내려다본 장희빈의 중얼거림이 인상적이다.

'서러워라, 잊혀진다는 것은'이라고? 꼭 마지막 유언 같구나. 죽어서도 잊혀지기 싫다는 것인가? 영원히 잊혀지지 않기 위해 이 소설을 썼다는 이야기인가? 슬픔으로 가득 찬 제목이구나. 자신을 죽음의 구렁텅이에 빠뜨린 나를 원망하는 제목이구나. 허나 어쩌랴. 죽은 자는 잊혀지는 것이 운명인 것을. 꼭 사람만이 아니다. 널리 읽히던 소설도 언젠가는 잊혀지기 마련이니까. 잊혀지는 것을 서러워할 까닭이 없지.

소설 속의 소설이라고 할 수 있는 모독의 소설 『서러워라, 잊혀진다는 것은』의 내용은 구체적으로 밝혀져 있지 않지만 "대감의 소설을 살피고…… 또 대감을 음해하는 이들과의 대결을 담고…… 노도의 풍경도 담고……"라는 모독과 김만중의 대화를 통해 그 내용을 가늠해 볼 수도 있겠다. 이 교묘한 허구의 장치는 『사씨남정기』의 행방을 둘러싼 정치적인 음모와 암투를 극적으로 고조시키는 데 적절히 이용되고 있다.

『서러워라, 잊혀진다는 것은』에서는 작자의 소설사적인 지식과 역사적 고증이 현란하리만치 빛난다. 그 자신이 고전 소설 연구자이며, 작가이며, 문학 비평가이기도 하기 때문이다. 이 소설의 미덕은 역사 추리적인 팩션(faction)이 주는 통속적이면서도 지적인 흥미로움 외에도 작가 자신의 끊임없는 비평적 탐색의 과정이 펼쳐진다는 데 있다. 필자가 아는 한, 김인환의 서평「조선 후기 고전소설에 대한 메타소설적 탐색」(《서평문화》, 2003년 봄)은 김탁환의 소설『서러워라, 잊혀진다는 것은』에 관한 유일한 작품론인 것 같다. 그는 이 작품이 지닌 작품성의 의미와 성격을 메타소설의 관점에서 살펴보고 있다.

장희빈은 소설의 재미를 욕망의 충족과 연결시키고, 모독은 소설의 재미를 생계의 수단과 연결시키고, 김만중은 소설의 교훈을 인간의 탐구에 연결시킨다. 소설을 읽을 때마다 자기의의 이름을 바꾸고 가능하면 그 소설을 훔쳐서 자기 것으로 삼으려고 하는 한 인물 세 여자인 채봉 ─ 능파 ─ 난향은 소설을 무엇에다 연결시키고 있는 것일까? 설령 대답이 주어져 있지 않다고 하더라도 소설이란 무엇인가라는 질문에 대하여 서양의 예를 끌어오지 않고 17세기의 한국에서 답을 찾으려는 실험은 매우 소중한 태도이다.

메타픽션이란 구체적인 소설 작품에 관한 소설가의 자기 반영적인 성찰을 담아 낸 소설을 말한다. 나는 왜 소설을 쓰는가라는 자의식적인 문제의식이 제기되는 경우를 우리는 메타픽션의 개념으로 수용할 수 있다. 김탁환의 소설에서는 나는 왜 소설을 쓰는가라는 문제의식보다는 김인환의 지적처럼 무엇이 소설인가라는 질문 던지기에 치중된 감이 있다. 전자보다 후자가 한결 원론적인 동시에 본질적인 것이라고 하겠다. 정확히 말해 『서러워라, 잊혀진다는 것은』은 자기 생성적인 의미를 지향한 '메타픽셔널한 소설'이라고 해야 할 것이다. 소설 쓰기에 대한 소설이라기보다는 무엇이 소설인가 혹은 왜 소설인가 하는 것을 탐색하는 소설이기 때문이다.

김만중(서포)과 모독 사이의 대립된 소설관은 당대의 정치적인 갈등 못지않게 팽팽한 긴장 관계를 보여준다. 소설의 표층에 드러난 긴장 관계보다 작품의 심층에 잠재된 소설관의 대립이 한 차원 높은 갈등 구조가 아닌가 한다. 작가는 두 사람의 대화 속의 대립에 적지 않은 지면을 할애한 만큼 선명하게 제시하고 있다. 필자는 이를 쟁점별로 다음과 같이 요약을 해 보았다.

모독: 소설은 현실 그 자체가 아니다.
서포: 현실을 바꾸는 어떤 조짐이나 버팀목이 될 수 있다.
모독: 소설은 인간의 고통을 응시하고 품에 안으려고

한다.

　서포: 고통을 작은 기쁨으로 채우는 것 역시 중요하다고
본다.

　모독: 소설가는 타인의 마음을 어루만져 준다.

　서포: 소설가는 타인을 저주하거나 목숨마저 빼앗는다.

　모독: 내가 가장 고민한 것은 완벽한 이야기와 아름다운
문장이다.

　서포: 소설이 별 건가? 한 인간의 진심을 독자들에게 전
하는 것…….

　이 수준의 담론이라면 『서러워라, 잊혀진다는 것은』은
고도의 지적인 소설이다. 현대의 비평 이론에 의거하자면,
모독의 소설관은 형식주의에 가깝고, 김만중은 소설 인간
학의 입장에 치우쳐 있다. 모독과 김만중의 대립은 형식과
내용, 심미적인 자율성과 효용적 가치 지향의 이론적인 대
립이다. 모독은 당대의 매설가, 즉 대중 소설가답게 오로지
작자와 독자가 함께 하는 가운데 소설 텍스트성의 의의가
존재한다고 보았다. 반면에 김만중에게 소설은 교훈의 수
단이 되기도 하고 세상을 변화하게 하는 (날카로운) 무기가
되기도 한다. 김만중의 대화 가운데 가장 큰 울림은 "지금
내겐 나의 소설이 나의 무기일세."라는 말에 있지 않을까?

김만중이 남해 적소에서 숨을 거둔 이후에 백능파가 모독에게 행한 충고가 한결 객관성을 확보하기에 이른다.

"당신의 소설이 『사씨남정기』보다 아름답고 견고할지는 몰라요. 허나 당신의 소설은 하나같이 슬픔으로 끝나잖아요? 그 슬픔이 아무리 진지하고 지독해도 슬픔은 슬픔일 뿐이죠. 슬픔을 만든 세상과 맞설 무기와 세상을 바꾼 다음의 희망이 당신의 소설에는 없답니다. 허나 『사씨남정기』는 달라요. 슬픔은 슬픔대로 그리면서도 결국 행복한 날들을 보여 주니까요."

『서러워라, 잊혀진다는 것은』에 역사적 사건을 줄거리로 삼으면서 허구의 가지들이 무수히 뻗어 나 있듯이, 소설관적인 대립의 대화 역시 김만중과 모독을 중심으로 이루어지면서 조성기와 백능파가 곁가지로 끼어든다. 이 소설에서 놓치지 말아야 할 사실은 이 소설에서 모독을 작자 김탁환의 대리자로 보는 것이 옳다는 것이다. 그는 김탁환의 분신(分身)이거나 작자 그 자신이리라.

김만중은 '공맹의 가르침보다는 한 인간의 고뇌가 소중하다'고 보는 입장을 견지하면서, 군자의 큰 가르침이라고 할 수 있는 대설(大說)의 경전보다는 인간적인 세세한 감정

을 통해 점진적으로 세상을 개선해 나가야 한다는 소설의
별전(別傳)에 더 소중한 가치를 두었다. 그는 평생토록 학
인으로 살았고, 학인으로서 가장 높은 직위인 대제학에도
올랐지만 문인(소설가)으로서 삶을 마감했다. 이 점이야말
로 김탁환이 김만중을 우러러보게 된 까닭이 아닐까 한다.
그는 『서러워라, 잊혀진다는 것은』의 말미인 '작가의 말'에
서 『사씨남정기』를 겨냥해 '과연 어떤 소설가가 죽음을 코
앞에 두고 이렇듯 현실과 살을 비비는 소설을 쓸 수 있겠
는가'라고 반문한다. 아니, 반문이라기보다는 일종의 오마
주(경의)다!

　작가 김탁환은 자신을 김만중 같은 본격 소설가가 아닌
모독 같은 대중 소설가로 자인한 듯싶다. 본격 소설과 대
중 소설의 소설관적, 내지 세계관적인 대립은 『서러워라,
잊혀진다는 것은』의 심층 주제라고 할 수 있다. 그러나 대
립은 대립으로 끝맺음하는 게 아니다. 대립의 끝에는 변증
법적인 종합의 단계가 놓여 있다. 그 결정적인 시사점은
김만중의 유언에 묻어난다. 김만중은 숨을 거두면서 모독
에게 지난 상처와 함께 이름을 바꾸고 중국의 역사나 인물
대신 '조선의 것'에 더욱 힘을 쓰라고 당부한다. 그 자신이
이루지 못했던 탈(脫)중화적인 세계관. 김탁환에게 있어서
는 이를 소설의 성격 및 의미를 구성하는 서구중심적인 사

유로부터의 벗어남이라고는 볼 수 없을까.

김만중이 말한 '조선의 것'이란 작가 김탁환이 이룩해 온 팩션적인 느낌의 역사 소설이 아닐는지. 그는 그동안 『불멸』(1998), 『압록강』(2000~1), 『독도평전』(2001), 『나, 황진이』(2002) 등 역사 소설을 줄기차게 공간하여 왔지 않는가.

마지막으로 『서러워라, 잊혀진다는 것은』에 관한 비평적 논의의 나머지 부분을 덧붙이려고 한다. 이 작품은 인현왕후와 장희빈을 둘러싼 정치 세력이 권력 투쟁을 벌였던 시대 배경 속에서 서포 김만중의 국문소설인 『사씨남정기』를 당대의 정치 현실을 반영한 조선시대의 필화 사건이라고 간주하면서, 또 다르게 파생되는 이야기를 재구성한 것이다. 책을 두고 목숨 건 싸움을 벌이는 것도 무협소설을 읽는 듯한 흥미의 유인성을 지닌다. 이야기의 전개 또한 현란하고 스피디하다. 숙종과 궁녀 장옥정의 만남에서부터 우암 송시열의 사사(賜死)에 이르기까지 이야기는 매우 변화무쌍하게 진행된다.

그렇기 때문에 『서러워라, 잊혀진다는 것은』은 TV드라마나 영화와 같은 영상 문학으로 재구성되기에 적절하다. (실제로 이 소설을 원작으로 삼아 KBS TV문학관으로 만들어진 바 있다.) 그러나 극적인 구성을 중시해야하는 영상 매체에서는 김만중과 모독이 나눈 "소설이란 무엇인가?"라는 관념

적인 담론이 생략되기 쉽다. 만약 이 담론이 사라진다면 『서러워라, 잊혀진다는 것은』에는 '권력과 인간의 관계, 인간의 양심과 욕망에 대한 고찰'이라는 관습적인 주제만이 남는다.

　문화콘텐츠로서의 이 소설이 영상 매체에 의해 새롭게 변주되는 가운데에서도, 오직 소설에서만 구현 가능한 텍스트의 정신이 이어지기를 기대한다.『서러워라, 잊혀진다는 것은』에는 훼손되거나 잊혀서는 안 될 매설가로서의 서포 김만중이 숨 쉬고 있기 때문이다.

소설 조선왕조실록 12

서러워라, 잊혀진다는 것은

1판 1쇄 펴냄 2002년 11월 27일
2판 1쇄 찍음 2017년 11월 17일
2판 1쇄 펴냄 2017년 11월 24일

지은이 김탁환
발행인 박근섭·박상준
펴낸곳 (주)민음사

출판등록 1966. 5. 19. 제16-490호
주소   (135-887) 서울특별시 강남구 도산대로1길 62(신사동)
          강남출판문화센터 5층
대표전화 515-2000 | 팩시밀리 515-2007
홈페이지 www.minumsa.com

© 김탁환, 2017, 2002. Printed in Seoul, Korea

ISBN 978-89-374-4213-1 04810
ISBN 978-89-374-4201-8 04810(세트)